NICCI FREN

Mörderischer Freitag

NICCI FRENCH

MÖRDERISCHER FREITAG

PSYCHOTHRILLER

Deutsch von Birgit Moosmüller

C. Bertelsmann

Die Originalausgabe erschien 2015
unter dem Titel »Friday on my Mind«
bei Michael Joseph (Penguin), London.

1. Auflage
Copyright © 2015 by Joint-up Writing, Ltd.
Copyright © der deutschsprachigen Ausgabe 2015
beim C. Bertelsmann Verlag, München,
in der Verlagsgruppe Random House GmbH
Karte: Peter Palm
Satz: Uhl + Massopust, Aalen
Druck und Bindung: GGP Media GmbH, Pößneck
Printed in Germany
ISBN 978-3-570-10231-2

www.cbertelsmann.de

Für Kersti und Philip

1

Kitty war fünf und schlechter Laune. Bei den Kronjuwelen hatten sie lange anstehen müssen, obwohl die gar nicht so besonders waren. Bei Madame Tussauds hatten sie noch länger warten müssen, dabei erkannte Kitty die meisten Wachsfiguren nicht mal, und wegen der Menschenmassen konnte sie sowieso nicht viel sehen. Außerdem hatte es genieselt. Und sie hasste die U-Bahn. Wenn sie auf dem Bahnsteig stand, kam es ihr jedes Mal so vor, als rauschte aus der Dunkelheit etwas Schreckliches auf sie zu.

Sobald sie dann aber das Schiff bestiegen, besserte sich ihre Laune ein wenig. Der Fluss war so breit, dass man sich fast vorkam wie auf dem Ozean, weil er mit den Strömungen und Gezeiten auf und ab wogte. Eine Plastikflasche trieb vorbei.

»Wo treibt die hin?«, fragte Kitty.

»Zum Meer«, antwortete ihre Mama. »Die ganze weite Strecke bis zum Meer.«

»Die Themsebarriere wird sie aufhalten«, warf ihr Vater ein.

»Nein, wird sie nicht«, widersprach Kittys Mama. »Für so eine Flasche ist sie kein echtes Hindernis.«

Während das Schiff vom Kai ablegte, rannte Kitty hektisch hin und her. Sobald sie auf der einen Seite des Flusses etwas Interessantes entdeckte, hatte sie das Gefühl, auf der anderen Seite oder am Bug etwas Wichtiges zu verpassen.

»Beruhige dich, Kitty«, meinte ihre Mutter. »Was hältst du davon, wenn du in deinem Büchlein eine Liste machst und alles aufschreibst, was du siehst?«

Also holte Kitty ihr neues Notizbuch heraus, mit dem Elefanten vorne drauf. Und ihren neuen Stift. Sie schlug eine frische Seite auf, schrieb die Zahl eins und umringelte sie mit einem Kreis, der eher herzförmig als rund geriet. Dann blickte sie sich um.

»Was ist das Große da?«

»Was meinst du?«

»Das da drüben.«

»Das Riesenrad? Es heißt London Eye.«

Sie notierte es als Nummer eins.

Ihr Ausflugsschiff war fast leer. Es war Freitag, außerdem hatte es gerade erst zu regnen aufgehört. Kittys Eltern tranken Kaffee, und Kitty, die wegen einer Lehrerfortbildung schulfrei hatte und sich schon seit Wochen auf diesen Ausflug freute, saß mit gerunzelter Stirn über ihrem Notizbuch, während eine Stimme durch den Lautsprecher verkündete, die Themse sei ein sehr geschichtsträchtiger Fluss. Von hier aus, erklärte die Stimme, sei Francis Drake aufgebrochen, um den Erdkreis zu umrunden. Und hierher sei er mit einem Schiff voller Schätze zurückgekehrt und Sir Francis Drake geworden.

Kitty war so beschäftigt, dass sie sich fast ein wenig gestört fühlte, als ihr Vater sich neben sie setzte.

»Wir haben angehalten«, informierte er sie, »damit wir uns die Themse und London Bridge ansehen können.«

»Ich weiß«, antwortete Kitty.

»Kennst du ›London Bridge is Falling Down‹?«

»Wir haben es in der Schule durchgenehmt.«

»Durchge*nommen*.«

Sie ignorierte seinen Einwand und schrieb einfach weiter.

»Was hast du denn alles gesehen?«

Während Kitty das Wort vollendete, das sie gerade schrieb, lugte ihre Zungenspitze aus dem Mundwinkel hervor. Dann hielt sie das Notizbuch hoch. »Sechs Sachen«, verkündete sie.

»Was für sechs Sachen?«

»Das Riesenrad.«

»Was noch?«

»Einen Vogel.«

Ihr Vater lachte. Mit gerunzelter Stirn starrte sie ihn an.

»Was ist da lustig?«

»Nichts, du hast sehr gut beobachtet. Einen Vogel. Was noch?«

»Ein Schiff.«

»Welches? Dieses?«

»Nein.« Sie verdrehte die Augen. »Ein anderes Schiff.«

»Gut.«

»Einen Baum.«

»Wo?«

»Er ist nicht mehr zu sehen.« Sie schaute wieder auf ihr Notizbuch. »Ein Auto.«

»Ja, am Fluss fahren viele Autos entlang. Sehr gut, Kitty. Noch was?«

»Einen Waal.«

Ihr Vater warf einen Blick auf das Büchlein. »Den schreibt man mit nur einem ›a‹. W-A-L. Aber die Themse ist ein Fluss, kein Meer. Es gibt hier keine Wale.«

»Ich habe ihn aber gesehen.«

»Wann?«

»Gerade.«

»Wo?«

Kitty deutete in die entsprechende Richtung. Ihr Vater stand auf und ging zur Seite des Schiffs hinüber. Ab diesem Zeitpunkt wurde der ohnehin schon aufregende Tag noch aufregender. Ihr Vater schrie etwas. Dann wandte er sich zu Kitty um und rief ihr zu, sie solle genau dort bleiben, wo sie sei, und sich keinen Schritt von der Stelle bewegen. Anschließend rannte er das Deck entlang und die Treppe hinunter. Der Mann, der durch den Lautsprecher seine Erklärungen abgab, verstummte einen Moment. Als er kurz darauf in lautem Ton weitersprach, klang seine Stimme völlig verändert. Andere Leute liefen über das Deck und starrten an der Seite hinunter.

Auch sie stießen aufgeregte Rufe aus. Eine fette Frau fing zu weinen an.

Der Lautsprecher verkündete, die Leute sollten von der Seite wegbleiben, aber sie hielten sich nicht daran. Kittys Mutter kam zu ihr, setzte sich neben sie und begann über ihr weiteres Programm für den Tag zu reden, und auch über die Sommerferien, die nun nicht mehr fern waren. Sie planten einen Campingurlaub. Plötzlich hörte Kitty ein lautes Motorengeräusch und stand auf. Sie sah ein riesiges Motorboot den Fluss entlangbrausen und immer näher kommen, bis es schließlich neben ihnen stoppte. Kitty spürte, wie seine Wellen ihr eigenes Schiff so heftig zum Schaukeln brachten, dass sie fast das Gleichgewicht verlor. Ihre Mutter erhob sich nun ebenfalls und stellte sich zu allen anderen an die Reling. Kitty sah nichts als Rücken und Hinterköpfe. Es war wie bei Madame Tussauds, wo ihr Papa sie auf seine Schultern heben musste.

Dieses Mal aber konnte sie zum Rand der Gruppe gelangen und durch die Eisenstäbe der Reling spähen und die Aufschrift an der Seite des Boots lesen: Polizei. Das würde die Nummer sieben auf ihrer Liste werden. Zwei Männer stiegen zu einem kleinen Absatz am hinteren Ende des Boots hinunter. Einer von ihnen hatte riesige gelbe Sachen an und trug dazu Handschuhe, die aussahen, als wären sie aus Gummi. Er ging damit tatsächlich ins Wasser. Die Männer benutzten Seile und begannen das Ding aus dem Wasser zu ziehen. Die Leute auf dem Schiff stießen Geräusche aus, die wie Stöhnen klangen, und ein paar traten von der Reling zurück, sodass Kitty eine noch bessere Sicht hatte. Andere Leute hielten ihre Telefone hoch. Das Ding sah seltsam aus, total aufgeblasen, fleckig und milchig weiß, aber Kitty wusste trotzdem, was es war. Die Männer verstauten es in einer großen schwarzen Tüte mit Reißverschluss.

Danach fuhr das Polizeiboot noch näher an das Ausflugsschiff heran, und einer der Männer stieg vom Boot auf das untere Schiffsdeck. Der andere Mann – derjenige mit dem riesigen gelben Anzug – blieb auf dem Boot. Er band ein Seil fest und sicherte es mit einem Knoten. Als er fertig war, richtete er sich auf. Sein Blick fiel genau in dem Moment auf Kitty, als sie ihm zuwinkte. Lächelnd winkte er zurück, woraufhin sie noch einmal winkte.

Nun passierte nichts mehr, also setzte Kitty sich wieder. Sie schrieb eine Nummer sieben, umringelte sie und notierte »Polizei«. Dann betrachtete sie Nummer sechs. Sorgfältig strich sie das Wort »Waal« durch, Buchstabe für Buchstabe, bis es völlig ausgelöscht war. Voller Konzentration schrieb sie: »M-A-N-N.«

2

Detective Chief Inspector Sarah Hussein und Detective Constable Glen Bryant stiegen aus dem Wagen. Hussein fischte ihr Handy aus der Tasche, während Bryant eine Zigarettenschachtel und ein rosa Plastikfeuerzeug aus der seinen zog. Er war ein hochgewachsener, kräftig gebauter Mann mit kurz geschorenem Haar, großen Händen und Füßen und breiten Schultern wie ein Rugbyspieler. Im Moment schwitzte er ziemlich. Neben ihm wirkte Hussein klein, kühl und kompakt.

»Es wird heute später«, sagte sie in ihr Telefon. »Ich weiß. Es tut mir leid. Du kannst den Mädchen Nudeln machen. Oder Pizza, es sind welche in der Gefriertruhe. Keine Ahnung, bis wann ich es nach Hause schaffe. Sie sollten nicht aufbleiben und auf mich warten. Du auch nicht.« Sie sah einen Mann auf sie beide zusteuern. »Nick, ich muss aufhören. Tut mir leid.«

Der Mann trat zu ihnen. Sein Gesicht war gerötet, sein Haar zerzaust. Er hatte mehr Ähnlichkeit mit einem Trawlerfischer als mit einem Polizeibeamten.

»Hallo.« Er streckte Bryant eine Hand hin. Letzterer blickte zwar leicht betreten drein, griff aber trotzdem danach. »Ich bin Detective Constable O'Neill. Sie müssen DCI Hussein sein.«

»Eigentlich…«, begann Bryant.

»Das ist Detective Constable Bryant«, erklärte Hussein kühl. »Ich bin DCI Hussein.«

»Oh! Entschuldigen Sie. Ich dachte…«

»Keine Sorge, daran bin ich schon gewöhnt.«

Husseins Blick wanderte den Fluss entlang, nach rechts zur

Tower Bridge und nach links zum Canary Wharf und dann hinüber zu den schicken neuen Wohnungen von Rotherhithe, direkt an der Themse.

»Schöne Wohnlage«, bemerkte sie.

»Sie sollten das Ganze mal im November sehen.«

»Mich wundert, dass man diese Seite noch nicht für Wohnungen verkauft hat. Gelände in so erstklassiger Lage, hier ganz vorne am Fluss.«

»Wir bräuchten trotzdem noch Platz für unsere Boote.« DC O'Neill deutete auf ein Gebilde, das aussah wie ein großes quadratisches Zelt aus blauer Plastikplane. Hussein zog ein Gesicht.

»Ist das Ihr Ernst?«

»Wir legen sie da hinein, um einen schnellen ersten Blick auf sie zu werfen. Damit wir entscheiden können, ob wir Sie rufen sollen oder nicht.« O'Neill zog die Plane zur Seite und ließ Hussein eintreten. Drinnen bewegten sich zwei Gestalten mit Plastikhauben, Überschuhen und weißen Kitteln vorsichtig um die Leiche herum. »Manchmal sind wir nicht sicher. Aber diesem Kandidaten hier wurde die Kehle durchgeschnitten.«

Bryant sog tief und hörbar die Luft ein, während O'Neill sich mit einem Lächeln nach ihm umwandte. »Sie halten das für schlimm? Sie sollten sie sehen, wenn sie ein, zwei Monate im Wasser waren. In manchen Fällen kann man nicht mal mehr sagen, welches Geschlecht sie haben. Selbst ohne Klamotten.«

Die Leiche lag in einem großen, flachen Metallbecken. Der ganze Körper wirkte aufgedunsen, als hätte man ihn mit einer Pumpe voll Luft geblasen. Das Fleisch war unnatürlich bleich, zugleich aber auch fleckig, wie marmoriert. Gesicht und Hände wiesen Blutergüsse auf. Der Leichnam trug noch Kleidung, ein dunkles Hemd, eine graue Hose und feste Lederschuhe, eher schon Stiefel. Beim Anblick der nach wie vor doppelt verknoteten Schuhbänder konnte Hussein nicht umhin, sich vorzustellen, wie er sich hinuntergebeugt und sie fest zugezogen hatte.

Sie zwang sich, das Gesicht zu betrachten. Es waren Überreste der Nase vorhanden, allerdings kaum noch mehr als freigelegte Knorpel. Die Gesichtszüge wirkten verschwommen, wie zerfressen, doch die durchgeschnittene Kehle war deutlich zu erkennen.

»Er sieht übel zugerichtet aus«, stellte sie schließlich fest.

Bryant gab neben ihr ein kleines, zustimmendes Geräusch von sich. Er hatte sein Taschentuch gezückt und tat, als würde er sich die Nase putzen.

»Das hat gar nichts zu sagen«, erklärte O'Neill, »abgesehen von der Kehle. Der Fluss beutelt sie ziemlich, und die Vögel machen sich über sie her. Hinzu kommt, dass im Sommer manches schneller geht.«

»Wo wurde er gefunden?«

»Nahe der HMS Belfast, oben an der London Bridge. Aber das muss ebenfalls nichts heißen. Er könnte überall in den Fluss gefallen sein, irgendwo zwischen Richmond und Woolwich.«

»Haben Sie schon eine Ahnung, wie lange er im Wasser lag?«

O'Neill neigte den Kopf zur Seite, als stellte er im Geiste Berechnungen an.

»Er trieb an der Oberfläche. Wir sprechen also von rund einer Woche. Nicht länger als zehn Tage, seinem Zustand nach zu urteilen.«

»Das bringt uns nicht viel weiter.«

»Es ist eine gute Art, eine Leiche loszuwerden«, entgegnete O'Neill. »Viel besser, als sie zu vergraben.«

»Befand sich irgendetwas in seinen Taschen?«

»Kein Portemonnaie, kein Telefon, kein Schlüssel, nicht mal ein Taschentuch. Auch keine Uhr.«

»Sie haben also gar nichts?«

»Sie meinen, *Sie* haben gar nichts. Er ist jetzt Ihr Baby. Aber doch, es gibt etwas. Sehen Sie sich sein Handgelenk an.«

Hussein zog ihre Plastikhandschuhe an und beugte sich über den Leichnam. Sofort stieg ihr ein schwacher, süßlicher Geruch in die Nase, über den sie gar nicht erst nachdenken wollte. Ums linke Handgelenk trug der Mann ein Plastikband. Sanft hob sie es an.

»Sieht aus wie eines von den Dingern, die man im Krankenhaus bekommt.«

»Das war auch unser Gedanke. Allem Anschein nach steht sein Name drauf.«

Hussein beugte sich tiefer hinunter. Die Schrift war kaum noch zu lesen. Nur mit Mühe gelang es ihr, sie zu entziffern, Buchstabe für Buchstabe.

»Klein«, sagte sie schließlich. »Dr. F. Klein.«

Während sie auf das Eintreffen des Wagens warteten, blickten sie hinaus auf den Fluss, der in der Spätnachmittagssonne funkelte. Es hatte zu regnen aufgehört. Der Himmel war inzwischen blassblau, durchzogen von rosaroten Wolkenstreifen.

»Ich wünschte, es wäre nicht ausgerechnet an einem Freitag passiert«, meine Bryant.

»Da kann man nichts machen.«

»Normalerweise ist das mein Lieblingstag, fast schon ein zusätzliches Stück Wochenende.«

Hussein zog ihre Handschuhe aus. Sie dachte an die Verabredungen, die sie nun absagen musste, die tief enttäuschten Gesichter ihrer Töchter und den Groll von Nick. Er würde versuchen, sich nichts anmerken zu lassen, aber das machte es nur noch schlimmer. Gleichzeitig ging sie im Geiste bereits die Liste von Aufgaben durch, die vor ihr lagen, und sortierte sie nach ihrer Dringlichkeit. Zu Beginn eines Falls war das immer so.

»Ich fahre mit in die Rechtsmedizin. Finde du währenddessen schon mal heraus, wer dieser Doktor Klein ist und aus welchem Krankenhaus das Namensschild stammt, falls es sich überhaupt um ein Krankenhaus handelt. Du hast ja ein Foto davon gemacht, oder?«

Bryant hob sein Telefon hoch.

Dem Plastikband zufolge war Dr. Klein am 18. November geboren, doch das Geburtsjahr konnten sie nicht entziffern. Unter dem Namen befanden sich zwei Buchstaben und dann eine Reihe von kaum lesbaren Zahlen, außerdem so etwas wie ein Strichcode.

»Überprüfe die vermissten Personen«, fügte Hussein hinzu, »männlich, mittleren Alters, vermisst gemeldet irgendwann in den letzten zwei Wochen.«

»Ich rufe dich an, wenn ich etwas herausfinde.«

»Ruf mich auf jeden Fall an.«

»Klar, meine ich ja.«

Das Plastikband mit dem Namen stammte aus dem New End Hospital in Hampstead. Bryant rief dort an und wurde von einer Abteilung zur nächsten weitergereicht, bis er schließlich bei einer Assistentin des medizinischen Direktors landete. Ihm wurde sehr entschieden erklärt, dass er mit einem solchen Anliegen persönlich erscheinen müsse, weil sie andernfalls keine persönlichen Informationen über Angestellte oder Patienten herausgäben.

Also zuckelte er schwitzend und voller Ungeduld im dichten Berufsverkehr den Hügel hinauf. Wahrscheinlich wäre er zu Fuß schneller gewesen; er sollte sich einen Roller zulegen, ging ihm durch den Kopf, oder ein Motorrad. Im Büro des medizinischen Direktors überprüfte eine dünne Frau in einem roten Kostüm erst einmal gewissenhaft seinen Ausweis. Anschließend wiederholte er sein Anliegen und zeigte ihr das Foto auf seinem Telefondisplay.

»Mein Gedanke war, dass es sich um jemanden handeln muss, der hier arbeitet.«

Die Frau wirkte unbeeindruckt.

»Diese Armbänder sind für Patienten, nicht für Angestellte.«

»Ach ja, klar. Sie müssen entschuldigen.«

»Die Angestellten tragen laminierte Ausweise.«

»Ich interessiere mich mehr für den Träger dieses Bands hier.«

Er wurde gebeten zu warten. Der Minutenzeiger der großen Wanduhr rückte vor. Bryant fühlte sich verschwitzt und schmutzig. Vor seinem geistigen Auge sah er immer wieder das aufgedunsene, mit Wasser vollgesogene Etwas, das einmal ein Mann gewesen war. Die Frau kehrte mit einem bedruckten Blatt in der Hand zurück.

»Die betreffende Person wurde hier vor drei Jahren aufgenommen«, erklärte sie, »und zwar als Notfall.« Sie blickte auf das Blatt hinunter. »Mit schlimmen Riss- und Stichwunden. Scheußliche Sache.«

»Vor drei Jahren?«, wiederholte Bryant stirnrunzelnd. Eher an sich selbst gewandt, fügte er hinzu: »Warum hat er dann immer noch sein Krankenhausarmband getragen?«

»Es war kein Er, sondern eine Frau, eine Patient*in*. Doktor Frieda Klein.«

»Haben Sie eine Adresse?«

»Adresse, Telefonnummer.«

In Husseins Gedächtnis regte sich etwas. »Warum kommt mir dieser Name bekannt vor?«

»Keine Ahnung. Soll ich sie anrufen?«

»Ja. Bitte sie, in die Rechtsmedizin zu kommen.«

»Zur Identifizierung der Leiche? Ich hoffe, sie ist dem gewachsen.«

Hussein stand draußen vor der rechtsmedizinischen Abteilung und verspeiste eine kleine Tüte Chips. Sie beobachtete, wie Frieda Klein dem Beamten durch den fensterlosen Gang folgte. Sie war vermutlich etwa so alt wie Hussein selbst, aber größer, und trug eine graue Leinenhose und ein weißes T-Shirt. Ihr dunkles, fast schwarzes Haar war hochgesteckt. Sie schritt schnell und leichtfüßig dahin, doch Hussein bemerkte, dass ihr Gang trotzdem ein wenig schleppend wirkte, wie bei einer verletzten Tänzerin. Je näher sie kam, desto deutlicher trat die Blässe ihres ungeschminkten Gesichts hervor. Sie hatte sehr dunkle Augen, von denen Hussein sich nicht nur oberflächlich gemustert, sondern eingehend analysiert fühlte.

»Doktor Frieda Klein.«

»Ja.«

Während Hussein sich und Bryant vorstellte, versuchte sie die Stimmung der Frau einzuschätzen. Dabei musste sie an Bryants Worte denken, nachdem er mit der Dame telefoniert hatte: *Diese Doktor Klein kam mir gar nicht so überrascht vor.*

»Sie sollten sich darauf einstellen, dass es kein schöner Anblick ist.«

Die Frau nickte.

»Er trug meinen Namen an seinem Handgelenk?«, fragte sie.

»Ja.«

Der Raum war hell erleuchtet und sehr still und kalt. In der Luft hing der vertraute, gleichermaßen ranzige wie antiseptische Geruch, der einem hinten im Hals stecken blieb.

Vor dem Seziertisch blieben sie stehen. Die Gestalt war mit einem weißen Tuch bedeckt.

»Sind Sie bereit?«

Die Frau nickte. Ein Angestellter trat vor und zog das Tuch weg. Husseins Blick war nicht auf die Leiche gerichtet, sondern auf das Gesicht von Frieda Klein. Deren Miene veränderte sich nicht, sie biss nicht einmal die Zähne zusammen. Aufmerksam betrachtete sie den Kopf der Leiche. Ohne mit der Wimper zu zucken, beugte sie sich darüber. Ihr Blick wanderte hinunter zu der klaffenden Wunde am Hals.

»Ich weiß nicht«, sagte sie schließlich. »Ich kann es nicht sagen.«

»Vielleicht wäre es hilfreich, wenn sie sich die Kleidung ansehen würden, in der er gefunden wurde.«

Die Sachen lagen in einem Regalfach, zusammengefaltet in transparenten Plastiktüten. Hussein nahm sie nacheinander aus dem Fach und hielt sie Doktor Klein zur Ansicht hin. Ein durchnässtes dunkles Hemd. Eine graue Hose. Die schweren Lederschuhe mit den blauen, doppelt geknoteten Schuhbändern. Hussein hörte die Frau neben sich leise nach Luft schnappen. Einen Moment lang hatte sich Frieda Kleins Gesichtsausdruck verändert wie eine Landschaft, auf die ein dunkler, kalter Schatten gefallen war. Die Finger ihrer rechten Hand krümmten sich leicht, als wollte sie die Hand heben, um die Tüte mit den Schuhen zu berühren. Dann wandte sie sich wieder dem grausigen Leichnam zu und starrte in sehr gerader Haltung auf ihn hinunter.

»Ich weiß, wer das ist«, erklärte sie in leisem, ruhigem Ton. »Es ist Sandy. Alexander Holland. Ich erkenne ihn an seinen Schuhen.«

»Sie sind ganz sicher?«, fragte Hussein.

»Ich erkenne ihn an seinen Schuhen«, wiederholte Frieda Klein.

»Doktor Klein, ist mit Ihnen alles in Ordnung?«

»Ja, danke.«

»Haben Sie eine Ahnung, warum er Ihr altes Krankenhausarmband um sein Handgelenk trug?«

Ihr Blick wanderte zu Hussein und dann zurück zur Leiche.

»Wir waren mal zusammen. Vor einer ganzen Weile.«

»Aber jetzt nicht mehr.«

»Jetzt nicht mehr.«

»Verstehe«, antwortete Hussein in neutralem Ton. »Ich bin Ihnen sehr dankbar. Das ist bestimmt nicht leicht für Sie. Natürlich brauchen wir trotzdem sämtliche Informationen, die

Sie uns zu Mister Holland nennen können. Und Ihre aktuellen Kontaktdaten benötigen wir ebenfalls, damit wir uns wieder mit Ihnen in Verbindung setzen können.«

Sie nickte leicht. Hussein hatte den Eindruck, dass es sie große Anstrengung kostete, nicht die Fassung zu verlieren.

»Er wurde ermordet?«

»Wie Sie sehen, wurde ihm die Kehle durchgeschnitten.«

»Ja.«

Nachdem sie ihnen die gewünschten Informationen gegeben hatte und gegangen war, wandte sich Hussein an Bryant.

»Sie hat irgendetwas Seltsames an sich.«

Bryant war hungrig und lechzte nach einer Zigarette. Er streckte sich, stand einen Moment auf den Fußballen und ließ sich dann wieder sinken.

»Sie wirkte sehr ruhig, das muss man ihr lassen.«

»Ihre Reaktion, als sie die Schuhe sah – die war seltsam.«

»Inwiefern?«

»Ich kann es nicht genau sagen. Wir müssen die Frau auf jeden Fall im Auge behalten.«

3

Als die Schwester von Alexander Holland ihnen die Tür öffnete, fielen Hussein gleich mehrere Sachen gleichzeitig auf. Zum einen machte sich Elizabeth Rasson wohl gerade zum Ausgehen fertig, denn sie trug ein schönes blaues Kleid, aber noch keine Schuhe, und wirkte ein wenig aufgelöst, als wäre sie mitten in ihren Vorbereitungen gestört worden. Außerdem schrie irgendwo im Haus ein Kind, während eine Männerstimme es zu beruhigen versuchte. Darüber hinaus registrierte Hussein, dass Hollands Schwester groß, dunkelhaarig und auf eine herbe Art ziemlich gut aussehend war und dass Bryant, den sie dicht hinter sich spürte, so steif und aufrecht dastand wie ein Soldat in Habtachtstellung. Sie hatte das Gefühl, dass er mit angehaltener Luft wartete, bis sie die Worte aussprach, die das Leben dieser Frau verändern würden.

»Elizabeth Rasson?«

»Worum geht es? Sie kommen zu keinem sehr günstigen Zeitpunkt. Wir müssen gleich los.« Ihr Blick fiel auf die hinter ihnen liegende Straße, während sie genervt seufzte.

»Ich bin Detective Chief Inspector Sarah Hussein. Das hier ist mein Kollege Detective Bryant.« Sie zeigten beide ihre Dienstausweise vor.

Hussein spürte in solchen Augenblicken immer ein Ziehen zwischen den Schulterblättern und hinten im Hals. Egal, wie ruhig und gut vorbereitet sie war, empfand sie es doch nie als Routine oder einfach als Teil ihres Jobs, einem Menschen ins Gesicht zu sehen und ihm mitzuteilen, dass eine geliebte Person gestorben war. Sie kam direkt vom Bruder dieser Frau, der aufgedunsen und bereits verwesend auf dem Seziertisch gelegen hatte.

»Polizei?«, fragte die Frau mit zusammengekniffenen Augen. »Worum handelt es sich?«

»Sie sind die Schwester von Alexander Holland?«

»Sandy? Ja. Was ist mit ihm?«

»Dürfen wir reinkommen?«

»Warum? Steckt er in Schwierigkeiten?«

Am besten, man sagte es geradeheraus, möglichst klar und deutlich, ohne Raum für Zweifel zu lassen; so hatten sie es alle im Rahmen ihrer Ausbildung gelernt, auch wenn das inzwischen viele Jahre her war. So machte sie es jedes Mal: Sie sah ihrem Gegenüber in die Augen und verkündete mit fester Stimme, dass ein Mensch, den die betreffende Person gekannt und vielleicht sogar geliebt hatte, gestorben war.

»Ich bedaure sehr, Ihnen mitteilen zu müssen, dass Ihr Bruder tot ist, Misses Rasson.«

Elizabeth Rasson wirkte schlagartig sehr bestürzt. Sie verzog das Gesicht zu einer fast schon komischen, an eine Zeichentrickfigur erinnernden Grimasse.

»Mein aufrichtiges Beileid zu Ihrem Verlust«, fügte Hussein sanft hinzu.

»Ich verstehe nicht. Das kann nicht sein.«

Hinter ihnen kam eine junge Frau den Gehsteig entlanggelaufen und stürmte durch das Gartentor in den Vorgarten. Ihr Pferdeschwanz saß schief, und ihre runden Wangen waren vom Laufen gerötet.

»Es tut mir leid, Lizzie!«, keuchte sie. »Der Bus. Freitagabend. Ich bin gekommen, so schnell ich konnte!«

Hussein forderte Bryant mit einer raschen Handbewegung auf, sich um die junge Frau zu kümmern, woraufhin er diese am Arm nahm und von der Haustür weglotste.

»Wir wollten eigentlich gerade aufbrechen«, erklärte Lizzie Rasson mit dumpfer Stimme, »zum Abendessen zu Freunden.«

»Darf ich eine Minute reinkommen?«

»Tot, sagen Sie? Sandy?«

Hussein führte sie ins Wohnzimmer.

»Möchten Sie sich setzen?«

Aber Lizzie Rasson blieb mitten im Zimmer stehen. Ihr attraktives Gesicht wirkte plötzlich knochig, ihr Blick leer. Oben wurde das Kindergeschrei immer lauter und schließlich so schrill, dass es klang, als brächte es Glas zum Bersten. Hussein konnte sich das zornrote Gesicht genau vorstellen.

»Wie ist er gestorben? Er war doch gesund. Er war fast jeden Tag joggen.«

»Die Leiche Ihres Bruders wurde heute in der Themse gefunden.«

»In der Themse? Sandy ist ertrunken? Aber er war ein guter Schwimmer. Wieso war er denn überhaupt im Fluss?«

Hussein zögerte einen Moment. »Ihm wurde die Kehle durchgeschnitten.«

Schlagartig verstummte das Geschrei. Im Raum herrschte plötzlich Stille. Lizzie Rasson sah sich um, als hielte sie nach etwas Ausschau: Ihr leerer Blick schweifte über Möbelstücke, Bücher, Familienfotos. Dann schüttelte sie den Kopf.

»Nein«, sagte sie in entschiedenem Ton, »ganz bestimmt nicht.«

»Ich weiß, dass das für Sie schrecklich ist, aber wir müssen Ihnen dennoch ein paar Fragen stellen.«

»Die Kehle durchgeschnitten, sagen Sie?«

»Ja.«

Lizzie Rasson ließ sich schwer auf einen Sessel fallen und streckte die langen Beine von sich. Sie wirkte auf einmal linkisch.

»Woher wissen Sie, dass er es ist? Es könnte sich um eine Verwechslung handeln.«

»Er wurde eindeutig identifiziert.«

»Von wem?«

»Doktor Frieda Klein.«

Hussein beobachtete Lizzie Rassons Reaktion auf ihre

Worte. Sie sah, wie ihr Gegenüber unwillkürlich das Gesicht verzog und die Zähne zusammenbiss.

»Frieda. Armer Sandy«, sagte sie so leise, als spräche sie mit sich selbst. »Armer, armer Sandy.«

Sie hörten schnelle Schritte die Treppe herunterkommen. Ein kräftig gebauter Mann mit einem offenen Gesicht und rötlichem Haar betrat den Raum.

»Bestimmt freut es dich zu hören, dass er endlich schläft. War das gerade Shona an der Tür?«, fragte er. In dem Moment entdeckte er Hussein, registrierte den schockierten Gesichtsausdruck seiner Frau und hielt mitten in der Bewegung inne.

»Sandy ist tot.« Nun, da sie die Worte selbst aussprach, begriff sie, dass dem tatsächlich so war. Lizzie Rasson hob eine Hand an den Mund und presste sie dann gegen ihre Wange. »Sie sagt, man hat ihm die Kehle durchgeschnitten.«

»O mein Gott!«, stieß ihr Ehemann aus. Einen Moment stützte er sich an der Wand ab, als wäre ihm schwindlig. »Er wurde umgebracht? Sandy?«

»Sie behauptet es.«

Eilig durchquerte er den Raum, kauerte sich neben den Sessel, in den seine Frau gesunken war, griff nach ihren schmalen Händen und umschloss sie fest mit den seinen, die groß und grobknochig waren.

»Sind sie sicher?«

Sie stieß ein gepresstes, zorniges Schluchzen aus.

»Frieda hat ihn identifiziert.«

»Frieda«, wiederholte er. »Lieber Himmel, Lizzie!«

Inzwischen hatte er einen Arm um ihre Schultern gelegt. Ihr blaues Kleid wirkte bereits ziemlich verknittert. Tränen traten ihr in die Augen und begannen ihr über die Wangen zu laufen.

»Ich weiß.« Sie schluckte hörbar und wischte mit dem Handgelenk die Feuchtigkeit unter ihrer Nase weg.

Ihr Mann wandte sich schließlich an Hussein.

»Sie brauchen nicht alles zu glauben, was Ihnen diese Frau

erzählt«, erklärte er, wobei sein Gesicht einen harten Zug annahm. »Warum hat sie ihn überhaupt identifiziert?«

Bryant trat in den Raum und stellte sich neben Hussein. Sie roch, dass er eine Zigarette geraucht hatte, bevor er ins Haus gekommen war. Er hasste solche Situationen.

»Ich bedaure Ihren Verlust sehr«, erwiderte Hussein. »Trotzdem müssen wir Ihnen ein paar Fragen stellen, und je eher wir das tun, desto besser ist es für den Verlauf der Ermittlungen.«

Hussein betrachtete das Paar. Es war schwer zu beurteilen, ob sie überhaupt begriffen, was ihnen da mitgeteilt wurde. Bryant hatte mittlerweile sein Notizbuch herausgeholt.

»Könnten Sie uns zuallererst den vollen Namen Ihres Bruders bestätigen, außerdem Geburtsdatum und aktuelle Adresse – und können Sie uns sagen, wann Sie ihn das letzte Mal gesehen haben?«

Als sie das Haus der Rassons schließlich wieder verließen, war der Himmel bereits dunkel, auch wenn sich die Luft immer noch warm anfühlte.

»Was wissen wir?«, fragte Hussein, während sie in den Wagen stiegen.

Bryant nahm einen großen Bissen von dem Sandwich, das er sich besorgt hatte. Thunfisch und Mayonnaise, ging Hussein durch den Kopf – das nahm er immer, oder wahlweise höchstens noch Huhn und Pesto.

»Wir wissen«, fuhr sie fort, ohne seine Antwort abzuwarten, »dass Alexander Holland zweiundvierzig Jahre alt war und als Arzt im King George's gearbeitet hat, im Fachbereich Neurologie. Er ist vor knapp zwei Jahren nach einem kurzen Aufenthalt in den USA nach London zurückgekehrt und wohnte seitdem in einer Seitenstraße der Caledonian Road.«

Sie hielt den Schlüssel hoch, den Lizzie Rasson ihnen gegeben hatte.

»Außerdem wissen wir, dass er allein lebt, nicht in einer festen Partnerschaft, zumindest, soweit seine Schwester informiert ist. Dass sie ihn das letzte Mal vor elf Tagen gesehen hat, am Montag, dem 9. Juni, und er dabei wie immer wirkte. Dass ihm die Kehle durchgeschnitten wurde, und zwar von links nach rechts, sodass wir wahrscheinlich auf der Suche nach einem Rechtshänder sind, und dass die Leiche in der Themse gefunden wurde, wo sie an der Oberfläche trieb. Wir haben keinerlei Anhaltspunkte bezüglich der Frage, wo die Leiche im Wasser gelandet ist, wissen jedoch, dass Holland seit mindestens einer Woche tot ist, wodurch sich bezüglich des möglichen Todeszeitpunkts ein Fenster vom 10. Juni oder eventuell sogar vom späten Abend des 9. Juni bis zum Freitag, dem 13. Juni, ergibt.«

»Für manche Leute ein Unglückstag«, warf Bryant ein.

Hussein ignorierte seine Bemerkung. »Außerdem wissen wir, dass er am Freitag, dem 20. Juni, gefunden wurde und dass er seiner Schwester zufolge viele Freunde und keine Feinde hatte. Wobei Letzteres nicht stimmen kann.«

Sie streckte die Hand aus. Bryant reichte ihr sein Sandwich. Sie nahm einen Bissen und gab es ihm dann wieder zurück. In ihrer Tasche vibrierte ihr Handy, aber sie holte es nicht heraus. Wahrscheinlich war es eine von ihren Töchtern. Wenn sie rangingen, bekam sie bloß noch mehr Schuldgefühle und wurde dadurch von ihrer Arbeit abgelenkt.

»Sonst noch was?«, fuhr sie fort.

»Seine Schwester und ihr Mann mögen Frieda Klein nicht besonders.«

4

Tja«, sagte Bryant.

»Du klingst enttäuscht«, stellte Hussein fest.

Hussein und Bryant standen in Sandy Hollands Wohnung, angetan mit Überschuhen und Handschuhen.

»Ich hatte mit Blut gerechnet«, erklärte Bryant, »mit Spuren eines Kampfes. Aber da ist nichts. Es sieht aus, als wäre er aus freien Stücken hinausmarschiert.«

Hussein schüttelte den Kopf. »Wenn man jemanden in seinem eigenen Zuhause tötet, lässt man die Leiche vermutlich dort. Sie nach draußen zu schaffen ist einfach ein zu großes Risiko.«

»Hältst du es nicht für denkbar, dass der Mörder ihn hier getötet und anschließend alles sauber gemacht hat?«

»Möglich ist es«, antwortete Hussein, klang jedoch skeptisch. »Die Spurensicherung wird uns darüber sowieso Aufschluss geben. Für mich sieht es hier blitzblank aus.«

Die beiden drehten rasch eine Runde durch die Wohnung. Sie erstreckte sich über die beiden obersten Stockwerke. Es gab ein Wohnzimmer mit zwei großen Fenstern, aus dem man in eine schmale Küche gelangte, außerdem ein kleines Arbeitszimmer und oben ein Schlafzimmer mit einer Dachterrasse, von der man über Dächer und Kräne blicken konnte.

In jedem Raum standen Bücherregale. Bryant zog einen großen Band heraus, schlug ihn auf und schnitt eine Grimasse.

»Glaubst du, er hat die alle gelesen? Ich verstehe kaum ein Wort.«

Hussein wollte gerade antworten, als ihr Telefon klingelte.

Sie ging ran. Bryant beobachtete ihr Mienenspiel: Zunächst wirkte sie irritiert, dann überrascht, am Ende irgendwie beunruhigt.

»Ja«, sagte sie, »ich werde da sein.«

Sie beendete das Gespräch und hing einen Moment ihren Gedanken nach. Sie schien vergessen zu haben, wo sie war.

»Schlechte Nachrichten?«, fragte Bryant.

»Keine Ahnung«, antwortete Hussein. »Es geht um die Frau, die den Leichnam identifiziert hat: Frieda Klein. Der Computer hat ihren Namen ausgespuckt. Vor zwei Wochen hat sie jemanden als vermisst gemeldet.«

»Alexander Holland?«

»Nein, einen Mann namens Miles Thornton. Sophie ist der Sache nachgegangen, und ehe sie es sich versah, bekam sie einen Anruf aus dem Büro des Polizeipräsidenten.«

»Du meinst, Crawford? Weswegen denn?«

»Wegen des Falls. Im Zusammenhang mit Frieda Klein. Er möchte mich sprechen. Auf der Stelle.«

»Stecken wir in Schwierigkeiten?«

Hussein wirkte verblüfft.

»Wieso sollten wir? Wir haben doch noch gar nichts gemacht.«

»Möchtest du, dass ich mitkomme?«

Hussein schaute sich um.

»Nein, du musst hierbleiben.«

»Wo soll ich denn anfangen? Wonach suche ich?«

Hussein überlegte einen Moment.

»Ich habe nach einem Telefon oder Computer oder Portemonnaie Ausschau gehalten, aber nichts gefunden. Könntest du mal dein Glück versuchen?«

»Klar.«

»Außerdem lag an der Eingangstür ein Stapel Post. Der sollte uns klären helfen, wann Holland das letzte Mal hier war. Und sieh zu, dass du mit den Leuten in der anderen Wohnung reden kannst und herausfindest, wann sie ihn das letzte Mal getroffen haben.«

»Mache ich.«

»Die Spurensicherung müsste bald eintreffen. Mir ist klar, dass die Jungs es nicht mögen, wenn man ihnen sagt, was sie zu tun haben, aber an der Schlafzimmertür hingen zwei Bademäntel, und im Nachttisch lagen Kondome. Sie sollten die Laken untersuchen.«

»Ich werde sie darauf hinweisen.«

DC Sophie Byrne begleitete Hussein und ging mit ihr ein paar der Ausdrucke durch, während sie am St. James's Park entlangfuhren. Hussein kam sich vor, als versuchte sie auf dem Weg in eine Prüfung verzweifelt, noch rasch den Stoff zu wiederholen, den sie sich längst hätte ansehen sollen. Dabei war sie nie dieser Typ gewesen. Sie war gerne gut vorbereitet, sonst fühlte sie sich unbehaglich.

Man erwartete sie bereits. Ein uniformierter Beamter lotste sie durch die Sicherheitskontrolle und dann in einen Aufzug hinauf in ein Stockwerk, zu dem man nur mit einer speziellen Karte Zutritt bekam. Schließlich wurde sie einer Empfangsdame vorgestellt, die sie ins Büro des Polizeipräsidenten führte. Zunächst sah sie nur gleißendes Licht. Ihr war nicht klar gewesen, wie hoch oben sie sich befand. Sie verspürte den kindlichen Drang, zum Fenster zu eilen und erst einmal die Aussicht über den Park zu genießen.

Bei Crawfords Anblick fielen ihr mehrere Sachen gleichzeitig auf: sein lächelndes, rötliches Gesicht, seine Uniform, die Größe seines Schreibtisches und wie leer dieser Tisch war, mal abgesehen von einer einzigen Akte. Hatte er denn keinen Papierkram zu unterzeichnen? Oder war er sogar dafür zu wichtig?

»Detective Chief Inspector Hussein«, sagte Crawford langsam, als ließe er sich jedes einzelne Wort auf der Zunge zergehen. »Endlich lernen wir uns persönlich kennen.«

»Nun ja«, begann Hussein, wusste dann aber nicht, wie sie fortfahren sollte.

»Wir sind stolz, eine leitende Beamtin aus Ihrer Ecke der Stadt zu haben.«

»Vielen Dank, Sir.«

»Woher kommen Sie, Sarah? Ich meine, ursprünglich.«

»Aus Birmingham, Sir.«

Sie schwiegen beide einen Moment. Hussein blickte aus dem Fenster. Die Sonne schien. Plötzlich musste sie daran denken, wie schön es wäre, dort draußen zu sein und an einem Sommerabend im Park spazieren zu gehen, statt jetzt hier zu stehen.

»Erzählen Sie mir etwas über diesen Fall«, fuhr Crawford schließlich fort. »Alexander Holland.«

Mit einer Handbewegung forderte er sie auf, vor seinem Schreibtisch Platz zu nehmen. Sie berichtete ihm über den Fund des Leichnams, seinen Zustand und Hollands Wohnung.

»Und Sie haben Frieda Klein kennengelernt?«

»Ja, kurz.«

»Was halten Sie von ihr?«

»Sie war diejenige, die den Leichnam identifiziert hat. Holland trug ihr Krankenhausarmband am Handgelenk.«

»Das klingt ein bisschen seltsam.«

»Die beiden waren mal ein Paar.«

»Also, dass man jemandes Ring trägt, ist mir ja bekannt, aber...«

»Ich hatte mir schon vorgenommen, noch einmal mit ihr zu sprechen.«

»Inwieweit sind Sie denn über sie informiert?«

»Bisher weiß ich nur das, was eine meiner Beamtinnen mir vorhin auf der Herfahrt berichtet hat. Der Name kam mir zwar irgendwie bekannt vor, aber ich konnte mich nicht erinnern, woher. Wenn ich das richtig verstanden habe, ist sie die Therapeutin, die vor ein paar Jahren an der Befreiung des

Faraday-Jungen beteiligt war und auch zur Aufklärung des Mordes unten in Deptford beigetragen hat. Außerdem gab es da noch diesen anderen Fall, das ›Horrorhaus von Croydon‹, wie es in der Regenbogenpresse hieß. Das war ebenfalls diese Frieda Klein.«

»Sie sollten nicht alles glauben, was Sie in der Zeitung lesen.«

»Ich halte mich nur an das, was in den Polizeiakten stand. War sie in den Fall nicht auch involviert?«

Crawford stieß eine Art verächtliches Schnauben aus. »Man kann auf die eine oder andere Weise involviert sein«, antwortete er.

»Ich verstehe nicht recht.«

»Sie wissen doch, wie das ist«, erklärte er. »Wenn wir ein Ergebnis haben, wollen plötzlich alle auf den Wagen aufspringen. Und die Zeitungen fahren voll darauf ab – auf die Vorstellung, dass irgendeine gottverdammte Therapeutin hier bei uns hereinschneit und uns sagt, wie wir unsere Arbeit machen sollen.«

»Aus den Zeitungen weiß ich lediglich, dass ihr irgendetwas zur Last gelegt wurde. Worum es dabei im Einzelnen ging, habe ich vergessen.«

»Sie kennen nicht mal die halbe Wahrheit«, entgegnete Crawford düster.

Es folgte eine weitere Pause.

»Sie müssen entschuldigen«, unterbrach Hussein leicht irritiert das Schweigen. »Ich bin wahrscheinlich schwer von Begriff, aber mir ist nicht ganz klar, worauf Sie hinauswollen.«

Crawford beugte sich vor und schob mit den Fingerspitzen seiner rechten Hand die Akte über den Tisch.

»Das ist die andere Akte über Frieda Klein«, erklärte er. »*Meine* Akte. Sie können sie mitnehmen.« Er stand auf und trat ans Fenster. »Aber Sie bekommen von mir gleich die Kurzfassung.« Er drehte sich um. Als Hussein sein Gesicht sah, schien ihr, als hätte jemand einen Regler hochgedreht, um seinen Zorn zu steigern. »Ich sage Ihnen eines, Sarah … Ist es in Ordnung, wenn ich Sie Sarah nenne?«

»Natürlich, Sir.«

»Als jemand mich anrief und mir von dem Leichenfund berichtete und dass diese Frieda Klein damit zu tun habe, nahm ich mir vor, dieses Mal umgehend in Erfahrung zu bringen, wer für den Fall zuständig ist, und die betreffende Person zu warnen. Sie haben Klein ja schon kennengelernt und wahrscheinlich als eine ruhige, fleißige Sorte Ärztin eingestuft …«

»Ich habe sie eigentlich gar nicht …«

»Aber das ist sie nicht. Sie meinen, in der Zeitung etwas über sie gelesen zu haben.« Er trat wieder an den Schreibtisch und klopfte auf die Tischplatte. »Ich werde Ihnen sagen, was nicht in der Zeitung stand. Wussten Sie, dass sie eine Frau umgebracht hat?«

»Umgebracht?«

»Sie hat sie erstochen. Und ihr dann auch noch die Kehle durchgeschnitten.«

»Stand sie deswegen vor Gericht?«

»Nein, man ging davon aus, dass sie in Notwehr gehandelt hat. Aber nicht einmal *das* hat Klein zugegeben. Sie hat behauptet, es sei Dean Reeve gewesen, der in dem Faraday-Fall der Kidnapper war.«

Hussein runzelte die Stirn.

»Dean Reeve? Der ist doch gestorben. Er hat sich erhängt, bevor die Polizei ihn schnappen konnte.«

»Genau. Aber wir sprechen hier von Frieda Klein. Für sie gelten andere Regeln als für den Rest von uns. Sie hat diese fixe Idee, dass Dean Reeve noch lebt und statt seiner damals sein eineiiger Zwillingsbruder starb. Das ist natürlich lächerlich. Außerdem reden alle immer nur darüber, dass Klein es geschafft hat, den Faraday-Jungen und das Mädchen zu retten. Kein Mensch erwähnt jemals die andere Frau, die Klein ins Spiel brachte, dann aber nicht retten konnte.«

»Auf welche Weise hat Klein sie ins Spiel gebracht?«

»Was?« Crawford wusste im ersten Moment nicht recht, was er darauf antworten sollte. »An die Einzelheiten erinnere ich mich nicht. Es steht alles in den Akten. Vor ein paar Jahren wurde Klein auch einmal wegen Körperverletzung festgenommen, nachdem sie in einem Restaurant im Westend eine Schlägerei angefangen hatte.«

»Eine Schlägerei? Kam es zu einer Verurteilung?«

»Sie wurde nie zur Verantwortung gezogen«, fuhr Crawford fort, »auch wenn mir bis heute schleierhaft ist, warum nicht. Er klopfte auf die Akte. »Aber das finden Sie alles hier drin.«

»Steht sie immer noch auf der Gehaltsliste der Polizei?«

»Lieber Himmel, nein! Dafür habe ich persönlich gesorgt. Das Letzte, was ich von ihr hörte, war, dass sie oben in Suffolk wegen einer Vergewaltigung Zeter und Mordio schrie und mit Anschuldigungen um sich warf, bis der Mann, den sie beschuldigte, am Ende selbst ermordet wurde. Das ist es, was ich Ihnen zu sagen versuche, Sarah: Wo auch immer diese Frau auftaucht, kommt es zu Problemen, und Menschen werden getötet. Das einzig Gute an dem neuesten Trauerspiel ist, dass Klein sich oben in Suffolk aufhielt und die dortige Polizei ärgerte, statt hier unten uns zu nerven.«

»Wegen einer Vergewaltigung?«, hakte Hussein nach. »War sie selbst das Opfer, oder hat sie in einem Fall von Vergewaltigung ermittelt?«

»Ein bisschen von beidem, wenn ich das richtig verstanden habe. Das Ende der Geschichte war, dass zwei Leute ermordet wurden – was der übliche Lauf der Dinge zu sein scheint, wenn Doktor Klein die Finger im Spiel hat.«

Hussein griff nach der Akte.

»Sie müssen entschuldigen«, sagte sie, »aber mir ist noch immer nicht ganz klar, worum es hier eigentlich geht. Wollen Sie behaupten, diese Frau leide unter Wahnvorstellungen, oder unterstellen Sie ihr eine gewisse Systematik, oder haben Sie einen konkreten Verdacht, oder ... was?«

»Im Lauf der Ermittlungen wird es sicher erforderlich werden, mit bestimmten Leuten zu sprechen. Ich kann Ihnen einen Psychologen nennen, mit dem wir tatsächlich zusammenarbeiten, Hal Bradshaw. Er teilt meine Vorbehalte bezüglich der Leistungen von Doktor Klein. Zwischen den beiden kam es zu einer Art Zusammenstoß, und am Ende brannte sein Haus bis auf die Grundmauern nieder. Wobei er ihr das erstaunlich wenig krumm genommen hat, das muss ich schon sagen.«

»Wollen Sie damit andeuten, dass Frieda Klein auch noch eine Brandstifterin ist?«

Crawford breitete mit einer Geste unschuldiger Hilflosigkeit die Hände aus. »Ich will gar nichts andeuten«, entgegnete er. »Ich bin bloß ein schlichter Polizeibeamter. Ich lasse mich lediglich von den Indizien leiten, und in diesem Fall deuten die darauf hin, dass Frieda Klein überall Chaos hinterlässt. Was für eine Rolle sie bei alldem im Einzelnen gespielt hat, war von Anfang an schwer nachzuvollziehen. Wie Sie selbst wohl bald feststellen werden, hat Frieda Klein nämlich noch ein paar sehr seltsame Bundesgenossen. Auf welche Weise diese Dinge zustande kommen, entzieht sich zugegebenermaßen meiner Kenntnis, aber sie passieren, und zwar immer wieder.«

»Als Doktor Klein damals tatsächlich – in welchem Ausmaß auch immer – mit der Polizei zusammengearbeitet hat«, sagte Hussein, »wer war da ihr Ansprechpartner?«

»Wissen Sie, die Frau ist ja obendrein auch noch raffiniert. Sie hat mit einem meiner DCIs zusammengearbeitet, Malcom Karlsson, und der ist ihr schlichtweg verfallen. Das hat sie ausgenutzt.«

»Verfallen? Soll das heißen, die beiden hatten eine Beziehung?«

Crawford zog ein Gesicht. »Ich sage nicht, dass sie eine hatten, schließe es aber auch nicht aus. Genaueres weiß ich nicht und möchte keine Mutmaßungen anstellen. Ich sage nur, dass es Mal Karlsson meiner Meinung nach die Optik verschoben hat, was diese Frau betrifft. Aber bestimmt werden Sie selbst mit ihm sprechen wollen. Seien Sie trotzdem schon einmal vorgewarnt, dass man sich nicht ganz auf seine Einschätzung verlassen kann, wenn es um Frieda Klein geht.«

Hussein blickte auf die Akte hinunter.

»Es ist aber auch möglich, dass Frieda Klein mit dieser Sache überhaupt nichts zu tun hat.«

Crawford stand auf und kam hinter seinem Schreibtisch hervor, um Hussein aus ihrem Sessel hochzuhelfen.

»Genauso gut ist es möglich«, entgegnete er, »dass man in ein Haifischbecken fällt und der Hai einen nicht frisst. Trotzdem ist es besser, einen schützenden Käfig um sich zu haben.«

Hussein lächelte über den extremen Vergleich.

»Sie ist doch nur eine Zeugin«, gab sie zu bedenken.

»Es kann nie schaden, sich zu wappnen«, meinte Crawford. »Und sollten Sie irgendwelche Probleme mit ihr haben, dann denken Sie daran, dass ich hundertprozentig hinter Ihnen stehe.«

5

Was haben wir?« Hussein blickte die Männer und Frauen an, die sich im Besprechungsraum um sie scharten.

Was haben wir? Diese Worte gebrauchte sie immer, wenn ein Fall erst wenige Stunden oder höchstens ein, zwei Tage alt war und sie zunächst die Ecken und Kanten des Rahmens zusammensetzten, ehe sie sich dem Durcheinander der Puzzleteilchen zuwandten, aus denen sich dann das Bild formen ließ.

»Soll ich anfangen?«, meldete sich Bryant zu Wort. »Unser Opfer heißt Alexander Holland, seines Zeichens…«, er warf einen Blick auf das Blatt, das vor ihm lag, »…Professor der Kognitionswissenschaft am King George's College hier in London.«

»Was versteht man darunter?«, erkundigte sich Chris Fortune. Er war neu im Team. Hussein fiel auf, dass er ständig mit einem Knie wippte und energisch Kaugummi kaute. Wahrscheinlich versuchte er gerade, mit dem Rauchen aufzuhören.

»Dass er gescheiter ist als wir. Oder gescheiter *war*. Am 6. Juni ging an der Uni das Semester zu Ende, seitdem sind die großen Sommerferien. Das erklärt, warum sich wegen seines Fehlens dort niemand Gedanken gemacht hat. Wobei aus unseren Aufzeichnungen hervorgeht, dass eine Frau…«, er warf erneut einen Blick auf seine Notizen, »…eine Doktor Ellison hat offenbar bei der Polizei angerufen und sein Verschwinden gemeldet. Allerdings ist nicht ganz klar, aus welchem Grund sie sich Sorgen um ihn gemacht hat. Er war zu dem Zeitpunkt erst ein paar Tage abgängig. Sie meinte, er habe sich nicht wie verabredet bei ihr gemeldet.«

»Doktor Ellison?«

»Ja.«

»Gut. Weiter.«

»Er hatte die Stelle noch nicht lange. Sie wurde speziell für ihn geschaffen. Vorher war er ein paar Jahre in den Staaten gewesen, von wo er aber vor anderthalb Jahren zurückkam.«

»Warum?«

»Warum was?«

»Warum ist er zurückgekommen?«

»Das weiß ich nicht.«

»Weiter.«

»Er war zweiundvierzig. Einmal verheiratet, mit einer Maria Lockhart, aber seit acht Jahren geschieden.«

»Wo hält sich die Frau zurzeit auf?«

»Sie lebt mit ihrem neuen Ehemann in Neuseeland. Und nein, sie hat London nicht erst vor Kurzem einen Besuch abgestattet, um ihren Ex umzubringen. Kinder hat er keine. Die Eltern sind beide schon gestorben. Eine Schwester lebt hier in London. Mit der haben wir ja bereits gesprochen.«

Hussein dachte an die aufgelöste Frau in dem blauen Kleid, die vor Bestürzung die Hände gerungen und immer wieder den Kopf geschüttelt hatte.

»Gibt es eine feste Partnerin?«

»Bisher wissen wir von keiner.«

»Sophie.« Hussein nickte der jungen Frau zu, die sich mit nervöser Miene aufrichtete. »Berichte uns doch mal, was in seiner Wohnung gefunden wurde.«

Aufmerksam lauschte sie Sophies Ausführungen. Obwohl Alexander Holland noch nicht lange in seiner Wohnung gelebt hatte, verrieten die Räume etwas über den Mann. Offenbar hatte er gerne gekocht, denn seine Töpfe und Pfannen waren teuer und offensichtlich benutzt, und in den Schränken fanden sich viele ordentlich verstaute Zutaten sowie Kochbücher. Getrunken hatte er allem Anschein nach auch gern: Die

Recyclingtonne unterhalb der Treppe enthielt jede Menge leere Weinflaschen, und in der Küche gab es einen beachtlichen Vorrat an vollen, außerdem ein paar Flaschen Whisky. Nach seinen Tennis- und Squashschlägern, Joggingklamotten und mehreren Paar Laufschuhen zu urteilen, war er ein sportlicher Typ gewesen. Die teuren Hemden und Jacken in seinem Kleiderschrank ließen vermuten, dass er auch etwas von einem Dandy hatte. Darüber hinaus war er wohl Kunstliebhaber. Zumindest hingen an den Wänden Gemälde und in seinem Schlafzimmer zwei Zeichnungen. In der Schublade neben seinem Bett lagen Kondome, er war also sexuell aktiv.

»*Vermutlich* sexuell aktiv«, wandte Hussein ein.

Wie Sophie Byrne weiter erklärte, hingen zwei Bademäntel am Haken, einer für einen Mann und ein kleinerer für eine Frau, wobei das Damenmodell von verschiedenen Personen getragen worden war. Im Badezimmerschränkchen fand sich ein Vorrat an Zahnbürsten, außerdem Paracetamol und Mundspülung. Er hatte viel gelesen, hauptsächlich Fachbücher, die mit seiner Arbeit zu tun hatten.

»Bemerkenswert ist jedoch«, fuhr Sophie Byrne fort, »was alles *nicht* da ist. Kein Pass. Kein Portemonnaie. Kein Computer. Kein Telefon.«

»Schlüssel?«

»Ein Set Schlüssel in einer Schale neben der Eingangstür, außerdem ein paar, die nicht zur Wohnung gehören.«

»Vielleicht zur Wohnung seiner Schwester?«

»Das überprüfen wir gerade.«

»Korrespondenz?«

»Nein – aber die befand sich wahrscheinlich auf seinem Computer, von dem ebenfalls jede Spur fehlt.«

»Wir sollten vermutlich in der Lage sein, sie von seinem Server zu bekommen. Oder vielleicht hat er in seinem Büro an der Uni einen Computer stehen. Kannst du dich darum kümmern, Chris?«

»Klar.« Chris unterstrich seine Bereitschaft mit einer besonders energischen Kaubewegung.

»Auf seinem Schreibtisch lag ein Notizbuch«, fuhr Sophie Byrne fort, »aber es enthielt hauptsächlich die üblichen Listen. Sachen, die er erledigen wollte. Einkaufslisten. Außerdem hatte er sich so eine Art Zeitplan notiert. Daten und Zeiten mit Sternchen daneben. Überschrieben mit ›WH‹.«

»WH?«

»Ja.«

»Gut. Was ist mit Anrufen, Glen? Gibt es da Grund zur Freude?«

»Ah.« Bryant machte einen zufriedenen Eindruck. Er räusperte sich und griff dann nach einem Stapel zusammengehefteter Blätter. »Wie ihr ja alle wisst, wurde sein Handy nicht gefunden, aber wir verfügen über eine Liste der Anrufe, die er in den letzten sechs Monaten getätigt hat, also ab Anfang des Jahres.«

»Und?«

»Mehr als ein Drittel aller Anrufe gingen an ein und dieselbe Nummer.«

»Und wessen Nummer war das?«, fragte Hussein, obwohl sie die Antwort bereits erriet.

»Die von Frieda Klein.«

»Wirst du eine Pressekonferenz einberufen?«, wandte sich Bryant nach der Besprechung an Hussein.

»Ja, aber erst morgen.«

»Sollen wir sie zur Vernehmung kommen lassen?«

»Doktor Klein? Nein, noch nicht. Ich glaube, es gibt da ein paar Leute, mit denen ich vorher sprechen muss.«

Ihr fiel etwas ein, das sie schon die ganze Zeit wie ein leichtes Nagen im Hinterkopf spürte.

»Als unser Computer gleich zu Anfang den Namen Frieda Klein ausspuckte, ging es doch um eine Vermisstenmeldung. Miles Thornton. Kannst du dir das mal genauer ansehen?«

»Hereinspaziert, hereinspaziert«, sagte der Mann, während er nach ihrer Hand griff und sie einen Moment mit festem Griff umklammerte.

Hal Bradshaw war barfuß und wirkte auf eine kunstvolle Art unfrisiert. Seine Brillengläser waren von langen, schmalen Rechtecken umrahmt, die es einem schwer machten, seine Augen als Ganzes wahrzunehmen. Vielleicht war das ja der Sinn der Sache. Er führte sie in sein Arbeitszimmer, einen hellen Raum voller Bücherregale. Über dem Schreibtisch hingen mehrere gerahmte Zeugnisse und ein Foto, das Bradshaw zeigte, wie er einem prominenten Politiker die Hand schüttelte. Als er nun zu einem langen Sofa hinüberdeutete, ließ sie sich am einen Ende nieder, woraufhin er sich ziemlich dicht neben sie setzte. Er roch nach Sandelholz.

»Danke, dass Sie sich für mich Zeit genommen haben, Doktor Bradshaw. Noch dazu an einem Sonntag.«

»Professor, um genau zu sein. Allerdings erst seit Kurzem.« Er lächelte bescheiden. »Ich hatte schon mit Ihnen gerechnet.«

Sie starrte ihn ein wenig überrascht an. »Ich weiß. Ich habe Sie ja angerufen und den Termin mit Ihnen vereinbart.«

»Nein, ich meinte, nachdem ich erfahren hatte, dass Frieda Klein die Leiche ihres Freunds gefunden hatte. Besser gesagt, ihres Exfreunds.«

»Darf ich fragen, wie Sie davon erfahren haben?«

Bradshaw zuckte mit den Achseln. »Das ist so abgesprochen.«

»Mit der Polizei?«

»Genau«, antwortete er. »Man hält mich auf dem Laufenden. In diesem Fall hat mich sogar der Polizeipräsident höchstpersönlich angerufen.«

»Wobei es gar nicht stimmt, dass Doktor Klein Alexander Holland gefunden hat. Sie war lediglich diejenige, die ihn identifizierte.«

»Ja, ja«, antwortete er, als würde sie damit nur untermauern, was er gesagt hatte. »Darf ich Ihnen vielleicht eine Tasse Tee anbieten? Oder Kaffee?«

»Nein, danke. Ich bin hier, weil Polizeipräsident Crawford meinte, es wäre sinnvoll, wenn ich mir erst einmal ein paar Hintergrundinformationen über Doktor Klein beschaffe.«

Bradshaw schüttelte bedächtig den Kopf. Dabei setzte er eine Miene auf, die sein gut aussehendes Gesicht auf eine nachdenkliche Art traurig wirken ließ.

»Ich werde versuchen, Ihnen zu helfen, so gut ich kann.«

»Ich habe die Akte gelesen, die der Polizeipräsident mir gegeben hat. Können wir vielleicht mit dem Fall Dean Reeve beginnen?«

»Dean Reeve ist tot.«

»Ja, ich weiß, aber …«

»Aber Frieda Klein ist davon überzeugt, dass er noch lebt und dass er …«, er lehnte sich zu Hussein hinüber, »… *es auf sie abgesehen hat.*«

»Wissen Sie, warum sie dieser Meinung ist?«

»Ich habe ein Buch über genau dieses Thema geschrieben.«

»Vielleicht könnten Sie Ihre Argumentation kurz zusammenfassen.«

»Menschen wie Frieda Klein – kluge, redegewandte, neurotische, extrem reflektierte und auf Selbstschutz bedachte Menschen – können ein Persönlichkeitsmerkmal entwickeln, das wir *narzisstische Wahnvorstellung* nennen.«

»Sie meinen, sie erfindet Dinge?«

»Eine Person wie Frieda Klein hat das Bedürfnis, sich stets als Nabel der Welt zu fühlen, und ist unfähig, eigenes Versagen zu akzeptieren oder die Verantwortung dafür zu übernehmen. Was Dean Reeve betrifft, wissen Sie vielleicht – oder auch nicht –, dass er als direkte Folge von Doktor Kleins Einmischung eine Studentin ermordet hat.«

»Ich habe gelesen, dass eine Frau namens Kathy Ripon aller Wahrscheinlichkeit nach von Dean Reeve getötet wurde.«

»Doktor Klein hat das kompensiert, indem sie sich selbst eingeredet hat, dass er noch lebt und es auf sie abgesehen hat. Auf diese Weise macht sie sich selbst zur Zielperson und zum Opfer, zur Heldin der Geschichte, wenn Sie so wollen, statt sich mit den Folgen ihres eigenen Handelns auseinanderzusetzen.«

»Zumindest hat sie Matthew Faraday gerettet, oder etwa nicht?«

»Sie mischt sich gern in Ermittlungen ein, um anschließend die Lorbeeren zu ernten. Das ist gar nicht so ungewöhnlich. In gewisser Weise handelt es sich dabei um ein weiteres Symptom. Wissen Sie denn auch Bescheid über die arme junge Frau, Beth Kersey, die von Frieda Klein getötet wurde?«

»Ich habe gelesen, dass Beth Kersey psychisch gestört war und das Ganze in Notwehr geschah.«

»Ja. Aber das ist nicht Frieda Kleins Version der Geschichte, oder? Sie behauptet vielmehr, sie habe Beth Kersey *nicht* getötet, weder in Notwehr noch sonst wie. Ihr zufolge war es Dean Reeve. Na, erkennen Sie allmählich ein Muster?«

»Ich erkenne zumindest, worauf Sie hinauswollen. Aber vielleicht hat sie ja die Wahrheit gesagt«, gab Hussein zu bedenken.

Bradshaw hob die Augenbrauen.

»Sarah«, sagte er. »Ich darf Sie doch Sarah nennen?« Genau wie der Polizeipräsident, dachte Hussein gereizt, ließ sich aber nicht zu einer Antwort herab. »Tja, Sarah, sie glaubt wahrscheinlich sogar selbst, dass sie die Wahrheit sagt – oder zumindest ihre Version der Wahrheit. Zum Glück bin ich ein gutmütiger, nachsichtiger Mensch und bilde mir außerdem ein, recht verständnisvoll zu sein.« Er legte eine Pause ein, doch Hussein hielt es nicht für nötig, dem etwas hinzuzufügen. »Auch wenn ich guten Grund zu der Annahme habe, dass sie tatsächlich mein Haus in Brand gesteckt hat.«

»Dafür haben Sie keine konkreten Beweise.«

»Ich weiß, was ich weiß.«

»Warum hätte sie das tun sollen?«

»Vielleicht bin ich das, was sie gern wäre. Ich habe mir einen gewissen Namen gemacht. Das ist ihr wohl ein Dorn im Auge.«

»Sie glauben, sie hat aus Neid Ihr Haus angezündet?«

»Es ist zumindest eine Theorie.«

»Worauf wollen Sie hinaus, Doktor Bradshaw?«

»Professor. Ich will Sie nur warnen. Sie sollten vorsichtig sein, sehr vorsichtig. Die Frau kann recht überzeugend wirken. Außerdem hat sie sich mit Leuten umgeben, die sie in ihrer Geltungssucht bestärken. Ein paar von denen werden Sie wahrscheinlich kennenlernen. Vor anderthalb Jahren hat sie wegen einer angeblichen Vergewaltigung Alarm geschlagen, woraufhin zwei Leute ums Leben kamen. Und bestimmt wissen Sie auch, dass sie verhaftet wurde, nachdem sie auf einen anderen Therapeuten losgegangen war. Womöglich ein weiterer Rivale? Hmm?«

»Sie wurde nicht unter Anklage gestellt.«

»Meiner Meinung nach eskaliert ihr Verhalten allmählich. Ich war gar nicht überrascht, als ich hörte, dass man ihren Geliebten tot aufgefunden hat.«

»Was wollen Sie damit andeuten?«

»Ich möchte nur, dass Sie wissen, womit Sie es zu tun haben, Sarah.«

»Sie meinen, mit einer gewalttätigen Brandstifterin und an Wahnvorstellungen leidenden Irren, die möglicherweise mehrere Menschen getötet hat? Ich werde schon auf mich aufpassen.«

Bradshaw runzelte die Stirn, als fände er Husseins Ton verdächtig. »Auf wessen Seite stehen Sie eigentlich, Sarah?«

»Mir war nicht klar, dass es hier darum geht, für eine Seite Partei zu ergreifen.«

»Dem Polizeipräsidenten dürfte es gar nicht gefallen, wenn Sie seine Warnungen ignorieren.«

Vor ihrem geistigen Auge tauchte der rotgesichtige Polizeipräsident Crawford auf. Dann dachte sie an die dunklen Augen und die versteinerten Züge von Frieda Klein, das fast unmerkliche Zucken, das über ihr Gesicht gehuscht war, als sie neben der Leiche stand.

»Danke, dass Sie mir Ihre Zeit geopfert haben«, erklärte sie, während sie sich erhob.

An der Tür legte Bradshaw ihr seine Hand auf den Arm.

»Werden Sie sich mit Malcolm Karlsson treffen?«

»Vielleicht.«

»Natürlich gehört er zu denen, die mit Klein zusammengearbeitet haben.«

»Aus Ihrem Mund klingt das, als wäre das etwas Schlimmes.«

»Er hat mit ihr an einem Strang gezogen.«

»Das klingt fast noch schlimmer.«

»Sie können sich ja selbst ein Urteil bilden.«

»Was soll ich sagen?«, meinte Detective Chief Inspector Karlsson. »Sie war eine geschätzte Kollegin, und mittlerweile sind wir befreundet.«

»Kannten Sie auch Alexander Holland?«

»Sandy.« Karlsson bemühte sich um einen sachlichen Ton, ließ sie dabei aber nicht aus den Augen. »Ja.«

»Ich weiß nicht, ob Ihnen bekannt ist, dass er ermordet wurde.«

Karlsson war sichtlich schockiert. Er wandte einen Moment den Blick ab, bis er sich wieder einigermaßen gefangen hatte. Dann begann er Fragen zu stellen, und Hussein musste ihm alles von Anfang an erzählen, von der Entdeckung des Leichnams, seinem Zustand, dem Plastikband mit Friedas Namen an seinem Handgelenk und Friedas Besuch in der Rechtsmedizin. Er saß nach vorne gelehnt in seinem Sessel und hörte ihr aufmerksam zu.

»Können Sie mir etwas über seine Beziehung zu Doktor Klein erzählen?«, fragte sie.

»Eigentlich nicht.«

»Ich dachte, Sie sind mit ihr befreundet.«

»Frieda ist ein sehr verschlossener Mensch. Über solche Dinge spricht sie nicht. Die beiden haben sich vor gut einem Jahr getrennt, mehr kann ich Ihnen dazu nicht sagen.«

»Wer hat Schluss gemacht?«

»Das müssen Sie Frieda fragen.«

»Haben Sie ihn seitdem gesehen?«

Karlsson zögerte. »Ja, ein paarmal«, antwortete er schließlich widerstrebend, »aber jeweils nur kurz.«

»Hat es ihm zu schaffen gemacht, dass die Beziehung in die Brüche ging?«

»Auch das werden Sie Frieda fragen müssen. Ich kann mich dazu nicht äußern.«

»Es tut mir leid«, sagte Hussein, »aber meiner Meinung nach ist das keine richtige Antwort.«

»Ich wollte damit nur zum Ausdruck bringen, dass ich es nicht wirklich weiß. Über so etwas würde Frieda nie mit mir sprechen.«

»Polizeipräsident Crawford scheint der Meinung zu sein, dass Doktor Klein bestenfalls unzuverlässig ist und schlimmstenfalls auf eine gefährliche Weise psychisch instabil.«

»Ach, Unsinn.«

»Er ist Ihr Chef.«

»Ja. Sie werden sich selbst ein Urteil bilden müssen.«

»Das habe ich vor. Und Doktor Bradshaw …« Sie brach ab und grinste in sich hinein. »Entschuldigung, *Professor* Bradshaw hat es noch drastischer ausgedrückt.«

»Sie waren ja ganz schön fleißig.«

»Demnach können Sie mir also gar nichts sagen, das mir eventuell weiterhilft?«

»Nein.«

Sie wandte sich zum Gehen, drehte sich dann aber noch einmal um.

»Haben Sie eine Ahnung, wofür die Initialen ›WH‹ stehen könnten?«

Karlsson überlegte einen Moment.

»Vielleicht für das Warehouse«, meinte er schließlich.

»Was ist das?«

»Eine therapeutische Einrichtung.«

»Hat Doktor Klein etwas mit dieser Einrichtung zu tun?«

»Sie arbeitet manchmal dort. Und sie gehört zum Vorstand.«

»Danke.«

Eine Beamtin namens Yvette Long führte sie hinaus. Die Frau machte dabei ein finsteres Gesicht, als hätte Hussein sie irgendwie beleidigt.

Beim Verlassen des Gebäudes erhielt sie einen Anruf von Bryant.

»Dieser Typ, den Doktor Klein vermisst gemeldet hat …«

»Ja?«

»Miles Thornton. Er war ein Patient von ihr.«

»War?«

»Er ging nur phasenweise zu ihr in Therapie – in letzter Zeit eher weniger, weil er ein paar Wochen lang in einer geschlossenen Anstalt verbringen musste. Er litt an einer Psychose und galt als Gefahr für sich selbst und andere. Jetzt scheint er verschwunden zu sein. Zumindest hat ihn in letzter Zeit niemand mehr zu Gesicht bekommen. Seine Angehörigen wirken allerdings nicht übermäßig besorgt: Sie sagen, er verschwinde öfter mal, ohne vorher Bescheid zu geben.«

»Aber Doktor Klein hat ihn als vermisst gemeldet.«

Es folgte eine kurze Pause. Hussein konnte sich genau vorstellen, wie Bryant nachdenklich auf dem Rand seines Daumens herumkaute.

»Warum ist das wichtig?«, fragte er schließlich.

»Wahrscheinlich ist es gar nicht wichtig. Aber findest du es nicht auch ein bisschen seltsam, wie viel Kummer und Gewalt diese Frau umgibt? Bradshaw würde sagen, dass das nur ein weiterer Beweis für ihre ›narzisstischen‹ Wahnvorstellungen ist.«

»Wie bitte?«

»Vergiss es. In diesem Fall mischen zu viele Ärzte und Professoren mit.«

6

Das Warehouse entsprach nicht Bryants Vorstellung von einer medizinischen Einrichtung. Die Kombination aus gelaugtem Kiefernholz, Metall und Spiegelglas ließ die Klinik eher wie eines der Kunstzentren wirken, durch die man als Kind bei Schulausflügen manchmal geschleust wurde. Und die Frau, mit der er am Vortag telefoniert hatte, sah auch nicht aus wie eine Verwaltungschefin. Mit ihren dunklen Augen und dem extravaganten Kleidungsstil kam sie ihm eher vor wie eine Flamencotänzerin oder eine Wahrsagerin. Bryant hatte ihr erklärt, er wolle über Frieda Klein sprechen, woraufhin sie sichtlich misstrauisch geantwortet hatte, Reuben McGill sei gerade mit einem Patienten beschäftigt, er werde also warten müssen.

Bryant wartete in Pazs Büro. Wenn sie telefonierte, erschien sie ihm wie ein völlig anderer Mensch: Sie lachte, schmeichelte oder gab in freundlichem Ton Anweisungen. Sobald sie jedoch auflegte und sich nach ihm umblickte, verfinsterte sich ihre Miene. Bryant versuchte, Konversation zu machen. Kannte sie Frieda Klein persönlich? Selbstverständlich, lautete die knappe Antwort. Schon lange? Ein paar Jahre. Sahen sie sich häufig? Immer dann, wenn Frieda in die Klinik kam. War das oft der Fall?

Da er als Antwort nur noch ein Achselzucken bekam, gab er auf und ließ stattdessen den Blick durch ihr Büro schweifen. Ein Teppich zierte die Wand, und sämtliche Oberflächen waren mit kleinen Skulpturen und künstlerisch gestalteten Metallteilen vollgestellt. Ein Mann erschien in der Tür und sah Paz fragend an, woraufhin diese zu Bryant hinübernickte. Bryant erhob sich. »Doktor McGill?«

»Kommen Sie mit.«

Bryant folgte McGill einen Gang entlang. Schließlich traten sie in einen Raum, der extrem schlicht und schmucklos eingerichtet war: Es gab dort nur einen abstrakten Druck an der Wand und zwei Holzstühle, die einander gegenüberstanden.

»Ich hatte mit einer Couch gerechnet«, erklärte Bryant.

Ohne eine Miene zu verziehen forderte McGill ihn mit einer Handbewegung auf, sich auf einen der beiden Stühle zu setzen, und ließ sich selbst auf dem anderen nieder. McGill entsprach ebenfalls nicht Bryants Vorstellung von einem leitenden Arzt. Er trug Wanderstiefel, eine graue Canvashose und ein ausgewaschenes blaues Hemd. Sein dichtes, bereits ergrauendes Haar war lässig nach hinten gekämmt. Für gewöhnlich reagierten die Leute nervös oder aufgeregt, wenn sie es mit der Polizei zu tun hatten. Manche gaben sich auch streitlustig. McGill dagegen sagte gar nichts und wirkte höchstens ein wenig gelangweilt.

»Wir ermitteln im Mordfall Alexander Holland«, begann Bryant.

»Ich kannte ihn als Sandy«, entgegnete McGill. »Für mich klingt es falsch, wenn er Alexander genannt wird. Ich kann noch gar nicht fassen, dass das wirklich passiert ist. Was für eine schreckliche Tragödie, vor allem für Frieda.«

»Sie kannten ihn persönlich?«, hakte Bryant nach.

»Ja, natürlich. Schon seit Jahren.«

»Durch Frieda Klein?«

»Genau. Die beiden hatten eine Beziehung, auch wenn diese vor einiger Zeit zu Ende ging.«

»Wir nehmen gerade die Leute unter die Lupe, die ihn gut kannten, wie Doktor Klein.«

»Ich verstehe das nicht so ganz. Können Sie denn nicht direkt mit ihr reden?«

»Meine Chefin spricht heute Nachmittag mit ihr. Aber Ihr Name tauchte ebenfalls auf.«

»Inwiefern?«

»Frieda Klein ist Analytikerin. Aber Sie waren *ihr* Analytiker. Können Sie mir erklären, wie das funktioniert?«

McGills amüsierter Blick gefiel Bryant nicht.

»Wie das funktioniert? Ganz einfach: Sie hatte damals jede Woche ein paar Sitzungen bei mir. Aber das ist viele Jahre her.«

»Ich kenne mich mit diesen Dingen überhaupt nicht aus«, fuhr Bryant fort. »Ist es üblich, dass man von jemandem analysiert wird, mit dem man befreundet ist?«

McGill machte eine ungeduldige Handbewegung.

»Wenn man eine Ausbildung als Therapeut oder Therapeutin macht, muss man sich zuerst selbst einer Therapie unterziehen.«

»Warum?«

McGills grimmige Miene entspannte sich ein wenig.

»Eine gute Frage«, entgegnete er. »Wahrscheinlich ist der Hauptgrund, dass man am Ende, wenn man mit seiner eigenen Therapie fertig ist, so viel Zeit und Geld investiert hat, dass man ein braver, gehorsamer Therapeut wird und keine peinlichen Fragen über die alten Meister oder die Wirksamkeit unserer Arbeit stellt. Außerdem ist es nützlich, sich mit ein paar von seinen eigenen Problemen auseinanderzusetzen, damit sie einem nicht in die Quere kommen, wenn man anfängt, Patienten zu therapieren.« Er runzelte die Stirn. »Freunde sind wir erst später geworden. Anfangs war ich ihr Analytiker, dann habe ich sie ins Team geholt, und im Lauf der Zeit wurden wir Freunde.«

»Und durch sie haben Sie Alexander Holland kennengelernt.«

»Ja.«

»Die beiden waren ein Paar.«

»Ja.«

»Und dann haben sie sich getrennt.«

»Ja.«

»Wissen Sie, warum?«

McGill verschränkte die Arme. Bryant empfand es als abweisende Geste.

»Sie haben doch bestimmt auch Freunde«, sagte McGill.

»Ja, ein paar.«

»Wenn sich da ein Pärchen trennt, wissen Sie dann wirklich, warum?«

»In der Regel schon. Vielleicht hatte einer von beiden eine Affäre, oder sie haben zu viel gestritten, oder einem von beiden wurde es langweilig.«

»Wie auch immer, ich für meinen Teil weiß nicht, warum zwischen den beiden Schluss war.«

»Haben Sie eine Ahnung, von wem die Trennung ausging?«

McGill ließ die Arme wieder sinken.

»Warum müssen Sie das alles wissen? Ich habe den Eindruck, dass Sie mich mehr über Frieda als über Sandy ausfragen.«

»Holland wurde ermordet. Wir wollen wissen, was in seinem Leben vor sich ging.«

»Frieda hat die Beziehung beendet.«

»Wissen Sie, warum?«

»Sie ist eine eigenständige Frau. Vielleicht fühlte sie sich eingeengt. Ich habe keine Ahnung.«

»Wie hat er es aufgenommen?«

»Was glauben Sie denn? Glücklich war er nicht darüber.«

»Wie hat er das zum Ausdruck gebracht?«

McGill zuckte mit den Achseln.

»Indem er zeigte, dass er nicht glücklich war. Er hat sich über sie aufgeregt und versucht, sie umzustimmen.«

»Hat er irgendwelche Drohungen ausgesprochen? Oder Gewalt angewendet?«

»Nicht dass ich wüsste.«

»Haben Sie mit ihm gesprochen, nachdem Schluss war?«

»Ein-, zweimal.«

»Warum?«

»Vielleicht sah er in mir eine Möglichkeit, an Frieda heranzukommen.«

»Wie hat er sich dabei verhalten?«

»Verhalten?« McGill lächelte. »So können nur Polizisten und Anwälte fragen. Wir haben das doch alle schon einmal durchgemacht. Es ist das hoffnungsloseste Unterfangen der Welt: zu versuchen, jemanden dazu zu bringen, einen wieder zu lieben.«

Bryant zog eine Fotokopie aus seiner Akte und schob sie über den Tisch.

»Sagt Ihnen das etwas?«

McGill starrte auf das Blatt mit der Spalte aus Daten und Uhrzeiten, die Sandy notiert und mit den Initialen »WH« überschrieben hatte.

»Nein, das sagt mir gar nichts.«

»Wir gehen davon aus, dass mit ›WH‹ das Warehouse gemeint ist.« McGill zuckte wieder mit den Achseln.

»Falls dem so ist«, fuhr Bryant fort, »können Sie sich dann vorstellen, was diese Daten und Uhrzeiten zu bedeuten haben?«

»Nein.«

»Es handelt sich nicht zufällig um die Daten und Uhrzeiten von Doktor Kleins Terminen hier im Haus?«

»Da müsste ich erst nachsehen.«

»Dafür wäre ich Ihnen dankbar«, entgegnete Bryant.

»Es wäre leichter, einfach Frieda zu fragen.«

»Das werden wir ebenfalls tun.« Er warf einen Blick in sein Notizbuch, um nichts zu vergessen. »Eine letzte Frage noch: Sagt Ihnen der Name Miles Thornton etwas?«

»Ja«, antwortete McGill, nun sichtlich misstrauisch. »Er ist hier Patient. Besser gesagt, er war es.«

»Er wurde als vermisst gemeldet.«

»Ja.«

»Warum?«

»Weil er zu seinen üblichen Sitzungen nicht erschienen ist.«

»Seinen Sitzungen bei Doktor Klein.«

»Ja.«

»Warum ist das besonders besorgniserregend? Bestimmt tauchen viele Patienten nicht zu ihren Sitzungen auf.«

»Was hat das mit Sandys Tod zu tun?«

Bryant, der darauf keine Antwort parat hatte, wartete gelassen, bis McGill schließlich fortfuhr: »Miles Thornton ist ein besonders gestörter junger Mann. Vielleicht hätten wir ihn nie hier aufnehmen sollen. Eine psychiatrische Anstalt wäre für ihn womöglich angemessener gewesen. Am Ende landete er tatsächlich eine Weile in der geschlossenen Abteilung einer solchen Klinik, und als er wieder entlassen wurde, fühlte er sich von uns – insbesondere von Frieda – irgendwie verraten. Er konnte gewalttätig werden und legte gelegentlich sogar psychotisches Verhalten an den Tag. Als er dann von der Bildfläche verschwand ...«, er zuckte erneut mit den Achseln, »... nun ja, da fanden wir das natürlich besorgniserregend. Es war unsere Pflicht, ihn als vermisst zu melden.«

»Verstehe.« Bryant erhob sich. »Sie geben mir Bescheid wegen der Liste, ja? Ich lasse sie Ihnen da. Fällt Ihnen hier im Haus sonst noch jemand ein, mit dem ich sprechen kann?«

»Paz haben Sie ja schon kennengelernt. Außerdem wäre da noch Jack Dargan, der bei Frieda sein Praktikum gemacht hat. Er arbeitet inzwischen fest hier. Aber die beiden werden Ihnen auch nichts anderes sagen als ich.«

Nun war es an Bryant, missbilligend dreinzublicken.

»Darüber würden wir uns lieber unser eigenes Urteil bilden.«

Jack Dargan war ein farbenfroh gekleideter junger Mann. Bryant selbst fühlte sich gern unsichtbar: Egal, ob er im Dienst war oder nicht, stets trug er dunkle, gedämpfte Farben, die man problemlos miteinander kombinieren konnte. Der Mann jedoch, der gerade in den Raum kam, trug zu einer weiten Hose, deren Muster an einen Schlafanzug erinnerte, ein königsblaues T-Shirt und darüber eine dünne gelbe Strickjacke. Vielleicht kleideten sich Therapeuten so, wenn sie ihre Patienten empfingen, dachte Bryant. Das Haar des jungen Mannes war ebenfalls farbenfroh, ein bräunliches Orange, durchzogen von einer Art Welle, die er zusätzlich betonte, indem er jedes Mal, wenn er eine Frage gestellt bekam, mit der Hand hineinfuhr. Er hatte etwas derart Unruhiges, Rastloses an sich, dass es Bryant schwerfiel, sich voll auf das zu konzentrieren, was sein Gesprächspartner gerade sagte – auch wenn trotzdem klar war, dass er *Nein* sagte. Nein, er wisse keine Einzelheiten über Frieda Kleins Trennung von Alexander Holland. Nein, er habe nichts mehr mit ihm zu tun gehabt, seit Frieda Schluss gemacht habe, abgesehen von ein paar ganz kurzen Begegnungen (an dieser Stelle wich er Bryants Blick aus). Und nein, er habe Reuben McGills Kommentar zu Miles Thornton nichts hinzuzufügen.

»Kam Alexander Holland oft ins Warehouse?«

Jack presste einen Moment die Fingerknöchel gegen den Mund und kniff die Augen zusammen.

»Nein.«

»Sie haben nie erlebt, dass er wütend oder gewalttätig wurde?«

»Gewalttätig? Nein, so habe ich ihn nie erlebt.«

»Und wütend?«

»Ich kann einfach nicht fassen, dass das wirklich passiert ist«, entgegnete Jack.

»War er wütend?«

»Das weiß ich nicht. Er war enttäuscht, wie man es eben ist, wenn eine Beziehung schiefgeht. Das haben wir doch alle schon mal durchgemacht.«

»Wie enttäuscht?«

»Er hatte Frieda verloren.«

»Sie können mir also nichts sagen, was vielleicht für unsere Ermittlungen hilfreich wäre? Wir sprechen hier nicht von irgendeinem Bagatellvergehen, vergessen Sie das nicht. Ein Mann, den Sie kannten, wurde ermordet.«

»Das ist mir klar. Es tut mir schrecklich leid, und ich bin deswegen zutiefst schockiert. Aber nein, mir fällt nichts ein, was hilfreich sein könnte. Sie werden einfach Frieda selbst fragen müssen.«

Das sagten sie alle: *Fragen Sie Frieda.*

»Das ist bestimmt schwer für Sie«, stellte Hussein fest.

Frieda schenkte gerade Tee aus und reagierte nicht auf die Bemerkung. Stattdessen stellte sie der Kriminalbeamtin einen Untersetzer hin und platzierte dann deren Teetasse darauf. Anschließend nahm sie erst einmal selbst einen Schluck Tee.

»Inwiefern?«, antwortete sie schließlich.

»Alexander Holland war ein Mensch, der Ihnen etwas bedeutet hat und …«

»Können Sie ihn bitte Sandy nennen? Ich kannte ihn nie als Alexander, der Name klingt für mich völlig fremd.«

»Natürlich. Sandy war ein Mensch, der Ihnen etwas bedeutet hat, und nun ist er ermordet worden.«

»Eines ist mir inzwischen klar«, erwiderte Frieda. »Wenn so etwas geschieht, dann wollen die Leute daran teilhaben. Wenn jemand eine Tragödie erlebt, dann beanspruchen andere ein Stück davon für sich selbst, als wäre das Ganze auch ihnen passiert. Aber das, wovon wir hier sprechen, war nicht meine Tragödie. Es war die Tragödie von Sandy und seiner Familie. Können wir es trotzdem als gegeben betrachten, dass ich wegen der ganzen Sache zutiefst schockiert bin?«

»Das klingt ein bisschen kalt.«

»Es tut mir leid, aber ich war noch nie gut darin, für die Kameras zu weinen.« Sie zögerte einen Moment, ehe sie hinzufügte: »Mir ist klar, dass ich auf Sie wahrscheinlich kalt wirke. Aber wie Sie wissen, reagieren Menschen sehr unterschiedlich, wenn sie Kummer oder Zorn empfinden. Ich neige dann eher dazu, mich in mich selbst zurückzuziehen, und wirke nach außen oft hart.«

»Verstehe. Kein Problem.«

»Das war als Erklärung gedacht, nicht als Entschuldigung.«

»Man hat mir schon gesagt, dass Sie schwierig sind«, antwortete Hussein, die sich angegriffen und auf dem falschen Fuß erwischt fühlte.

»Wer ist ›man‹?«

»Polizeipräsident Crawford. Er hat mir von den Erfahrungen berichtet, die er in der Zusammenarbeit mit Ihnen gemacht hat. Und Professor Bradshaw.«

Es überraschte Hussein, wie gelassen Frieda reagierte: Sie schien weder wütend noch verunsichert zu sein, nur neugierig.

»Wie kam es denn dazu?«

»Unser Computer hat Ihren Namen ausgespuckt. Und Crawford hielt es wohl für angebracht, mich vorab über Sie zu informieren.«

»Das erklärt so einiges.« Frieda lächelte schmallippig. »Dass Sie jetzt hier sind, meine ich, und dass wir dieses Gespräch führen.«

»Es erklärt gar nichts. Alexander…« Sie brach ab. »Sandy Holland wurde tot aufgefunden. Ermordet. Am Handgelenk trug er ein Band aus einem Krankenhaus, auf dem Ihr Name stand. Sie waren mit ihm zusammen. Da ist es doch klar, dass ich auch in Ihre Richtung ermitteln muss. Mir bleibt gar nichts anderes übrig, als Sie zu befragen.«

»Dann befragen Sie mich.«

»Hatten Sie zu dem Verstorbenen noch Kontakt?«

»Schon seit Monaten nicht mehr richtig.«

Es folgte eine Pause.

»Könnten Sie da ein bisschen konkreter werden?«

»Inwiefern?«

»Sie haben meine Frage, ob Sie noch Kontakt hatten, mit

›nicht mehr richtig‹ beantwortet, und mir ist ganz und gar nicht klar, was Sie damit meinen.«

»Ich habe ihn hin und wieder gesehen.«

»Sie haben sich mit ihm getroffen?«

»Nein, ich habe ihn nur gesehen.«

»Sie meinen, er kam zufällig vorbei, und Sie haben ihn durchs Fenster gesehen? Oder vom Bus aus, auf der anderen Straßenseite. Oder im Haus eines gemeinsamen Bekannten?«

»Ich habe ihn ein paarmal in der Nähe der Einrichtung gesehen, in der ich gelegentlich arbeite.«

»Sie sprechen vom Warehouse.«

»Genau. Ich habe dort zwei, drei Termine pro Woche.«

»Aber Sie haben nicht mit ihm geredet?«

»Nein. Zumindest nicht mehr als Hallo oder so etwas.«

»Wann ist er Ihnen dort das letzte Mal über den Weg gelaufen?«

»Das dürfte etwa zwei Wochen her sein. Genau weiß ich es nicht mehr.«

»Etwa zwei Wochen? Also Anfang Juni?«

»Ja, wahrscheinlich.«

»An das genaue Datum erinnern Sie sich nicht.«

»Zumindest nicht auf Anhieb.«

»Seine Schwester hat ihn das letzte Mal am 9. Juni gesehen. War es danach?«

Frieda überlegte. »Normalerweise arbeite ich dienstags im Warehouse. Ich schätze mal, es könnte am Dienstag der besagten Woche gewesen sein.«

»Nicht später?«

»Nein, das glaube ich nicht. Ich bin mir fast sicher.«

»Das wäre dann Dienstag, der 10. Juni, gewesen. Allem Anschein nach hat eine Frau Doktor Ellison bei der Polizei angerufen und gemeldet, er sei verschwunden. Niemand hat ihre Besorgnis allzu ernst genommen. Das war am 16. Juni, also sechs Tage später. Haben Sie ihn, nachdem er Ihnen am

10. Juni beim Warehouse begegnet ist, noch einmal irgendwo *gesehen?*«

»Nein.«

»Da sind Sie sicher.«

»Ich bin sicher.«

»Kam es zu anderen Formen von Kontakt?«

»Sandy hat hin und wieder angerufen.«

»Hin und wieder?«

»Gelegentlich.«

»Ihnen ist bestimmt klar, dass wir darüber informiert sind, wen er angerufen hat und wie oft?«

»Er wollte in Kontakt bleiben.«

»Sie meinen, er wollte wieder mit Ihnen zusammenkommen.«

Frieda zögerte. »Ich habe immer sehr klar geäußert, dass es vorbei sei.«

»War er deswegen wütend?«

Als Frieda antwortete, klang es, als müsste sie sich zwingen, in ruhigem Ton zu sprechen. »Ich habe für Sandy viel empfunden. Das tue ich immer noch. Ich habe ihm nur das Beste gewünscht.«

»Das hört sich an, als käme gleich ein ›Aber‹.«

»Aber so etwas ist immer schwierig und schmerzhaft. Man hört zwar manchmal von Trennungen, die völlig zivilisiert ablaufen, weil beide Seiten keinerlei Groll dem anderen gegenüber hegen. Erlebt habe ich das noch nie.«

Es klingelte an der Haustür. Frieda erhob sich, um nachzusehen. Hussein hörte Stimmen. Kurz darauf kehrte Frieda in Begleitung eines großen Mannes zurück, der mit seiner Präsenz sofort den Raum füllte. Das Wohnzimmer wirkte plötzlich viel kleiner. Trotz der Hitze trug der Mann zu seiner Jeans schwere, staubige Stiefel und einen dicken Rippenpulli aus grauer Wolle. Sein dunkelbraunes Haar wirkte ungekämmt, und er hatte stopplige Wangen.

»Das ist ein Freund von mir«, stellte Frieda ihn vor, »Josef Morozov. Das ist Detective Chief Inspector Hussein. Sie ist hier, um mit mir über Sandy zu sprechen.«

Josef streckte ihr seine große Pranke hin. Als Hussein sie schüttelte, sah sie, dass es eine raue, fleckige Arbeiterhand war.

»Eine sehr schlimme Geschichte.« Er beäugte Hussein argwöhnisch.

»Setz dich«, wandte Frieda sich an Josef, »wir sind gleich fertig.«

»So schnell nun auch wieder nicht«, widersprach Hussein in scharfem Ton.

Josef ließ sich in einen Sessel sinken, der etwas abseits stand, sodass er sich gerade außerhalb von Husseins Gesichtsfeld befand. Sie ging davon aus, dass Frieda diesen Mann gebeten hatte, bei der Befragung dabei zu sein. Das gab ihr das Gefühl, kontrolliert zu werden, und ließ Zorn in ihr aufsteigen. Sie blickte sich nach Josef um, der sie mit völlig regloser Miene musterte.

»Kannten *Sie* Mister Holland, Mister Morozov?«

»Drei Jahre«, antwortete er, »oder vier. Friedas Freund ist auch mein Freund.« Dazu nickte er, als wollte er sie warnen.

»Leben Sie hier?«, fragte sie.

»Sie meinen, in England?«

»Hier in diesem Haus.«

»Nein.«

Sie wandte sich wieder Frieda zu. »Etwa ein Drittel aller seiner Anrufe gingen an Sie«, erklärte sie.

»Ist das eine Frage?«

»Vielleicht möchten Sie etwas dazu sagen.«

»Ich weiß nicht, was ich sagen soll.«

»Wir haben in seiner Wohnung Gegenstände gefunden, die mit Ihnen zu tun hatten.«

»Was für Gegenstände?«

»Fotos beispielsweise.«

»Wenn man jahrelang zusammen war, hinterlässt man eben Spuren.«

»Gibt es hier Spuren von Mister Holland?«

»Vermutlich.«

»Welche zum Beispiel?«

»Keine Ahnung. Mir fällt gerade nichts ein.«

»Sie klingen defensiv.«

»Weswegen sollte ich mich verteidigen?«

»Wissen Sie, was ich nicht verstehe? Wenn ein mir nahestehender Mensch tot aufgefunden worden wäre, auf schreckliche Weise ermordet, und ich die Leiche identifiziert hätte und die Polizei jetzt mit mir reden wollte, dann würde ich mir das Gehirn zermartern und verzweifelt überlegen, ob mir nicht irgendetwas einfällt, das der Polizei weiterhelfen könnte. Ich würde jede Information nennen, die hilfreich sein könnte. Wahrscheinlich würde ich mir solche Mühe geben zu helfen, dass es fast schon lästig wäre.«

»Soll das heißen, Sie wollen meine Hilfe?«

»Wenn ich richtig informiert bin, ist das ein Teil Ihrer beruflichen Tätigkeit. Ich habe gehört, wenn Sie sich für einen Fall interessieren, kann nichts Sie davon abhalten, sich an den Ermittlungen zu beteiligen.«

»Ich glaube nicht, dass das wirklich alles ist, was Sie gehört haben. Schätzungsweise zitieren Sie gerade Polizeipräsident Crawford, und der hat das sicher nicht als Kompliment gemeint. Aber wenn Sie tatsächlich meine Hilfe wollen, werde ich alles in meiner Macht Stehende tun. Das ist doch wohl klar.«

»Ich will Ihre Hilfe nicht«, entgegnete Hussein. »Ich will nur, dass Sie Ihre Pflicht als Bürgerin erfüllen.«

Friedas dunkle Augen musterten Hussein mit plötzlicher Schärfe. Ihr Gesicht wirkte jetzt noch bleicher, ihre Kinnpartie leicht angespannt.

»Na schön«, sagte sie so leise, dass Hussein sich vorbeugen musste, um sie zu verstehen. »Das ist vielleicht nicht die Hilfe, die Sie sich vorstellen, aber ich glaube, ich weiß, wer Sandy ermordet hat.«

»Und wer ist der Betreffende?«

»Ein Mann namens Dean Reeve.« Frieda hielt einen Moment inne, als rechnete sie mit einer Reaktion. »Ich bin keine Kriminalbeamtin, aber wenn jemand in einem Mordfall einen Verdächtigen benennt, erwarte ich zumindest, dass Sie ein Notizbuch herausholen und den Namen zu Protokoll nehmen. Ansonsten taucht mein Hinweis in Ihren Ermittlungsakten womöglich gar nicht auf. Ich hätte aber gern, dass er schriftlich festgehalten wird.«

»Ich brauche ihn nicht schriftlich festzuhalten. Ich habe Ihre Akte gelesen.«

»Es überrascht mich, dass es eine Akte über mich gibt. Schließlich wurde ich nie eines Verbrechens überführt.«

»Nun ja, wenn man sich hier und dort Informationen besorgt, diese anschließend ausdruckt und zusammenfügt, ergibt sich am Ende auch eine Akte. Und aus dieser Akte geht unter anderem hervor, dass Sie Dean Reeve wiederholt beschuldigt haben, für diverse Morde und Überfälle verantwortlich zu sein. Das Problem ist nur, dass Dean Reeve vor fünf Jahren gestorben ist.«

»Wenn Sie die Akte gelesen haben, dann wissen Sie auch, dass er meiner Meinung nach keineswegs tot ist.«

»Ja, das habe ich gelesen.«

»Dean Reeve ist noch am Leben und ein sehr gefährlicher Mann. Auf irgendeine verquere Art hat er die fixe Idee, auf mich aufzupassen oder mich vielleicht auch zu kontrollieren. Falls er der Meinung war, dass Sandy mich belästigt hat, dann kann es leicht sein, dass er ihn getötet hat. Es wäre ihm ein Vergnügen.« Einen kurzen Moment schloss sie die Augen, dann fixierte sie Hussein und wartete auf deren Antwort.

»Ich habe gehört, was Sie gesagt haben«, brach Hussein das Schweigen.

»Ich bitte Sie lediglich«, fuhr Frieda fort, »dass Sie die besagte Akte über mich mit Ihren eigenen Augen betrachten und nicht mit denen von Crawford oder Bradshaw.«

Hussein erhob sich.

»Gut«, antwortete sie, »das werde ich tun. Aber im Gegenzug erwarte ich, dass Sie mir gegenüber offen und ehrlich sind.«

»Warum sollte ich Ihnen gegenüber nicht offen und ehrlich sein?«

»Wie gesagt, ich habe Ihre Akte gelesen.«

7

Das Paar, das in der Wohnung unter der von Alexander Holland lebte, hatte ihn zwar nicht gut gekannt, aber als angenehmen, freundlichen und unaufdringlichen Nachbarn empfunden. Er bekam hin und wieder Besuch, doch seine Gäste waren nie laut. Obwohl ihn auch mehrere Frauen besuchten, war den beiden keine besonders aufgefallen. Das Paar traf ihn oft am frühen Morgen, wenn er laufen ging. Seine Assistentin an der Universität, Terry Keaton, eine noch ziemlich junge Frau mit rundem Gesicht und blonder Ponyfrisur, hatte ihn seit Ferienbeginn nicht mehr gesehen. Sie hatte ihn sehr gemocht und war sichtlich erschüttert. Von irgendwelchen Spannungen in der Arbeit oder seinem Privatleben wusste sie nichts – aber ihr zufolge erzählte er nicht viel von sich selbst, obwohl er immer freundlich und respektvoll war. Frieda Klein war sie nie begegnet. Sein ältester Freund, Daniel Lieberman, den er schon seit der Grundschule kannte, berichtete, er habe Sandy das letzte Mal am Sonntag, dem 8. Juni, gesehen, zwölf Tage, bevor seine Leiche gefunden worden war. Sie hatten Squash gespielt und anschließend ein paar Bierchen getrunken. Sandy sei guter Laune gewesen. Ja, bestätigte Lieberman, Frieda Klein habe er ein paarmal getroffen. Er bestätigte auch, dass die Trennung von ihr seinem Freund sehr zu schaffen gemacht habe – und fügte hinzu, immerhin sei Sandy aus den Staaten zurückgekehrt, um mit ihr zusammen sein zu können, was es für ihn doppelt traumatisch machte, als es dann zur Trennung kam. Auf Sophie Byrnes Frage, was er denn von Doktor Klein gehalten habe, reagierte Lieberman mit einer Grimasse: »Man möchte sie nicht zur Feindin haben. Aber Sandy hat sie vergöttert.«

Seine Kollegen wirkten schockiert und ratlos. Seine Schwester war sehr traurig und voller aufgestauter Wut auf Frieda Klein, der zuliebe er seine prestigeträchtige Stelle in Amerika aufgegeben und die kurz darauf die Beziehung beendet hatte. Sein Arzt bestätigte, nach seinem Kenntnisstand habe Alexander Holland sich bester Gesundheit erfreut. Finanziell ging es ihm auch gut, er hatte einiges auf der Bank.

Eine Frau meldete sich, als sie von seinem Tod erfuhr, und berichtete, sie habe ihn Ende Mai – am Freitag, dem 30. – in einer Kneipe kennengelernt. Sie sei mit ihm nach Hause gegangen, wo sie noch ein paar Gläser getrunken hätten, bevor sie die Nacht zusammen verbrachten. Sie habe ihn nicht wiedergesehen. Ihr sei klar gewesen, dass von seiner Seite aus kein Interesse bestand, das über einen One-Night-Stand hinausging.

Am 11. Juni, also neun Tage bevor man seine Leiche fand, hatte er an einem Bankautomaten zweihundert Pfund abgehoben und in dem türkischen Laden an der Caledonian Road Lebensmittel eingekauft. Am selben Tag hatte er Frieda Klein zwei Nachrichten geschickt und sie einmal angerufen – und auch mit seiner Schwester gesprochen und spätabends noch mit einem Freund in den Staaten. Das Personal des Pubs am Ende seiner Straße glaubte sich daran zu erinnern, dass er um diese Zeit noch auf einen Absacker vorbeigeschaut hatte. Seitdem war seine Post nicht mehr geöffnet worden. Er war also mit ziemlicher Sicherheit am 12. oder 13. Juni ermordet worden.

»Ist das alles, was wir haben?«, fragte Hussein.

Es war noch nicht ganz alles. An diesem Nachmittag betrat eine Frau namens Diane Foxton das Polizeirevier von Altham und erklärte, sie müsse mit jemandem über den Fall Alexander Holland sprechen. Hussein kam, um mit ihr zu reden. Die Frau machte offensichtlich gerade eine Chemotherapie: Sie hatte ihr Haar verloren und grauviolette Schatten unter den Augen. Außerdem war sie erschreckend dünn.

»Ich war mir nicht sicher, ob ich überhaupt herkommen sollte, vermutlich war das Ganze völlig unwichtig, aber mein Mann hat mich überredet. Deswegen bin ich nun hier.« Sie machte eine Geste mit ihren knochigen Händen.

»Es geht um Alexander Holland?«

»Ja.«

»Kannten Sie ihn?«

»Oh, nein, überhaupt nicht. Aber als ich sein Gesicht im Fernsehen sah, kam es mir sofort bekannt vor.«

»Woher?«

»Ich habe ihn nur das eine Mal gesehen, doch das ist mir im Gedächtnis haften geblieben. Ich befand mich an dem Tag gerade auf dem Heimweg, und plötzlich war er da.«

»Da?«

»Ja. Er kam so plötzlich auf den Gehsteig gestolpert, dass er mich fast umgestoßen hätte. Er schrie, und zwar richtig laut. Sein Gesicht wirkte derart wütend, dass ich es mit der Angst zu tun bekam. Ich rechnete damit, dass er irgendwie gewalttätig werden würde. Er hatte eine halb volle Mülltüte in der Hand, und die schleuderte er ihr entgegen. Ein paar Sachen landeten auf dem Gehsteig, ein T-Shirt und ein Buch. Er beugte sich hinunter, hob die Sachen auf und warf sie auch noch nach ihr. Er kam mir halb wahnsinnig vor.«

»Sie sprechen von ›ihr‹. Demnach hat er eine Frau angeschrien?«

»Ja.«

»Und nach der hat er auch die Tüte geworfen?«

»Ja. Meine Vermutung war, dass er ihr die Sachen zurückgab oder so was in der Art.«

»Stand sie mit ihm auf dem Gehsteig?«

»Nicht mit ihm, sondern an der Tür, ein paar Meter von der Straße entfernt, und …«

»Moment mal, Misses Foxton. Können Sie mir sagen, wo genau das war? Von welcher Tür sprechen Sie?«

»Ich dachte, das hätte ich gesagt. Von der der medizinischen Einrichtung in Primrose Hill.«

»Sie meinen das Warehouse?«

»Den Namen weiß ich nicht, aber es liegt gleich bei Wareham Gardens.«

»Genau das meine ich. Erinnern Sie sich auch noch an das Datum?«

»Es war vorletzten Dienstag. Ich weiß noch, dass ich auf dem Heimweg vom Arzt war. Gegen halb vier.«

Hussein rechnete: 10. Juni. Zehn Tage bevor Alexander Holland mit durchgeschnittener Kehle in der Themse treibend entdeckt wurde – und höchstens drei Tage bevor er gestorben war. Frieda hatte zugegeben, ihn an besagtem Dienstag »gesehen« zu haben.

»Können Sie die Frau beschreiben?«

»Auf sie habe ich gar nicht so geachtet. Ich weiß nur noch, dass sie blass war. Und dunkelhaarig, glaube ich. Jedenfalls nicht blond.«

»Haben Sie eine Ahnung, wie alt sie war?«

»Schwer zu sagen. Nicht mehr ganz jung, aber auch noch nicht alt. Mitte dreißig bis vierzig vielleicht.«

»Hat sie entsprechend heftig reagiert?«

»Nein. Ich glaube, sie hat gar nicht viel gesagt, wenn überhaupt. Dann ist noch jemand gekommen und hat sich zu ihr gesellt. Ein Mann. Er sah aus, als wollte er sich einmischen, aber sie hat ihn davon abgehalten.«

»Wie?«

»Sie hat ihm bloß eine Hand auf den Arm gelegt, so in der Art. Genau weiß ich es nicht. Meine Aufmerksamkeit galt mehr dem Mann auf dem Gehsteig. Er war nur so weit von mir entfernt.« Sie zeigte Hussein den Abstand mit den Händen. »Ich konnte nicht an ihm vorbei.«

»Was ist weiter passiert?«

»Der Mann hat nach einer Mülltonne getreten und ist dann

abgezogen. Die Frau hat die Tüte aufgehoben, das Buch und das T-Shirt wieder hineingeschoben und sie dann zugebunden. Sie wirkte recht ruhig – jedenfalls ruhiger, als ich an ihrer Stelle gewesen wäre. Dann ist sie zurück ins Gebäude gegangen. Das war's. Im Grunde ist also gar nichts passiert. Ich dachte nur … na ja, ich dachte, es könnte vielleicht hilfreich sein. Womöglich verschwende ich nur Ihre Zeit.«

»Nein, das tun Sie nicht. Wir sind Ihnen sehr dankbar, Misses Foxton.«

»Ich bekomme immer noch eine Gänsehaut, wenn ich an sein Gesicht denke. Er war so wütend. Ich kann gar nicht fassen, dass er tatsächlich ermordet worden ist. Es hätte mich weniger überrascht, wenn er seinerseits zum Mörder geworden wäre.«

Das nächste Treffen zwischen Hussein und Frieda Klein fand am Dienstag nach dem Fund der Leiche statt, und zwar auf dem Polizeirevier, im Beisein einer Anwältin. Hussein saß auf der einen Seite des Tisches, Frieda und die Anwältin ihr gegenüber. Niemand wollte Tee oder Kaffee, und es wurden keine Höflichkeitsfloskeln ausgetauscht.

Hussein war Tanya Hopkins, einer rundlichen Frau mittleren Alters, mit grau meliertem Haar und völlig ungeschminkt, bereits einmal begegnet. Zu ihrer bequemen, leicht verknitterten Kleidung trug sie flache Schuhe. Sie strahlte etwas Mütterliches aus, doch ihre grauen Augen blitzten gewieft, und wenn es ums Geschäft ging, war mit ihr nicht zu spaßen.

»Ich habe mehrere Fragen«, begann Hussein.

Frieda Klein nickte und platzierte die Hände vor sich auf den Tisch. Obwohl sie nicht nervös wirkte und mit ihren dunklen Augen Husseins Blick erwiderte, legte sie jetzt eine gewisse Zurückhaltung an den Tag.

»Es besteht kein Zweifel daran, dass Alexander Holland nach wie vor von Ihnen besessen war. Vielleicht möchten Sie mir über diese Besessenheit ein wenig erzählen?«

Hopkins lehnte sich zu Klein hinüber und murmelte etwas, das Hussein nicht verstand. Klein gab keine Antwort, sondern bedachte sie nur mit einem seltsamen Lächeln.

»Da gibt es nicht viel zu erzählen«, wandte sie sich an Hussein. »Sandy und ich haben uns vor rund achtzehn Monaten getrennt.«

»Sie haben sich von ihm getrennt.«

»Ja. Es fiel ihm schwer zu akzeptieren, dass etwas, das uns beiden einmal so wichtig war, ein Ende hatte. Ich würde das nicht als Besessenheit bezeichnen.«

»Er trug ihr altes Krankenhausband am Handgelenk.«

Frieda wirkte ernst. »Menschen können manchmal seltsam sein.«

»In der Tat. Wenn ich richtig informiert bin, ist er aus Amerika zurückgekommen, um mit Ihnen zusammen sein zu können.«

»Ja.«

»Und er soll Sie sehr unterstützt haben, als Sie in einen Fall verwickelt wurden, der bei Ihnen schmerzhafte Erinnerungen weckte.«

»Sie können es ruhig beim Namen nennen. Als junges Mädchen wurde ich vergewaltigt. Ich bin in meine Heimatstadt zurückgekehrt, um herauszufinden, wer das damals getan hatte. Ja, dabei hat er mich sehr unterstützt.«

»Trotzdem haben Sie die Beziehung beendet.«

Nun folgte eine Pause. Hussein wartete. Schließlich sagte Frieda: »Entschuldigen Sie, mir war nicht klar, dass das als Frage gemeint war. Ja, ich habe die Beziehung beendet. Man kann nicht nur aus Dankbarkeit mit jemandem zusammen bleiben.«

»War er sehr wütend?«

»Eher verstört.«

»Wütend?«

»Manchmal äußert sich Verstörung auch in Wut.«

»War er achtzehn Monate später immer noch wütend?«

»Er war immer noch verstört.«

»Haben Sie ihm je zu der Hoffnung Anlass gegeben, dass es noch eine Chance gab?«

»Nein.« Sie klang kurz angebunden. »Habe ich nicht.«

»Sie waren nie wieder mit ihm zusammen?«

»Nein.«

»Trotzdem hat er Sie fast jeden Tag angerufen oder Ihnen Nachrichten geschickt, manchmal sogar mehrmals am Tag.«

Bisher hatte Frieda in energischem, präzisem Ton gesprochen. Nun zögerte sie, und als sie dann doch etwas sagte, klang es fast wie ein Seufzer.

»Das war schmerzhaft.«

»Für Sie oder für ihn?«

»Für beide natürlich. Aber wahrscheinlich mehr für ihn.«

Die Tür ging auf, und Bryant trat ein. Er schloss die Tür leise hinter sich, begrüßte Frieda Klein mit einem Nicken, stellte sich Tanya Hopkins vor und zog sich dann einen Stuhl heran.

Hussein wartete, bis er saß, ehe sie weitersprach.

»Haben Sie mit ihm geredet, wenn er anrief?«

»Nicht sehr oft. Anfangs schon, aber in letzter Zeit nicht mehr. Ich hielt das eher für ...«, sie runzelte die Stirn, »... kontraproduktiv«, sagte sie schließlich.

»Wenn Sie mit ihm geredet haben, wie verliefen die Gespräche dann?«

»Ich verstehe die Frage nicht.«

»Ganz einfach: Hat er Sie angefleht, Sie angeschrien, Sie beschimpft?«

»Sandy war ein stolzer Mann.«

»Das ist keine Antwort.«

»Sie tun so, als wäre er ...«, sie hielt inne, hob eine Hand ein wenig an und ließ sie dann wieder sinken, »... als wäre er psychisch gestört gewesen.«

»War er denn psychisch gestört?«

»Er machte gerade eine schlimme Phase in seinem Leben durch. Wahrscheinlich hat er deswegen tatsächlich all das getan, was Sie gesagt haben. Ich habe seine Anrufe meistens gar nicht angenommen, sondern ihn aufs Band sprechen lassen.«

Hussein zog die Fotokopie mit den Daten und Uhrzeiten heraus, die in der Wohnung des Toten gefunden worden waren.

»Kommt Ihnen das bekannt vor?«

Frieda warf einen Blick darauf.

»Das sind meine Termine im Warehouse«, antwortete sie in leisem Ton.

»Er wusste also, wo Sie sich jeweils aufhielten?«

»Offensichtlich.«

»Bei unserem Gespräch kürzlich haben Sie mir erzählt, Ihr letztes richtiges Treffen sei schon lange her, aber – wie haben Sie es noch mal ausgedrückt? –, ach ja, Sie hätten ihn rund zwei Wochen bevor er tot aufgefunden wurde noch einmal ›gesehen‹. Am Dienstag, dem 10. Juni. Betrachten Sie das als Frage«, fügte sie hinzu, weil Frieda zunächst nichts sagte, sondern sie nur mit ihren beunruhigenden dunklen Augen fixierte.

»Ja, das stimmt.«

»Ich würde gern mehr über diese letzte Begegnung mit ihm erfahren. Wie war seine Stimmung? Erinnern Sie sich daran?«

Bevor Frieda etwas antworten konnte, klopfte es an der Tür. Hussein blickte sich wütend um und nickte dann zu Bryant hinüber, der sich daraufhin erhob und die Tür öffnete. Man hörte ihn draußen mit jemandem sprechen. Schließlich kam er in Begleitung eines Mannes wieder herein, der einen dunklen Anzug und eine schlichte dunkelblaue Krawatte trug, zerzaustes graues Haar hatte und hinter seiner Hornbrille wie eine Eule blinzelte, während er sich im Raum umsah. Unter seinem Arm klemmte eine braune Akte.

»Ich habe mich gefragt, ob ich vielleicht zuhören könnte«, erklärte er.

»Das ist hier keine öffentliche Sitzung«, entgegnete Hussein ungehalten.

»Ich weiß, ich weiß.« Aus einer Innentasche fummelte er eine kleine weiße Visitenkarte, die er Hussein reichte. Während diese sie inspizierte, ließ er erneut den Blick durch den Raum schweifen, als müsste er sich erst einmal orientieren.

»Sie gehören nicht zur Londoner Polizei?«, fragte Hussein.

»Nein«, antwortete der Mann.

»Mir ist noch immer nicht ganz klar, wer Sie sind.«

»Da steht eine Nummer, die Sie anrufen können, wenn Sie möchten«, erklärte er in liebenswürdigem Ton.

»Das möchte ich definitiv. Hier, Glen.« Sie übergab die Karte Bryant. »Überprüf das bitte.« Sie wandte sich wieder an den Fremden. »Wir setzen die Befragung erst fort, wenn DC Bryant zurück ist.«

»Natürlich. Es tut mir schrecklich leid, wenn ich Ihnen Umstände bereite.«

Nachdem Bryant den Raum verlassen hatte, wartete Hussein wortlos, wobei sie auf dem Tisch abwechselnd die Fäuste ballte und wieder lockerte. Frieda Klein saß ihr reglos und in sehr aufrechter Haltung gegenüber. Als Bryant ein paar Minuten später zurückkehrte, lag auf seinem Gesicht ein fast schon komischer Ausdruck von Bestürzung, doch er nickte Hussein zu und flüsterte ihr dann ein paar Worte ins Ohr. Hussein wandte sich an den Fremden.

»Wie es aussieht, stehen Ihre Freunde höher als meine«, sagte sie.

»Ich werde versuchen, nicht zu stören.«

Statt sich zu setzen, steuerte er auf das andere Ende des Raums zu, wo er sich mit verschränkten Armen an die Wand lehnte, die Akte an die Brust gedrückt. Seine Miene wirkte stoisch.

»Machen Sie sich meinetwegen keine Gedanken«, sagte er in den Raum hinein, ohne sich dabei an jemand Bestimmten zu wenden. »Ignorieren Sie mich einfach. Ich werde nicht an der Befragung teilnehmen.«

»Das möchte ich Ihnen auch geraten haben.« Hussein wandte sich wieder Frieda zu. »Wo waren wir stehen geblieben?«

Frieda antwortete nicht sofort, sondern drehte sich zu dem Mann um, der hinter ihr an der Wand lehnte und mittlerweile ein vages Lächeln aufgesetzt hatte. »Es wäre mir lieber, wenn Sie sich so hinstellen würden, dass ich Sie sehen kann. Seien Sie doch bitte so freundlich.«

»Kein Problem.« Der Mann machte ein paar Schritte in den Raum hinein, bis er seitlich von Frieda stand. »Besser?«

Frieda nickte. Dann richtete sie den Blick wieder auf Hussein.

»Sie wollten wissen, ob ich mich daran erinnere, welcher Stimmung Sandy war, als er das letzte Mal zum Warehouse kam«, griff Frieda den Faden wieder auf, »und die Antwort lautet: Ja, ich erinnere mich daran.«

»Ist er an dem Tag gewalttätig geworden?«

»Ich glaube nicht, dass ich es so nennen würde.«

»Er hat geschrien, eine Mülltüte nach Ihnen geworfen und wütend gegen die Abfalltonne getreten. Wie würden Sie das denn bezeichnen?«

»Aufgeregt.«

»Na schön, dann nennen wir es eben aufgeregt. Warum haben Sie es nicht für nötig gehalten, mich darüber zu informieren, was da abgelaufen ist, als Sie Ihren ehemaligen Partner ›gesehen‹ haben?«

»Ich hielt es nicht für relevant.«

»Ihnen ist aber schon klar, dass Sie eine der letzten Personen waren, die ihn lebend zu Gesicht bekommen haben, bevor er verschwand? Sie können mit ziemlicher Sicherheit davon ausgehen, dass er danach nicht mehr lange zu leben hatte, höchstens noch ein, zwei Tage.«

Frieda starrte sie an. Ihr Gesicht wirkte wie eine Maske, und ihre Augen schimmerten.

»Achtzehn Monate lang belästigt Alexander Holland Sie, und dann wird er ermordet. Was haben Sie dazu zu sagen?«

»Das ist keine richtige Frage«, wandte Hopkins ein.

»Dann formuliere ich es eben anders: Mich interessiert, wieso Sie von einem Netzwerk aus Gewalt und Trauma umgeben sind, Doktor Klein. Wir haben ja bereits über Ihre Vorgeschichte gesprochen...«

»Halt!«, warf Hopkins ein. »Wenn Sie konkrete Fragen bezüglich des Verbrechens haben, um das es hier geht, dann kann Doktor Klein sie beantworten. Ansonsten...«

»Können Sie mir etwas über Miles Thornton sagen?«

Frieda Klein runzelte die Stirn und beugte sich leicht vor.

»Miles? Hat man ihn gefunden?«

»Nein«, meldete Bryant sich zum ersten Mal zu Wort, »aber Sie haben ihn als vermisst gemeldet, und wenn ich richtig informiert bin, hat er Ihnen gegenüber ebenfalls gewalttätiges Verhalten an den Tag gelegt.«

Frieda wandte sich an Tanya, die bereits zu einer Erwiderung ansetzte.

»Das ist schon in Ordnung«, sagte sie zu der Anwältin. »Ich weiß, dass Sie mich vor mir selbst schützen wollen, aber ich möchte diese Fragen beantworten. Ja, ich habe Miles als vermisst gemeldet. Ja, sein Verhalten konnte durchaus gewalttätig und chaotisch werden und manchmal sogar psychotisch.«

»Demnach«, ergriff Hussein wieder das Wort, »gab es also nicht nur *einen* gewalttätigen Mann, sondern gleich zwei, die in den letzten paar Wochen auf Sie losgegangen sind. Von den beiden wird inzwischen einer vermisst, und der andere wurde ermordet.«

»Jetzt ist es aber genug!« Tanya Hopkins erhob sich und sah erwartungsvoll zu Frieda hinunter, in der Hoffnung, sie möge ihrem Beispiel folgen.

»Ja, das ist jetzt wohl fast genug«, pflichtete Frieda ihr bei, blieb jedoch sitzen. »Trotzdem möchte ich noch sagen, dass Miles ein instabiler junger Mann ist, der eine Gefahr darstellen könnte – für andere, vor allem aber für sich selbst. Deswegen habe ich ihn als vermisst gemeldet. Ich hoffe, er wird bald gefunden oder kehrt von selbst zurück.« Zum ersten Mal schien sie sich zu entspannen und ihre kühle Förmlichkeit abzulegen. »Ehrlich gesagt hatte ich damit gerechnet, ihn in der Rechtsmedizin vorzufinden.«

»Miles Thornton?« Hussein musste an das kurze Zucken in Frieda Kleins Gesicht denken.

»Ja. Nicht Sandy.«

»Verstehe.«

»Miles fühlte sich von mir verraten, weil ich die Finger im Spiel hatte, als er vor ein paar Monaten in eine geschlossene Abteilung eingewiesen wurde. In gewisser Weise hatte er damit sogar recht. Und natürlich hatte ich auch Sandy in gewisser Weise verraten. Bestimmt hat er mein Verhalten als herzlos und grausam empfunden. Manchmal komme ich mir selbst so vor.«

Seufzend ließ Tanya Hopkins sich wieder auf ihren Platz sinken.

»Ich glaube nicht, dass es nötig ist, dieses Thema weiter zu vertiefen.«

»Doktor Klein, würden Sie uns die Erlaubnis erteilen, Ihr Haus zu durchsuchen?«

»Mein Haus?« Ein Ausdruck der Beklemmung verhärtete einen Moment ihre Gesichtszüge. »Wieso denn das?«

Hussein wartete gelassen.

»Nein, ich glaube nicht«, fuhr Frieda fort. »Wenn Sie meine ganzen persönlichen Habseligkeiten durchwühlen wollen, dann sollten Sie sich einen Durchsuchungsbefehl besorgen.«

»Ganz wie Sie meinen.«

»Jetzt gehen wir aber wirklich.« Tanya Hopkins stand zum

zweiten Mal auf, und Frieda Klein erhob sich ebenfalls. Ihr Blick wanderte von Hussein zu Bryant und wieder zurück.

»Sie suchen in die falsche Richtung«, sagte sie. »Und während Sie das tun, hat der Mann, der Sandy tatsächlich getötet hat, jede Menge Zeit, sich aus dem Staub zu machen.«

»Sie meinen Dean Reeve«, sagte Hussein.

»Ja, ich meine Dean Reeve. Sie scheinen mir eine Frau zu sein, die sich nicht mit dem zufriedengibt, was andere Leute für die Wahrheit halten. Überprüfen Sie, was ich Ihnen gesagt habe.«

»Doktor Klein...«

»Diesen geduldigen Tonfall kenne ich. Bitte reden Sie nicht so mit mir, ersparen Sie mir diese Doktor-Klein-Nummer. Sie sind doch bereits zu dem Ergebnis gekommen, dass ich unter Wahnvorstellungen leide.«

»Noch schlimmer als Ihre Wahnvorstellungen finde ich die Tatsache, dass Sie unsere Ermittlungen behindern.«

»Sie meinen, wegen des Durchsuchungsbefehls? Also gut.« Sie zuckte müde mit den Achseln. »Durchsuchen Sie mein Haus. Wo muss ich unterschreiben?«

»Manchmal«, sagte Tanya Hopkins, während sie Frieda am Ellbogen nahm und in Richtung Tür zog, »sind meine Mandanten ihre eigenen schlimmsten Feinde. Wir gehen jetzt.«

»Doktor Klein?«

Frieda, Hussein und Tanya Hopkins wandten alle drei den Kopf. Der Mann an der Wand hatte sich zu Wort gemeldet.

»Ja?«, sagte Frieda.

»Darf ich Ihnen eine Frage stellen?«

»Wer sind Sie?«, konterte Frieda. »Ich weiß nicht, weshalb Sie hier sind.«

Der Mann blinzelte wieder.

»Entschuldigen Sie«, sagte er, »ich habe mich gar nicht vorgestellt. Mein Name ist Levin. Walter Levin.«

»Ich meine, wer *sind* Sie?«

»Ich habe mit den Ermittlungen nichts zu tun. Ich bin im Auftrag des Innenministeriums hier. Es ist ein bisschen schwierig zu erklären.«

»Alle weiteren Fragen sollten über meine Kanzlei laufen«, mischte Tanya Hopkins sich ein.

»Es geht mir nicht um diesen Fall.« Levin straffte die Schultern. »Ich habe Ihre Akte gelesen.« Er strahlte Frieda an. »Faszinierender Stoff, absolut faszinierend. Meine Güte. Allein schon der Fall des Mädchens, das Sie mit aufgespürt haben. In dem Haus in Croydon.«

»Bitte!« Hussein wirkte inzwischen sehr genervt. »Wir stecken mitten in einem Mordfall.«

»Schon gut.« Frieda sah ihn das erste Mal richtig an. Sie registrierte sein lächelndes Gesicht und seinen scharfen Blick. »Was wollen Sie wissen?«

»Mich hat da etwas neugierig gemacht«, erklärte er. »Aus der Akte ging nicht klar hervor, weswegen Sie damals überhaupt Verdacht geschöpft haben.«

Frieda überlegte einen Moment. Das erschien ihr alles so lange her, als wäre es einer anderen Person passiert.

»Ein Patient kam zu mir. Wie sich später herausstellte, war er nicht echt, sondern agierte für eine Zeitungsreportage. Aber er erzählte mir eine Geschichte darüber, wie er als Kind seinem Vater die Haare geschnitten habe. Das klang für mich irgendwie seltsam und schien doch gleichzeitig einen wahren Kern zu haben. Ich wollte herausfinden, wo die Geschichte herkam. Das ist alles.«

»Unglaublich«, sagte Levin vage.

»Und deswegen sind Sie hier?«, fragte Hussein. »Wegen einer einzigen Frage zu einem zwei Jahre zurückliegenden Fall?«

»Nein. Ich wollte Doktor Klein persönlich kennenlernen«, erklärte Levin. »Das ist alles so faszinierend.«

»Wieso?«, hakte Hussein nach. »Was tun Sie hier, abgesehen davon, dass Sie fasziniert sind?«

Levin gab ihr keine Antwort. Er sah nur Frieda an und wirkte dabei ziemlich verblüfft.

»Das alles tut mir schrecklich leid«, sagte er schließlich.

»Mir auch«, antwortete Frieda.

8

Hussein war schon an vielen Hausdurchsuchungen beteiligt gewesen und inzwischen mit den unterschiedlichen Verhaltensweisen der Verdächtigen vertraut. Manche waren wütend, andere reagierten eher verstört oder sogar traumatisiert. Zu erleben, wie vor ihren Augen Schubladen durchwühlt wurden, fühlte sich für viele wie eine intensive, ständig wiederholte Verletzung und Demütigung an. So mancher Verdächtige führte Hussein durch die Wohnung oder das Haus und erzählte ihr davon, als wäre sie eine potenzielle Käuferin.

Frieda Klein war anders. Während die Beamten in ihr Haus einfielen, in die Küche und nach oben gingen und überall Schränke und Schubladen öffneten, saß sie einfach in ihrem Wohnzimmer und spielte an einem kleinen Tisch eine Partie Schach durch. Auf ihrem Gesicht lag dabei ein Ausdruck tiefer Konzentration, der nur vorgetäuscht sein konnte. Hussein betrachtete sie. War sie schockiert oder wütend? Oder eher trotzig und beleidigt? Als Klein einmal hochsah und ihren Blick auffing, hatte Hussein das Gefühl, dass diese regelrecht durch sie hindurchschaute.

Plötzlich hörte man ein Poltern: Jemand kam die Treppe herunter und nahm dabei jeweils zwei Stufen auf einmal. Bryant betrat den Raum und legte etwas auf den Tisch. Hussein erkannte, dass es sich dabei um ein Portemonnaie aus Leder handelte.

»Das haben wir oben gefunden«, verkündete Bryant, »in einer Schublade voller Klamotten. Es lag zuunterst, eingewickelt in ein T-Shirt. Ich wette, ich weiß, wem das gehört hat.«

Hussein starrte zu Klein hinüber, konnte bei ihr aber keine Spur von Schock, Überraschung oder Sorge entdecken.

»Gehört das Portemonnaie Ihnen?«

»Nein.«

»Wissen Sie, wem es gehört?«

»Nein.«

»Warum befindet es sich dann in Ihrem Haus? Und warum haben Sie es versteckt?«

»Ich habe es nicht versteckt.«

»Wie ist es dann ins Haus gekommen?«

»Das weiß ich nicht.«

»Sollen wir mal einen Blick hineinwerfen?«, fuhr Hussein fort. Ihr ging durch den Kopf, dass sie eigentlich ein Gefühl von Triumph verspüren sollte.

Frieda blickte sie nur wortlos an, doch ihre dunklen Augen funkelten gefährlich.

Hussein streifte ihre Gummihandschuhe über, woraufhin Bryant ihr mit einem breiten Grinsen das Portemonnaie reichte. Hussein klappte es auseinander.

»Kein Geld«, verkündete sie. »Keine Kreditkarten. Aber mehrere Mitgliedskarten.« Sie zog eine heraus und hielt sie hoch, sodass Frieda sie sehen konnte. »Von der British Library«, erklärte sie. »Doktor Alexander Holland. Gültig bis März 2015.« Und noch eine. »Tate Gallery. Gültig bis November 2014. Eine alte Brieftasche ist das nicht.« Sie musterte Frieda. »Sie wirken nicht sehr überrascht. Wie kommt das Ding hierher, Doktor Klein?«

»Ich weiß es nicht. Aber ich kann es mir denken.«

»Dann lassen Sie mal hören.«

»Es wurde mir untergeschoben, das ist doch klar.«

»Ja, klar.«

»Von Dean Reeve.«

Glen Bryant stieß ein lautes Schnauben aus. Hussein legte die Brieftasche auf den Tisch.

»Ich glaube, Sie sollten noch einmal mit Ihrer Anwältin sprechen.«

Tanya Hopkins sah Frieda verblüfft an, als diese zu ihrem Treffen am Donnerstagmorgen in Begleitung eines Mannes mittleren Alters erschien. Als sie ihn dann auch noch als Detective Chief Inspector Malcolm Karlsson vorstellte, verwandelte sich die Verblüffung der Anwältin in Bestürzung.

»Das verstehe ich jetzt nicht«, stammelte Hopkins.

»Ich bin als Freund hier«, erklärte Karlsson, »als Berater.«

»Ich dachte, das wäre *meine* Aufgabe.«

»Wir sollten keinen Konkurrenzkampf daraus machen.«

Hopkins musterte ihn skeptisch. »Wenn DCI Hussein wüsste, dass einer ihrer Kollegen bei einem Gespräch zwischen einer Verdächtigen und deren Anwältin dabei ist…«

»Heute ist mein freier Tag. Ich begleite einfach nur eine Freundin.«

Hopkins warf einen Blick zu Frieda hinüber, die ans Fenster getreten war und hinausstarrte. Hopkins Büro ging auf das Kanalbecken von Islington hinaus. Ein paar Kinder mit leuchtend gelben Schwimmwesten paddelten dort in zwei Kanus herum.

»Sind Sie auf irgendeine Weise in die Ermittlungen involviert?«, fragte Hopkins.

»Nein.«

»Haben Sie sich aufgrund Ihrer Stellung Zugang zu diesbezüglichen Informationen verschafft?«

»Nein.«

»Ich bin Friedas Anwältin, nicht Ihre. *Wäre* ich die Ihre, würde ich Sie jetzt am Kragen packen und aus dem Raum schleifen.«

»Man hat mich vor Ihnen gewarnt.«

Hopkins nickte Frieda zu, woraufhin diese herüberkam und sie alle drei an einem niedrigen Glastisch Platz nahmen.

Hopkins schlug einen Schreibblock auf, zückte einen Stift und entfernte die Kappe.

»Wir wurden angewiesen, uns morgen um zehn auf dem Polizeirevier Altham einzufinden. Es ist so gut wie sicher, dass man Sie des Mordes an Alexander Holland anklagen wird.«

Sie warf einen Blick in die Runde, als erwartete sie eine Reaktion, doch es kam keine. Karlsson starrte auf den Fußboden hinunter. Frieda schien angestrengt nachzudenken, sagte aber auch nichts.

»Sie werden gegen Kaution freikommen«, fuhr Hopkins fort, »aber Ihren Pass abgeben müssen. Damit werden ein paar Bedingungen verknüpft sein, die jedoch nicht allzu problematisch sein dürften. Jetzt sollten wir uns erst einmal unsere Strategie überlegen.«

»Unsere Strategie?«, wiederholte Frieda.

»Ich habe schon eine Kollegin im Kopf, die als Strafverteidigerin infrage käme. Jennifer Sidney wäre die perfekte Wahl.«

»Sie hat den Somersham-Prozess gewonnen«, warf Karlsson mit einem grimmigen Lächeln ein.

»Ist daran etwas komisch?«, fragte Frieda.

»Komisch nicht gerade. Aber wenn sie Andrew Somersham freibekommt, dann bekommt sie jeden frei.«

»Es war das richtige Urteil«, entgegnete Hopkins, »in Anbetracht der Beweislage.«

»So kann man es auch nennen.«

»Tja, wir wollen ebenfalls das richtige Urteil.«

»Warum brauche ich überhaupt eine Strafverteidigerin?«, fragte Frieda.

»Wie bitte?«

»Wenn es tatsächlich zu einer Anklage kommen sollte …«

»Es wird zu einer Anklage kommen.«

»Also gut, wenn ich unter Anklage stehe, würde ich am liebsten selbst vor Gericht treten und wahrheitsgetreu meine

Geschichte erzählen, und dann sollen die entscheiden, ob sie mir glauben wollen oder nicht.«

Hopkins legte langsam ihren Stift beiseite. Karlsson sah, dass sie ganz blass geworden war.

»Frieda«, sagte sie leise, »das ist jetzt nicht der richtige Zeitpunkt für große Gesten oder einen philosophischen Vortrag. In unserer Strafjustiz herrscht das kontradiktorische System. Die Staatsanwaltschaft muss Ihnen die Tat nachweisen. Als Angeklagte müssen Sie lediglich die im Einzelnen gegen Sie vorgebrachten Anschuldigungen entkräften. Sie müssen weder beweisen, dass Sie unschuldig sind, noch einen Preis für Tugendhaftigkeit gewinnen. Am Ende muss nur herauskommen, dass Sie nicht eindeutig schuldig sind. So funktioniert das System.«

Frieda setzte zu einer Erwiderung an, doch Hopkins hielt sie mit einer Handbewegung zurück.

»Halt«, sagte sie. »Bis jetzt musste ich tatenlos daneben stehen, während Sie Ihren eigenen Fall sabotiert haben. Falls Sie weiter so verfahren wollen, können Sie sich eine andere Anwältin nehmen oder es ohne versuchen. Aber jetzt hören Sie mir erst einmal zu.«

Frieda gab mit einem Nicken ihr Einverständnis, und Hopkins sprach weiter.

»Die Grundstrategie liegt auf der Hand. Entscheidend ist das Portemonnaie. Darüber hinaus gibt es noch jede Menge nachteilige Indizien – oder angebliche Beweise –, aber die kann die Gegenseite nicht verwenden. Zumindest nicht, solange Sie sich zusammenreißen.«

»Wie meinen Sie das?«

»Sie dürfen Ihre Dean-Reeve-Theorie nicht erwähnen.«

»Warum nicht?«

»Wenn Sie seinen Namen auch nur erwähnen, können die alles aufs Tablett bringen: Ihre Verwicklung in den Tod von Beth Kersey, den Tod von Ewan Shaw, den Brandanschlag auf

Hal Bradshaws Haus, Ihre diversen Verhaftungen wegen tätlichen Angriffs.«

»Und?«

»*Und?*«, wiederholte Hopkins. »Ich bin der Meinung, dass Sie aller Wahrscheinlichkeit nach mit einer Verurteilung rechnen müssen und die nächsten fünfzehn bis zwanzig Jahre im Gefängnis verbringen werden, falls besagte Vorfälle einem Geschworenengericht zu Ohren kommen. Aber wie gesagt, es besteht kein Grund, diese Dinge ins Spiel zu bringen. Nein, entscheidend ist letztendlich das Portemonnaie. Könnte es denn nicht sein, dass Mister Holland bei seinem letzten Besuch bei Ihnen sein Portemonnaie liegen gelassen hat?«

»Nein«, antwortete Frieda.

Einen Moment herrschte Schweigen.

»Frieda«, sagte Karlsson, »ich weiß nicht, ob dir der Ernst der Lage wirklich bewusst ist.«

»Das Portemonnaie war in einer Schublade versteckt, als die Polizei es bei mir gefunden hat«, erklärte Frieda. »Wenn die Möglichkeit bestünde, dass Sandy es versehentlich bei mir zurückgelassen hat – übrigens ohne Bargeld und Kreditkarten –, dann hätte ich das gesagt.«

»Ich war von Anfang an nicht glücklich über diese Hausdurchsuchung. Hat man Sie auf Ihre Rechte hingewiesen, bevor Sie zu dem Portemonnaie befragt wurden?«

»Nein.

»Hervorragend.«

»Sandy hat es nicht bei mir liegen lassen«, entgegnete Frieda mit Nachdruck. »Er war seit einem Jahr nicht mehr bei mir im Haus. Nein, seit anderthalb Jahren. Sämtliche Mitgliedskarten in der Brieftasche waren neueren Datums.«

Es folgte eine längere Phase der Stille. Als Karlsson schließlich das Schweigen brach, klang er zögernd, fast ängstlich.

»Da drängt sich natürlich eine Frage auf, Frieda. Ich bin mir allerdings nicht sicher, ob ich sie stellen möchte.«

»Vorsicht«, warnte Hopkins.

»Wie gesagt, ich habe keine Ahnung, wie die Brieftasche da hingekommen ist.« Frieda sah die beiden an. »Obwohl ich es mir denken kann.«

»Bitte«, entgegnete Tanya Hopkins in scharfem Ton, »konzentrieren wir uns lieber auf das, was wir wissen, statt Ihre Theorien weiterzuverfolgen. Denken Sie mal an Ihr letztes Treffen mit Sandy, den Streit an der Klinik. Er lässt das Portemonnaie fallen, Sie heben es auf. Sie nehmen es mit nach Hause – in der Absicht, es ihm bei nächster Gelegenheit zurückzugeben?«

Frieda schüttelte den Kopf. »Ich werde nichts behaupten, das einfach nicht der Wahrheit entspricht.«

Hopkins runzelte die Stirn. Sie machte einen sehr unzufriedenen Eindruck. »Ist es nicht möglich, dass es zwischen Ihnen beiden zu einem weiteren, späteren Treffen kam, von dem Sie uns noch nichts erzählt haben?«

»Nein.«

»Sie sind da ganz sicher?«

»Ganz sicher. Ich habe ihn das letzte Mal an besagtem Dienstag gesehen, draußen vor dem Warehouse.«

»Was mir an diesem Fall bisher gar nicht gefällt, ist die Tatsache, dass ich immer wieder Dinge erfahre, von denen Sie mir nichts erzählt haben, und dass es sich jedes Mal um etwas Schlimmes handelt.«

»Sie sprachen vorhin von Strategien«, wechselte Frieda das Thema. »Welche Möglichkeiten stehen denn noch zur Debatte?«

»Wenn es Ihnen so widerstrebt, eine Strategie zu Ihrer Verteidigung zu entwickeln, könnten wir wahlweise wohl auch auf Totschlag plädieren. Ich habe ein paar Psychologen zur Hand, die als Gutachter zu Ihren Gunsten aussagen könnten.«

Karlsson warf einen nervösen Blick zu Frieda hinüber. Zum

ersten Mal im Verlauf dieses Gesprächs wirkte sie richtig verblüfft.

»Was sollten die denn sagen?«, fragte sie.

Hopkins griff nach ihrem Stift und klopfte damit nachdenklich auf der Tischplatte herum. »Sie waren als junges Mädchen
Opfer einer Vergewaltigung«, begann sie. »Später wurden Sie
dann Opfer eines Angriffs, durch den Sie fast ums Leben gekommen wären. Und es gibt Zeugen, die gehört haben, wie
Holland wilde Drohungen gegen Sie ausgestoßen hat.«

»Es waren keine Drohungen…«

»Ich glaube, ich kann so gut wie garantieren, dass man Sie
zu einer Bewährungsstrafe verurteilen würde.«

»Demnach muss ich also nur zugeben, Sandy ermordet zu
haben«, sagte Frieda, »damit ich heil aus der ganzen Sache
herauskomme?«

»Heil kommen Sie da nicht heraus«, entgegnete Hopkins.
»Sie wären für den Rest Ihres Lebens nur auf Bewährung frei.
Verurteilt wegen einer ernsten Straftat. Aber das ist unter Um-
ständen immer noch besser als die Alternative.«

»Aus Ihrem Mund klingt das richtig verlockend.«

»Ich versuche nur, Ihre Optionen darzulegen.«

Frieda schaute zu Karlsson, der unbehaglich auf seinem
Stuhl herumrutschte.

»Was meinst du?«

»Ich habe mich umgehört«, antwortete er. »Hussein ist gut.
Clever und gründlich. Sie hat schlagkräftige Beweise zusam-
mengetragen. Ich möchte dich warnen. Ich habe diese Strategie schon von der anderen Seite erlebt. Man stellt hier einen
Aspekt der Beweisführung infrage, dort ein Detail der Vor-
gehensweise, und Stück für Stück sorgt man dafür, dass alles
rausfliegt.« Er warf einen Blick zu Hopkins hinüber. »Sie
haben wahrscheinlich auch schon in Erwägung gezogen, der
Polizei zu unterstellen, sie habe Frieda das Portemonnaie als
fingierten Beweis untergeschoben.«

»Ich habe in der Tat darüber nachgedacht«, gab Hopkins
zu.

»Vorsicht«, warnte Karlsson. »Das ist die nukleare Option.
Mein weiß nie, welche Seite am Ende in die Luft fliegt.«

»Die *Polizei* hat mir das Ding nicht untergeschoben«,
wandte Frieda ein.

»Waren Sie anwesend, als es gefunden wurde?«, fragte Hopkins.

»Nicht in dem betreffenden Raum.«

»Wirklich nicht? Dann könnte es nämlich funktionieren.
Falls es zum Schlimmsten kommt.«

»Das Gute an all diesen Optionen ist, dass ihr Gelingen
überhaupt nicht davon abhängt, ob ich die Tat begangen habe
oder nicht.«

Hopkins, die gerade dabei war, ein kompliziertes Gebilde
aus Würfeln und Rauten auf ihren Block zu kritzeln, brach ab
und blickte hoch.

»Wenn ich nicht so sanftmütig wäre, würde ich Ihnen jetzt
einen Vortrag darüber halten, wie wichtig es ist, in einem
System zu leben, das nach dem Prinzip ›Im Zweifelsfall für den
Angeklagten‹ verfährt und die betroffene Person nicht zwingt,
sich selbst zu belasten oder irrelevante private Details preiszugeben.« Sie bedachte Frieda mit einem Lächeln. »Aber da
ich sanftmütig *bin*, erspare ich Ihnen den Vortrag.« Sie erhob
sich. »Wir treffen uns morgen um halb zehn. Am Kanal gibt es
ein Café, nur ein paar hundert Meter vom Revier entfernt – es
heißt Waterhole. Kommen Sie da hin. Dann begeben wir uns
gemeinsam aufs Revier, und Sie werden nichts anderes von
sich geben als das, was Sie vorab mit mir vereinbart haben.«

Sie streckte Frieda die Hand hin, und Frieda schüttelte sie.

»Ich weiß, dass die ganze Sache für Sie nicht leicht ist«, fuhr
Hopkins fort, »aber ich bin sicher, dass wir ein Ergebnis erzielen können, mit dem wir alle zufrieden sind.«

»Es tut mir leid«, sagte Frieda.

»Was meinen Sie?«

»Ich glaube, ich war keine gute Mandantin. Aber ich möchte Ihnen trotzdem für das danken, was Sie getan haben.«

»Seien Sie mal nicht zu voreilig.«

»Genau darum geht es mir«, entgegnete Frieda. »Ich möchte klarstellen, dass ich Ihnen auf jeden Fall dankbar bin, egal, was passiert.«

Karlsson und Frieda gingen schweigend die Treppe hinunter. Draußen sahen sie sich verlegen an.

»Was für ein Film ist denn da drinnen gerade abgelaufen?«, fragte Karlsson.

Frieda trat einen Schritt vor, nahm ihn rasch in den Arm und trat wieder zurück.

»Und was war *das* jetzt?«, fragte er mit einem nervösen Lächeln.

»Da drinnen war für mich nur eines wirklich wichtig«, erklärte Frieda.

»Nämlich?«

»Dass *du* da warst.«

»Aber ich habe doch gar nichts gemacht.«

»Doch, hast du. Du bist mitgekommen. Du hast auf eine höchst drastische und unprofessionelle Weise sämtliche Regeln gebrochen.«

»Ja, ich dachte mir schon, dass dir das gefallen würde.«

»Nein, ich meine es ernst. Wer weiß, welche Konsequenzen das für dich hätte, wenn es herauskäme. Es war ein Akt der Güte und Freundschaft, und ich werde dir das nie vergessen.«

»Das klingt mir ein bisschen zu endgültig.«

»Tja, wie heißt es immer so schön? Lebe jeden Moment, als wäre es dein letzter.«

Karlsson kniff argwöhnisch die Augen zusammen.

»Ist mit dir alles in Ordnung?«

»Ich werde jetzt nach Hause gehen, und zwar allein, am Kanal entlang. Was sollte mit mir nicht in Ordnung sein?«

Karlsson blieb stehen und sah ihr nach, wie sie in aufrechter Haltung losmarschierte, beide Hände in den Taschen. Er schauderte, als wäre das Wetter plötzlich umgeschlagen.

9

Frieda Klein hatte an diesem Nachmittag nur eine einzige Sitzung, und zwar mit John Franklin, der schon seit Jahren zu ihr kam. Sie brauchte nur seine Miene zu sehen, wenn er den Raum betrat, seine Schulterhaltung, seinen schweren oder leichten Gang, um zu wissen, wie seine Gemütslage war. An diesem Tag wirkte er still und traurig, aber nicht verzweifelt. Er sprach leise und langsam über die Dinge, die seiner Depression zum Opfer gefallen waren. Dann erzählte er ihr von dem Hund, den er als kleiner Junge gehabt hatte, einer gefleckten Promenadenmischung mit flehenden Augen.

Bevor er ging, sagte Frieda zu ihm: »Voraussichtlich werde ich eine Weile keine Zeit für Sie haben.«

»Keine Zeit für mich? Wie lange?«

»Das kann ich Ihnen nicht genau sagen.«

»Aber ...«

»Ich weiß, das wird schwierig für Sie, und wenn es sich vermeiden ließe, würde ich Ihnen das auch nicht antun. Aber ich gebe Ihnen eine Telefonnummer. Es handelt sich um eine Kollegin, die ich gut kenne und der ich vertraue. Ich möchte, dass Sie da gleich morgen anrufen. Ich werde vorab mit ihr sprechen. Und ich möchte, das Sie die Therapie bei ihr fortsetzen, bis ich zurückkomme.«

»Wann? Wann kommen Sie zurück? Warum gehen Sie überhaupt weg?«

»Es ist etwas passiert. Ich kann Ihnen das jetzt nicht erklären, Joe. Aber ich lasse Sie in guten Händen zurück. Wir beide haben zusammen bereits einiges erreicht, Sie und ich. Sie haben Fortschritte gemacht. Sie schaffen das schon.«

»Meinen Sie wirklich?«

»Ja. Vergessen Sie nicht, die Nummer anzurufen. Und passen Sie auf sich auf.«

Obwohl sie normalerweise jeden Körperkontakt mit ihren Patienten vermied, streckte sie ihm nun die Hand hin. Ziemlich überrascht griff Joe danach und hielt sie einen Moment fest.

»Ich möchte nicht, dass Sie weggehen«, sagte er.

Den Rest des Nachmittags verbrachte Frieda damit, Patienten anzurufen, Termine abzusagen und Vertretungen zu organisieren. Sie sagte zu allen Patienten das Gleiche: dass noch nicht feststehe, wie lange sie weg sein werde. Sie empfahl ihnen andere Therapeuten und rief anschließend die betreffenden Kollegen an, um ihre Patienten in deren Obhut zu übergeben, bis sie zurückkam.

Erst als sie sicher war, dass niemand unversorgt geblieben war, machte sie sich zu Fuß auf den Heimweg durch vertraute Seitenstraßen. Vor dem Café, das ihre Freunde betrieben, blieb sie stehen. Sie schaute dort fast täglich vorbei, aber an diesem Tag hatte es geschlossen und machte einen verlassenen Eindruck. Ein paar Minuten später befand sie sich wieder in der kleinen Kopfsteinpflastergasse, wo sich früher nur Stallungen befunden hatten. Dort stand ihr schmales Haus, eingepfercht zwischen den Garagen zu seiner Linken und den Sozialwohnungen zu seiner Rechten. Nachdem sie den Schlüssel im Schloss herumgedreht und die Tür aufgeschoben hatte, trat sie wie immer mit einem Gefühl von Erleichterung in die kühle Diele. Trotzdem sah sie an diesem Tag ihr Haus – das Wohnzimmer mit seinem Schachtisch und dem Kamin, wo sie im Winter jeden Abend ein Feuer brennen hatte, das Bad mit der wunderbaren Wanne, die ihr Freund Josef ohne ihre Erlaubnis, dafür aber mit einem gehörigen Maß an Chaos eingebaut hatte, und das kleine Arbeitszimmer unter dem Dach, wo sie oft saß und nachdachte oder Bleistift- und Kohlezeichnungen anfertigte – mit ganz neuen Augen. Sie hatte keine Ahnung, wann sie es wieder betreten würde.

Sie machte sich eine Kanne Tee und ließ sich damit nieder. Während es sich die Schildpattkatze, die sie gegen ihren Willen geerbt hatte, auf ihrem Schoß gemütlich machte, stellte sie im Geist eine Liste zusammen. Es gab so vieles zu organisieren. Zum Beispiel musste jemand die Katze füttern und nach den Pflanzen schauen, aber das ließ sich leicht regeln. Sie griff nach dem Telefon und tippte eine Nummer.

»Frieda? Bei dir alles in Ordnung?« Er stammte aus der Ukraine. Obwohl er nun schon seit mehreren Jahren in London lebte, sprach er immer noch mit starkem Akzent.

»Ich hätte eine Bitte an dich.«

»Du kannst mich alles bitten.« Sie sah ihn genau vor sich, wie er seine große Hand an sein Herz legte, während er das sagte.

»Ich habe morgen Vormittag einen Termin bei der Polizei. Sie werden mich des Mordes an Sandy anklagen.«

Nach einem Moment der Stille brach lautes Protestgeschrei los. Sie verstand nicht genau, was er sagte, aber unter anderem handelte es sich definitiv um Gewaltandrohungen und Schwüre, sie zu beschützen.

»Nein, Josef, das ist nicht …«

»Ich komme sofort zu dir. Auf der Stelle. Mit Reuben. Soll ich Stefan auch mitbringen?« Stefan war sein russischer Freund, ein sehr großer und kräftiger Mann, von dem sie nach wie vor nicht wusste, womit er eigentlich seinen Lebensunterhalt verdiente. »Wir kümmern uns darum.«

»Nein, Josef. Ich brauche zwar deine Hilfe, aber nicht so.«

»Dann sag mir, wie.«

»Ich brauche jemanden, der sich um die Katze kümmert und …«

»Die Katze! Du machst Witze, Frieda.«

91

»Nein. Die Blumen müsstest du auch gießen. Außerdem«, fügte sie hinzu, ohne auf sein ungläubiges Japsen zu achten, »hätte ich noch eine weitere Bitte.«

Sie ging ihre Liste durch: Zuerst schrieb sie eine lange, sorgfältig formulierte E-Mail an ihre Nichte Chloë, auf die sie stets ein Auge hatte, seit Chloës Vater – Friedas entfremdeter Bruder David – Olivia verlassen hatte. Chloë war ein schwieriges Kind gewesen und später dann ein leichtsinniges junges Mädchen, das immer wieder Beistand benötigte, doch inzwischen war sie zwanzig, hatte gerade ihr Medizinstudium abgebrochen und wollte stattdessen Schreinerin werden. An Chloës Mutter Olivia schrieb Frieda eine wesentlich kürzere, aber ebenfalls sorgfältig formulierte E-Mail. Sie wollte auf keinen Fall persönlich mit ihrer Schwägerin sprechen: Olivia würde nur hysterisch werden, sich anschließend aller Wahrscheinlichkeit nach betrinken und dann den Wunsch verspüren vorbeizukommen und sich auszuweinen. Als Nächstes stand Reuben auf Friedas Liste. Sie war schon fast im Begriff, ihn anzurufen, doch er kam ihr zuvor, weil Josef ihn bereits informiert hatte, was los war. Zu ihrer Überraschung klang Reuben ganz ruhig. Er bot ihr an, sie am nächsten Morgen zur Polizei zu begleiten, aber sie erklärte ihm, dass ihre Anwältin sich vorher noch mit ihr treffen wolle. Daraufhin schlug er ihr vor vorbeizukommen und ihr Gesellschaft zu leisten, doch als sie entgegnete, sie brauche an dem Abend ihre Ruhe, bedrängte er sie nicht weiter. Sie empfand seine Gelassenheit als sehr tröstlich und musste daran denken, was für ein guter Betreuer er ihr vor all den Jahren gewesen war.

Nachdem sie das Gespräch mit ihm beendet hatte, verharrte sie ein paar Minuten lang tief in Gedanken. Kein Mensch – weder ihre Anwältin noch Karlsson, noch Reuben, ja nicht einmal Josef – hatte sie gefragt, ob sie Sandy getötet habe. Gingen alle davon aus, dass sie es tatsächlich getan hatte? Oder sparten sie sich die Frage, weil sie ohnehin von ihrer Unschuld überzeugt waren? Oder wollten sie es lieber nicht wissen oder hatten Angst, sie danach zu fragen? Vielleicht war das ja auch gar nicht wichtig: Sie standen bedingungslos hinter ihr, egal, was sie getan oder nicht getan hatte. Blicklos starrte Frieda in den leeren Kamin, als könnte sie dort eine Antwort finden.

Es gab noch eine weitere Person, der sie es mitteilen musste, doch in diesem Fall kam weder ein Anruf noch eine E-Mail infrage. Sie spürte, wie ihr das Herz schwer wurde.

Ethans Kindermädchen Christine öffnete ihr die Tür. Frieda war ihr schon mehrfach begegnet, aber meist nur ganz kurz. Sie war eine große, energisch wirkende Person mit kräftigen Armen, die ihr Haar immer streng aus dem Gesicht gekämmt und mit vielen kleinen Klammern festgesteckt trug. Sie gab sich stets sehr geschäftsmäßig und eilte zielstrebig durchs Haus. Frieda hatte den Eindruck, dass Sasha sich von ihr eingeschüchtert fühlte. Außerdem fragte sie sich, was Ethan wohl von ihr hielt.

»Ja?« Im ersten Moment tat Christine, als hätte sie Frieda noch nie im Leben zu Gesicht bekommen. »Sasha ist noch nicht zurück«, fügte sie dann hinzu.

»Ich bin wohl ein bisschen früh dran.«

»Nein. Sie hat sich verspätet. Mal wieder.«

»Bestimmt kommt sie gleich. Wenn Sie wollen, können Sie gehen, und ich kümmere mich um Ethan.«

»Das wäre mir recht.«

»Für Sasha ist es bestimmt schwieriger, seit sie allein ist«, bemerkte Frieda.

»Tja, wem sagen Sie das.«

Sie machte die Tür weiter auf, und Frieda folgte ihr in die Küche. Ethan war auf seinem Stuhl festgeschnallt. Er hatte leuchtend rote Flecken auf den Wangen und eine bockige Miene aufgesetzt, die Frieda nur allzu gut kannte.

»Hallo, Ethan, jetzt leiste ich dir ein bisschen Gesellschaft.«

»Frieda«, sagte er. Für einen so kleinen Jungen hatte er eine ungewöhnlich raue Stimme.

Christines Blick wanderte von ihm hinunter zu der Bescherung auf dem Boden. Er hatte seine Schüssel und seinen Trinkbecher fallen lassen.

»Du bist ein böser Junge«, sagte Christine in einem Ton, der zwar nicht wütend, aber kalt und hart klang.

»Ich kann das übernehmen«, erklärte Frieda. »Und Sie sollten aufpassen, wen sie als böse bezeichnen.«

»Sie sind ja auch nicht diejenige, die diese Schweinerei beseitigen darf.«

»Jetzt schon. Gehen Sie nach Hause.«

Nachdem Christine weg war, drückte Frieda einen Kuss auf Ethans schweißnasse Stirn, befreite ihn aus seinem Stuhl und stellte ihn auf den Boden, wo er sofort seine klebrige Hand in die ihre schob. Von Frank hatte er die dunklen Augen geerbt, von Sasha die helle Haut und den schlanken Körperbau. Außerdem besaß er Franks Entschlossenheit und Sashas liebes Wesen. Frieda hatte ihn das erste Mal gesehen, als er noch keinen Tag alt war, ein verknittertes, dürres kleines Wesen mit dem Gesicht eines sorgenvollen alten Mannes. Sie hatte ihm die Windeln gewechselt (was sie davor noch für niemandes Baby getan hatte) und auf ihn aufgepasst, wenn Sasha zu krank und traurig war, um sich um ihn zu kümmern. Sie war mit ihm spazieren gegangen und hatte ihm vorgelesen. Trotzdem war er ihr noch immer ein Rätsel.

»Was sollen wir denn machen, bis Sasha nach Hause kommt?«

Bevor Ethan Zeit hatte, etwas zu antworten, hörte sie die Tür auffliegen.

»Es tut mir so leid!«, rief Sasha. »Der Bus hatte Verspätung.«

Frieda ging in die Diele. Das Haar ihrer Freundin wirkte zerzaust, ihr Gesicht gerötet.

»Hallo, Sasha.«

»Lieber Himmel, Frieda! Ich habe es einfach nicht schneller geschafft.«

»Kein Problem. Du bist doch nur ein paar Minuten zu spät.«

Sasha beugte sich hinunter und nahm Ethan auf den Arm, doch er wand sich ungeduldig, sodass sie ihn schnell wieder auf den Boden stellte. Er ließ sich auf allen vieren nieder und verschwand unter den Tisch, wo er sich am liebsten aufhielt. Wenn man ihn sich selbst überließ, konnte er dort stundenlang ausharren. Die Tischdecke hing so weit hinunter, dass dadurch eine Art Höhle für ihn und seine kleinen Holztiere entstand. Während er die Tiere auf dem Boden herumschob, redete er die ganze Zeit mit leiser, dringlicher Flüsterstimme auf sie ein.

»Wo ist Christine?«, fragte Sasha.

»Ich habe sie nach Hause geschickt.«

»War sie sauer?«

»Ein wenig kurz angebunden«, meinte Frieda.

»Ich habe immer ein bisschen Angst vor ihr, wenn sie sauer ist.«

»Das klingt aber nicht nach einem besonders gesunden Arbeitsverhältnis.«

»Nein«, antwortete Sasha bekümmert. »Seit Frank weg ist, habe ich das Gefühl, ständig eine halbe Stunde zu spät zu kommen, egal, was ich mache. Kein Wunder, wenn sie da ungeduldig wird.«

»Lass uns eine Tasse Tee trinken. Ich muss dir etwas sagen.«

Während Frieda verfolgte, wie Sasha den Kessel füllte und Teebeutel in die Kanne hängte, fiel ihr mal wieder auf, wie schön ihre Freundin war und wie zerbrechlich sie wirkte. Sie hatte Sasha zunächst als Patientin kennengelernt, nachdem diese mit ihrem vorherigen Therapeuten eine verheerende Affäre gehabt hatte. Doch später hatte Sasha ihr beruflich geholfen, und mit der Zeit waren sie Freundinnen geworden. Als

Sasha dann Frank begegnet war, hatte sie eine Weile vor Glück gestrahlt, doch nach Ethans Geburt war sie in eine katastrophale postnatale Depression verfallen und hatte sich seitdem nie wieder ganz davon erholt.

»Frank kommt in einer halben Stunde oder so. Am Donnerstag verbringt er immer den Abend mit Ethan.«

»Ich weiß nicht, ob ich so lange hier sein werde.«

»Nach dem letzten Mal gehst du ihm wahrscheinlich lieber aus dem Weg.«

Frank war Ethans Vater, Sashas Exfreund. Eine Zeit lang war er auch ein Freund von Frieda gewesen, aber das hatte sich geändert, als seine Beziehung mit Sasha in die Brüche ging.

Frieda hatte eine Weile an der Seitenlinie gestanden und zugesehen, wie ihre Freundin immer niedergeschlagener und kaputter wurde – und immer mehr an die Sasha erinnerte, die damals als verletzliche Patientin zu ihr gekommen war. Schließlich hatte sie Sasha erklärt, dass sie nicht bei einem Mann ausharren müsse, der ihr das Gefühl gab, wertlos zu sein. Dass sie immer eine Wahl habe, auch wenn es gerade nicht danach aussehe. Es sei ihre Entscheidung, ob sie bleiben oder gehen wolle.

»Es macht mir nichts aus, ihn zu treffen«, sagte Frieda nun. »Es darf nur vor Ethan zu keiner Szene kommen.«

»Natürlich nicht.«

Sasha stellte eine Teetasse vor Frieda hin und ließ sich ihr gegenüber nieder. »Was wolltest du mir sagen?«

Als Frieda es ihr erklärte, schien sie es zunächst gar nicht zu begreifen. Fassungslos starrte sie ihre Freundin an. Ihre Augen wirkten in dem schmalen Gesicht riesengroß.

»Wie können die von der Polizei nur so etwas denken?«

»Mir ist schon klar, warum«, entgegnete Frieda. »Zum Beispiel, weil sein Portemonnaie in meiner Schublade versteckt war.«

»Wie kam es denn dazu?«

Frieda zuckte mit den Achseln.

»Lass uns das alles nicht noch einmal durchkauen«, meinte sie. »Fakt ist, dass ich morgen Vormittag auf dem Polizeirevier erscheinen muss, und meine Anwältin, die allem Anschein nach weiß, wovon sie redet, mir versichert hat, dass man mich unter Anklage stellen wird.«

»Und was passiert dann?«

»Das weiß ich nicht so genau.«

»Und ich weiß nicht, was ich dazu sagen soll.«

»Du musst gar nichts sagen.«

»Doch. Ihre Augen schwammen mittlerweile in Tränen. »Du bist meine Freundin, meine allerliebste Freundin. Du hast mir immer beigestanden und bist mit mir durch dick und dünn gegangen.«

»Wir haben *einander* beigestanden«, entgegnete Frieda.

»Du hast mir beigestanden«, wiederholte Sasha, »und zwar von Anfang an, seit dem Moment, als wir uns kennengelernt haben und du meinem Scheusal von einem Therapeuten einen Kinnhaken verpasst hast und daraufhin in einer Polizeizelle gelandet bist. Und jetzt hast du mir auch wieder geholfen, die Trennung von Frank durchzustehen. Ich weiß nicht, wie ich das alles ohne dich bewältigt hätte, von meinen Problemen als alleinerziehende Mutter mal ganz zu schweigen.«

»Du hättest es schon geschafft.«

»Das glaube ich kaum. Ich kann doch nicht einfach zusehen, wie dir das passiert. Sag mir, was ich tun kann. Sag mir, wie ich dir helfen kann.«

»Indem du mit Ethan gut klarkommst.«

»Frieda, das klingt alles so ernst.«

Frieda lächelte. »Es ist in der Tat ziemlich ernst«, erwiderte sie. »Man wird mich des Mordes an einem Mann anklagen, den ich einmal geliebt habe.«

»Aber du musst bestimmt nicht vor Gericht. Sie werden

dich nicht für schuldig befinden. Sie werden dich wieder gehen lassen.«

»Vielleicht.«

»Deine Anwältin…«

»Meine Anwältin macht einen sehr kompetenten Eindruck. Aber sie kann mir auch nur bis zu einem gewissen Grad helfen.«

»Ich glaube einfach nicht, dass das tatsächlich passiert.«

»Mir kommt es auch ziemlich seltsam vor. Wie ein Traum«, pflichtete Frieda ihr bei. »Wie eine Geschichte, die nur anderen Leuten passiert.«

»Wie schaffst du es, so ruhig zu bleiben?«

»Bin ich ruhig? Ja, wahrscheinlich.«

»Ich werde alles, wirklich alles tun, um dir zu helfen. Sag mir nur, was.«

»Mir fällt nichts ein. Ich wünschte, ich hätte eine zündende Idee. Ich fühle mich ziemlich am Ende.«

Sasha ließ sich neben ihr nieder und griff nach ihrer Hand.

»Lass uns trotzdem darüber reden«, sagte sie schließlich.

Frieda sah sie fragend an. »Worüber?«

»Du weißt schon.«

»Du meinst, du willst wissen, ob ich Sandy getötet habe?«

Sasha nickte. »Ich könnte es verstehen, wenn du es getan hättest. An unserer Freundschaft würde das gar nichts ändern, du wärst für mich immer noch dieselbe. Aber ich wäre froh, wenn du mir genug vertrauen würdest, um es mir zu erzählen.«

»Ich hätte kein Problem damit, es dir zu erzählen«, beruhigte Frieda sie. Beide schwiegen einen Moment. Ethan rutschte unter dem Tisch herum. Sie hörten das leise Klacken von kleinen Gegenständen auf dem Fliesenboden.

»Sprich weiter«, forderte Sasha sie auf.

»Es gibt gar nicht viel, was ich loswerden möchte, abgesehen davon, dass ich schon seit Langem das Gefühl habe, für Sandy wäre es besser gewesen, er hätte mich nie kennengelernt. Ohne mich wäre sein Leben viel glücklicher verlaufen. Ich war schuld daran, dass er unglücklich war, und meiner Meinung nach bin ich auch für seinen Tod verantwortlich.«

»Über das alles sollten wir ausführlich reden«, meinte Sasha, »aber damit hast du meine Frage noch nicht beantwortet.«

Frieda lächelte sie an. »Du bist die Einzige, die sich tatsächlich getraut hat, mich danach zu fragen.«

Schlagartig wirkte Sashas Gesicht sehr blass.

»Es tut mir leid«, stammelte sie. »Ich fühle mich ...«

Sie verstummte.

»Wie fühlst du dich?«

Es klopfte mehrmals hintereinander laut an der Haustür, und gleich darauf noch ein paarmal.

»Das ist Frank«, erklärte Sasha, die bereits aufgestanden war. »Er klopft immer so – voller Ungeduld, als würde ich ihn warten lassen.« Sie klang dabei aber ganz verständnisvoll.

Während Sasha hinausging, um ihm aufzumachen, streckte Frieda den Kopf unter das Tischtuch.

»Frank ist da«, informierte sie ihn.

Ethan blickte hoch. Sein Gesicht war dem ihren so nah, dass sie sich in seinen tiefbraunen Augen gespiegelt sehen konnte.

»Komm in meine Höhle«, sagte er, »da ist es sicher.«

Es war fünfundzwanzig Minuten nach neun, als Tanya Hopkins am nächsten Morgen – am Freitag, dem 27. Juni, also genau eine Woche nachdem man Sandy mit durchgeschnittener Kehle in der Themse gefunden hatte – in dem Café namens Waterhole eintraf und sich einen freien Tisch mit Blick auf den Kanal sicherte. Es war ein schöner Junitag, klar und sonnig, mit einem letzten Rest von Morgenfrische in der Luft. Am Fenster kamen viele Leute vorbei: Fußgänger, Jogger, Radfahrer. Im Kanal wippten zwischen allerlei dahintreibendem Müll ein paar Enten auf dem glitzernden braunen Wasser.

Tanya Hopkins bestellte sich einen Cappuccino und ein Hefeteilchen. Sie warf einen Blick auf ihr Handy, aber es waren keine wichtigen Nachrichten eingegangen. Sie trank ihren Kaffee und brach dazu immer wieder ein Stück von ihrem Gebäck ab. Schließlich schlug sie ihr Notizbuch auf und legte es vor sich auf den Tisch. Dann warf sie erneut einen Blick auf ihr Telefon. Mittlerweile war es zwanzig vor zehn. Sie tippte Friedas Nummer und lauschte dem Klingelton. Als das Gespräch an die Mailbox weitergeleitet wurde, hinterließ sie eine kurze Nachricht.

Sie datierte die aufgeschlagene Seite ihres Notizbuchs und unterstrich das Datum. Dann trank sie ihren Cappuccino aus und überlegte, ob sie sich noch einen bestellen sollte. Nein, sie würde einfach warten, bis Frieda kam. Nachdem sie das Datum erst schattiert und dann kreuzweise schraffiert hatte, strich sie es mit ungeduldigen schwarzen Strichen durch.

Als sie erneut auf ihr Handy blickte, war es Viertel vor zehn. In fünfzehn Minuten wurden sie auf dem Polizeirevier erwartet. Sie rief Frieda noch einmal an, hinterließ dieses Mal aber keine Nachricht. Ihre anfängliche Irritation hatte sich inzwischen in eine dumpfe Wut verwandelt, die ihr wie ein Stein im Magen lag.

Um fünf vor zehn zahlte sie und ging nach draußen, wo sie den Blick den Treidelpfad entlangwandern ließ. Sie stieg die Stufen hinauf und hielt erneut nach ihrer Mandantin Ausschau. Ohne große Hoffnung rief sie ein letztes Mal an. Sie wartete bis drei nach zehn. Dann steuerte sie auf das Polizeirevier zu. Nachdem sie sich im Eingangsbereich angemeldet hatte, führte man sie in das Zimmer von DCI Hussein.

»Frieda ist offenbar etwas dazwischengekommen«, erklärte sie in liebenswürdigem Ton. »Wir werden einen neuen Termin vereinbaren müssen.«

Hussein sah sie über den Schreibtisch hinweg an. Ihre Haltung wirkte starr, ihre Miene grimmig.

»Aha«, sagte sie schließlich. »Das ist jetzt nicht Ihr Ernst, oder?«

10

Polizeipräsident Crawford deutete zornig auf den Stuhl. Karlsson setzte sich.

»Wissen Sie, warum Sie hier sind?«

»Ich kann es mir denken.«

»Ach, ersparen Sie mir Ihr scheinheiliges Getue! Natürlich wissen Sie Bescheid. Ihre Frieda Klein hat sich abgesetzt. In Luft aufgelöst. Aus dem Staub gemacht. Jedenfalls ist sie verschwunden.«

Ohne eine Miene zu verziehen, starrte Karlsson über den Schreibtisch hinweg in das Gesicht des Polizeipräsidenten, das so rot war, dass es fast schon dampfte. Er konnte die Gezeitenmarken der Wut an seinem Hals erkennen, knapp über seinem Hemdkragen. »Waren Sie eingeweiht? Ob Sie *eingeweiht* waren, will ich wissen!«

»Dass sie verschwunden ist, war mir bereits bekannt, ja.«

»Nein!« Er knallte die Faust so heftig auf den Schreibtisch, dass seine leere Tasse einen Satz machte und die Stifte ins Rollen kamen. »Ich meine, waren Sie in ihre Pläne eingeweiht? Wussten Sie, dass sie vorhatte unterzutauchen?«

»Nein, das wusste ich nicht.«

»Ich bin darüber informiert, dass sie mit Ihnen gesprochen hat.«

»Wir sind befreundet.«

»Von wegen, befreundet.« Crawfords höhnischer Unterton bewirkte, dass Karlsson sich versteifte und die Zähne zusammenbiss. »Wir wissen alles über Sie und Doktor Klein«, fügte der Polizeipräsident hämisch hinzu.

»Ich habe als Freund mit ihr gesprochen.«

»Im Beisein ihrer Anwältin. Sie waren dabei, als sie mit ihrer gottverdammten Anwältin gesprochen hat. Lieber Himmel, Mal! Sie sitzen ganz schön in der Scheiße. Bis zum Hals.«

»Frieda Klein ist nicht nur eine Freundin von mir, sondern auch eine Kollegin. Es wird doch von uns erwartet, dass wir uns umeinander kümmern.«

»Eine Exkollegin.«

»Mir ist klar, dass Sie beide Ihre Differenzen hatten ...«

»Hören Sie auf, Mal. Diese angebliche Freundin oder Kollegin von Ihnen hat einen Mann ermordet, und jetzt hat sie sich aus dem Staub gemacht, bevor wir sie unter Anklage stellen können.«

»Ich bin sicher, dass es dafür eine Erklärung gibt.« Der dumpfe Schmerz hinter Karlssons Augen hatte sich ausgebreitet und nahm inzwischen seinen ganzen Schädel ein. Er dachte an die Begegnung mit Frieda am Vortag – daran, wie sie ihn umarmt hatte, obwohl sie einander sonst nie berührten oder dem anderen höchstens mal eine Hand auf die Schulter legten, und wie sie sich anschließend bei ihm bedankt hatte. Erst jetzt begriff er, dass sie sich verabschiedet hatte. Durch das Pochen des Schmerzes hörte er sich selbst antworten: »Ich vertraue ihr.«

»Sehen Sie zu, dass Sie rauskommen! Wenn ich je erfahre, dass Sie ihr auf irgendeine Weise geholfen haben, kostet Sie das Ihren Kopf, das verspreche ich Ihnen.«

Auf dem Weg nach draußen begegnete ihm ein grauhaariger Mann mit einer Hornbrille auf der Nase und einer Akte in der Hand.

»Sie sind Malcolm Karlsson, nicht wahr?«, wandte der Mann sich an ihn.

»Ja. Kann ich Ihnen helfen?«

Der Mann betrachtete ihn nachdenklich, als würde er tatsächlich überlegen, ob Karlsson ihm irgendwie behilflich sein konnte.

»Nein, nein. Im Moment nicht.«

»Sie müssen entschuldigen, aber wer sind Sie?«

»Ach, machen Sie sich meinetwegen keine Gedanken. Ich bin nur ein Besucher.«

Hussein sah zu Reuben, der ihren Blick jedoch nicht erwiderte. Sie saßen sich im Warehouse gegenüber, an einem Tisch im Konferenzraum. Dort bestand eine ganze Wand aus Glas, und man hatte nach Süden hin einen so spektakulären Ausblick auf die Stadt, dass jeder Neuankömmling erst einmal überrascht die Augen aufriss. An einem klaren Tag – und es war ein sehr klarer Tag – konnte man sogar die dreißig Kilometer entfernten Hügel von Surrey sehen. Es dauerte eine volle Minute, bis Reuben sich schließlich der Polizeibeamtin zuwandte.

»In ein paar Minuten habe ich einen Termin mit einem Patienten«, erklärte er. »Wenn Sie also irgendwelche Fragen haben, dann sollten Sie mir die jetzt stellen.«

»Sind Sie darüber informiert, welche Konsequenzen es hat, wenn man die Justiz behindert?«

»Ich weiß zumindest, dass man das nicht tun soll.«

»Die Höchststrafe, die darauf steht, ist eine lebenslängliche Haftstrafe.«

»Demnach handelt es sich wohl um ein sehr ernstes Vergehen.«

»Wussten Sie, dass inzwischen Haftbefehl gegen Frieda Klein erlassen wurde?«

»Nein.«

Hussein legte eine Pause ein und musterte Reuben eindringlich. Sie wollte sehen, wie er auf ihre nächsten Worte reagierte.

»Sind Sie darüber informiert, dass sie sich abgesetzt hat?«

»Abgesetzt? Wie meinen Sie das?«

»Sie sollte heute Vormittag auf dem Polizeirevier erscheinen, zusammen mit ihrer Anwältin. Sie ist nicht aufgetaucht.«

»Bestimmt handelt es sich um ein Missverständnis. Oder sie hatte einen Unfall.«

»Sie war heute Morgen auf ihrer Bank und hat über siebentausend Pfund abgehoben.«

Reuben gab ihr keine Antwort. Stattdessen rieb er sich mit beiden Händen übers Gesicht, als wäre er gerade erst aufgewacht.

»Diese Neuigkeit scheint Sie nicht besonders zu erschüttern«, bemerkte Hussein.

»Ich habe nur nachgedacht, das ist alles.«

»Ich werde Ihnen jetzt mal sagen, worüber Sie nachdenken sollten. Falls Sie Doktor Klein auf irgendeine Weise geholfen haben, und sei es nur, indem Sie ihre Fluchtpläne mit ihr durchgegangen sind, dann haben Sie dadurch die Justiz behindert und somit gegen das Gesetz verstoßen. Sollten Sie etwas Derartiges getan oder irgendeine Vermutung haben, wo sie sich aufhalten könnte, dann müssen Sie mir das jetzt sagen.«

Reuben strich ganz leicht mit den Fingerspitzen über die Tischplatte.

»Glauben Sie wirklich, dass sie Sandy umgebracht hat?«, fragte er.

»Es spielt keine Rolle, was ich glaube. Uns liegen schlagkräftige Beweise vor, und die Staatsanwaltschaft hat sich dazu entschieden, Anklage zu erheben.« Sie beugte sich über den Tisch. »Damit kommt sie nicht durch, das wissen Sie genau. Wir leben nicht mehr im neunzehnten Jahrhundert. Wir leben nicht mal mehr Ende des zwanzigsten. Heutzutage kann jemand wie Frieda Klein nicht einfach verschwinden. Was sie getan hat, ist nicht nur gegen das Gesetz, sondern schlichtweg verrückt. Wenn sie erwischt wird – und das wird so kommen –, hat sie mit sehr schlimmen Konsequenzen zu rechnen, und dasselbe gilt für alle, die mit ihr in Verbindung standen. Ist Ihnen das klar?«

»Ja, das ist mit klar.«

»Gut. Wissen Sie, wo sie ist?«

»Nein.«

»Oder sein könnte?«

»Nein.«

»Wussten Sie, dass sie vorhatte, sich abzusetzen?«

»Nein.«

»An wen würde Doktor Klein sich sonst wenden?«

»Keine Ahnung. Sie ist eine sehr eigenständige Frau.«

»Als ich sie zu Hause aufgesucht habe, war ein Mann bei ihr, ein Ausländer.«

»Sie meinen Josef?«

»Ja, so hieß er. Wer ist das?«

»Ein Freund von Frieda. Seines Zeichens Bauarbeiter. Er stammt aus der Ukraine.«

»Warum sollte so jemand mit Frieda Klein befreundet sein?«

»Beleidigen Sie jetzt die Ukrainer oder die Bauarbeiter?«

»Wie kann ich den Mann erreichen?«

Reuben überlegte einen Moment, ehe er sein Handy herausholte, die Nummer aufrief und sie auf einen Zettel schrieb, den er Hussein anschließend über den Tisch schob.

»Wer könnte ihr sonst noch helfen?«

»Erwarten Sie jetzt von mir, dass ich Ihnen eine Liste von Namen gebe, damit Sie eine Runde drehen und alle Aufgelisteten bedrohen können?«

»Ich erwarte von Ihnen, dass Sie sich an das Gesetz halten. Hat Doktor Klein nahe Verwandte, an die sie sich wenden kann?«

Reuben schüttelte den Kopf.

»Ein Bruder lebt im Ausland, der andere in der Nähe von Cambridge. An den würde sie sich aber sowieso nicht wenden, und selbst wenn, würde er ihr nicht helfen.« Wieder überlegte Reuben einen Moment und konsultierte dann erneut sein Handy. Er griff nach dem Zettel, der noch auf dem Tisch lag, und notierte einen Namen und eine weitere Nummer. »Sie hat eine Schwägerin, mit der sie sich hin und wieder trifft. Olivia

Klein. Sie können ein bisschen Zeit verschwenden, indem Sie mit ihr sprechen.«

Hussein griff nach dem Zettel und erhob sich.

»Sie waren doch ihr Therapeut«, sagte sie. »Ich dachte immer, die Leute erzählen ihren Therapeuten alles.«

Reuben stieß ein kurzes Lachen aus.

»Es ist Jahre her, dass ich ihr Therapeut war, und selbst damals hat sie mir nur erzählt, was sie mir erzählen wollte.«

»Ich weiß, dass meine Meinung Sie nicht interessiert«, entgegnete Hussein, »aber ein Mann wurde ermordet, und Ihre Frieda Klein gönnt sich gerade den Luxus, wie eine Kinoheldin durchzubrennen. Sie behindert damit die Ermittlungen in einem Mordfall und verstößt auf drastische Weise gegen das Gesetz. Und wozu das alles?«

Reuben erhob sich. »Sie haben recht«, sagte er. »Ihre Meinung interessiert mich nicht.«

Olivia Klein lebte ebenfalls in Islington, zwar etwas weiter östlich, aber dennoch nur rund einen Kilometer von Sandys Wohnung entfernt. Ihre Augen füllten sich sofort mit Tränen, als Hussein sich vorstellte, und bei der Erwähnung von Sandys Namen begann sie zu schluchzen. Nachdem Hussein die weinende Frau ins Wohnzimmer geführt und auf das Sofa gesetzt hatte, ging sie in die Küche, von wo sie mit einer Schachtel Kleenex zurückkehrte. Olivia zog gleich eine ganze Handvoll heraus, wischte sich damit das Gesicht ab und putzte sich anschließend die Nase.

»Sie glauben gar nicht, was Frieda im Lauf der Jahre alles für mich getan hat«, begann sie. »Sie hat mich gerettet, mir im wahrsten Sinn des Wortes das Leben gerettet. Als David mich verließ, war ich völlig… also, ich war total…« Ihre Worte verwandelten sich wieder in Geschluchze. »Und dann machte meine Tochter Chloë eine schlimme Zeit durch, sie war vollkommen durch den Wind, aber Frieda hat ihr bei ihren schulischen Problemen geholfen und immer wieder mit ihr gesprochen. Sie hat sie sogar eine Weile bei sich aufgenommen, wofür sie eigentlich so etwas wie einen Ritterschlag verdient hätte.«

»Ich nehme mal an, Ihrer Tochter fehlte der Vater.«

»Sie hätte auch eine gottverdammte Mutter gebraucht. In der Hinsicht habe ich nie viel getaugt. Deswegen musste Frieda herhalten. Ich dachte, mit Sandy hätte sie endlich den Richtigen gefunden, aber dann ging das ebenfalls schief, und jetzt das. Es ist so…«

Ihr Gesicht verschwand wieder hinter Papiertaschentüchern.

»Misses Klein…«

»Ich kann Ihnen nicht helfen. Ich habe Sandy nicht besonders gut gekannt und ihn außerdem seit einem Jahr nicht mehr zu Gesicht bekommen. Vielleicht ist es auch schon zwei Jahre her, jedenfalls eine lange Zeit.«

»Darum geht es nicht.«

»Worum denn dann?«

Hussein widerstrebte es fast, ihr Anliegen vorzubringen, weil sie bereits wusste, was dann passieren würde. Als sie schließlich von Friedas Verschwinden berichtete, wirkte Olivia derart schockiert, dass Hussein sich fragte, ob es überhaupt noch einen Sinn hatte, weiter mit ihr darüber zu sprechen. Ihr Gegenüber sah aus wie ein Kind mit einem fleckigen, blassen Gesicht, das so viel geweint hatte, dass keine Tränen mehr übrig waren.

»Warum?«, fragte Olivia so leise, dass es fast wie ein Flüstern klang. »Warum sollte sie das tun?«

»Ich hatte gehofft, Sie könnten mir das sagen.«

»Woher soll ich das denn wissen? Ich habe Frieda noch nie verstanden – oft nicht einmal im Nachhinein.«

»Sie hat sich zu diesem Schritt entschlossen« – Hussein sprach jedes Wort ganz langsam und deutlich aus, damit es keine Missverständnisse gab –, »weil sie wusste, dass man sie wegen eines sehr schwerwiegenden Verbrechens unter Anklage stellen wollte.«

»Aber Sie können doch nicht allen Ernstes glauben, dass sie das Verbrechen wirklich begangen hat. Das kann nicht sein.«

»Damit wir uns da ganz klar verstehen«, fuhr Hussein fort. »Falls Sie etwas über die Sache wissen oder Frieda auf irgendeine Weise geholfen haben, dann müssen Sie mir das sagen. Das ist ganz wichtig.«

»Was, ich?«, fragte Olivia, plötzlich sehr laut. »Ich bringe doch noch nicht mal mehr den DVD-Player zum Laufen, seit Chloë am College ist. Jedes Mal, wenn ich mir einen Film ansehen möchte, muss ich meine Tochter anrufen, und die erklärt es mir dann ganz genau, aber ich kann es mir trotzdem nicht merken. Sie glauben, Frieda würde sich an mich wenden, um mit mir ihre Flucht zu planen? Ich bin eine Ertrinkende. Wenn Sie mich ansehen, sehen Sie eine Frau, die im wahrsten Sinn des Wortes am Ertrinken ist. Manchmal hat Frieda mich gerettet und ans Ufer geschleppt, auch wenn es nichts genützt hat, weil ich immer wieder hineingefallen bin. Aber eines dürfen Sie mir glauben: Wenn Frieda sich an mich gewandt hätte, dann hätte ich alles in meiner Macht Stehende für sie getan.«

»Damit hätten sie dann allerdings ein Verbrechen begangen.«

»Das ist mir egal. Aber sie würde sich sowieso nicht an mich wenden, weil sie dafür viel zu viel gottverdammten Menschenverstand besitzt.«

Das Haus in Belsize Park sah aus, als würde es von innen abgerissen. Entlang der Straße waren vier Container aufgestellt. Durch die Haustür trug gerade jemand alte Bretter, Gipsplatten und Kabel heraus. Währenddessen wurde aus einem Lieferwagen Baumaterial für ein Gerüst ausgeladen und rund um die Fassade herum mit dessen Aufbau begonnen. Für Hussein musste erst einmal ein Helm beschafft und Josef aus den Tiefen des Gebäudes herbeizitiert werden. Hussein war mittlerweile ja mit den seltsamen Reaktionen vertraut, die viele Leute an den Tag legten, wenn sie mit der Polizei zu tun hatten. Doch als Josef nun in der Tür auftauchte und sie erblickte, gab er ihr lediglich durch ein kleines Lächeln zu verstehen, dass er sie wiedererkannte – als hätte er schon mit ihrem Besuch gerechnet. Sie folgte ihm hinein, und er führte sie quer durch das ganze Haus, hinaus in den großen, lang gezogenen Garten.

»Das sieht nach viel Arbeit aus«, meinte sie.

Er schaute an der rückwärtigen Fassade hoch, als sähe er sie zum ersten Mal.

»Ja, es ist groß.«

»Man hat fast den Eindruck, als würde es komplett auseinandergenommen.«

»Ausgehöhlt, ja.«

»Eine teure Angelegenheit.«

Josef zuckte mit den Achseln. »Wenn man fünfzehn oder zwanzig Millionen für ein Haus ausgibt, dann sind zwei oder drei eine Kleinigkeit.«

»Für mich nicht.«

»Für mich auch nicht.«

»Wir fahnden nach Frieda. Wissen Sie, wo sie ist?«

»Nein.«

Sie wartete auf weitere Erklärungen oder auch Protest, aber er schwieg einfach beharrlich, als hätte er bereits alles gesagt, was es zu sagen gab.

»Als ich Sie bei Doktor Klein traf, hatte ich das Gefühl, dass Sie zu ihrer Unterstützung da waren.«

Josef starrte sie verwirrt an. »Als Freund. Nur als Freund.«

»Ich habe die Polizeiakte über Doktor Klein gelesen. Darin taucht Ihr Name ebenfalls auf.«

Josef lächelte, als wären damit schöne Erinnerungen verbunden. »Ja. Seltsame Sache.«

»Sie wurden damals schwer verletzt.«

»Nein, nein, das war nur ein Kratzer.« Er machte eine wegwerfende Geste.

»Sie wissen, dass Doktor Klein mittlerweile flüchtig ist?«

»Flüchtig?«

»Auf der Flucht. Gegen sie wurde Haftbefehl erlassen.«

»Haftbefehl? Das ist aber nicht gut.«

»Nein, das ist gar nicht gut. Es ist sehr ernst.«

Er zögerte einen Moment und blickte sich dann um. »Ich muss jetzt wieder arbeiten.«

»Sie stammen aus der Ukraine?«

»Ja.«

»Wenn Sie irgendetwas darüber wissen, wo Frieda Klein sich im Moment aufhält, oder ihr auf irgendeine Weise geholfen haben, dann haben Sie damit eine Straftat begangen. Falls dem so ist, wird man Sie verurteilen und ausweisen. Haben Sie mich verstanden? Man wird Sie zurück in die Ukraine schicken.«

»Ist das…«, er suchte nach dem richtigen Wort, »…eine Drohung?«

»Nein, eine Tatsache.«

»Es tut mir leid. Ich muss arbeiten.«

Hussein zückte eine Karte und reichte sie Josef. Er betrachtete sie mit scheinbarem Interesse.

»Nur für den Fall, dass Sie etwas von ihr hören, ganz egal, was«, sagte sie.

Nachdem Hussein weg war, blieb er mehrere Minuten im Garten stehen. Als er schließlich wieder hineinging, machte er sich auf die Suche nach Gavin, dem Bauleiter. Kurze Zeit später verließ er das Gebäude, eilte ein Stück die Straße entlang und wandte sich dann nach rechts, Haverstock Hill hinunter, bis er den Eisenwarenladen erreichte. Der große Mann mit dem kahl geschorenen Schädel, der dort hinter der Ladentheke stand, nickte Josef zu. Seit sie mit dem Bauprojekt begonnen hatten, war er jeden Tag dort gewesen. Die Lieferung lag bereit. Josef holte sein Telefon heraus und sah nach, wie spät es war.

»In einer halben Stunde bin ich wieder da«, verkündete er.

Er verließ den Laden, überquerte die Straße und betrat den Bahnhof Chalk Farm, von wo aus er eine Station in Richtung Süden fuhr, nach Camden Town. Kurz bevor sich die Türen wieder schlossen, stieg er aus und blickte sich um. Der Bahnsteig war fast menschenleer, abgesehen von ein paar Teenagern, die wahrscheinlich zum Markt unterwegs waren. Er verließ den Bahnhof und ging in Richtung Norden, die Kentish Town Road entlang. Er erreichte die Treppe, die nach links abzweigte und stieg hinunter zum Kanal. Vor sich konnte er den Markt sehen, doch er bog nach links ab und folgte dem Weg unter der Brücke hindurch. Während er dort entlangmarschierte, begegnete ihm hin und wieder ein Jogger. Als hinter ihm ein Fahrradfahrer klingelte, trat er beiseite. Vor sich sah er ein Kanalboot herantuckern, gesteuert von einem alten Mann mit einem grauen Bart, der hinten im Heck saß. Josef blieb stehen und wartete, bis das Boot an ihm vorbeigefahren war. Angesichts der bunten Dekoration musste er lächeln. Der alte Mann winkte ihm zu, und er winkte zurück. Ein Stück weiter vorne hatte er bereits eine vertraute Silhouette entdeckt. Sie stand unter der nächsten Brücke. Als er näher kam, wandte Frieda sich um. Josef zog einen Zettel aus der Tasche und reichte ihn ihr. Sie warf einen Blick darauf.

»Ist das ein Freund von dir?«

Josef nickte.

Frieda schob den Zettel ein. »Danke«, sagte sie.

»Ich begleite dich zu ihm.«

»Nein. Du wirst nicht wissen, wo ich bin. Du wirst keine Möglichkeit haben, mich zu erreichen.«

»Aber Frieda…«

»Du sollst nichts zu verbergen haben und keinen Grund zu lügen.« Sie blickte in sein bekümmertes Gesicht und wurde weich. »Wenn ich dich brauche, dann melde ich mich, das verspreche ich dir. Aber du darfst nicht versuchen, mich zu finden. Hast du verstanden?«

»Ja. Es gefällt mir nicht, aber ich habe es verstanden.«

»Und du gibst mir dein Wort.«

Er legte die Hand aufs Herz und vollführte seine charakteristische kleine Verbeugung. »Ich gebe dir mein Wort.«

»Waren sie schon bei dir?«

»Die Frau. Ja.«

»Es tut mir leid. Josef, du weißt, dass ich nicht gut darin bin, solche Dinge auszusprechen …«

Josef brachte sie mit einer Handbewegung zum Schweigen.

»Eines Tages werden wir darüber lachen.«

Frieda schüttelte nur den Kopf und wandte sich ab.

11

Frieda ging den Kanal entlang und besorgte sich dann in einem kleinen Laden an der Caledonian Road ein Kartenhandy. Nachdem sie den Anruf getätigt hatte, fuhr sie mit der Overground-Bahn durch das East End. Die Strecke verlief über den Kanal und dann wieder zurück auf die andere Seite. Vom Zug aus hatte man freien Blick auf private Gärten, Autofriedhöfe, Lagerhallen und Schrebergärten. Nach einer Weile aber tauchte die Bahn in den Untergrund ab, um ein paar Minuten später in einem anderen Land wieder ans Licht zu kommen: Süd-London. Frieda stieg an der Haltestelle Peckham Rye aus, wo sie erst einmal ihren Stadtplan zurate ziehen musste. Ihr Weg führte sie durch ein Wohngebiet, vorbei an einer Schule und einer Reihe von Arkadenläden, in denen alles Mögliche repariert wurde, bis sie schließlich die Wohnblöcke erreichte, nach denen sie Ausschau hielt. Jedes der großen Gebäude hatte seinen eigenen Namen: Bunyan, Blake und dann – das, zu dem sie wollte – Morris. Auf dem Gehsteig stand ein Mann, der gerade telefonierte. Er sah aus, als sollte er eigentlich an der Seitenlinie eines Sportplatzes stehen. Er trug Sportschuhe, eine Trainingshose, ein gelbes Fußballtrikot, auf dessen Brust der Name eines Versorgungsunternehmens prangte, und darüber eine schwarze Windjacke. Der Mann war groß und hatte sein langes Haar zu einem Pferdeschwanz gebunden. Frieda sah, dass in beiden Ohren Ohrringe steckten und er ein Augenbrauenpiercing hatte. Außerdem trug er wohl eine Kombination aus Schnauz- und Ziegenbart, es konnte aber auch sein, dass er sich bloß ein paar Tage nicht rasiert hatte. Als er Frieda bemerkte, hielt er die freie Hand hoch. Es war eine Geste der

Begrüßung und der Entschuldigung, zugleich aber auch eine Aufforderung zu warten. Er traf gerade komplizierte Vereinbarungen wegen einer Lieferung. Als er fertig war, verstaute er sein Handy und entschuldigte sich erneut mit einer Geste der Hilflosigkeit.

»Bis man es ihnen erklärt hat, hätte man es selbst schon längst erledigt.«

Sein Akzent klang nach einer Mischung aus Süd-London und Osteuropa. Frieda schüttelte die Hand, die er ihr hinhielt.

»Diese Richtung«, sagte er und führte sie durch das Tor auf den Hof, der Blake von Morris trennte.

»Josefs Freundin?«, fragte er. Frieda nickte. »Lev«, stellte er sich daraufhin vor.

»Frieda. Kommen Sie auch aus der Ukraine?«

»Aus der Ukraine?« Auf Levs Gesicht breitete sich ein Lächeln aus. »Ich komme aus Russland. Aber wir sind wie Brüder.«

»Ja, davon lese ich immer in der Zeitung.«

Lev musterte Frieda stirnrunzelnd, als hätte er den Verdacht, dass sie sich über ihn lustig machte. Frieda wurde plötzlich klar, dass es keine gute Idee war, ihm gegenüber irgendwelche Witze zu reißen. Lev führte sie eine Treppe hinauf in den ersten, dann in den zweiten und schließlich in den dritten Stock. Dort ging er die Galerie entlang. Alle Wohnungstüren, die sie passierten, waren mit großen, blaugrauen Steinblöcken verschlossen.

»Die wollen wirklich nicht, dass da jemand reinkommt«, stellte Frieda fest.

Lev blieb stehen, stützte beide Hände aufs Geländer und blickte über den Hof hinüber in Richtung Blake House. Dabei wirkte seine Miene wie die eines besorgten Hausbesitzers.

»Erst werfen sie die Leute raus«, erklärte er, »und dann kommen die Steine.«

»Was ist denn hier geplant?«

»Das Gebäude da ganz hinten steht schon leer. Nächstes Jahr reißen sie es ab, und dann wird neu gebaut. In zwei, drei Jahren passiert das Gleiche auch mit diesem Haus hier.«

Er setzte sich wieder in Bewegung, bis er schließlich vor einer Tür stehen blieb, die weiß gestrichen war, allerdings nur mit einer einzigen Farbschicht, sodass man die dunkle Farbe darunter noch erkennen konnte. Lev zog einen mit zwei Schlüsseln versehenen Ring heraus, an dem als Anhänger eine kleine nackte Frau baumelte. Er löste einen der Schlüssel vom Ring und betrachtete ihn.

»Ich gebe Ihnen den Schlüssel«, sagte er, »und Sie geben mir…«, er überlegte einen Moment, »…dreihundert Pfund.«

Frieda nahm einen kleinen Stapel Zwanziger aus ihrer Tasche und zählte fünfzehn ab. Sie reichte die Scheine Lev, der sie einschob, ohne nachzuzählen.

»Für die…« Er machte eine Handbewegung, als suchte er nach dem richtigen Wort.

»Die Unkosten?«, kam Frieda ihm zu Hilfe.

»Es war einiges zu zahlen, ja.«

Er sperrte die Tür auf.

»Willkommen«, sagte er und trat ein Stück zur Seite, um sie hineinzulassen.

Frieda betrat die kleine Diele. Es roch feucht und ein wenig nach Pisse, und noch nach etwas anderem, etwas Süßlich-Fauligem. Die Wohnung sah aus, als wäre sie überstürzt verlassen worden. Was auch immer an der Wand gehangen hatte, war wohl nur schnell heruntergerissen worden, und darunter waren Risse und abgeschlagener Verputz zurückgeblieben. Frieda betätigte einen Wandschalter. Gut. Zumindest gab es Licht. Sie stellte ihre Reisetasche ab und wanderte durch die Räume. Im Wohnzimmer gab es ein Sofa und einen Tisch, in einem Hinterzimmer ein schmales Bett, im Bad und in der Küche gar nichts. Keinen Tisch, keinen Stuhl, keinen Topf, keine Pfanne.

»Gehört die Wohnung Ihnen?«, wandte Frieda sich an Lev.

Er schnitt eine Grimasse. »Ich passe darauf auf.«

»Und wenn jemand kommt und mich fragt, was ich hier zu suchen habe?«

»Da kommt bestimmt keiner.«

»Aber wenn mich doch jemand fragt, soll ich dann Ihren Namen nennen?«

»Keine Namen.« Lev beugte sich über einen tragbaren Heizlüfter, der in einer Ecke des Wohnzimmers stand. »Lassen Sie den nicht angeschaltet, wenn Sie weggehen«, sagte er zu Frieda. »Sonst könnte es ein Problem geben. Und wenn Sie schlafen, dann vielleicht auch nicht.«

»In Ordnung.«

»Sie werden nur drei, vier Wochen bleiben?«

»Ja, voraussichtlich. Wer wohnt sonst noch hier?«

»Niemand, nur Sie.«

»Nein, ich meinte, in den anderen Wohnungen.«

»Alle möglichen Leute. Neuerdings viele Syrer. Auch Rumänen.« Er verzog das Gesicht. »Und natürlich immer die Somalis. Die Leute kommen und gehen. Bis auf eine Frau, die sehr alt ist, wirklich sehr alt. Sie ist Engländerin und wohnt hier schon eine Ewigkeit.«

»Muss ich sonst noch etwas wissen?«

Lev sah sie nachdenklich an.

»Schließen Sie immer von innen ab, wenn Sie da sind. Und kaufen Sie sich Ohrenschützer. Manche spielen hier sehr laute Musik. Ohrenschützer sind gut, Schimpfen ist nicht gut.«

Er griff nach Friedas Hand und schüttelte sie.

»Wenn ich die Wohnung nicht mehr brauche, wie verfahre ich dann mit dem Schlüssel?«

Er machte eine wegwerfende Handbewegung.

»In die Tonne damit.«

»Und wenn es ein Problem gibt, wie erreiche ich Sie dann?«

Er zog den Reißverschluss seiner Jacke hoch.

»Wenn es ein Problem gibt, ist es am besten, anderswohin zu gehen.«

»Sollte ich nicht Ihre Nummer haben?«

»Wozu?«

Frieda fiel spontan auch kein Grund ein.

»Was ist mit der nächsten Miete?«

»Es gibt keine Miete.«

»Na dann, vielen Dank für alles.«

Er zuckte mit den Achseln. »Nein, nein, das war mein Dank an meinen Freund Josef.«

Frieda wollte gar nicht darüber nachdenken, was Josef wohl für Lev getan hatte, wofür dieser sich nun mit einem solchen Gefallen revanchierte. Sie hoffte, dass es sich nur um einen besonders günstigen Freundschaftspreis für irgendwelche Bauarbeiten gehandelt hatte.

»Also dann«, fuhr er fort, »auf Wiedersehen.« Er war bereits auf dem Weg zur Tür, als ihm noch etwas einfiel. »Ach ja, es wäre vielleicht besser, wenn Sie den Boiler nicht benutzen. Der taugt nicht viel. Aber wir haben ja Sommer, also brauchen Sie ihn gar nicht.« Mit diesen Worten ging er, und Frieda war allein.

Sie wanderte erneut durch die Räume. Im Wohnzimmer blieb sie stehen und betrachtete eine Ecke, in der sich die Tapete von der Wand löste. Die ganze Wohnung wirkte trist und vernachlässigt, der Vergessenheit anheimgefallen. Für ihre Zwecke war sie perfekt.

Als Erstes nahm sie einen Notizblock und einen Stift aus ihrer Umhängetasche und machte sich eine Liste. Dann verließ sie die Wohnung, sperrte hinter sich zu und eilte die drei Treppen hinunter, durch den Hof und hinaus auf die Straße. Sie ging den Weg zurück, den sie gekommen war, und befand sich bald wieder auf der Hauptstraße. Der Himmel hatte inzwischen ein mattes Blau angenommen, das alle anderen Farben ein wenig grell wirken ließ.

Sie betrat einen Pound Shop. Der Billigladen war vollgestopft mit einem kunterbunten Sortiment aus allen möglichen Waren. Es gab eine ganze Abteilung mit Tupperware und eine weitere mit Wasserpistolen. Darüber hinaus umfasste das Angebot Papierteller, Spielzeug für die Badewanne, Wimpel, Angelruten, Wischlappen, Badeschaum, Fotorahmen, wild gemusterte Tassen, Plastikblumen, Klobürsten, Saugpumpen und Küchengerätschaften aller Art. Frieda wählte eine Packung Papierteller, außerdem Plastikgabeln und -messer, Spülmittel, Klopapier, einen weißen Teebecher und ein kleines Trinkglas sowie einen Miniwasserkocher in leuchtendem Pink.

Sie hatte nicht vor, viel Zeit in ihrem neuen Zuhause zu verbringen. Außerdem verfügte sie dort ja weder über einen Kühlschrank noch über einen Herd. Trotzdem kaufte sie in dem kleinen Supermarkt ein paar hundert Meter weiter Kaffeepulver, Teebeutel, einen kleinen Karton Milch, eine Schachtel Streichhölzer und eine Tüte Teelichter.

Anschließend trug sie ihre Einkäufe zurück in die Wohnung und breitete sie auf dem Tisch aus. Sie nahm eine Flasche Whisky aus der Reisetasche und stellte sie ebenfalls auf den Tisch. Ansonsten hatte sie sehr wenig mitgebracht – nur das Nötigste zum Anziehen, einen Band mit wissenschaftlichen Aufsätzen über psychotherapeutische Praxis und einen Gedichtband, außerdem einen Zeichenblock und ein paar weiche Bleistifte.

Sie füllte den Wasserkessel an dem Hahn in der Küche, der nur stockend Wasser ausspuckte, und suchte sich dann eine Steckdose. Nachdem sie sich auf diese Weise eine Tasse Tee gemacht hatte, setzte sie sich aufs Sofa, achtete dabei aber darauf, möglichst viel Abstand zu dem verdächtigen Fleck am anderen Ende zu halten. Nachdenklich blickte sie sich um. Durch das verschmierte Fenster fiel Sonnenlicht herein und warf Streifen auf den blanken Betonboden. So fühlte sich also die Freiheit an, ging ihr durch den Kopf. Sie hatte alle Brücken hinter sich abgebrochen und sämtliche Bande durchtrennt.

Fünfzehn Minuten später stand sie wieder auf der Hauptstraße und betrat einen Laden für »Campingbedarf«, wie draußen zu lesen war. Es gab dort reihenweise Zelte zu außergewöhnlich günstigen Preisen, Gummistiefel, T-Shirts für neunundneunzig Pence das Stück, Fußbälle, Fischnetze für Kinder, Fleece- und Regenjacken. Im schwach beleuchteten hinteren Teil entdeckte Frieda schließlich, wonach sie suchte: einen Schlafsack für zehn Pfund.

Den Primark-Laden hatte sie gesehen, als sie aus der U-Bahn kam. Sie war vorher noch nie in einem gewesen, obwohl Chloë ihre halbe Garderobe dort kaufte und nach jedem Shopping-Ausflug triumphierend ihre Beute schwenkte, meist bestehend aus Sandalen, Leggings und Stretchkleidern, die kaum ihr Hinterteil bedeckten. Als Frieda nun das Geschäft betrat, blinzelte sie erst einmal in dem grellen Licht, das den ganzen Laden aussehen ließ wie ein zu stark ausgeleuchtetes Bühnenbild, und fühlte sich für einen Moment überwältigt von der schieren Masse des Angebots – all diesen Regalen, Ständern und Wühltonnen voller Klamotten. Ein Spiegel versperrte ihr den Weg. Sie blieb davor stehen und betrachtete sich: eine schlicht gekleidete Frau mit einem bleichen, völlig ungeschminkten Gesicht und streng zurückgebundenem Haar: Das ging nun gar nicht mehr.

Eine halbe Stunde später verließ sie den Laden mit einem roten Rock, einem Blumenkleid, gemusterten Leggings, einem schick gestreiften Blazer, Flip-Flops mit einer kleinen Blume zwischen den Zehen, drei T-Shirts in leuchtenden Farben, bedruckt mit Logos, bei denen sie sich nicht mal die Mühe machte, sie zu lesen, und einer Umhängetasche mit massenweise Nieten und Fransen. Keines der Kleidungsstücke gefiel ihr, und die Tasche fand sie richtig scheußlich, aber wahrscheinlich hatte genau das sie dazu bewogen, sie zu kaufen: Es handelte sich um lauter Teile, die für einen Frauentyp standen, der sie selbst nicht war – eine Rolle, in die sie nun schlüpfen musste.

Eines blieb ihr noch zu tun.

»Was für einen Schnitt stellen Sie sich denn vor?«

»Kurz.«

»Wie kurz? Vielleicht einen fransigen Pagenkopf?«

»Nein. Richtig kurz.« Sie ließ den Blick schweifen und deutete auf ein Foto. »So in der Art.«

»Den Straßenjungenlook?«

»Wie auch immer Sie es nennen wollen.«

Das Mädchen, das hinter ihr stand, musterte sie kritisch. Frieda hasste es, beim Friseur zu sitzen und in dem grellen Licht die endlose Reihe ihrer eigenen Spiegelbilder zu sehen. Sie legte den Kopf zurück, ließ den Nacken auf den abgeschlagenen Rand des Waschbeckens sinken und schloss die Augen. Lauwarmes Wasser strömte über ihr Haar. Ein paar Tropfen liefen ihr den Hals hinunter. Die Finger des Mädchens glitten über ihre Kopfhaut – zu intim für Friedas Geschmack. Tabakgeruch stieg ihr in die Nase, überlagert von einem süßlichen Parfüm. Als sie sich wieder aufrichtete, hielt sie die Augen geschlossen. Während sich die Scherenklingen einen Weg durch ihr Haar bahnten und kalt ihren Hals berührten, stellte sie sich vor, wie die abgeschnittenen Strähnen auf dem Boden feuchte Häufchen bildeten. Eine Kurzhaarfrisur hatte sie das letzte Mal als junges Mädchen getragen, und zu einem professionellen Friseur ging sie grundsätzlich nur ganz selten. Meistens schnitten ihr Sasha, Chloë oder Olivia die Spitzen. Sie stellte sich die drei jetzt vor, jede in ihrem eigenen Leben. Das alles erschien ihr sehr weit weg: die Welt auf der anderen Seite des Flusses, die Straßen, durch die sie nachts immer gewandert war, ihr kleines Haus in der Gasse, wo früher nur Stallungen standen, der rote Sessel in ihrem Sprechzimmer – ihr ganzes altes, vertrautes Selbst.

Sie schlug die Augen auf. Eine Frau erwiderte ihren Blick. Kurze, dunkle Fransen umrahmten ein Gesicht, das dadurch schmäler wirkte, vielleicht auch etwas jünger. Es war ein Gesicht mit großen, dunklen Augen und angespannt wirkenden, wachsamen Zügen, die ihr fremd erschienen – sie selbst und doch nicht sie selbst. Eine Frieda, die nicht mehr die alte Frieda war. Als sie den Salon verließ und auf die ihr unbekannte Straße trat, holte sie die dick gerahmte Brille heraus, die sie sich gekauft hatte, und setzte sie auf. Obwohl die Gläser aus Fensterglas bestanden, sah die Welt für sie plötzlich ganz anders aus.

Sie blickte sich um und ging über die Straße zu einem Mini-Supermarkt. In der Schreibwarenabteilung fand sie ein schmales Notizbuch mit einem Pferd auf dem Umschlag und eine kleine Packung Stifte. Sie kaufte beides und marschierte dann weiter die Straße entlang, vorbei an einem Wettbüro und einem Geschäftsraum, in dem man gebrauchte Büromöbel besichtigen konnte. An der Ecke gab es einen Laden mit einem großen, leuchtend orangeroten Schild: Shabba Reisen. Billigtickets weltweit. Geldtransfer. Internetcafé. Am Fenster klebte ein Ausdruck mit dem aktuellen Umtauschkurs für den Taka, die Währung von Bangladesch. Frieda trat ein. Ihr war nicht klar gewesen, dass es überhaupt noch Reisebüros gab. Allerdings hatte der Laden keinerlei Ähnlichkeit mit den Reisebüros, an die sie sich erinnerte. An den Wänden hingen keine Poster, und Reiseprospekte konnte sie auch nirgendwo entdecken. Wie in einem Café sah es allerdings auch nicht aus. Im Raum waren zwar Tische aufgestellt, doch auf jedem thronte ein Computer. Auf der linken Seite des Raums befand sich eine laminierte Ladentheke, und dahinter stand ein Mann, der gerade telefonierte. Hinter seinem Rücken ragte eine Wand auf, die nur aus Karteikästen zu bestehen schien. Obwohl es ein kühler Tag war, schwitzte der Mann, und sein blaues T-Shirt klebte an ihm, als wäre es ihm zwei Nummern zu klein. Er musterte Frieda argwöhnisch.

»Darf ich einen von denen benutzen?«, fragte sie.

»Eine Viertelstunde kostet fünfzig Pence«, erklärte er, »eine Stunde ein Pfund zwanzig.«

Sie legte zwei Münzen auf die Theke.

»Welchen kann ich benutzen?«

Er machte bloß eine vage, ausladende Handbewegung und telefonierte weiter. Lediglich ein einziger Tisch war besetzt: Vor einem der Computer saßen zwei junge Männer, von denen der eine auf der Tastatur herumtippte, während der andere sich immer wieder zu ihm hinüberbeugte und ihm mit lauter Stimme Ratschläge erteilte. Frieda ließ sich an einem der hinteren Computer nieder und richtete den Bildschirm so aus, dass er nur für sie selbst einsehbar war. Sie ging direkt zu Google und gab ihren eigenen Namen ein. Beim Anblick der Liste, die daraufhin auf dem Bildschirm erschien, wurde ihr schlagartig schwummrig. Das Erste, worauf ihr Blick fiel, war die Überschrift: »Nachruf auf Frieda Klein«. Das schien ihr kein gutes Omen zu sein. Rasch klickte sie auf einen Link, der tatsächlich sie betraf, und erblickte das vertraute Foto, das die Zeitungen früher schon immer verwendet hatten:

In Mordfall verwickelte Polizeipsychologin auf der Flucht.

Frieda Klein auf der Flucht: Polizei sucht Zeugen.

Frieda hatte gehofft, eine Psychotherapeutin, die zu einem Termin bei der Polizei nicht erschien, würde die Presse nicht sonderlich interessieren, aber da hatte sie sich getäuscht. Die Geschichte tauchte in einer Website nach der anderen auf, immer mit dem gleichen Foto. Ein Link verwies auf einen Fernsehbericht eines Lokalsenders. Als sie ihn anklickte, erschien auf dem Bildschirm eine blonde Nachrichtensprecherin, die über den Fall berichtete und sie dabei namentlich nannte. Frieda schnappte vor Schreck nach Luft und tastete gleichzeitig an der Seite des Computers nach dem Lautstärkeregler, um rasch den Ton leiser zu drehen. Währenddessen blendete der Fernsehbericht zu DCI Hussein über, die man vor dem Eingang zum Polizeirevier auf dem Gehsteig stehen sah. Wieder wurde Friedas Foto gezeigt und anschließend eine Telefonnummer, unter der sich die Bürger melden konnten. Dann folgte Filmmaterial über eine Londoner Grundschule, der ein Mitglied der Königsfamilie einen Besuch abgestattet hatte. Frieda starrte noch ein paar Sekunden lang benommen auf eine Gruppe sehr kleiner Kinder, die auf ihrem Pausenhof einen Volkstanz aufführten. Wie in Trance erhob sie sich.

»Sie müssen ihn ausschalten.«

»Was?«

Sie blickte sich um. Der Mann hatte inzwischen sein Telefonat beendet und lehnte an der Ladentheke. Frieda schaltete den Computer aus.

»Restgeld bekommen Sie keins, die Preise sind Pauschalen.«

Frieda trat auf den Gehsteig hinaus. In welche Richtung sollte sie gehen? Da es überhaupt keine Rolle spielte, fiel ihr die Entscheidung seltsam schwer. Sie wandte sich nach rechts und lief ein Stück die Straße entlang, ehe sie erneut nach rechts abbog und durch eine Wohngegend wanderte, bis sie einen kleinen Park erreichte. Am einen Ende gab es einen Kinderspielplatz, der Rest bestand aus Rhododendronbüschen und Rasen. Sie ließ sich auf einer Bank nieder, möglichst weit vom Spielplatz entfernt. Krampfhaft versuchte sie, ein wenig Ordnung in ihren Kopf zu bringen. Was dort herumschwirrte, fühlte sich eher nach Traumbildern an als nach zusammenhängenden Gedanken. Sie schloss die Augen und sah Sandy vor sich, allerdings in ständig wechselnden Momentaufnahmen, wie bei einer Diavorführung: Sandy, auf dessen Gesicht sich langsam ein Lächeln ausbreitete, Sandy im Bett, während er ihr dabei zusah, wie sie sich anzog, Sandy hinter dem Steuer seines Wagens, mit ihr auf dem Beifahrersitz, Sandy bei jenem letzten schrecklichen Spaziergang hinunter zur Themse, wo sie plötzlich mit ihm Schluss gemacht hatte – und dann so, wie er danach gewesen war, gefangen in seinem Zorn und Kummer. Schlagartig empfand sie das Bedürfnis, sich aus freien Stücken bei der Polizei zu melden. Ein Anruf genügte. Sollte sich doch jemand anders mit alldem herumschlagen. Erschrocken fuhr sie zusammen, weil sie an ihrer rechten Hand plötzlich etwas seltsam Warmes, Feuchtes spürte. Ein Hund leckte an ihren Fingern. Es handelte sich um einen Staffordshire Bull Terrier, der mit seinem Nietenhalsband aussah wie ein Hund aus einem Zeichentrickfilm. Sanft streichelte sie ihm über die Schnauze, woraufhin er begeistert an ihr schnüffelte. Sie fragte sich, ob das gerade klug von ihr war. Handelte es sich nicht um Kampfhunde? War das nicht die Sorte, die sich in einem verbiss und erst wieder losließ, wenn man tot war?

»Mögen Sie Hunde?«

Sie blickte hoch. Der Besitzer hatte große Ähnlichkeit mit dem Hund. Sein runder, fetter Schädel war völlig kahl rasiert, mal abgesehen von einem ordentlichen kleinen Schnauzer und einem Ziegenbart.

»Ich mag Katzen«, erklärte sie.

»Er auch«, antwortete der Mann mit einem sarkastischen Lachen. »Komm, Bailey.« Er verpasste dem Hund einen halbherzigen Schlag mit der Leine, woraufhin Bailey sich davonmachte.

Einen Moment lang beobachtete Frieda einen Mann, der einen Einkaufswagen mitten durch den Park schob. In dem Wagen türmten sich vollgestopfte Mülltüten und zusammengerollte Decken. Ab da nahm Frieda von ihrer Umgebung nichts mehr wahr, weil sie nur noch an Dean Reeve dachte. Der Gedanke an ihn quälte sie und ließ sie nicht mehr los. Er war wie ein scharfer Stein in ihrem Schuh, der bei jedem Schritt wehtat.

Dean Reeve. Sie war ihm vier Jahre zuvor das erste Mal begegnet, und kurz darauf war er gestorben, zumindest nach Meinung der Polizei und der restlichen Welt. Angeblich hatte er Selbstmord begangen. Doch Frieda wusste, dass er nicht tot war, denn er ließ ihr seitdem keine Ruhe mehr. Er war wie eine Gestalt aus ihren Träumen, die sie beobachtete, sie nie aus den Augen ließ. Einmal hatte eine junge Frau versucht, Frieda zu töten. Sie hatte immer wieder auf sie eingestochen, doch als dann die Polizei eintraf, war die Frau tot und ihre Kehle durchgeschnitten. Die Polizei ging davon aus, dass Frieda es in Notwehr getan hatte, doch Frieda wusste, dass es Dean Reeve gewesen war. Hal Bradshaw hatte Frieda verhöhnt und alles daran gesetzt, sie fertigzumachen. Bald darauf war sein Haus abgebrannt. Einige Leute vermuteten, dass Frieda dahinter steckte, doch sie wusste, dass auch dafür Dean Reeve die Verantwortung trug. Und dann gab es da noch einen Mann, der Frieda etwas Schreckliches angetan hatte, als sie noch ein Mädchen war. Frieda hatte versucht, ihn aufzuspüren, und am Ende tatsächlich gefunden. Rein rechtlich gab es keine Handhabe gegen ihn, aber kurze Zeit später hatte man ihn tot aufgefunden, brutal ermordet. Für Frieda bestand kein Zweifel daran, dass Dean Reeve der Täter war. Bald danach hatte sie sich von Sandy getrennt. Es kam zu bösen Worten und unguten Gefühlen, und nun war Sandy tot. Es konnte nur Dean Reeve gewesen sein. Er musste es einfach gewesen sein.

Frieda stand auf und setzte sich in Bewegung. Sie hatte nur einen einzigen Ansatzpunkt. Sie ging zur nächsten Haltestelle und nahm einen Zug zur Nordseite des Flusses. In Shadwell stieg sie in die Docklands Light Railway um und fuhr nach Osten. Sie war diese Strecke schon gefahren, aber jetzt fühlte es sich ganz anders an. Während sie hinausblickte auf die Hinterhöfe, die Schrebergärten, die Schrottplätze und die Berge von Autoreifen, kam sie sich plötzlich vor wie in einer fremden Stadt – als würde sie dort nicht hingehören.

In Beckton stieg Frieda aus. Sie kannte den Weg. Dean Reeve war verschwunden, sein einziger Bruder tot. Aber Dean hatte eine Mutter namens June. Sie lebte in einem Pflegeheim, dem River View Nursing Home. Frieda hatte sie dort schon besucht. Als sie durch den Haupteingang trat, sorgte der stechende Geruch nach Reinigungs- und Desinfektionsmitteln dafür, dass sie schlagartig wieder das Bild jener runzeligen alten Frau vor Augen hatte – der Frau, die schreckliche Dinge mit Dean gemacht hatte. Frieda ging zum Empfang. Er war nicht besetzt. Als sie daraufhin einen Klingelknopf drückte, tauchte aus einem Büro im hinteren Teil des Gebäudes eine hagere, gestresst wirkende Frau in Schwesterntracht auf. Frieda zwang sich zu einem Lächeln.

»Hallo«, sagte sie. »Meine Tante ist hier bei Ihnen untergebracht. June Reeve. Könnten Sie mir vielleicht sagen, wo ich sie finden kann?«

Die Frau starrte sie irritiert an.

»Ja«, antwortete sie zögernd, »ja, natürlich. Und Sie heißen?«

»Jane. Jane Reeve.«

»Sie sind ihre Nichte, sagen Sie?«

Frieda erwiderte ihren Blick. Mit der neuen Brille und Frisur fühlte sie sich irgendwie nackt. »Genau.«

»Ich muss nur schnell in den Computer schauen.« Mit immer noch nachdenklicher Miene wandte die Frau sich ab und verschwand wieder nach hinten.

Friedas Blick wanderte über den Empfangsbereich. Dort gab es sowohl ein Telefon als auch einen Computer – genau die Art Computer, die man brauchte, wenn man etwas über einen Patienten herausfinden wollte. Wohin war dann die Frau verschwunden? Da stimmte irgendetwas nicht. Die Frau wusste, wer sie war. Frieda sah sich suchend um: Ein Mann schob gerade einen Rollwagen den Gang entlang.

»Ich habe etwas für June Reeve abzugeben«, wandte sie sich an ihn.

Der Mann blieb stehen.

»Ist die denn nicht gestorben?«, fragte er. »Doch, ich glaube, sie ist gestorben. Unsere Pflegeleiterin hat erwähnt, dass übermorgen die Bestattung ist, in dem Krematorium ganz in der Nähe, nur ein Stück die Straße entlang. Ich bin mir fast sicher, dass ich das richtig in Erinnerung habe. Warten Sie einen Moment, ich werde ...«

»Das ist nicht nötig, machen Sie sich keine Umstände«, entgegnete Frieda.

Sie musste sich sehr zusammenreißen. Eine Stimme in ihrem Inneren schrie sie an, die Beine in die Hand zu nehmen und so schnell wie möglich zu verschwinden. Doch nach außen hin blieb sie ruhig, drehte sich um und ging in normalem Tempo hinaus auf die Straße. Dabei hatte sie das Gefühl, sich in Zeitlupe zu bewegen und wie in einem Albtraum nicht von der Stelle zu kommen – als watete sie durch tiefen, feuchten Sand. Sie verfluchte sich wegen ihres Leichtsinns. Karlsson wusste über sie und June Reeve Bescheid. Er war sogar schon zusammen mit Frieda in diesem Altersheim gewesen. Sie hatte es nicht nur mit Hussein zu tun, sondern möglicherweise auch mit Karlsson, der sie gut kannte. Er kannte sie genauso gut wie alle ihre anderen Freunde. Sie bog um die erste Ecke, dann um die nächste. Zum Bahnhof traute sie sich nicht. Bestimmt konnten sie sich denken, dass sie da hinwollte. Sie musste zu Fuß das Weite suchen, und zwar in eine ganz andere Richtung.

Im Gehen überlegte sie: June Reeve war tot, aber es gab immerhin noch die Bestattung. Übermorgen im örtlichen Krematorium, hatte der Mann gesagt. Würde Dean dort sein? Vielleicht. Und die Polizei?

Sie sah einen Bus an einer Haltestelle abbremsen und stieg

ein, ohne auch nur einen Blick auf den angegebenen Zielbahnhof zu werfen. Sie ging nach oben und setzte sich ganz nach vorn, wo sie die ganze Straße überblicken konnte. Alles, was draußen vorbeizog, erschien ihr völlig irreal, als würde sie sich einen Film ansehen. Sie wusste bereits, dass sie zu June Reeves Bestattung gehen würde, weil ihr keine andere Möglichkeit einfiel, Dean zu finden. Dieser dünne Faden war das Einzige, was sie zu dem Mann führen konnte, der Sandy getötet hatte.

Frieda merkte erst, wie müde sie war, als sie sich mit einem Glas Whisky auf dem Sofa niederließ. Das Stück Himmel, das sie durchs Fenster erkennen konnte, verdunkelte sich bereits. Sie hatte in einem nahe gelegenen kleinen Café ein pochiertes Ei auf Toast gegessen und auf die draußen vorbeiströmenden Menschen gestarrt. Jetzt überlegte sie, wie es weitergehen sollte, doch wenn sie an den nächsten Tag dachte, herrschte in ihrem Kopf beängstigende Leere. Da fiel ihr ein, was einer ihrer Professoren mal gesagt hatte, als sie noch eine Studentin war: Wenn man ein Problem nicht lösen kann, sollte man ein anderes in Angriff nehmen, das man lösen *kann*. Ein Name kam ihr in den Sinn.

Miles Thornton.

12

Frieda wachte auf, weil irgendwo im Haus etwas gegen die Leitungsrohre krachte und ein Mann in einer Sprache schrie, die sie nicht kannte. Sie blieb noch ein paar Augenblicke liegen und betrachtete die Risse und Flecken an der Zimmerdecke. In ihrem eigenen kleinen Haus spazierte die Katze wahrscheinlich gerade von Raum zu Raum. Dort war alles sauber und ordentlich, und ein gemachtes Bett wartete auf ihre Rückkehr.

Obwohl es noch sehr früh war, stand sie auf und wusch sich rasch mit kaltem Wasser, ehe sie in ihren neuen farbenfrohen Rock und ein Top schlüpfte. Seit sie kurze Haare hatte, fühlte sich ihr Kopf seltsam leicht an. Im Treppenhaus traf sie auf eine junge Frau, die rauchend in einer Ecke der Treppe kauerte und sie betrachtete, ohne dabei jedoch neugierig zu wirken. Auf dem Hof drehte ein Junge mit Bürstenhaarschnitt und Segelohren Runde für Runde auf seinem Rad und sang dabei leise vor sich hin. Ansonsten machten die Wohnblöcke einen verlassenen Eindruck. Unter dem hellen Himmel wirkten sie fast wie eine Geisterstadt.

Frieda trank in dem Café, in dem sie am Vorabend gegessen hatte, eine große Tasse bitteren Kaffee und machte sich dann auf den Weg zur U-Bahn. Im Zug blätterte sie die Seiten einer *Metro* durch, die auf dem Sitz neben ihr lag, und stieß auf ein Bild von sich selbst, das neben einem kurzen Bericht abgedruckt war. Rund um sie herum lasen alle Leute die gleiche Zeitung. Rasch setzte sie ihre Fensterglasbrille auf.

Sie kannte Miles Thorntons Adresse in Kensal Green. Er hatte ihr mal erzählt, dass er dort zusammen mit drei anderen Leuten über einem Geschäft für Büromöbel wohnte. Es war nicht schwer zu finden. Frieda wusste, dass er und seine Mitbewohner sich heftig in die Haare geraten waren. Einer von ihnen war lieber ausgezogen, als weiter mit Miles zusammenzuleben, nachdem dieser in die Phase eingetreten war, in der seine Psychose so richtig schlimm wurde. Die beiden anderen hatten ihn manchmal aus seiner eigenen Wohnung ausgesperrt und ihn mehrfach bei der Polizei gemeldet. Trotzdem war es letztendlich Frieda gewesen, die ihn hatte einweisen lassen, weil sie der Meinung war, dass er sowohl für sich selbst als auch für andere eine Gefahr darstellte. Deswegen hatte er sich von Frieda am allermeisten verraten gefühlt. Er hatte sie als kaltherziges Luder bezeichnet, als Monstrum und Fotze. Sie wusste noch genau, wie sein Gesicht ausgesehen hatte, als er sie damals anschrie: so verzerrt, dass man ihn kaum noch erkannte, den Mund weit aufgerissen, die Augen lodernd vor Hass. Sie konnte sich aber auch gut daran erinnern, wie er an ruhigeren Tagen war, wenn er vor sich selbst Angst hatte.

Sie läutete. Als sich über die knisternde Sprechanlage eine Stimme meldete, stellte sie sich vor.

»Hier ist Anne Martin. Ich komme vom Sozialamt, wegen Miles Thornton. Könnte ich kurz mit Ihnen sprechen?«

Die Person am anderen Ende sagte etwas, das sie nicht verstand, betätigte aber den Türöffner. Ihre neuen Sandalen klackten, als sie die schmale Holztreppe hinaufstieg. In der offenen Wohnungstür stand ein junger Mann, bekleidet mit einer schicken Hose und einem Hemd, aber barfuß. Er hielt eine große Kaffeetasse in der Hand.

»Hallo«, sagte Frieda und streckte ihm die Hand hin. »Anne Martin.«

»Duncan Mortimer«, antwortete er. »Hallo.«

»Könnte ich einen Moment reinkommen? Es dauert nicht lange.«

Sie wartete nicht, ob er einen Dienstausweis sehen wollte,

sondern marschierte einfach an ihm vorbei in die Wohnung. Wahrscheinlich hätte sie am Vortag auch eine Aktenmappe erstehen sollen. Sie zog ein Notizbuch aus der Tasche.

»Möchten Sie auch eine Tasse Kaffee?«

»Nein, danke. Ich halte Sie nicht lange auf.« Sie hörte am anderen Ende des Gangs einen Wasserhahn laufen und dann eine Tür knallen.

»Sie haben gesagt, es geht um Miles?«

»Ja. Reine Routine.«

»Der arme Kerl.« Er nahm einen Schluck von seinem Kaffee. »Wie geht es ihm denn? Konnten Sie persönlich mit ihm reden?«

»Reden? Sie meinen, vor seinem Verschwinden?«

»Was passiert ist, tut mir so leid. Mich würde einfach nur interessieren, ob es ihm einigermaßen gut geht.«

»Natürlich, das würden wir alle gerne wissen. Deswegen bin ich ja hier.«

»Glauben Sie, er kommt wieder in Ordnung?«

Frieda musterte ihn verwirrt. Sie hatte das Gefühl, dass sie ständig aneinander vorbeiredeten. »Schwer zu sagen. Um das beurteilen zu können, müssen wir ihn erst einmal finden.«

»Finden?«

»Ihnen ist doch bekannt, dass Miles seit mehreren Wochen vermisst wird?«

Nun starrte er sie seinerseits verblüfft an. Sie wollte noch etwas hinzufügen, doch er unterbrach sie. »Wissen Sie es denn noch nicht?«

»Was meinen Sie?«

»Hat die Polizei es Ihnen nicht gesagt?«

»Ich verstehe nicht.«

»Er ist wieder da.«

»Miles ist wieder aufgetaucht?«

»Ja, vorgestern. Ich dachte, Sie wären deswegen hier.«

»Oh.« Frieda schob ihre heruntergerutschte Brille hoch und

bemühte sich um einen neutralen Gesichtsausdruck. »Na, das sind ja gute Neuigkeiten.«

Der junge Mann lachte rau. »So, meinen Sie? Der arme Kerl ist völlig am Ende.«

»Aufgrund seiner Psychose?«

»Das ist noch das Wenigste. Wenn ich das richtig verstanden habe, ist er total durchgedreht und außerdem schwer verletzt. Wobei das noch harmlos ausgedrückt ist. Ich habe mit seiner armen Mutter gesprochen. Ihr zufolge sieht er aus, als wäre er gefoltert worden.«

Der Raum erschien Frieda plötzlich kleiner und kälter.

»Was soll das heißen?«

»Mehr weiß ich nicht. Sie hat so heftig geweint, dass ich sie nicht nach Einzelheiten fragen wollte. Am liebsten würde ich ihn selbst besuchen, aber wahrscheinlich will er mich gar nicht sehen. Wir sind nicht im Guten auseinandergegangen.«

»Wissen Sie, wo er sich im Moment befindet?«

»Ja, in einer psychiatrischen Einrichtung auf der Südseite des Flusses. Moment, ich schreibe Ihnen den Namen der Klinik auf.«

»Das ist nicht nötig, ich weiß, welche Sie meinen.«

»Wenn Sie ihn sehen, dann grüßen Sie ihn bitte von mir. Und richten Sie ihm aus, dass ich ihm gute Besserung wünsche.«

»Das mache ich.«

Nachdem sie in einem Internetcafé nachgesehen hatte, für wann am folgenden Tag die Bestattung von June Reeve angesetzt war – um 11.15 Uhr im Krematorium London Ost –, kaufte sie sich in einer Bäckerei an der Hauptstraße eine Zimtschnecke und begab sich dann zu einem Platz abseits des Trubels, wo sie in Ruhe essen und nachdenken konnte. Sie ließ sich auf einer Holzbank nieder, wo die Sonne warm auf ihren Hals und ihre nackten Beine schien. Ein paar Schritte von ihr entfernt pickte eine Taube im Gras herum. Frieda aß ihr Zimt-gebäck ganz langsam. Sie spürte, wie seine teigige Süße sie tröstete. *Gefoltert.* Was hieß das? Wer machte denn so etwas? Sie empfand diese Frage wie einen unheilvollen Wind, der durch sie hindurchblies und sie trotz der sommerlichen Hitze schaudern ließ. Denn sie befürchtete, die Antwort zu kennen.

Sie klappte ihren Stadtplan auseinander, suchte auf der Karte ihren Standpunkt und stellte fest, dass sie sich in der Nähe des Peckham Rye Park befand. Dorthin wollte sie ge-hen, um zu entscheiden, was als Nächstes zu tun war. Es galt, sich eine Strategie zu überlegen, einen Plan für die vor ihr lie-genden Stunden. Frieda war eine Frau, die sich ihre Tage ein-teilte. Selbst wenn sie sich entspannte, tat sie das mit System, indem sie darauf achtete, genug Zeit für ihre Freunde zu reser-vieren, und für die Zeichnungen, die sie oben in ihrem kleinen Dachzimmer anfertigte. Jetzt aber erschien ihr der Tag endlos und unstrukturiert. Sie ließ sich im Ziergarten nieder, umge-ben vom satten Sommergrün des Parks. Eine Weile versuchte sie, sich auf Miles Thorntons Rückkehr zu konzentrieren und auf seine angebliche Folter, doch dieser Gedanke war wie ein dunkler Nebel, den sie nicht zu fassen bekam, sodass sie ihn schließlich in die hinteren Regionen ihres Bewusstseins zurück-drängte. Von dort würde sie ihn später wieder hervorholen.

Normalerweise säße sie jetzt in ihrem Sprechzimmer, in ihrem roten Sessel, konzentriert auf das Gesicht der ihr gegen-übersitzenden Person, deren Worte oder Schweigen. Doch sie war gezwungen gewesen, alle ihre Patienten ziehen zu lassen, und hatte nun keine Möglichkeit mehr, sich darüber zu infor-mieren, ob es ihnen gut ging oder nicht. Ihre Gedanken wan-derten zu Josef und seinen kummervollen braunen Augen, zu Reuben und ihre Nichte Chloë, die seit jeher wusste, dass sie sich, wenn sie Probleme hatte oder Hilfe brauchte – was ziem-lich häufig vorkam –, jederzeit an Frieda wenden konnte. Das ging nun nicht mehr.

Frieda musste in diesem Zusammenhang auch an Sasha und Ethan denken. Ihr Herz zog sich schmerzhaft zusammen. Von allen, die sie zurückgelassen hatte, bereiteten ihr diese beiden am meisten Sorgen. Chloë war oft chaotisch, aber sie konnte auch wütend und trotzig sein. Sasha hingegen trat nie für sich selbst ein. Sie war verletzlich und hilfsbedürftig, und das umso mehr, seit sie sich mit den Problemen einer alleinerziehenden Mutter konfrontiert sah. Sie hatte einen Beruf, der sie sehr forderte, ein kleines Kind, einen zornigen Exfreund und ein Kindermädchen, das Frieda als herrisch und unsympathisch empfand. Ethan konnte noch nicht für sich selbst eintreten. Wie tief er sich auch in seine eigene, sichere kleine Höhle unter dem Tisch zurückzog, in der wirklichen Welt hatte er eine Mutter am Rande des Nervenzusammenbruchs, einen verletzten und wütenden Vater und ein strenges Kindermädchen, das ihn mit kalter Stimme einen »bösen Jungen« schalt.

Nach einem weiteren Blick auf den Stadtplan traf Frieda ihre Entscheidung. Zehn Minuten später saß sie in dem Zug, der von Peckham Rye zur Dalston Junction fuhr. Von dort ging sie zum Busbahnhof und stieg in die Nummer 243 Richtung Wood Green. Der einzige andere Fahrgast außer ihr war eine kleine, traurig dreinblickende Frau, zu deren Füßen ein schmuddeliges Zwerghündchen kauerte. In Stoke Newington stieg Frieda wieder aus und besorgte sich in einem kleinen Ökocafé einen Gemüsewrap und eine Flasche Wasser. Dann marschierte sie zu Sashas Haus. Es kostete sie einige Mühe, sich nicht ständig umzuschauen. Als sie ihr Ziel schließlich erreichte, ging sie an der Tür vorüber, ohne ihr Tempo zu verlangsamen, und warf lediglich einen raschen Blick zur Seite, konnte jedoch nichts erkennen. Die Vorhänge im ersten Stock waren zugezogen, die Jalousien im Erdgeschoss halb geschlossen. Nichts deutete darauf hin, dass jemand zu Hause war. Sie lief bis ans Ende der Straße und lehnte sich dort an eine Platane. Obwohl sie nicht hungrig war, aß sie ein wenig von ihrem

Wrap, während sie Ausschau hielt, ob jemand kam oder ging. Sasha hatte noch ein paar Stunden zu arbeiten, aber Ethan und Christine würden bestimmt irgendwann auftauchen.

Um zwei Uhr verließ sie ihren Beobachtungsposten und ging die kurze Strecke bis zum Clissold Park. Sie war dort schon viele Male gewesen, mit Sasha und Ethan und manchmal auch Frank – hin und wieder sogar mit Sandy. Als Ethan noch ein Baby war, hatten sie beide ihn ein paarmal im Kinderwagen mitgenommen und ihm die Enten und Rehe gezeigt. Einen Moment hatte sie fast das Gefühl, Sandy wieder an ihrer Seite zu spüren. Vor ihrem geistigen Auge tauchte sein Bild auf: wie er sie ansah, ihr zuhörte, lachend den Kopf zurückwarf oder nach ihrer Hand griff. Aber nein, er war tot – ermordet –, und sie war allein. Wie hatte es mit ihnen nur so weit kommen können?

Sie stellte sich an das Gehege, in dem das Wild gehalten wurde, und spähte durch die Umzäunung. Da entdeckte sie die beiden auf der anderen Seite, halb von Bäumen verdeckt. Erst konnte sie nur Ethan sehen, der rote, fleckige Wangen hatte, doch dann tauchte Christine ebenfalls auf. Sie zog den Jungen an der Hand hinter sich her. Mittlerweile hörte Frieda, dass Ethan weinte, konnte seine Jammerlaute allerdings nicht verstehen; vielleicht waren es auch gar keine Worte, sondern nur verzweifelte Schluchzer. Christine zog ihn mit harter, entschlossener Miene weiter. Sie reagierte überhaupt nicht auf seinen Kummer, sondern zerrte ihn hinter sich her wie einen schweren Gegenstand, der an einen anderen Ort geschafft werden musste. Obwohl Ethan immer wieder stolperte, behielt sie ihr schnelles, gleichmäßiges Tempo bei, während er an ihrer Hand hing. »Mami, Mami, Mami!«, konnte Frieda inzwischen verstehen. Sie sah, dass er den freien Arm hinter sich ausstreckte und mit verzerrtem, tränenüberströmtem Gesicht zurück in die Richtung blickte, aus der sie gerade kamen.

Frieda stand reglos am Zaun und verfolgte, wie die zwei

um eine Kurve verschwanden. Obwohl sie Ethans Schluchzen inzwischen nicht mehr hörte, waren ihre Fäuste noch immer geballt. Sie musste sich mit aller Kraft am Riemen reißen. Am liebsten wäre sie hinter den beiden hergelaufen und hätte der Frau das Kind entrissen. Aber sie tat es nicht. Stattdessen wandte sie sich ab und ging in die Richtung, aus der Christine mit Ethan gekommen war. Dabei fiel ihr auf, dass vor ihr auf dem Weg etwas verstreut war. Als sie sich hinunterbeugte, stellte sie fest, dass es sich um ein paar von Ethans winzigen Holztieren handelte, mit denen er sich immer in seine Fantasiewelt unter dem Tisch flüchtete. Deswegen wollte er vorhin unbedingt zurück in diese Richtung, ging Frieda durch den Kopf. Sie hob eines nach dem anderen auf und schaute anschließend noch einmal ganz genau nach, dass sie ja keines vergessen hatte, ehe sie die Tiere von Erde und Sand befreite.

Frieda wanderte an diesem Nachmittag noch mehrere Stunden umher, auch wenn sie ihre gewohnten bequemen Schuhe sehr vermisste. Sie ging hinunter zum Kanal, vorbei an all den Hausbooten, von denen einige sehr groß und frisch gestrichen waren, während andere ziemlich heruntergekommen aussahen, und dann weiter in Richtung Islington. Am Tunnel stieg sie die Treppe hinauf und auf der anderen Seite wieder hinunter, bis sie schließlich die Caledonian Road erreichte. Sie ging an Sandys alter Wohnung vorbei, obwohl sie wusste, dass sie das besser nicht sollte, und stellte sich dann vor, wie es wäre, jetzt zu ihrem eigenen Haus zu gehen. Stattdessen machte sie sich auf den Weg zu der kleinen grünen Oase bei King's Cross, wo sie sich eine Weile niederließ und den Kahn betrachtete, der in einen Kräutergarten umgewandelt worden war, und den Rufen der Schulkinder lauschte, die von einem der ehrenamtlichen Helfer herumgeführt wurden.

Erst als es langsam Abend wurde und die Sonne immer tiefer sank, marschierte sie zurück nach Stoke Newington und bezog erneut Stellung am Ende von Sashas Straße. Sie wusste, dass Sasha aus der entgegengesetzten Richtung von der Arbeit kam. Wie aufs Stichwort sah sie ihre Freundin um kurz nach sechs in langsamem Tempo auf das Haus zusteuern. Sogar aus der Ferne wirkte sie extrem dünn und leicht gebeugt. Für Frieda waren die hängenden Schultern ein vertrauter Anblick. Als Sasha schließlich die Tür erreichte, fiel ihr erst einmal der Schlüssel aus der Hand. Sie ging in die Knie, um ihn aufzuheben. Doch auch nachdem sie sich wieder erhoben hatte, sperrte sie nicht gleich auf. Frieda schien es, als müsste ihre Freundin sich für einen Kampf wappnen. Endlich fasste sie sich ein Herz und betrat das Haus.

Vier Minuten später kam Christine energischen Schrittes herausmarschiert. Sie wirkte frisch und wie aus dem Ei gepellt. Im ersten Stock ging das Licht an. Frieda wartete noch ein paar Augenblicke, ehe sie auf Sashas Tür zuging. Sie hatte unterwegs ein paar Briefumschläge gekauft, in einen davon die Holztiere gesteckt und mit großen Blockbuchstaben Ethans Namen darauf geschrieben. Sie schob den Umschlag durch den Briefschlitz und eilte dann schnell davon, ehe sie schwach werden konnte.

13

Frieda ging noch einmal in den Primark-Laden. Sie brauchte etwas zum Anziehen, das sie zu einer Beerdigung tragen konnte. Sie durchforstete die Regale nach etwas Dunklem, das vorne nicht mit irgendeinem auffallenden Spruch bedruckt war. Schließlich entschied sie sich für eine dunkelgraue Hose und einen braunen Pullover. Das würde gehen, auch wenn Chloë angesichts der grau-braunen Kombination bestimmt die Nase gerümpft hätte. In einem Drogeriemarkt erstand sie dazu eine billige Sonnenbrille.

June Reeves Bestattung sollte um 11.15 Uhr beginnen. Das Krematorium London Ost lag ein Stück weiter stadtauswärts, in Richtung Ilford. Frieda machte sich früh auf den Weg. Sie fuhr ein Stück mit der U-Bahn und dann weiter mit dem Bus, sodass sie bereits kurz vor zehn ankam. Durch ein großes Eisentor gelangte man zu einem Gebäude, das mit seinen Säulen und klassisch anmutenden Türen genauso gut als viktorianische Bibliothek oder Privatschule durchgegangen wäre. Anlässlich der Beerdigung, die derjenigen von June Reeve voranging, hatte sich eine große Menschenmenge versammelt, hundert Leute oder mehr, alle in dunklen Anzügen und Kleidern. Sie standen in Gruppen herum und warteten darauf, eingelassen zu werden. Wie bei allen großen Beerdigungen handelte es sich teils um einen traurigen Anlass, teils um ein Familientreffen. Frieda sah Frauen, die sich zur Begrüßung lächelnd umarmten, bis ihnen plötzlich wieder einfiel, wo sie sich befanden, sodass sie schnell eine ernste Miene aufsetzten. Schließlich wurden die Türen geöffnet, und die Trauergäste begaben sich nach drinnen. Frieda schloss sich einer Gruppe von

Leuten an, die eher am Rand standen und nicht nach nächsten Angehörigen oder engen Freunden aussahen.

Sie betraten eine große Eingangshalle. Das viktorianische Gebäude war kühn modernisiert worden, mit viel Glas und Stahl zwischen den Säulen. Ein Angestellter lotste die Gruppe nach rechts, in die sogenannte Ostkapelle, einen mit gelaugtem Kiefernholz vertäfelten Raum, wo man sich vorkam wie im Innern einer Kirche, aus der man dezent alle religiösen Symbole entfernt hatte. Frieda steuerte auf eine Bank ganz hinten zu und nahm außen am Rand Platz. Nach einer Weile war sie so in ihre Gedanken versunken, dass sie regelrecht erschrak, als sie hinter sich etwas ächzen hörte und alle aufstanden, weil der Sarg den Mittelgang entlanggetragen wurde. Frieda griff nach dem vor ihr liegenden Blatt. Margaret Farrell. Sie warf einen Blick auf ihre Daten und rechnete kurz. Die Verstorbene war fast neunzig geworden.

Nachdem man den Sarg vorne platziert hatte, trat eine Frau in einem schwarzen Hosenanzug ans Pult. Sie sah nicht aus wie eine Pfarrerin, und wie sich herausstellte, war sie auch keine. Die Frau beschrieb Margaret Farrell als Lehrerin, Feministin, Humanistin, Ehefrau und Mutter, wobei sie hinzufügte, bezüglich der Reihenfolge wolle sie sich nicht festlegen. Rundherum war teils Lachen, teils Geschniefe zu hören.

Während noch etliche Leute der Reihe nach vortraten, um der Toten die letzte Ehre zu erweisen, indem sie ein paar Worte sagten, ein Lied sangen oder Geige spielten, kam Frieda zu dem Schluss, dass Margaret Farrell ein gutes Leben gehabt hatte, zumindest ein weitaus besseres als June Reeve. Frieda schämte sich ein bisschen, weil sie unter Vorspiegelung falscher Tatsachen dort war. Sie befürchtete, die Polizei könnte ebenfalls vor Ort sein, um sich die Leute anzusehen, die zu June Reeves Bestattung erschienen, aber bestimmt kam niemand auf die Idee, auch die Trauergäste der vorhergehenden Beerdigung zu überprüfen. Zumindest hoffte Frieda das.

Mit halbem Ohr lauschte sie Gedichten und Musikstücken, die Margaret Farrell gemocht hatte, aber in erster Linie hing sie ihren eigenen Gedanken nach. Sie wusste, dass Dean seine Mutter ein-, zweimal in dem Pflegeheim besucht hatte. Würde er auch zur Beerdigung kommen? Das war ihre einzige Chance. Die beiden Namen, Dean Reeve und Miles Thornton, hatten sich für sie inzwischen zu einer Melodie verbunden, die sie zwar hasste, aber nicht aus dem Kopf bekam.

Mittlerweile waren die Trauergäste erneut aufgestanden und begannen unter den Klängen alter Jazzmusik von einer verkratzten Schallplatte aus ihren Bänken zu strömen. Während Frieda wartete, um den Angehörigen den Vortritt zu lassen, wurde sie von einer alten Frau angesprochen: »Woher kannten Sie Maggie denn?«

»Mehr vom Hörensagen«, antwortete Frieda vage.

Während sie die Kapelle verließen, tauchte der Angestellte des Bestattungsinstituts wieder auf und lotste sie vom Haupteingang weg zu ein paar offen stehenden Seitentüren, die hinaus in den sogenannten Garten der Erinnerung führten. Frieda musste daran denken, wie viel Mühe sich die meisten Therapeuten bei der Planung ihrer Sprechzimmer gaben, damit der eintreffende Patient nicht dem aufbrechenden in die Arme lief. Die Betreiber des Krematoriums wollten offenbar nicht, dass verschiedene Gruppen von Trauergästen kollidierten und einander ins Gedächtnis riefen, dass die Kapelle letztendlich genauso vermietet wurde wie ein Hotelzimmer oder ein öffentlicher Tennisplatz.

Die Kränze waren auf einem Rasenfleck ausgelegt, der so dicht und ebenmäßig wirkte wie ein Teppich. Die Leute versammelten sich und lasen die Widmungen auf den Bändern. Frieda gelang es, sich einer Gruppe anzuschließen, die ein wenig abseits stand, sodass sie einen guten Blick auf die Vorderseite des Gebäudes hatte. Der Wagen, der den Sarg gebracht hatte, fuhr gerade weg, und unmittelbar danach hielt ein weiterer solcher Wagen in der speziell dafür vorgesehenen Parkbucht vor dem Portikus des Haupteingangs. Langsam bewegte Frieda sich weiter zur Seite, um noch besser sehen zu können. Das ganze Drumherum war völlig anders als eine Stunde zuvor. Während die Bestatter den Sarg aus dem Wagen zogen und auf ihre Schultern hievten, war kein Mensch zugegen. Frieda trat ein paar Schritte vor und beugte sich hinunter, um einen ganz kleinen Feldblumenstrauß zu inspizieren, der handgepflückt aussah. An dem Strauß war ein Blatt mit einer Kinderzeichnung befestigt, auf der ein Mädchen mit einer Prinzessinnenkrone unter einer lächelnden Sonne zu sehen war. Signiert war die Zeichnung mit den Worten: von Sally.

Frieda blickte sich um. »Kein Mensch« stimmte nicht mehr. Auf den Stufen stand mittlerweile eine beleibte Frau, vermutlich eine Pflegerin. Zwei junge Männer gesellten sich zu ihr, beide in Jeans und dunkler Jacke. Zivilbeamte. Sonst kam niemand. Die Frau ging hinein, die beiden Männer blieben draußen.

Frieda zuckte erschrocken zusammen, weil jemand sie von hinten anstupste. Hatte sie sich durch irgendeine Unachtsamkeit verraten? Als sie sich wieder aufrichtete, sah sie sich einer Frau gegenüber, die etwa ihr Alter hatte.

»Wir fahren rüber zum Haus«, erklärte die Frau, »und haben noch Platz im Wagen. Sollen wir Sie mitnehmen?«

»Das wäre großartig«, antwortete Frieda.

Auf dem Weg zum Wagen sprach die Frau darüber, dass Margaret Farrell vor dreißig Jahren ihre Klasse geleitet habe, und wie nett sie als Lehrerin gewesen sei. Frieda wünschte inzwischen wirklich, sie hätte sie gekannt. Als die Gruppe schließlich die Hauptstraße erreichte, verkündete Frieda, ihr sei gerade wieder eingefallen, dass ihr vorhin schon jemand anderer angeboten habe, sie mitzunehmen, woraufhin die Frau antwortete, ganz, wie sie wolle. Frieda fühlte sich deswegen ziemlich mies.

Anderthalb Stunden später stand Frieda in der Eingangshalle des Jeffrey Psychiatric Hospital – der psychiatrischen Klinik, die ihr Miles Thorntons Mitbewohner genannt hatte. Sie studierte den großen Gebäudeplan. Er zeigte die Toiletten, die unterschiedlichen Automaten, an denen man etwas zu essen und zu trinken bekam, die Cafés und Geschenkeläden. Friedas Augenmerk aber galt den Treppenhäusern und Notausgängen. Es war wie ein Partyspiel: Finde den Weg hinein und wieder hinaus. Frieda war schon ein paarmal als Besucherin in der Klinik gewesen und hatte als Studentin sogar ein mehrwöchiges Praktikum dort absolviert, aber unter diesem Gesichtspunkt hatte sie die Räumlichkeiten noch nie betrachtet. Nun starrte sie immer wieder auf den Plan und versuchte ein Gefühl für das Gebäude zu bekommen, als wäre es ein Organismus, und sich einzuprägen, wie die verschiedenen Teile zusammenhingen. Wo sich Miles befand, hatte sie bereits in Erfahrung gebracht, und auch, dass die Besuchszeit erst später begann.

Entschlossen eilte sie den Flur entlang und dann drei Treppen hinauf. Als sie oben wieder den Gang betrat, sah sie einen Mann und eine Frau auf sich zukommen. Die beiden waren in ein Gespräch vertieft. Frieda kannte den Mann. Sam Goulding. Sie hatte mal eine Patientin an ihn überwiesen und sich mit ihm getroffen, um den Fall zu besprechen. Doch das war schon Jahre her. Außerdem würde er nicht damit rechnen, ihr hier zu begegnen, und war durch sein Gespräch abgelenkt. Frieda wandte den Blick ab, registrierte im Vorbeigehen aber dennoch eine Bewegung und hörte ihn »Hallo« sagen. Sie ging weiter, ohne zu reagieren. Er hatte sie nicht beim Namen genannt, und sie war sich nicht sicher, ob er sie überhaupt gemeint hatte. Trotzdem. Sie warf einen Blick auf ihre Armbanduhr. Acht Minuten vor eins. Falls er sich an sie erinnerte und mitbekommen hatte, dass sie gesucht wurde, musste er erst einmal Gelegenheit zum Telefonieren finden und die richtigen Leute an die Strippe bekommen, die mit der Information etwas anfangen konnten. Trotzdem. Sie sah noch einmal auf die Uhr. Zehn nach eins, beschloss sie, keine Sekunde länger: Egal, was passierte, sie würde allerhöchstens bis zehn nach eins bleiben und dann schleunigst verschwinden.

Sie bog nach rechts in den Wakefield-Flügel ab und steuerte auf die nächste Schwesternstation zu. Eine Schwester, die dort gerade versuchte, einen Papierstau in einem Faxgerät zu beheben, blickte fragend hoch.

»Ich habe vorhin angerufen«, erklärte Frieda. »Ich bin die Cousine von Miles Thornton.«

»Die Besuchszeit beginnt erst um drei«, klärte die Schwester sie auf.

»Ich habe es Ihrer Kollegin ja schon am Telefon erklärt. Ich bin mit dem Zug angereist. Es ließ sich zeitlich nicht anders machen. Die Kollegin meinte, das gehe in Ordnung. Ich bleibe nur fünf Minuten. Sie können gerne nachfragen, wenn Sie wollen.«

Die Schwester zerrte an dem Papier. Es steckte richtig fest.

»Ein Stück den Gang vor, auf der linken Seite. Bett zwei.«

»Vielen Dank.«

Frieda schaute wieder auf die Uhr. Vier vor eins. Die Abteilung war nicht in Zimmer aufgeteilt, sondern eher eine Art Netzwerk aus Gängen. Im ersten Bett saß ein sehr alter Mann und starrte vor sich hin. Als Frieda an ihm vorbeiging, zuckte er nicht einmal mit der Wimper. Das nächste Bett, Bett zwei, sah aus, als wäre es gar nicht besetzt – zerwühlt, aber leer. Nur ein Haarschopf auf dem Kissen verriet, dass Thorton darin lag. Entweder er war nicht bei Bewusstsein, oder er schlief. Frieda ging neben seinem Kopf in die Knie. Drei Wochen zuvor war sein Gesicht noch von Wut und Groll verzerrt gewesen. Jetzt wirkte es geschwollen und verfärbt und außerdem halb verdeckt vom Kissen. Zögernd streckte Frieda eine Hand aus und berührte ihn an der Wange.

»Miles«, sagte sie, »ich bin's. Frieda. Frieda Klein.«

Er stieß eine Art Stöhnen aus und bewegte leicht den Kopf.

»Miles. Sie müssen aufwachen. Ich muss mit Ihnen reden.«

Er öffnete die Augen und sah Frieda blinzelnd an. Dabei hob er abwehrend seine dick bandagierte rechte Hand. Frieda nahm sie, so sanft sie konnte, zwischen ihre Hände. Wieder stieß er ein Stöhnen aus, als würde ihm die Berührung Schmerzen bereiten.

»Ich hab mir Sorgen um Sie gemacht«, erklärte Frieda.

»Trinken.«

Frieda schaute sich um. Auf dem Tischchen neben seinem Bett standen ein Krug Wasser und ein Plastikbecher. Sie füllte den Becher zur Hälfte und hielt ihn Miles an die Lippen. Dabei warf sie einen Blick auf ihre Armbanduhr. Punkt eins. Von dort, wo sie war, konnte sie den Eingangsbereich des Flügels sehen.

»Wo waren Sie?«, fragte sie.

»Da war eine Stimme«, antwortete er, »in der Dunkelheit.«

»Was für eine Stimme? Was hat sie gesagt?«

»Er hat mich geschimpft. Er war sauer.«

Das kannte sie schon. Zu Beginn seiner Therapie bei ihr hatte er bereits Angstzustände gehabt, aber im Lauf der Zeit hatte er dann angefangen, ihr von den Stimmen zu erzählen, die er hörte, und wie wütend sie auf ihn seien. Frieda war damals zu dem Ergebnis gekommen, dass eine Gesprächstherapie in seinem Fall nicht ausreichen würde.

»War es dieselbe Stimme wie früher?«

»Nein, nicht die. Sie täuschen sich.«

»Wie meinen Sie das?«

»Er hat nicht nur geredet. Bestraft. Er hat gesagt, dass ich bestraft werden muss.«

»Das tut mir leid«, sagte Frieda. Langsam befürchtete sie, dass nichts dabei herauskommen würde. Es erinnerte sie auf schmerzhafte Weise an die Zeit, als seine Sitzungen bei ihr immer weniger gebracht hatten.

»Nein. So war das nicht. Er hat mich wirklich bestraft.«

Er fing an, an dem Verband an seiner Hand herumzuzerren.

»Nein, lassen Sie das.« Frieda blickte sich nervös um.

»Er ist alle paar Minuten zurückgekommen«, fuhr Miles fort. »Alle paar Minuten. Um mich zu bestrafen. Immer wieder, alle paar Minuten, Tag und Nacht.«

»Was meinen Sie mit ›zurückgekommen‹?«

»Er hat mich festgebunden. Dann ist er immer wieder zurückgekommen, um mir noch mehr wehzutun.«

Aus Thorntons Augenwinkeln quollen Tränen. Er zupfte an den Verbänden. Frieda betrachtete ihn nachdenklich. Er war zwar in einer fürchterlichen Verfassung, aber dennoch bei deutlich klarerem Verstand als bei ihrer letzten Begegnung. Abgesehen davon, dass er klarer wirkte, sprach er auch viel zusammenhängender.

»Er hat mir an den Fingern wehgetan«, erklärte er.

Mit diesen Worten zog er den Verband ganz weg. Von den Fingerspitzen seiner rechten Hand war nicht mehr viel übrig. Die Nägel fehlten, und auch die Gelenke sahen übel zugerichtet und seltsam unförmig aus.

»Mein Gott!«, stieß Frieda leise aus. »Wo waren Sie, Miles? Wo?«

»Weit weg.« Er sagte das fast im Flüsterton. Es klang wie ein Ächzen. »Ganz weit weg. Für die Reise verschnürt wie ein Rollbraten. Es rumpelte und rumpelte, und alles war dunkel. Da war nichts als eine lange Straße, und dann noch mehr Dunkelheit. Niemand hat mich gehört. Niemand ist gekommen. So viele Tage. Tage und Nächte, Nächte und Tage. Ich konnte sie gar nicht mehr zählen.«

»Sie meinen also, Sie waren auf einer langen Reise?«

»Er hat mich zum Meer gebracht.«

»Wer, Miles? Wer hat Sie weggebracht und diese schrecklichen Sachen mit Ihnen gemacht? Sie müssen es mir sagen.«

»Ich konnte die ganze Zeit das Meer hören. Sogar wenn

ich weinte, hörte ich die Wellen. Ohne Ende, immer weiter. Er machte auch immer weiter. Nie hat er mich in Ruhe gelassen, nie ist er weggegangen, nie durfte ich schlafen. An der Wand war eine Uhr, auf die habe ich immer geschaut. Nie war er länger fort. Nie. Die ganze Zeit. Dann hat er mich gehen lassen. Er hat gesagt, ich muss es ihr erzählen.«

»Wem? Wem müssen Sie es erzählen?«

Frieda hörte ein Geräusch. Zwei Männer hatten die Abteilung betreten. Der eine trug einen Anzug, der andere eine Art Uniform. Ein Wachmann vom Sicherheitsdienst. Plötzlich hatte sie das Gefühl, zu lange gewartet zu haben.

»Ihnen«, sagte Thornton, »Frieda Klein. Erzähle es ihr, hat er gesagt. Das ist für Frieda Klein.«

Die beiden Männer sprachen mit einer Schwester.

»Sag ihr, das ist für Frieda Klein.«

»Verstehe«, antwortete sie, denn sie begriff tatsächlich.

Sie musste weg. Sie stand auf und setzte sich in Bewegung, aber nicht in die Richtung, aus der sie gekommen war, sondern in die Gegenrichtung. Hinter sich hörte sie eine Stimme. Ihr war klar, dass sie sich auf keinen Fall umsehen durfte – und auch nicht rennen. Sie rief sich den Gebäudeplan vor Augen. Diese Abteilung hatte noch einen anderen Ausgang. Frieda erreichte die Tür, doch sie war geschlossen und mit einem Schild versehen: »Nur im Brandfall benutzen. Diese Tür ist alarmgesichert.« Erneut versuchte sie, sich den Gebäudeplan ins Gedächtnis zu rufen. Gab es weiter vorne noch einen anderen Ausgang? Das konnte sie nicht riskieren. Jemand rief ihren Namen. Entschlossen schob sie die Tür auf. Sofort ertönte ein elektronischer, pulsierender Alarm. Frieda rannte die Steinstufen hinunter. Das Geräusch war so laut, dass es ihr in den Ohren wehtat. Ein Stockwerk tiefer schob sie eine Tür auf und lief fast in die Arme eines uniformierten Mannes.

»Oben dreht gerade eine Frau durch«, erklärte Frieda atemlos. »Sie ist völlig ausgeflippt.«

Der Mann stürmte an ihr vorbei und die Treppe hinauf. Frieda zählte bis fünf, dann folgte sie ihm ins Treppenhaus, wandte sich jedoch nach unten statt nach oben. Sie zählte die Stockwerke. Im Erdgeschoss entdeckte sie das Schild, das zum Haupteingang wies. Sie ging in die Gegenrichtung, durch die Tagesklinik, die ihren eigenen Ausgang und Parkplatz besaß, dessen Ausfahrt in eine ganz andere Straße mündete. Innerhalb von fünf Minuten war sie draußen und hatte das Klinikgelände hinter sich gelassen, marschierte jedoch immer weiter, wobei sie mehrmals in irgendwelche Wohnstraßen abbog, bis sie absolut sicher war, dass ihr niemand folgte.

Sie entdeckte eine Bank und ließ sich darauf nieder. Ihr blieb keine andere Wahl, denn in ihrem Kopf drehte sich alles, und ihre Beine zitterten. Sie hatte das Gefühl, gleich ohnmächtig zu werden, zwang sich jedoch, tief durchzuatmen und über das nachzudenken, was sie gerade gehört hatte.

Folter. Jemanden zu foltern bedeutete, die betreffende Person zu einem Instrument zu machen, zu einem Gegenstand – ihr alles Menschliche zu nehmen, sie zu erniedrigen und zu verletzen, bis sie am Ende nur noch aus Schmerz bestand. Frieda musste an Miles Thorntons wilden, animalischen Gesichtsausdruck denken, an seine ächzende Stimme und seine malträtierten, verstümmelten Finger. Sie wusste, wer das getan hatte, und warum. Ein paar Minuten lang saß sie reglos da, völlig verstört. Ihr war regelrecht übel, und sie empfand eine so ohnmächtige Wut, dass ihr die Welt vor den Augen verschwamm.

Schließlich holte sie ihr Notizbuch und einen Stift heraus und notierte sich den chronologischen Ablauf der Ereignisse:

Dienstag, 10. Juni: Sandy zum letzten Mal gesichtet.

Montag, 16. Juni: Dr. Ellison (wer ist sie?) informiert Polizei über ihre Bedenken wegen seiner Abwesenheit.

Freitag, 20. Juni: Sandys Leiche wird in der Themse gefunden.

Sie überflog die Daten, ehe sie ein paar weitere hinzufügte:

April – Mai: Miles Thornton eingewiesen; auf mein eigenes Anraten hin.

27. Mai: Miles Thornton aus Klinik entlassen; kommt wütend ins WH, wird laut und randaliert; fühlt sich von mir verraten; kommt noch mehrmals ins WH, um Dampf abzulassen.

3. Juni: Miles Thornton erscheint nicht zu seiner Sitzung.

Ab dem 3. Juni: Miles Thornton reagiert nicht auf Anrufe, E-Mails etc.

Montag, 9. Juni (richtiges Datum?): Miles von mir vermisst gemeldet.

27. Juni (zirka?): Miles Thornton kehrt zurück, schwer verletzt.

Frieda starrte einen Moment auf das hinunter, was sie geschrieben hatte. Eine Information fehlte noch, um das Bild vollständig zu machen:

Mittwoch, 25. Juni: June Reeve stirbt. Das genaue Datum wusste sie aus der Sterbeanzeige.

Montag, 30. Juni: June Reeves Bestattung.

Sie war die ganze Zeit einem Irrtum aufgesessen, einem schrecklichen Irrtum. Dean Reeve hatte Miles entführt und weit weggebracht, irgendwo ans Meer, und ihn dort gefoltert, da war sie ziemlich sicher. Darüber hinaus wusste sie, dass Miles bereits Anfang Juni verschwunden war, also zu einem Zeitpunkt, als Sandy noch gelebt hatte. Dean hatte Miles bis vor zwei, drei Tagen gefangen gehalten und in ihrem Namen immer wieder gequält, als eine Art Bestrafung, von der sie erfahren sollte: Deswegen hatte er Miles mit einer Botschaft an sie zurückgeschickt. Sie vermutete, dass Dean die Bestrafungsaktion abgebrochen hatte, weil er vom Tod seiner Mutter erfuhr und daraufhin das Gefühl hatte, dass er zurückmüsse – wenn schon nicht zur Beerdigung, dann doch zumindest, um ihr die letzte Ehre zu erweisen. Auf seine eigene perverse Weise hatte er seine Mutter geliebt.

Wie sehr Frieda sich auch bemühte, aus den ihr vorliegenden Daten eine andere Geschichte zu konstruieren, es gelang ihr nicht. Dean Reeve hatte Miles Thornton gefoltert. Den Mord an Sandy aber konnte er nicht begangen haben.

14

Frieda saß mit einem Glas Whisky in ihrem tristen Zimmer und beobachtete, wie das Blau des Himmels zu einem hellen Grau verblasste, das allmählich in ein dunkleres Grau überging und schließlich in ein von Sternen gesprenkeltes Halbdunkel. An einem Stand ein Stück die Straße hinunter hatte sie Blumen gekauft, doch der frische Duft, den sie verströmten, ließ die Schäbigkeit ihrer Umgebung nur noch stärker hervortreten – die fleckigen, feuchten Wände und die abgenutzten Teppiche.

Frieda überlegte, was sie hatte: nichts.

Sie hatte ihr Zuhause verlassen, ihre Freunde, ihre Arbeit, ihre Sicherheit, die ganze ihr vertraute Welt. Indem sie vor der Polizei davongelaufen war, hatte sie nicht nur ihren guten Ruf, sondern auch ihre Zukunft zerstört. Sie hatte alles verloren, was sie sich im Lauf der Jahre aufgebaut hatte. Und wofür? Für nichts.

Das alles hatte sie in dem Glauben getan, Dean habe Sandy getötet, den Mann, den sie einmal mehr geliebt hatte als jeden anderen vor ihm und der nun einem Mord zum Opfer gefallen war. Sie war so sicher gewesen, recht zu haben. Die Möglichkeit, dass sie sich irren könnte, hatte sie überhaupt nicht in Betracht gezogen.

Trotzdem hatte sie sich geirrt, und nun wusste sie nicht, was sie tun sollte. Vielleicht blieb ihr gar keine andere Wahl, als sich zu stellen. Vor ihrem geistigen Auge ließ sie die Bilder vorüberziehen: Husseins ruhige, stoische Miene, Polizeipräsident Crawfords Triumph, Karlssons Kummer. Bei dem Gedanken an ihren Freund hielt sie sich ihr kühles Glas an die Stirn und schloss die Augen. Man würde Anklage gegen sie erheben und sie für schuldig befinden – insbesondere aufgrund ihrer Flucht. Sie würde im Gefängnis landen. Einen Moment lang hatte der Gedanke an ein Leben im Gefängnis fast etwas Friedvolles.

Dann dachte sie an Sandy – wie er gewesen war, als sie ihn kennenlernte, überschäumend vor Liebe und Glück, und wie er in den letzten achtzehn Monaten seines Lebens war, sauertöpfisch und zerrissen von Kummer und Wut. Jemand hatte ihn getötet und befand sich noch irgendwo dort draußen auf freiem Fuß. Wenn sie sich der Polizei stellte, würde die betreffende Person auf freiem Fuß bleiben. Das konnte sie nicht zulassen. Sie setzte ihr Whiskyglas ab, trat ans Fenster und starrte in den Nachthimmel hinaus. Ihr Entschluss stand fest.

Sie zog ihr Notizbuch aus der Tasche. Sie musste mit Sandy anfangen. Was wusste sie über ihn? Wer waren seine Freunde, seine Kollegen, seine Trinkkumpane, seine Affären und One-Night-Stands? Wer hatte ihn geliebt oder gehasst? Wer war von ihm schlecht behandelt worden? Wer hatte ihn beneidet oder mit ihm gewetteifert? Sie schrieb seinen Namen oben auf das Blatt und verzierte ihn mit kleinen Blättern und Blumen, die sie aus den Blockbuchstaben herauswachsen ließ, als könnte sie ihn auf diese Weise noch einmal zum Leben erwecken. Dann notierte sie alle Information, an die sie sich erinnern konnte, sämtliche Freunde, die sie kennengelernt hatte oder zumindest vom Hörensagen kannte.

Sie begann mit seinem beruflichen Umfeld. Da waren Calvin Lock, der Professor für Neurobiologie, der eng mit Sandy zusammengearbeitet hatte, bevor dieser nach Amerika gegangen war, und seine damalige Assistentin Lucy Hall. Außerdem Aidan Dunston und dessen Frau Siri, mit denen Sandy und sie ein paarmal zu Abend gegessen hatten. Wer noch? Sie durchforstete ihr Gedächtnis. Da gab es diese Genetikerin in New York, Clara Sowieso. Bestimmt war sie in diesem Zusammenhang nicht relevant. Aber wie hieß noch mal seine Assistentin am King George's, die sie zwar nicht persönlich, aber vom Telefon kannte? Terry Keaton.

Sie wandte sich seiner Familie zu. Allerdings hatte Sandy so gut wie keine: Seine Eltern waren tot, und soweit sie sich erinnern konnte, hatte er nie Tanten, Onkel und Cousins oder Cousinen erwähnt. Es gab nur seine Schwester Lizzie und seinen Schwager Tom sowie deren Sohn Oliver. Wie war noch mal der Name des Kindermädchens? Er fiel ihr nicht mehr ein, aber womöglich war er ohnehin nicht mehr aktuell. Schließlich hatten sie und Sandy sich vor achtzehn Monaten getrennt – in achtzehn Monaten konnte viel passieren.

Dann gab es da noch Sandys Exfrau Maria, die in Neuseeland lebte. Sandy hatte sie hin und wieder erwähnt. Soviel Frieda wusste, standen die beiden schon seit Jahren nicht mehr in Kontakt. Nach Maria und vor Frieda hatte es eine Geigerin namens Gina gegeben, deren Nachnamen sie nicht kannte, und eine italienische Wirtschaftswissenschaftlerin namens Luisa. Von beiden hatte Sandy nicht viel gesprochen.

Zum Thema Freundeskreis fiel ihr sofort Dan Lieberman ein, Sandys alter Grundschulfreund, mit dem er in den letzten Jahren regelmäßig Squash gespielt hatte. Außerdem Josh Tebbit. Janie Frank und ihre Partnerin Angela. Die Foremans. Wer noch?

Mit gerunzelter Stirn starrte sie auf die Liste hinunter. Was sie geschrieben hatte, erschien ihr nicht viel für einen Menschen, mit dem sie jahrelang eine enge Beziehung gehabt hatte, und zwangsläufig endeten die Informationen mit ihrer Trennung: Sie hatte keine Ahnung, wie sein Leben seitdem verlaufen war. Sandy hatte sich oft darüber geärgert, dass Frieda ihre Unabhängigkeit so verbissen zu wahren versuchte. Es hatte Monate gedauert, bis sie ihn das erste Mal in ihrem Haus übernachten ließ. Sie war auch zögerlich gewesen, wenn es darum ging, ihn ihren Freunden vorzustellen, und hatte ihm manche Aspekte ihres Lebens vorenthalten. Vom Selbstmord ihres Vaters erfuhr er erst, als sie sich bereits jahrelang kannten, und dass sie als junges Mädchen vergewaltigt worden war, vertraute sie ihm auch erst an, als die Vergangenheit sie einholte und die alte Geschichte ihre Gegenwart zu vergiften begann. Diese Enthüllung hatte Sandy damals dazu veranlasst, seine Stelle in Amerika aufzugeben und nach Hause zurückzukehren. Erst jetzt aber wurde ihr klar, wie wenig sie über Sandy wusste. Sie kannte seine Vorlieben: Sie wusste, welche Gerichte er am liebsten kochte und aß, welche Weine er mochte und welche Bücher er gelesen hatte. Sie kannte seine politischen Ansichten und seine Meinung zum staatlichen Gesundheitssystem, zur organisierten Religion, zum Placeboeffekt und zu Antidepressiva. Sie kannte sein Mienenspiel und wusste, was ihn wütend, eifersüchtig, glücklich oder unglücklich machte. Sie konnte in seinem Gesicht *lesen* wie in einem Buch, doch gleichzeitig wusste sie fast gar nichts über die normalen, alltäglichen Dinge seines Lebens.

Ihr fiel noch etwas ein – etwas, das so offensichtlich war, dass sie es beinahe übersehen hätte: Wer auch immer Sandy getötet hatte, wusste über sie Bescheid. Die betreffende Person hatte sich Zugang zu ihrem Haus verschafft – auf welche Weise? – und Sandys Portemonnaie dort versteckt, um ihr die Tat in die Schuhe zu schieben.

Sie stand wieder auf und starrte auf das Stück Nachthimmel hinaus, das sie durch das kleine, schmutzige Fenster sehen konnte. Ein weiterer Name kam ihr in den Sinn und blieb hängen: Dr. Ellison. Die Frau, die ihn laut Hussein vermisst gemeldet hatte. Wer war sie? Ihr Name stellte zumindest einen Anhaltspunkt dar – einen Ausgangspunkt. Entschlossen schlüpfte sie in ihre neue Nichtlieblingsjacke und machte sich auf den Weg.

Im Internetcafé saßen bereits etliche andere Leute über ihre Computerbildschirme gebeugt. Abgesehen vom gelegentlichen Piepsen und Summen der Maschinen herrschte im Raum Stille.

Das leicht grünliche, trübe Gelb der Beleuchtung verursachte Frieda sofort leichte Kopfschmerzen.

Als Erstes googelte sie »Dr. Ellison«. Obwohl sie nur nach weiblichen Personen dieses Namens suchte, gab es eine ganze Menge von ihnen, verteilt über die ganze Welt. Als sie »UK« hinzufügte, verringerten sich die Namen, aber es waren immer noch zu viele. Sie überlegte kurz und ging dann auf die Website des King's College. Da nicht die Möglichkeit bestand, eine Suche per Eingabe eines Namens zu starten, begann sie die Dozenten der verschiedenen Fakultäten durchzugehen, beginnend mit den diversen Naturwissenschaften. Im Bereich Neurobiologie wurde sie ebenso wenig fündig wie in den Bereichen Biomedizin, Genetik, Physik oder Molekularbiophysik, Chemie, Umweltwissenschaft, Ingenieurwissenschaft… Aber plötzlich, als ihr die Namen bereits vor den Augen zu verschwimmen begannen, entdeckte sie mitten unter ihnen eine Dr. Veronica Ellison, die als Dozentin der Fakultät für Psychologie aufgelistet war. Als sie den Namen anklickte, tauchte auf dem Bildschirm eine blonde Frau auf, die etwa in Friedas Alter war und die Augenbrauen leicht hochgezogen hatte, was ihrem Lächeln etwas Überraschtes, Fragendes verlieh. Es war eine Mailadresse angegeben, aber Frieda wollte ihr keine Mail schicken. Stattdessen notierte sie sich die Telefonnummer der Fakultät. Obwohl gerade Semesterferien waren, gab es dort bestimmt jemanden, der Anrufe entgegennahm und zumindest eine Nachricht an Veronica Ellison weiterleiten konnte.

Als Frieda in ihre Behausung zurückkehrte, saß wieder die Raucherin vom letzten Mal auf der Treppe. Sie hob den Kopf und sah Frieda an. Die Frau hatte einen Bluterguss unter dem linken Auge und eine aufgeplatzte Lippe. Wortlos nickte sie Frieda zu.

Frieda blieb stehen. »Wir kennen uns schon vom Sehen.«

Die Frau lächelte. Es war ein wissendes, wehmütiges und zugleich seltsam heiteres Lächeln.

»Wie heißt du?«, fragte sie.

Frieda ließ sich neben ihr auf den Stufen nieder.

»Carla.«

»Was machst du in einem solchen Dreckloch?«

»Ich bin nur auf der Durchreise.«

»Ja, das reden wir uns alle gern ein.«

»Dein Gesicht sieht nicht gut aus.«

Die Frau strich mit den Fingerspitzen leicht über ihre Wange. »Das ist nicht schlimm. Trotzdem könnte ich einen Drink vertragen.«

»Ich habe Whisky in meinem Zimmer.«

»Whisky ist in Ordnung.«

Als Frieda sich daraufhin erhob, streckte die Frau ihr wie ein Kind die Hand hin, um sich von ihr aufhelfen zu lassen. Danach hielt sie Friedas Hand weiter fest.

»Carla, sagst du?«

»Ja.«

»Ich bin Hana.« Wieder lächelte sie schief. »Auch nur auf der Durchreise.«

Am nächsten Morgen ging Frieda kurz vor neun in den menschenleeren Hof hinunter und wählte die Nummer der psychologischen Fakultät des King George's. Als sich eine gestresst klingende Frau meldete, erklärte sie ihr, sie wolle sich mit Dr. Veronica Ellison in Verbindung setzen.

»Die ist gerade da, um ein paar Bücher zu holen.«

Frieda schnappte überrascht nach Luft. »Könnte ich dann gleich mit ihr sprechen?«

»Moment.«

Frieda musste mehrere Minuten warten, bis sich schließlich eine raue, leicht atemlose Stimme meldete. »Hallo? Hier ist Dr. Ellison. Wie kann ich Ihnen helfen?«

»Mein Name ist Carla«, begann Frieda, während sie sich das Gehirn nach einem passenden Nachnamen zermarterte.

Ihr Blick fiel auf das Tor, über dem der Name des Gebäudes prangte. »Carla Morris. Ich bin – war – eine Freundin von Sandy. Ich hatte gehofft, ich könnte mit Ihnen reden.«

»Über Sandy?«

»Ich habe erfahren, dass er gestorben ist. Wir hatten uns aus den Augen verloren. Ich würde gern mit jemandem sprechen, der ihn kannte.«

»Wie sind Sie auf mich gekommen?«

»Ein Freund hat Sie erwähnt«, erklärte Frieda. »Er meinte, Sie hätten sich wegen Sandy Sorgen gemacht.«

»Tja, das stimmt. Dem war tatsächlich so.« Die Antwort klang ausweichend.

»Ich dachte, Sie könnten mir vielleicht erzählen, was passiert ist.«

»Waren Sie und Sandy …«, die Frau verstummte.

»Er war nur ein Freund, vor vielen Jahren. Aber eine Weile waren wir recht gut befreundet. Deswegen würde mich interessieren, was mit ihm geschehen ist.«

»Ich weiß nicht so recht. Ich fahre morgen früh in Urlaub.«

»Schenken Sie mir nur fünfzehn Minuten Ihrer Zeit. Ich kann irgendwohin kommen, wo es für Sie praktisch ist.«

»Also gut.« Nun, da sie sich entschieden hatte, klang ihre Stimme energischer. »Kommen sie heute Mittag gegen zwölf in das Gartencenter an der Balls Pond Road. Eigentlich liegt es in einer Seitengasse, aber Sie sehen es von der Hauptstraße aus. Es heißt ›Three Corners‹. Keine Ahnung, warum. Ich muss dort noch ein paar Pflanzen abholen, bevor ich in Urlaub fahre.«

»Ich werde da sein.«

»Carla, sagen Sie?«

»Carla Morris.«

»Sie finden mich bei den Kletterrosen.«

Frieda hatte noch fast drei Stunden Zeit. Das Gartencenter lag nur etwa zehn Gehminuten von Sashas Haus entfernt. Sie machte sich Sorgen wegen Sasha, und auch wegen Ethan. Ihr ging nicht aus dem Kopf, wie ihn sein unerbittliches Kindermädchen letztes Mal hinter sich her gezerrt hatte. Vor ihrem geistigen Auge tauchte immer wieder sein Bild auf: sein heulender, weit aufgerissener Mund und seine dunklen, tränennassen Augen.

Fünfunddreißig Minuten später stand sie wieder an demselben Beobachtungsposten nahe Sashas Haus wie zwei Tage zuvor. Sie wusste, dass Sasha oft recht spät zur Arbeit aufbrach, und hoffte, noch einen Blick auf sie zu erhaschen. Zunächst aber war von ihr ebenso wenig zu sehen wie von Christine oder Ethan. Vermutlich hatte sie die drei doch schon verpasst, und es war keiner mehr da.

Noch während sie das dachte, flog die Haustür auf, und Sasha kam heraus. Sie trug ein schickes, ärmelloses blaues Kleid, woraus Frieda schloss, dass sie tatsächlich auf dem Weg zur Arbeit war. Allerdings hatte sie Ethan an der Hand, während sie gleichzeitig in ihr Handy sprach. Trotz der Entfernung konnte Frieda erkennen, dass sie ziemlich aufgelöst wirkte und zugleich sehr hektisch. Ethan hüpfte an der Seite seiner Mutter dahin. Hin und wieder versuchte er, sich ihrem Griff zu entwinden. Sasha steckte ihr Telefon ein und blieb stehen. Gestresst legte sie einen Moment die Hand an den Hals. Die Geste war Frieda vertraut. Entschlossen zog Sasha das Telefon wieder heraus und führte ein weiteres Gespräch. Ethan zerrte an ihrer Hand.

Frieda setzte ihre dunkle Brille auf, knöpfte ihre bunte Jacke zu und setzte sich in Bewegung, um den beiden zu folgen. Sie holte schnell auf und konnte Sasha bereits reden hören. »Nein«, sagte sie gerade, »entschuldige. Ich weiß nicht, wen ich sonst noch fragen könnte.«

»Sasha«, sagte Frieda.

Sasha fuhr herum. Vor Überraschung machte sie so große Augen, dass diese in ihrem bleichen, schmalen Gesicht noch riesiger wirkten als sonst. Frieda nahm die dunkle Brille ab.

»Deine Haare sind alle weg!«, stellte Ethan fest.

»Frieda! Lieber Himmel!«, rief Sasha, nachdem sie ihr Telefonat rasch beendet hatte. »Was machst du denn hier? Ich dachte … Die Polizei war bei mir, musst du wissen.«

»Ich wollte nur sehen, ob du klarkommst.«

»Ich versuche es.«

»Wo ist Christine?«

»Sie hat mir heute früh eine Nachricht geschickt. Sie will nicht mehr für eine alleinerziehende Mutter arbeiten. Für das bisschen Geld sei ihr das zu viel Stress, schreibt sie.«

»Gut.«

»Gut? Ich werde meine Stelle verlieren, Frieda. Was soll ich denn dann machen?«

»Jetzt gehst du erst mal zur Arbeit. Ich kümmere mich um Ethan. Falls das für dich in Ordnung ist, Ethan.«

Ethan nickte und schob seine Hand in die ihre.

»Ich verstehe das alles nicht«, erklärte Sasha. »Warum trägst du so seltsame Sachen? Und wieso hast du dein schönes Haar abschneiden lassen?«

»Gib mir den Schlüssel und sieh zu, dass du in die Arbeit kommst, bevor sie dich vermissen. Wir reden später. Erzähle bloß niemandem von mir.«

»Aber Frieda …«

»Niemandem. Ab mit dir!«

»Können wir mit meinen Tieren spielen?«, fragte Ethan, als sie allein waren.

»Nachher. Erst gehen wir in ein Gartencenter und sehen uns Rosen an.«

Er wirkte nicht beeindruckt.

15

Fast sofort fragte sich Frieda mit einem Anflug von Entsetzen, was sie getan hatte. Sich aus dem Staub zu machen, vor der Polizei zu flüchten, all ihre Freunde zurückzulassen und nun – völlig abgeschnitten von ihrer eigenen Welt – unter wildfremden Menschen zu leben, das war die eine Sache. Aber dass sie nun mit einem Zweijährigen, der gar nicht zu ihr gehörte, den Gehsteig entlangging, fühlte sich viel schlimmer an. Sein Vater hatte ihn verlassen, und seine Mutter war dem Zusammenbruch nahe. Selbst wenn sie, Frieda, die Absicht hätte, ihn mitzunehmen und nie wieder nach Hause zu bringen, könnte er nicht das Geringste dagegen tun. Außerdem wirkte er so zerbrechlich. Was, wenn er stürzte oder gegen etwas stieß, oder auf die Straße hinauslief? Da gerade ein Bus an ihnen vorbeifuhr und sie den Fahrtwind spürte, drückte sie Ethans Hand noch fester.

»Aua«, sagte Ethan. Sie lockerte ihren Griff wieder, aber nur ein wenig.

Er war klein und hilflos, und es würde noch zwölf oder dreizehn Jahre dauern, bis er auf sich selbst aufpassen konnte. Sie musste an ihre Nichte Chloë denken. Fünfzehn oder sechzehn Jahre traf es wohl eher. Wie schaffte es überhaupt ein Kind, sich bis ins Erwachsenenalter durchzuschlagen?

»Was ist das?« Frieda deutete in die entsprechende Richtung.

»Bus«, antwortete Ethan.

»Welche Farbe hat er?«

»Rot.« Er klang selbstsicher, aber auch verächtlich, als wäre die Frage beleidigend einfach.

»Lass uns ein Spiel spielen«, schlug Frieda vor. Sie wusste nicht genau, ob kleine Kinder in seinem Alter überhaupt schon in der Lage waren, sich an Spielregeln zu halten, aber sie musste etwas ausprobieren.

»Du wirst mich Carla nennen.« Von Ethan kam keine Antwort. Sie war nicht mal sicher, ob er sie überhaupt gehört hatte. »Ethan, kannst du mich Carla nennen?« Seine Aufmerksamkeit war ganz auf einen ihnen entgegenkommenden Mann gerichtet, der vier Hunde unterschiedlicher Rasse und Größe an der Leine führte – oder von ihnen geführt wurde. Frieda wartete, bis sie vorüber waren.

»Carla«, wiederholte sie. »Kannst du das sagen? Versuch es mal!«

»Carla«, sagte Ethan.

»Du bist ein schlaues Kerlchen. Mein Name ist Carla.«

Aber Ethan schien die Idee bereits langweilig zu finden. Also deutete Frieda auf ein Fahrrad, einen Vogel und ein Auto. Sie befürchtete, dass ihr bald die Themen ausgehen würden. Deswegen war sie erleichtert, als sie ein Stück weiter vorn den grünen Rundbogen auftauchen sah, durch den man zum Three Corners Garden Centre gelangte. Das Gartencenter war ihr vorher nie aufgefallen. Es lag ein wenig von der Hauptstraße zurückgesetzt und befand sich neben einem großen Laden für Badezimmerausstattung. Um hineinzugelangen, musste man durch eine schmale Passage, doch dahinter verbreiterte sich das Ganze zu einer Art Halle. Hundertfünfzig Jahre früher hatten in dieser Seitengasse vermutlich Stallungen gestanden.

»Weißt du, was wir jetzt machen?«, sagte Frieda. »Wir suchen die schönste Blume, die wir finden können, und nehmen sie als Geschenk für deine Mami mit nach Hause. Ist das eine gute Idee?« Ethan nickte. Als Frieda sich daraufhin umschaute, stellte sie ein wenig bestürzt fest, dass es auch eine Abteilung mit Zierbäumen und Kletterpflanzen gab. »Eine kleine Blume«, fügte sie hinzu, »eine ganz kleine.« Dann ging sie in die Knie, sodass ihr Gesicht auf einer Höhe mit dem von Ethan war, und flüsterte in einem Ton, von dem sie hoffte, dass er auf eine spielerische Weise verschwörerisch klang: »Wie ist noch mal mein spezieller Name? Mein Name in unserem speziellen Spiel?«

Ethan runzelte vor Konzentration die Stirn, blieb jedoch stumm.

»Carla«, sagte Frieda. »Carla.«

»Carla«, wiederholte er.

Sie erhob sich wieder, setzte ihre Brille auf und ließ den Blick schweifen. Wo waren die Rosen? Sie ging auf eine junge Angestellte mit Dreadlocks zu, die etliche Tätowierungen und Piercings aufwies und gerade einen Schlauch an einer Reihe von Blumentöpfen entlangzog. Ethan sah fasziniert zu ihr hoch. Die junge Frau deutete auf die andere Seite, wo der Raum von einer hohen Wand begrenzt wurde. Frieda ging mit Ethan hinüber. Sie blickte sich um, konnte jedoch niemanden entdecken. Langsam wanderten sie an der Reihe von Rosen entlang. Sie waren benannt nach Figuren aus der englischen Geschichte, aber auch nach Fernsehstars, alten Romanen, herrschaftlichen Anwesen und gegenwärtigen Mitgliedern der Königsfamilie.

»Carla?«, fragte eine Stimme.

Frieda wandte den Kopf. Veronica Ellison war eine attraktive Frau. Sie hatte ihr blondes Haar streng zurückgebunden und trug zu königsblauen Leggings ein locker fallendes weißes T-Shirt und Turnschuhe mit Keilabsatz. In dieser Aufmachung wirkte sie sehr sommerlich und frisch. Frieda empfand den prüfenden Blick, mit dem die Psychologiedozentin sie musterte, als ziemlich irritierend. Schlagartig wurde ihr bewusst, dass sie sich gar nicht überlegt hatte, wie sie vorgehen wollte. Schließlich hatte die Frau nicht aus freien Stücken das Gespräch mit ihr gesucht. Es gab keinen Grund, warum sie den Wunsch haben sollte, mit einer Fremden über Sandy zu reden, selbst wenn sie etwas Interessantes zu sagen hatte.

»Doktor Ellison?«

Lächelnd blickte Veronica Ellison auf Ethan hinunter.

»Ist das Ihr Sohn?«

»Er heißt Ethan«, antwortete Frieda. »Ich passe auf ihn auf.«

»Für ihn ist hier nicht viel geboten«, stellte Ellison fest. »Da hat Carla dich aber in ein langweiliges Gartencenter gebracht, hm?«, fügte sie an ihn gewandt hinzu.

Ethan erwiderte ihren Blick mit strengem Ernst.

»Frieda«, widersprach er.

»Was?«

»Er ist gerade in einem komischen Alter«, mischte Frieda sich ein. Danach herrschte einen Moment Schweigen. Ihr wurde klar, dass der weitere Verlauf des Gesprächs ganz von ihr abhing.

»Es ist sehr nett von Ihnen, dass Sie sich für mich Zeit nehmen«, fuhr sie fort. »Ich wollte unbedingt mit jemandem sprechen, der Sandy kannte. Ich halte Sie nicht lange auf, höchstens ein paar Minuten.«

Veronica schwieg noch immer. Offenbar fragte sie sich, ob sie tatsächlich Zeit für so etwas hatte.

»Gut«, sagte sie schließlich. »Es gibt hier ein kleines Café. Sollen wir schnell einen Kaffee trinken?« Mit einem Blick auf Ethan fügte sie hinzu: »Leckeres Eis haben sie da auch.«

Ethan antwortete nicht. Er trat von einem Fuß auf den anderen.

»Muss hier jemand aufs Klo?«, fragte Veronica.

»Was?«

»Ich meine Ethan«, erklärte Veronica. »Ich habe einen dreijährigen Neffen. Ich kenne die Anzeichen. In dem Café gibt es eine Toilette.«

»Ich wollte gerade mit ihm gehen«, behauptete Frieda, die sich vorkam wie das unfähigste Kindermädchen in ganz London. Sie fragte sich, wie ihre Chancen standen, Ethan lebend und weitestgehend unversehrt zu Sasha zurückzubringen.

Rasch eilte sie mit ihm auf die Damentoilette und machte sich an die schwierige und langwierige Aufgabe, ihn aus seiner Hose zu befreien, auf die Schüssel zu setzen, wieder anzuziehen und anschließend dazu zu bringen, sich die Hände zu waschen. In der Zwischenzeit hatte Veronica im Café zwei Tassen Kaffee und eine Portion Eis mit zwei verschiedenen Sorten bestellt, Erdbeere und Schokolade. Wie Frieda sogleich bemerkte, hatte sie die Regie übernommen. Das war gut. Sie legte Ethan ein Kissen auf die Bank, damit er höher saß und besser an sein Eis herankam. Innerhalb weniger Sekunden hatte er den ersten Löffel Eis zur Hälfte in seinen Mund geschoben und zur Hälfte im Gesicht verschmiert. Veronica betrachtete ihn.

»Jedes Mal, wenn ich ein Kind wie Ethan sehe, dann wünsche ich mir einerseits selbst eines und denke mir andererseits, dass mir das viel zu anstrengend wäre.«

»Es gibt einem aber auch viel.«

»Wenn Sie nicht dieser Meinung wären, würden sie wohl kaum Ihren Lebensunterhalt damit verdienen, dass Sie auf die Kinder anderer Leute aufpassen. Empfinden Sie das als befriedigende Tätigkeit?«

»Es ist nun mal meine Arbeit«, antwortete Frieda. Sie musste an ihr Sprechzimmer denken, an die Leute, die mit ihren Problemen zu ihr kamen. Jetzt saß sie hier als falsches Kindermädchen mit falschem Namen, bekleidet mit billigen, nicht zu ihr passenden Kleidern, und versuchte krampfhaft, sich in ihre Rolle hineinzufühlen. »Kinder lassen einen die Welt mit anderen Augen sehen«, fügte sie hinzu. »Das macht es so interessant und sorgt immer wieder für Überraschungen.«

»Das kann ich mir vorstellen. Trotzdem ist es bestimmt harte Arbeit.«

»Ich mag harte Arbeit. Ich brauche das Gefühl, etwas Sinnvolles zu tun. Jeder braucht das«, erklärte Frieda energisch. Im selben Moment wurde ihr klar, dass sie viel zu sehr wie ihr altes Selbst klang.

In Veronicas Augen glomm ein Funke von Interesse auf. Während sie einen Schluck von ihrem Kaffee nahm, betrachtete sie Frieda nachdenklich.

»Ich kann Sie nicht so recht einschätzen, Carla.«

Frieda fürchtete, Ethan könnte sie wieder korrigieren, aber sie hatte Glück. Obwohl er argwöhnisch die Augen aufriss, hatte er zu viel Eis im Mund, um Einspruch zu erheben.

»Warum?«

»Einerseits scheinen Sie alle Hände voll zu tun zu haben, andererseits finden Sie trotzdem die Zeit, mich irgendwie aufzuspüren. Aus welchem Grund? Was genau wollen Sie von mir?«

Frieda holte tief Luft. Nun war es so weit.

»Ich habe Sandy gekannt. Er hat mir in einer schwierigen Phase meines Lebens sehr geholfen. Eine Weile waren wir mehr oder weniger befreundet, dann haben wir uns wieder aus den Augen verloren. Kürzlich habe ich dann aus der Zeitung erfahren, was mit ihm passiert ist. Da hatte ich das Gefühl… ich hatte das Bedürfnis, mit jemandem zu sprechen, der ihn ebenfalls kannte, vor allem am Ende.«

»Warum?«

»Ich habe den Sandy, mit dem ich damals befreundet war, als einen ruhigen, zufriedenen Menschen in Erinnerung, der sein Leben im Griff hatte. Es will mir einfach nicht in den Kopf, dass ihm so etwas widerfahren konnte.«

»Ich war nur eine Kollegin von ihm«, erklärte Veronica, »und habe bei einem Projekt mit ihm zusammengearbeitet.«

»Was war das für eine Art von Projekt?«

»Etwas ziemlich Technisches«, entgegnete sie wegwerfend. »Sie würden es nicht verstehen.«

»Aber Sie erkennen den Sandy wieder, den ich Ihnen beschrieben habe?«

Veronica zögerte. Sie überlegte offenbar immer noch, ob sie sich wirklich auf dieses Gespräch einlassen sollte.

»Wie lauteten Ihre Worte? Ruhig? Zufrieden?«

»Sandy war jemand, der sein Leben im Griff hatte – und seinen Platz in der Welt kannte, würde ich sagen.«

»Er hat Ihnen geholfen, sagen Sie?«

»Ja.« Frieda legte eine Pause ein, aber da sie merkte, dass Veronica auf Einzelheiten wartete, fügte sie hinzu: »Er half mir, indem er mir erlaubte, ich selbst zu sein.«

Wie so oft in letzter Zeit tauchte plötzlich Sandys Bild vor ihr auf, wie er früher einmal gewesen war: voller Vertrauen und Liebe. Vor ihrem geistigen Auge sah sie, wie er sich ihr zuwandte und sie anlächelte. Vielleicht war es sogar noch schmerzhafter, sich an den glücklichen Sandy zu erinnern als an den grimmigen, wütenden und unglücklichen. Die Erinnerung an das, was sie einmal geteilt hatten, raubte ihr fast den Atem.

Veronica schüttelte den Kopf.

»Ich mochte ihn sehr gern«, sagte sie. »Er war ein gütiger Mensch. Zumindest habe ich das immer so empfunden. Außerdem war er der klügste Kollege, mit dem ich je zusammengearbeitet habe. Aber er…« Sie zögerte einen Moment. »Das war alles sehr kompliziert.«

Nur Ethans Geschmatze und das Kratzen seines Löffels im Eisbecher unterbrachen das Schweigen, das nun folgte. Frieda überlegte, ob sie das Risiko eingehen solle, und kam zu dem Schluss, dass sie nicht anders konnte.

»Waren Sie…«, begann sie.

»Und *Sie*?«, konterte Veronica mit einem Lächeln.

»Nein«, erwiderte Frieda. »Für mich war es nicht der richtige Zeitpunkt.«

»Für mich auch nicht«, erklärte Veronica. »Trotzdem hatten wir eine kurze… Eigentlich weiß ich gar nicht, wie ich es nennen soll – eine kurze Geschichte. Ich wünschte, ich hätte den Sandy gekannt, den Sie beschreiben. Der, den ich kennenlernte, war komplizierter. Er konnte grausam sein, oder vielleicht ist ›gleichgültig‹ das treffendere Wort dafür. Er hatte vorher eine Beziehung, die ein schlimmes Ende nahm.«

Frieda wurde schlagartig kalt. Hatte Sandy ihren Namen erwähnt?

»Er redete nicht gern darüber«, fuhr Veronica fort, »aber manchmal kam er mir vor wie jemand, der an einem fürchterlichen Verkehrsunfall beteiligt gewesen war oder einen schrecklichen Verlust erlitten hatte. Nun, in gewisser Weise hatte er ja tatsächlich einen schlimmen Verlust erlitten, und er war noch nicht darüber hinweg. Ich würde sagen, im Grunde steckte er nach wie vor sehr tief in der Sache drin und verspürte nicht mal den Wunsch, sie hinter sich zu lassen.«

»Das tut mir so leid«, sagte Frieda, der dabei schmerzhaft bewusst war, dass sie mehr oder weniger zum ersten Mal in diesem Gespräch etwas sagte, das der Wahrheit entsprach. »Das war für Sie bestimmt hart – etwas mit einem Mann zu haben, der emotional gar nicht frei für etwas Neues war.«

An Ethan gewandt sagte Veronica: »Du bist ein Glückspilz. Carla ist eine kluge Frau, stimmt's?«

»Nein!« Ethan zog einen Flunsch.

»Er war so ein intelligenter Mann«, wandte Veronica sich wieder an Frieda. »Nur wenn es um sein eigenes Leben ging, verhielt er sich weniger intelligent. Er trank zu viel und gab zu wenig auf sich acht. Er brauchte Hilfe, wollte sich aber nicht helfen lassen. Ist es nicht schrecklich, was wir Menschen einander oft antun?«

»Ja, das ist es.« Frieda mochte Veronica und hatte das Gefühl, dass sie in einem anderen Leben vielleicht Freundinnen geworden wären.

»Und was wir *nicht* füreinander tun können, ist ebenfalls schrecklich. Manchmal kam es mir vor, als stünde ich an einem See und sähe einem Mann beim Ertrinken zu, ohne etwas dagegen tun zu können.« Plötzlich hatte Veronicas Gesichtsausdruck etwas Verletzliches, Anrührendes. »Ich bin eigentlich gar nicht dieser Typ. Ich fühle mich nicht gerne hilflos. Warum erzähle ich Ihnen das eigentlich?«

»Weil ich für Sie eine Fremde bin.«

»Ja, wahrscheinlich ist das der Grund. Jedenfalls hatte er vor mir gerade eine Affäre mit einer anderen gehabt und war wohl der Meinung, sich ihr gegenüber ziemlich übel benommen zu haben, auch wenn er nicht ins Detail ging. Er ging nie ins Detail. Ich bin mir außerdem sicher, dass er sich sogar während der Zeit, in der wir zusammen waren, noch mit einer anderen Frau traf. Falls man in unserem Fall überhaupt von ›zusammen sein‹ sprechen kann. Es dauerte ja nicht lange, dann suchte er sowieso das Weite. Doch selbst, als er das tat, empfand ich eher Mitleid als Wut. Aber ich schätze, genau das ist mein Problem.«

»Das glaube ich nicht«, entgegnete Frieda. »Es sei denn, man betrachtet es als Problem, wenn jemand sich in andere hineinversetzen kann und mitfühlend ist. Was natürlich durchaus problematisch werden kann.«

Veronica blickte hoch und musterte Frieda aufmerksam.

»Hmmm«, sagte sie nachdenklich. »Sie haben wirklich nicht mit ihm geschlafen?«

»Nein.« Frieda hielt ihrem Blick stand. »Wie gesagt, für mich war es nicht der richtige Zeitpunkt. Außerdem war ich nicht die Richtige für ihn.« Zumindest hatte sich das am Ende als wahr erwiesen.

»Ich glaube, Sie hätten ihm gutgetan – eine Frau außerhalb seiner intellektuellen Welt. Eine Bodenständige, Vernünftige.« Sie fing Friedas Blick auf. »Das klingt jetzt vielleicht verletzend, aber so war es nicht gedacht.«

Frieda schüttelte den Kopf. »Demnach war Sandy am Schluss, als Sie ihn die letzten Male sahen, also traurig und bekümmert.«

»Ja, aber da war noch etwas anderes.«

»Was denn?«

»Ich glaube, er hatte Angst.«

»Oh. Warum?«

»Ich weiß es nicht.«

»Wieso glauben Sie dann, dass er Angst hatte?«

»Ich weiß es einfach. Ich kann es nicht erklären.«

»Er hat Ihnen nichts Konkretes erzählt?«

Veronica runzelte die Stirn. »Langsam kommt mir dieses Gespräch vor wie ein Verhör«, bemerkte sie.

»Entschuldigen Sie. Aber hatte ihn denn jemand bedroht?«, hakte Frieda beharrlich nach.

»Das hat mich die Polizei schon alles gefragt. Ich wüsste nicht, wieso ich es mit einem Kindermädchen noch einmal durchkauen sollte. Außerdem, was spielt es jetzt noch für eine Rolle? Sandy ist tot.«

»Es spielt eine Rolle, weil jemand ihn getötet hat. Vielleicht spürte er, dass er in Gefahr war.«

»Vielleicht. Jedenfalls habe ich Ihnen alles gesagt, was ich weiß – auch wenn ich nicht begreife, worum es Ihnen eigentlich geht. Aber jetzt muss ich los.«

Frieda hob Ethan von der Bank. Seine Hand fühlte sich in der ihren klebrig und heiß an.

»Vielen Dank«, sagte sie. »Sie haben mir sehr geholfen.« Wobei sie in Wirklichkeit – abgesehen von der Erkenntnis, dass Sandy möglicherweise Angst gehabt hatte – nicht viel weitergekommen war. Alles, was Veronica ihr sagen konnte, hatte sie bereits gewusst: dass Sandy unglücklich gewesen und sein Leben in mancherlei Hinsicht nicht mehr gut gelaufen war.

»Es war so ein Schock«, bemerkte Veronica, »für uns alle.«

»Ja.«

»Wissen Sie«, begann Veronica, biss sich dann aber auf die Lippe.

»Was?«

»Ich wollte Ihnen nur sagen, dass ein paar von uns heute Abend eine kleine Gedenkfeier für Sandy veranstalten. Wir hatten das Gefühl, etwas tun zu müssen. Eine Beerdigung ist wegen der laufenden Ermittlungen ja noch nicht möglich.«

»Das klingt nach einer guten Idee.«

»Es ist nichts Formelles geplant. Das Ganze wird zu Hause bei seiner Fakultätsleiterin stattfinden. Die Leute werden von ihren eigenen, individuellen Erinnerungen an Sandy sprechen. Vielleicht werden auch ein, zwei etwas vorlesen. Ich habe mich gefragt, ob Sie vielleicht kommen möchten.«

Frieda dachte an Sandys Schwester Lizzie und diejenigen von seinen Freunden, die sie persönlich kennengelernt hatte und die sie sofort erkennen würden, egal, was sie trug.

»Ich weiß nicht so recht«, antwortete sie. »Wer kommt denn da alles?«

»Nicht sehr viele. Unsere Gruppe von der Universität und ein paar andere Leute, die ihn kannten und von denen wir wussten, wie wir sie erreichen konnten. Keine Verwandten von ihm – wobei er ja sowieso nicht viel Familie besaß. Nichts Beängstigendes.« Sie lächelte Frieda ermutigend zu. »Sie müssten gar nichts sagen. Aber vielleicht wäre es ja hilfreich für Sie zu hören, wie andere Leute sich an Sandy erinnern.«

»Sandy«, sagte Ethan plötzlich laut. »Wo ist Sandy?«

Frieda beugte sich zu ihm hinüber und wischte ihm ausgiebig den Mund sauber.

»Das ist sehr freundlich von Ihnen«, sagte sie zu Veronica. »Ich glaube, ich würde gerne kommen.«

Nachdem sie in Sashas Haus zurückgekehrt waren, machte Frieda Ethan einen Linsensalat, den er nicht aß, und spielte dann mit ihm Verstecken. Was sie zu Veronica gesagt hatte, stimmte: Kinder hatten auf vieles ihre ganz eigene Sicht. Ethan war der Meinung, dass Frieda *ihn* nicht sehen konnte, wenn *er* sie nicht sah. Er stand in einer Ecke des Raums und hielt sich mit beiden Händen die Augen zu, während sie lautstark vorgab, ihn zu suchen. Irgendwann verschwand er dann mit seinen

Holztieren unter dem Tisch. Sie hörte ihn mit ihnen reden – ein wenig herrisch, zugleich aber auch verschwörerisch. Als er verstummte, spähte sie unter den Tisch und stellte fest, dass er eingeschlafen war, die Hände um seine Miniaturspielsachen geklammert, den Mund halb offen. Sanft zog sie ihn aus seiner Höhle, legte ihn aufs Sofa, schob ihm ein Kissen unter den heißen Kopf und schloss die Vorhänge, damit ihm die Sonne nicht ins Gesicht schien. Sie setzte sich zu ihm und verfolgte eine Weile, wie er atmete und seine Lider im Traum zuckten. Frieda fragte sich, was dieses geheimnisvolle Wesen wohl träumte. Was sah er, wenn seine Augen geschlossen waren?

Als Sasha zurückkam, war Frieda gerade damit beschäftigt, Ethan ein Buch vorzulesen. Es handelte von etlichen Tieren, die alle auf einem Besenstiel saßen. Ethan kannte den Text fast schon auswendig und stimmte immer wieder in ihre Worte ein.

»Das habe ich jetzt zum sechsten Mal gelesen«, erklärte Frieda, während sie aufstand. »Wenn ich versuche, ihm etwas anderes vorzulesen, hält er die Luft an, bis er einen knallroten Kopf bekommt. Ich hatte Angst, er könnte platzen. Es ist schon erstaunlich, wie viel Energie ein so kleines Kerlchen haben kann.«

»War er trotzdem brav?« Sasha beugte sich hinunter, um Ethan zu küssen, doch er entwand sich ihren Händen und verschwand erneut unter den Tisch, wo sie ihn auf irgendetwas herumschlagen hörten.

»Ja, er war brav.«

»Du hast mich gerettet.«

»Wohl kaum.«

»Ich habe mir morgen freigenommen – sie glauben, ich fahre zu einer Tagung nach Birmingham –, damit ich mich um ein neues Kindermädchen kümmern kann. Wobei mir schon der Gedanke unerträglich ist: mit einer fremden Person wieder ganz von vorne anzufangen. Ich würde fast lieber meine Stelle aufgeben, weiß aber nicht, ob ich damit klarkäme: nur noch Mutter zu sein und die Struktur und Identität in der Welt draußen zu verlieren. Ich habe wirklich Angst davor, noch einmal zusammenzubrechen und durchzudrehen wie beim letzten Mal. Dahin will ich nie wieder zurück. Ich möchte auch nicht, dass Ethan mich je so sieht. Das darf nicht passieren.«

»Vielleicht brauchst du dich gar nicht darum zu kümmern«, sagte Frieda nach einer Pause.

»Was meinst du damit?«

»Ich kann dir eine Weile als Kindermädchen aushelfen. Ein, zwei Wochen sind kein Problem – erst recht nicht, wenn du zusätzlich ein paar von den Urlaubstagen nimmst, die dir zustehen.«

»Ist das dein Ernst?«

»Natürlich.«

»Warum?«

»Weil du jemanden brauchst, der auf Ethan aufpasst, jemanden, dem du vertrauen kannst.« Frieda zwang sich zu einem beruhigenden Lächeln. »Auf eine Frau mit einem Kind achten die Leute kaum, und genau das möchte ich.«

»Was du nicht sagst.« Sasha klang wehmütig.

»Wir würden uns also gegenseitig helfen, bis du Ersatz gefunden hast.«

»Ich kann dir gar nicht sagen, wie wunderbar das wäre.«

»Moment«, fuhr Frieda mit ernsterer Miene fort. »Vorher solltest du noch Folgendes bedenken: Indem du mich nicht der Polizei auslieferst, machst du dich eines Vergehens schuldig.«

»Das spielt keine Rolle.«

»Es könnte durchaus eine spielen.«

Sasha schüttelte entschieden den Kopf.

»Niemand braucht davon zu erfahren.«

»Mit Ausnahme von Ethan.«

»Ethan wird es niemandem erzählen. Dafür ist er noch zu klein. Er stellt keine solchen Verbindungen her. Wenn etwas nicht mehr da ist, existiert es für ihn auch nicht mehr.«

Frieda musste daran denken, wie er sich die Augen zugehalten hatte, weil er der Meinung war, sich auf diese Weise unsichtbar zu machen.

»Stimmt«, sagte sie. »Also lass uns doch einfach mal schauen, wie es läuft.«

»Ich weiß nicht, was ich ohne dich getan hätte, Frieda. Dich heute morgen zu treffen war wie ein Traum – und ist es noch immer. Ich hatte halb damit gerechnet, wieder Christine in der Tür stehen zu sehen – bereits mit Jacke und vorwurfsvoller Miene. Sie war eine schreckliche Frau, nicht wahr?«

»In der Tat.«

»Ich weiß gar nicht, warum ich mir ihr Benehmen so lange habe gefallen lassen.«

»Sie ist eine grobe Person.«

»Vielleicht ziehe ich grobe Menschen an.«

»Ja, vielleicht«, antwortete Frieda. »Darüber solltest du nachdenken.«

»Und was ist mit dir?«

»Was soll mit mir sein?«

»Wie geht es bei dir jetzt weiter?«

»Keine Ahnung.«

»Wo wohnst du?« Frieda blieb eine Antwort schuldig. »Du kannst dich nicht ewig verstecken«, fuhr Sasha fort.

»Das habe ich auch nicht vor. Ich muss nur noch ein paar Fragen stellen – und die dann auch beantworten.«

»Das Ganze erscheint mir wie ein Albtraum.«

»Auf mich wirkt es recht real.«

»Sind sie allen Ernstes der Meinung, dass du es warst?«

»Ja. Mit gutem Grund«, fügte sie hinzu. »Sämtliche Beweise sprechen gegen mich. Ich glaubte zu wissen, wer ihn umgebracht hat, besser gesagt, ich war mir sicher. Aber wie sich nun herausstellte, war das ein Irrtum.«

»Du hast keine Ahnung?«

»Nein.«

»Und wenn du es nicht herausfindest, was passiert dann mit dir?«

»Im Moment ist mir wichtiger, was mit dir passiert«, entgegnete Frieda. »Was, wenn in ein paar Tagen wieder die Polizei kommt und nach mir fragt?«

»Dann streite ich einfach alles ab.«

»Was, wenn sie dich danach fragen, wie du die Betreuung deines Sohnes geregelt hast?«

»Warum sollten sie mich danach fragen?«

»Mal angenommen, sie täten es?«

Sasha überlegte einen Moment.

»Mir fällt nichts ein, was ich dann sagen könnte.«

»Aber mir«, antwortete Frieda.

Die Feier für Sandy fand um sieben statt, in der Nähe der London Bridge. Frieda wollte vorher noch einmal in ihre Unterkunft zurück. Sie hatte das dringende Bedürfnis, sich frisch zu machen – auch wenn es keine allzu verlockende Vorstellung war, sich unter einem schwachen Strahl eiskalten Wassers zu waschen und hinterher etwas nicht ganz so Grellbuntes anzuziehen.

Als sie sich ihrer Wohnungstür näherte, blieb sie wie angewurzelt stehen. Sie hatte den Umriss einer menschlichen Gestalt entdeckt. Dann bewegte sich der Umriss plötzlich, und Frieda erkannte, dass es sich um eine zusammengekrümmte Gestalt mit zerzaustem dunklem Haar, einem weiten Rock und nackten Füßen handelte.

»Hana?«, fragte sie.

Die Frau hob den Kopf. Ihr Gesicht war kaum noch zu erkennen. Die linke Wange war blutig und ganz dick, das linke Auge völlig zugeschwollen. Die Nase sah gebrochen aus.

»Komm mit«, sagte Frieda, während sie vortrat und Hana hochhievte. Hana roch nach Tabak, gebratenen Zwiebeln und altem Schweiß. Sie hatte feuchte Flecken unter den Armen und ein dunkles V am Rücken. Ihr Kragen und die Vorderseite ihres Rocks waren voller Blut. Auch ihre nackten, schmutzigen Füße hatten ein paar Spritzer abbekommen.

»Carla.« Sie konnte kaum sprechen. »Ich wollte…«

»Sag nichts. Komm erst mal rein.«

Sie führte Hana in die Wohnung und ließ sie auf dem fleckigen Sofa Platz nehmen. Dann füllte sie Wasser in ihre einzige Schüssel und wusch Hana vorsichtig das Gesicht. Das Wasser wurde schnell rötlich und trüb. Die Frau gab leise Klagelaute von sich.

»Ich glaube, das muss genäht werden. Du gehörst in ein Krankenhaus.«

Hana schüttelte heftig den Kopf. »Dann bringt er mich um.«

»Er hat dich schon fast umgebracht.«

»Du verstehst das nicht.«

»Wer ist er?«

Wieder schüttelte Hana den Kopf, obwohl ihr die Bewegung sichtlich wehtat.

»Dein Ehemann? Dein Partner?«

»Hast du noch Whisky?«

»Ja.« Frieda stand auf und schenkte Whisky in das Glas. Hana trank gierig, als wäre sie am Verdursten, auch wenn das meiste an ihrem Kinn hinunterlief. Frieda sah Blut in ihrem Mund. »Ziehst du in Betracht, zur Polizei zu gehen?«

»Nein!«

»Oder in ein Frauenhaus?«

»Ich habe überhaupt kein Geld, keinen Penny. Das hat alles er: meine Papiere, einfach alles.«

»Du kannst ihn trotzdem verlassen. Du hast die Wahl.«

»Du verstehst das nicht«, erklärte Hana erneut. »Für Leute wie dich ist das anders. Ich habe nichts. Gar nichts«, wiederholte sie. »Er hat mir sogar die Schuhe weggenommen. Als ich ihm sagte, dass ich weg will – zu meiner Cousine –, da hat er mir die Schuhe zerschnitten und mir das hier angetan.« Sie fuhr ganz vorsichtig mit den Fingerspitzen über ihr übel zugerichtetes Gesicht. »So ist mein Leben«, erklärte sie. »Es war dumm von mir zu glauben, es könnte anders sein.«

Frieda betrachtete die hängenden Schultern der Frau, das malträtierte Gesicht, die schmutzigen Füße und das blutbefleckte, abgetragene T-Shirt.

»Ich kann dir helfen«, sagte sie.

»Wie denn? Du bist doch auch hier gelandet, oder etwa nicht? Was kannst du schon tun?«

»Warte.«

Frieda stand auf und ging ins Schlafzimmer, wo sie ihre Reisetasche unter dem Bett hervorzog. In ihren Wanderstiefeln steckte das Bargeld, das sie an dem Tag, als sie ihr Leben hinter sich ließ, von der Bank abgehoben hatte. Sie zählte es. Es waren noch sechstausendzweihundert Pfund. Sie zählte dreitausendeinhundert ab und schob die andere Hälfte zurück in den Stiefel.

Nachdem sie ins Wohnzimmer zurückgekehrt war, hielt sie Hana das Geld hin. »Hier, nimm das.«

Hana riss die Augen auf und wich gleichzeitig mit dem Oberkörper zurück, als hätte sie Angst.

»Warum?«

»Damit du weg kannst.«

»Nein, ich meine, *warum*?«

Frieda blickte auf das Geld in ihrer ausgestreckten Hand. »Das ist nicht wichtig«, sagte sie. »Es ist für dich.«

Hana griff danach. Während sie das viele Geld benommen anstarrte, leckte sie sich über die trockenen Lippen und stieß dann einen tiefen Seufzer aus, der am Ende eher wie ein Schnauben klang.

»Ist das ein Trick?«

»Nein.«

»Du bist eine seltsame Frau.«

»Ja, vielleicht. Aber wer ist nicht seltsam? Meine Flip-Flops kannst du auch haben«, fügte Frieda hinzu.

»Was?«

»Du hast keine Schuhe. Die hier brauche ich nicht, ich habe andere. Sie werden dir schon passen.«

Sie streifte die Flip-Flops ab und reichte sie ihr. Hana starrte die Schuhe an, als könnten sie jeden Moment explodieren.

»Ich muss gleich weg«, fuhr Frieda fort, »und vorher kurz ins Bad und mich umziehen.«

»Kann ich noch einen Schluck Whisky haben?«

Frieda schob die Flasche über den Tisch und ließ Hana auf dem Sofa zurück. Sie ging wieder in ihr Schlafzimmer und sah die Sachen durch, die sie gekauft hatte. Es war kein einziges Teil dabei, das ihr wirklich gefiel oder in dem sie sich wohlfühlte. Schließlich entschied sie sich für die dunkelgraue Hose, die sie für die Beerdigung erstanden hatte. Als Oberteil wählte sie ein blaues T-Shirt mit einem großen grünen Stern auf der Brust. Nachdem sie hineingeschlüpft war, fand sie, dass sie oben herum aussah wie eine Cheerleaderin und unten wie eine Vogelscheuche. Carla Morris hätte sich wahrscheinlich geschminkt, doch Frieda Klein hatte die Nase voll von Carla Morris und blieb ungeschminkt, setzte aber zumindest ihre Brille mit dem Fensterglas auf.

»Ich muss jetzt los«, sagte sie zu Hana.

»Ja.« Hanas Blick wirkte leicht glasig. Sie klopfte sich an die Brust, als wäre sie eine Tür, die sie aufmachen wollte. »Ich auch. Mein neues Leben wartet.«

»Du schaffst das.«

»Glaubst du?«

16

Frieda dachte zuerst, sie wäre in der falschen Gegend gelandet. Sie befand sich auf einer belebten Straße südlich der Tower Bridge. Busse und Lastwagen donnerten an Lagerhäusern und Wohnblöcken vorbei, doch als sie dann in eine Seitenstraße abbog, lagen vor ihr plötzlich lauter georgianische Reihenhäuser. Jedes war in einer anderen Farbe gestrichen – hellblau, gelb, rosa –, und in den Vorgärten standen blaue, mit Blumen bepflanzte Kübel.

Sie klopfte bei Hausnummer sieben. Die Frau, die ihr aufmachte, war Ende sechzig, eine zierliche, drahtige Person mit einem grauen Haarschopf und kleinen Augen, die hinter ihren Brillengläsern lebhaft blitzten. Sie wirkte überrascht.

»Ich bin Carla Morris«, stellte Frieda sich vor. »Veronica Ellison hat mich eingeladen. Ich hoffe, das ist in Ordnung.«

Die Frau begrüßte Frieda mit einem festen Händedruck.

»Ich bin Ruth Lender«, sagte sie. »Kommen Sie herein.«

Als Frieda in die Diele trat, stieg ihr ein vertrauter Geruch in die Nase. Die Erinnerung versetzte ihr einen Stich. Es roch nach Büchern, Bienenwachspolitur und frischen Kräutern – trocken und sauber, genau wie bei ihr zu Hause. Einen Moment lang fühlte sie sich in die Diele ihres schmalen Häuschens versetzt und spürte fast die Katze um ihre Knöchel streichen.

»Sie waren eine Freundin von Sandy?«

Frieda nickte. Die Frau war ihr auf Anhieb sympathisch. Genauso war es ihr mit Veronica gegangen. Sie freute sich, dass Sandy so nette neue Freunde gefunden hatte, und gleichzeitig wurde ihr richtig bewusst, was sie zurückgewiesen hatte. Im Lauf der Jahre hatte sie mehrere Patienten gehabt, die sich hoffnungslos in ihre Partner oder Ehegatten verliebt hatten, nachdem diese gestorben waren: Der Tod ist ein großer Verführer. Es bestand zwar keine Gefahr, dass ihr dasselbe mit Sandy passieren würde, aber sie hatte doch das Gefühl, dass der unglückliche, wütende Mann der vergangenen achtzehn Monate in den Hintergrund getreten war und sie wieder ganz deutlich den anderen Sandy vor Augen hatte: den mit dem scharfen Verstand und dem gütigen Herzen. Darüber war sie froh.

»Carla, sagen Sie? Ich glaube nicht, dass er Sie mir gegenüber erwähnt hat.«

»Unsere Freundschaft liegt lange zurück.«

»Es ist schon traurig, nicht wahr? Oft wünschen wir uns erst dann, wenn jemand gestorben ist, wir wären mit dem betreffenden Menschen in Kontakt geblieben.«

Das Haus war geräumig und auf eine etwas verlotterte Art gemütlich. Frieda gefiel das: In der Küche stand eine alte, wacklige Holzkommode, und die Stühle, die um den Holztisch angeordnet waren, passten nicht zusammen. Auf dem Tisch warteten Dutzende von Gläsern, Tellern und ein Holzbrett mit mehreren, sichtlich überreifen Käsesorten auf die Gäste. Das große Wohnzimmer war von Bücherregalen gesäumt. An der Wand türmten sich Stapel von Zeitungen und Zeitschriften. Allem Anschein nach waren sie dorthin verfrachtet worden, um Platz zu schaffen für das Treffen. Es befanden sich bereits an die fünfundzwanzig Personen im Raum, vielleicht auch mehr. Während Frieda den Blick über die Gesichter gleiten ließ, rechnete sie jeden Moment damit, dass jemand sie erkennen und fassungslos anstarren würde, doch das geschah nicht. Es waren nur fremde Gesichter. Ein paar von den Leuten kannten sich offensichtlich untereinander und hatten sich zu kleinen Gruppen zusammengefunden. Die meisten hielten ein Weinglas in der Hand und unterhielten sich. Andere standen unsicher an den Randbereichen des Raums. Frieda entdeckte

Veronica mit zwei Männern. Einer der beiden war spindel-dürr und blond, der andere ein gedrungener Typ mit breitem Brustkorb und einer lauten Stimme, die bis zu Frieda drang. Ein junger Mann drückte ihr im Vorbeigehen ein Glas in die Hand. Die Frau neben ihr fing ihren Blick auf.

»Ich heiße Elsie«, stellte sie sich mit einem schüchternen, hoffnungsvollen Lächeln vor. Frieda registrierte einen Akzent, konnte ihn aber nicht einordnen.

»Ich bin Carla. Schön, Sie kennenzulernen. Woher kannten Sie Sandy?«

»Ich war seine Putzfrau. Er war ein sehr netter Mann.«

»Ja, das war er.«

»Sehr höflich.«

»Ja.«

»Und auch ordentlich. Es war leicht, für ihn zu arbeiten. Manchmal allerdings...«, sie senkte die Stimme, »...manch-mal hat er etwas zerbrochen.«

»Zerbrochen?«

»Ja. Teller. Gläser.«

»Oh«, sagte Frieda überrascht. »Sie meinen, absichtlich?«

»Er hat die Scherben in die Mülltonne geworfen, aber ich habe es trotzdem jedes Mal gemerkt.«

»Wirklich?«

»Eine Frau, für die ich mal eine Weile gearbeitet habe, sammelte ihre ganzen Schokoladenverpackungen immer in einer Plastiktüte, die sie dann zuband und in die Tonne legte. Sie war sehr dünn.« Die Frau hielt die Handflächen nah zusammen, um anzudeuten, wie extrem schmal ihre Arbeitgeberin gewesen war. »Aber sie hat jeden Tag viele Tafeln Schokolade gegessen.«

Frieda bemühte sich um einen beiläufigen Ton und sah die Frau nicht an, als sie fragte: »Was wollte Sandy denn verste-cken?«

»Keine Verpackungen. Aber er hatte Sorgen.«

»Woran haben Sie das gemerkt?«

»Mehr Alkohol und mehr Zigaretten. Mehr Falten im Gesicht. Mehr zerbrochene Teller. Er hatte Sorgen.«

»Verstehe. Wissen Sie, warum?«

»Nein. Wir haben ja alle unsere Probleme.«

»Das stimmt.«

»Ich weiß, dass es eine Frau gab, die ihn verlassen hatte und die ihm fehlte. Das hat er mir mal erzählt, nachdem er ziemlich viel Wein getrunken hatte.«

»Tatsächlich.«

»Ich habe ihr Foto auf dem Schreibtisch gesehen, bevor er es weggeräumt hat.«

Frieda bemühte sich krampfhaft, weiter eine Miene aufzusetzen, aus der nur höfliches Interesse sprach.

»Sie hatte dunkles Haar und lächelte nicht. Ich fand sie nicht so besonders schön.«

In dem Moment ertönte ein klirrendes Geräusch. Ruth Lender klopfte mit einem Löffel an den Rand ihres Glases, woraufhin die Leute nach und nach verstummten. Ruth stand am Ende des Raums neben einem Klavier, auf dem, wie Frieda erst jetzt bemerkte, ein großes, gerahmtes Foto von Sandy thronte: ein Porträt, das ihn mit weißem Hemd und Jackett zeigte und mit einem angedeuteten Lächeln im Gesicht. Frieda schien, als würde er sie direkt ansehen.

»Es ist schön, euch alle hier zu sehen«, begann Ruth und ließ dabei den Blick über die ernsten, ihr erwartungsvoll zugewandten Gesichter wandern. »Wir sind uns ja einig, dass das heute nichts Formelles, Gezwungenes werden soll. Trotzdem sollten wir die Gelegenheit nutzen, über Sandy zu reden und an ihn zu denken, jeder auf seine Art. Es erscheint mir wichtig, dass wir Wege finden, über unsere Gefühle zu sprechen und uns von Sandy zu verabschieden – weil er so jung gestorben ist, noch dazu auf eine so schockierende Art, und weil sein Tod nach wie vor ein schreckliches Rätsel ist. Da vorläufig keine

Beerdigung mit offizieller Trauerfeier stattfinden kann, wollen wir auf diese Weise seiner gedenken.«

Der breitbrüstige Mann neben Veronica brummte zustimmend.

»In etwa einer halben Stunde gibt es ein paar Kleinigkeiten zu essen«, fuhr Ruth fort. »Das meiste davon ist inspiriert von Sandys kulinarischen Vorlieben. Wir wissen ja alle, wie sehr er gutes Essen und guten Wein schätzte – manchmal auch nicht ganz so guten Wein.« Verhaltenes Gelächter ging durch den Raum. »Vorher aber wollen wir versuchen, einiges von dem zum Ausdruck zu bringen, was wir empfinden.« Sie legte eine Pause ein und nahm einen Schluck von ihrem Wein. Frieda erkannte in ihr eine Frau, die es gewohnt war, vor Publikum zu sprechen.

»Ich weiß, dass einige von euch etwas vorbereitet haben, aber auch alle anderen sollen sich nicht scheuen, frei von der Leber weg zu sprechen – oder zu schweigen. Letzteres ist natürlich auch in Ordnung. Da es bekanntlich schwer ist, das Eis zu brechen, habe ich mir gedacht, ich fange gleich an.« Sie griff nach einem kleinen Stapel Karten, der auf dem Klavier bereitlag. »Allerdings möchte ich euch nicht nur meine ganz persönlichen Erinnerungen an Sandy präsentieren – für dessen Berufung an die Universität ich übrigens verantwortlich war. Ich habe mich damals für ihn entschieden, weil ich ihn für blitzgescheit, fantasievoll und progressiv hielt. Diese Einschätzung erwies sich als richtig, sodass ich meine Entscheidung keine Sekunde bereuen musste. Anlässlich unseres heutigen Treffens habe ich mit etlichen seiner Kollegen und auch mit einigen seiner Studenten gesprochen – Leuten, die heute nicht hier sein können. Sie haben mir Sätze, Phrasen oder einzelne Wörter mitgegeben, von denen sie fanden, dass sie Sandys Wesen auf den Punkt brachten.«

Sie nahm einen weiteren Schluck von ihrem Wein, ehe sie das Glas auf dem Klavier abstellte und ihre Brille zurechtrückte.

»Also, los geht's. Beängstigend gescheit ... Konnte dumme Menschen schlecht ertragen ... Intellektuell im besten Sinn des Wortes ... Beim Pokern besser als ich. Gut aussehend ... Lässig ... Ein wahrer Meister der beißenden Bemerkung ... Jemand, den man auf seiner Seite haben wollte ... Er hatte ein nettes Lachen ... Ein Mann, an dessen Meinung mir lag ... Er war der beste Lehrer, den ich je hatte, und ich wünschte, ich hätte es ihm gesagt ... Er wird mir fehlen ... Ehrlich gesagt hatte ich ein bisschen Angst vor ihm ... Sehr ehrgeizig ... Seine Rückhand war zum Fürchten ... Er mochte blauen Käse und roten Wein ... Kompliziert ... Geheimnisvoll ...«

Während Frieda der langen Liste lauschte, musste sie zunächst daran denken, wie sie Sandy das letzte Mal vor dem Warehouse erlebt hatte, mit vor Wut verzerrtem Gesicht. Dann tauchten vor ihrem geistigen Auge plötzlich sie beide auf, wie sie das allererste Mal zu ihm in die Wohnung gegangen waren. Damals hatte er vor Glück gestrahlt und dadurch jünger und unschuldig gewirkt. An dieser Erinnerung wollte sie festhalten.

Jetzt trat jemand anderer vor, ein großer, schlaksiger Mann mit kantigen Gesichtszügen und schnellen Gesten. Er stellte sich als Kollege und Freund von Sandy vor und erzählte von einer Konferenz, die sie gemeinsam besucht hatten, und von einer Diskussion über das künstliche Konzept des Selbst. Obwohl sie die ganze Nacht durchdiskutiert hätten, habe Sandy dabei frisch und energiegeladen gewirkt und nebenbei genüsslich seinen Whisky geschlürft. Während der Mann erzählte, versagte ihm hin und wieder die Stimme, sodass er innehalten und sich räuspern musste. Als er fertig war, trat Veronica vor.

»Ich möchte nur ein, zwei Sachen sagen.« An ihren geröteten Wangen merkte man, dass sie nervös war. »Wie manche hier im Raum wissen, hatten Sandy und ich unsere Höhen und Tiefen. Ich habe ihn verletzlich und barsch erlebt, manchmal sogar grausam, obwohl ich der Meinung bin, dass er im Grunde ein sehr lieber Mensch war. Im Zusammenhang mit ihm habe ich heute schon einmal das Wort ›kompliziert‹ benutzt, denn das war er auf jeden Fall: ein Typ mit Ecken und Kanten – einer, der gelebt, geliebt und gelitten hatte. Niemand von uns hier weiß, warum er gestorben ist, aber wer auch immer für seinen Tod verantwortlich ist, hat einen Menschen getötet, der nicht zu ersetzen ist und uns allen fehlen wird.«

Ihre Stimme zitterte, und ihre Augen füllten sich mit Tränen. Der schlaksige Mann, der vorher gesprochen hatte, legte ihr den Arm um die Schulter und führte sie zurück zu ihrem Platz in der Ecke. Frieda sah eine große Frau mit schwarzem Haar und außergewöhnlich blauen Augen die Hand ausstrecken und Veronica tröstend tätscheln.

Es folgten weitere Geschichten. Ein Mann, der mit Sandy Squash gespielt hatte, schilderte seinen sportlichen Kampfgeist so anschaulich, dass im Raum immer wieder gelacht wurde. Eine alte Frau las ein Gedicht von John Donne vor, sprach dabei aber so leise, dass man die Ohren spitzen musste, um sie zu verstehen. Jemand anders las mit einem starken schottischen Akzent ein Lieblingsrezept von Sandy vor und bot anschließend an, es allen zu mailen, die es haben wollten. Eine Frau mit aufwendigen Tätowierungen an beiden Armen berichtete, wie gut er im Umgang mit Kindern gewesen sei, woraufhin jemand dazwischenrief: »Fragt Bridget! Die kann euch dazu eine Menge erzählen.«

Die schwarzhaarige, blauäugige Frau, die Frieda vorhin aufgefallen war, warf einen finsteren Blick in die Runde.

»Gar nichts werde ich euch erzählen!«, verkündete sie mit klarer Stimme. »Sandy war ein Mann, der auf seine Privatsphäre Wert legte.«

Einen Moment lang kühlte die Atmosphäre im Raum spürbar ab. Einige Leute wechselten verlegene Blicke, doch Frieda betrachtete die Frau voller Interesse. Mittlerweile hatte sie sich abgewandt und starrte durch die große Terrassentür auf den üppigen, verwilderten Garten hinaus, wo ungepflegte Rosen in voller Blüte standen.

Vorne stellte sich gerade eine Frau mit Geige als Gina vor. Frieda war ihr zwar noch nie persönlich begegnet, kannte sie aber vom Hörensagen. Gina erklärte, sie und Sandy seien vor langer Zeit ein Paar gewesen. Obwohl sie ihn schon viele Jahre nicht mehr gesehen habe, sei es ihr ein Bedürfnis gewesen zu kommen und etwas für ihn zu spielen. Sie sagte, sie habe ein Stück von Bach ausgewählt, das er besonders gemocht hatte. Während sie es äußerst gekonnt vortrug, machte sie den Eindruck, als befände sie sich ganz in ihrer eigenen Welt. Frieda beobachtete, wie ein paar Leute die Finger in die Augenwinkel drückten oder Taschentücher zückten.

Danach gab es die angekündigte Kleinigkeit zu essen. Junge Leute, von denen Frieda annahm, dass es sich um Studenten von Sandy handelte, trugen Tabletts mit Häppchen herum. Sie wählte einen von den Blini mit geräuchertem Lachs und steuerte dann quer durch den Raum auf die Frau zu, die sich geweigert hatte, über Sandy zu sprechen. Sie unterhielt sich gerade mit Veronica. Der schlaksige Mann stand neben den beiden. Er hatte ein schmales, kluges Gesicht und fast farblose Augen. Veronica entdeckte Frieda und winkte sie heran.

»Hallo, Carla«, sagte sie. »Das sind meine guten Freunde Bridget und Al. Al hat eng mit Sandy zusammengearbeitet«, fügte sie hinzu.

»Hallo.« Frieda schüttelte beiden die Hand. Bridget war fast so groß wie Al, und ihre kräftige, vitale Erscheinung bildete einen starken Kontrast zu seiner blassen, dürren Gestalt. Während er nur aus Haut und Knochen zu bestehen schien, strotzte sie vor Farbe und Energie.

»Carla war vor langer Zeit mit Sandy befreundet«, erklärte Veronica.

Bridgets prüfendem Blick entging nichts – weder das alberne

T-Shirt noch die schäbige Hose, noch das dilettantisch ge-schnittene Haar.

»Sie hatten vorhin recht, seine Privatsphäre *war* ihm wich-tig«, wandte Frieda sich an sie. »Ich hatte immer den Ein-druck, dass er kaum jemanden so richtig an sich heranließ.«

Bridget runzelte die Stirn und wandte dann wortlos den Blick ab. Sie würde sich nicht dazu hinreißen lassen, Erinne-rungen auszutauschen.

»Wer weiß«, brach Veronica das Schweigen, »vielleicht ist Carla ja genau die Richtige für euch.«

»Wie bitte?«, fragte Frieda.

»Carla arbeitet als Kindermädchen«, fuhr Veronica fort, »stimmt's, Carla?«

»Ja, doch.«

»Bridget und Al sind gerade von ihrem Kindermädchen im Stich gelassen worden und suchen verzweifelt nach Ersatz.«

»Richtig«, bestätigte Al. »Wir haben ein dreijähriges Mäd-chen und einen gerade mal einjährigen Jungen. Hätten Sie denn Zeit?«

»Nein.« Ihr fiel ein, dass sie jetzt ja Carla war, nicht Frieda, deswegen fügte sie in freundlicherem Ton hinzu: »Nicht wirk-lich.«

»Nicht wirklich?« Bridget hob die dichten Augenbrauen und grinste höhnisch. Sie machte einen gereizten, ungeduldi-gen Eindruck. »Was soll das denn heißen?«

»Das soll heißen, dass ich nicht wirklich Zeit habe.«

»Also, falls Sie es sich anders überlegen, dann rufen Sie uns an.« Al zog ein Portemonnaie aus der Jackentasche und nahm eine Karte heraus.

Frieda wandte sich zum Gehen, doch nachdem sie sich ein paar Schritte entfernt hatte, kam Veronica ihr nach und sagte: »Denken Sie sich nichts wegen Bridget. Sie ist nur durch-einander.«

»Wegen Sandy?«

»Sie standen sich sehr nahe. Sie und Al waren mehr oder weniger Sandys Ersatzfamilie.«

»Ich dachte, er hätte eine Schwester.«

»Ja, stimmt. Aber Sandy verbrachte viel Zeit bei Al, und die Kinder hingen auch sehr an ihm.«

»Verstehe.«

»Trauer zu zeigen kommt für Bridget nicht infrage. Stattdessen gibt sie die Wütende. Armer Al«, fügte sie liebevoll hinzu.

»Was meinten Sie übrigens mit ›kompliziert‹?«, hakte Frieda nach.

»Kompliziert?«

»Sie haben vorhin gesagt, Sandy sei kompliziert gewesen.«

Veronica wirkte verlegen.

»Ich habe damit nichts Bestimmtes gemeint«, erklärte sie. »Aber finden Sie nicht auch, dass solche Gedenkfeiern die verstorbene Person immer in einem falschen Licht erscheinen lassen? Es heißt dann stets, er oder sie ›schätzte‹ dieses oder ›verstand sich auf‹ jenes. In Wirklichkeit sind wir doch alle viel chaotischer.«

»Inwiefern war Sandy chaotisch?«, fragte Frieda.

»Er konnte manchmal recht schwierig sein«, antwortete Veronica ausweichend. Frieda spürte, dass sie nicht weiter nachfragen durfte.

Auf dem klapprigen Klavierhocker saß mittlerweile ein beleibter Herr mit Grübchen an den Händen und ließ die Finger zart über die Tasten gleiten. In einer Ecke des Raums entdeckte Frieda eine junge Frau, bei der es sich ihrer Meinung nach um Lucy Hall handelte, Sandys frühere Assistentin. Doch die junge Frau schien sie nicht zu bemerken oder zeigte zumindest kein Zeichen des Erkennens. Sandys Putzfrau unterhielt sich gerade mit Ruth Lender. Sie überragte die winzige Professorin ein ganzes Stück, und während sie sprach, liefen ihr Tränen über die Wangen. Gina war inzwischen damit beschäftigt, ihr Instrument wieder zu verstauen. Frieda spielte kurz mit dem Gedanken, sie anzusprechen, entschied sich aber dagegen. Was sollte es bringen, den liebevollen Erinnerungen einer alten Flamme zu lauschen?

In dem Moment nahm sie aus dem Augenwinkel eine Gestalt mit rotem Haar wahr. Abrupt wandte sie sich ab. Sie stand nun mit dem Rücken zum Raum, den Blick starr auf den Garten gerichtet, und wagte sich nicht mehr zu bewegen. Sie hörte, wie Ruth ihn begrüßte. Kurz darauf gesellte sich auch Veronicas Stimme dazu.

»Das Gras gehört dringend gemäht«, erklärte eine Stimme neben ihr. Es war Al.

»Ja, vermutlich. Wobei ich es gern ein bisschen wild mag.«

Ganz vorsichtig drehte sie sich ein kleines Stück herum und warf einen raschen Blick nach links. Der Mann mit dem roten Haar stand inzwischen mit einem Glas Wein in der Hand neben dem Klavier und unterhielt sich immer noch mit Veronica und Ruth. Er wirkte erhitzt und ein wenig hektisch. Im Moment tupfte er gerade mit einem Taschentuch an seiner sommersprossigen Stirn herum. Sie hatte recht gehabt, es war Tom Rasson, der Ehemann von Sandys Schwester, den sie schon Dutzende Male getroffen hatte. Da sich der Raum langsam leerte, fühlte sie sich in ihrer billigen Verkleidung schutzlos seinen Blicken ausgeliefert. Er brauchte nur ein einziges Mal in ihre Richtung zu sehen, um sie als Dr. Frieda Klein zu enttarnen, die Frau, die seinen Schwager aus der Bahn geworfen und später seine Leiche identifiziert hatte – die Frau, die vor der Polizei geflohen war, weil man sie des Mordes an ihm verdächtigte, und die nun mit kurz geschorenem Haar hier aufgetaucht war, um die Leute zu bespitzeln, die seine Freunde gewesen waren.

»Werfen wir doch einmal einen Blick darauf«, sagte sie zu Al.

Mit diesen Worten beugte sie sich hinunter und zog an dem Riegel, mit dem die Terrassentür unten gesichert war. Widerstrebend ließ er sich lösen. Dann zerrte sie am Griff der Tür, bis sie schließlich mit einem hörbaren Schnappen aufschwang. Warme Luft strömte in den Raum. Frieda trat hinaus in den Garten. Sie spürte das lange Gras an ihren Knöcheln. Es dämmerte bereits. Die Luft roch nach Blumen und feuchter Erde. Al folgte ihr höflich.

»Arbeiten Sie gern im Garten?«, fragte er.

»Nein«, antwortete sie. »Aber ich halte mich gern in Gärten auf.« Sie bedachte ihn mit einem Lächeln. »Ich sollte allmählich aufbrechen. Vielleicht finde ich hier gleich raus.«

Eiligen Schrittes ging sie um die Rückseite des Hauses herum und steuerte auf das Seitentor zu, das sie schon bei ihrer Ankunft bemerkt hatte. Nachdem sie mit einiger Mühe den ebenfalls klemmenden Riegel zurückgeschoben hatte, verabschiedete sie sich mit einem kurzen Winken von Al. Dann trat sie hinaus auf den Gehsteig und machte sich auf den Weg.

17

Als Frieda in ihre Wohnung zurückkam, setzte sie sich ein paar Minuten aufs Sofa. Es gab kein Radio, das sie anschalten konnte, keine Möglichkeit, Musik zu hören, kein Buch, das sie aus dem Regal ziehen konnte. Das hatte fast etwas Erholsames, wären da nicht die Geräusche gewesen, die ständig von draußen hereindrangen: Geschrei, Türenknallen, Autohupen. Im Grunde empfand sie gar nicht den Wunsch, diesen schäbigen Raum in so etwas wie ein Zuhause zu verwandeln, und sie verspürte auch nicht den Drang, ihn als ihren persönlichen Bereich in Besitz zu nehmen. Trotzdem musste sie noch ein paar Sachen einkaufen, Putzmittel und was man sonst noch als Grundausstattung brauchte. Sie beschloss, in dem Laden, der bis spätabends aufhatte, alles Nötige zu besorgen. Danach würde sie sich eine Mahlzeit zubereiten und einen Plan zurechtlegen.

Sie stand auf und ging ins Schlafzimmer, wo sie ihre Tasche herauszog und nach den Wanderstiefeln griff. Sie schob die Hand erst in den einen, dann in den anderen Stiefel. Das wiederholte sie dann gleich noch einmal, um sicherzugehen, obwohl sie bereits sicher war. Das ganze Geld war weg.

Frieda blieb ruhig. Es war, als hätte sie irgendwie schon damit gerechnet, dass das passieren würde. Sie war weder panisch noch bekümmert, sondern empfand stattdessen ein Gefühl eiserner Entschlossenheit. Sie verließ das Schlafzimmer und dann die Wohnung. Während sie den Außengang entlangeilte, zählte sie die Wohnungen, bis sie die richtige erreichte. Sie klopfte an die Tür. Keine Reaktion. Sie klopfte fester. Drinnen rührte sich etwas, und die Tür schwang auf. Der

Mann war so groß und breit, dass er den ganzen Türrahmen ausfüllte. Er trug ein glänzendes blaues Fußballtrikot über einer Jeans und hatte dunkles, langes Haar – richtig langes Haar, das ihm bis auf die Schultern fiel. In der Hand hielt er eine Fernbedienung.

»Ist Hana da?«, fragte Frieda.

Der Mann starrte sie nur an. Sein Blick hatte etwas Schweres, sie empfand ihn wie ein Gewicht, das plötzlich auf ihr lastete und ihr Beklemmungen verursachte. Frieda wusste nicht, ob er sie verstanden hatte oder überhaupt Englisch sprach, aber sie spürte die Schwere seiner Feindseligkeit. Ihr war klar, dass sie sich gerade in Gefahr begab. Trotzdem empfand sie vor lauter Wut keine Angst.

»Hana«, wiederholte sie. »Ich glaube, sie hat etwas, das mir gehört. Ich muss mit ihr reden.«

Von dem Mann kam noch immer keine Reaktion.

»Ich hätte gern eine Antwort«, fuhr Frieda fort. »Ich weiß nämlich ganz genau, dass Sie verstehen, was ich sage.«

Es war bereits passiert, bevor sie überhaupt begriff, was passierte: Er hatte sie quer über den Außengang an das Geländer geschleudert. Seine rechte Hand drückte gegen ihren Hals, und sie spürte, dass er sie immer weiter nach hinten schob. Gleichzeitig registrierte sie seltsamerweise zwei ganz unwichtige Details: dass er barfuß war und dass sein Atem nach Fleisch roch. Während sie nach hinten kippte, fragte sie sich, ob es das nun gewesen war – ob er sie über das Geländer werfen würde. In dem Moment veränderte er seinen Griff und packte sie am Ausschnitt ihres T-Shirts.

»Lass dich hier bloß nicht mehr blicken«, sagte er. »Verstanden?«

Frieda schwieg.

»Ich habe gefragt, ob du mich verstanden hast!«

»Ja, ich habe verstanden.«

Der Mann hielt sie noch ein paar Sekunden an ihrem T-Shirt

fest, dann ließ er sie los und verpasste ihr einen leichten Klaps auf die Wange. Ohne ein weiteres Wort ging er wieder hinein und zog die Tür hinter sich zu.

Frieda kehrte in ihre eigene Wohnung zurück. In ihrer Jackentasche fand sie einen Zwanzigpfund- und einen Fünfpfundschein. Außerdem hatte sie noch vier Pfundmünzen und ein bisschen Kleingeld. Sie versuchte, ihre Gedanken zu ordnen, ehe sie erneut die Wohnung verließ, die Treppe hinuntereilte und hinaus auf die Straße trat. Sie musste dringend ein Stück marschieren – als könnte sie auf diese Weise ihre Wut in etwas Sinnvolles verwandeln. Wie in Trance ging sie durch mehrere Straßen, dann durch einen Park, dann vorbei an einem Friedhof und einer Eisenbahnbrücke, unter deren Rundbogen sich mehrere Autoreparaturwerkstätten befanden. Schließlich blieb sie abrupt stehen und ließ den Blick schweifen. Bis dahin hatte sie ihre Umgebung gar nicht richtig wahrgenommen, nichts gesehen oder gehört. Sie hatte nicht einmal zusammenhängend gedacht. Nun schaute sie sich um und versuchte sich zu orientieren. Sie befürchtete schon, sie hätte sich verlaufen, aber am Ende – wenn auch mit Mühe und einigen Umwegen, weil sie ein paarmal falsch abbog – fand sie doch zurück in ihre Wohnung.

Dort fiel ihr ein, dass sie noch immer nichts gegessen hatte. Allerdings war ihr inzwischen der Appetit vergangen. Sie zog sich halb aus und ging ins Bett, lag jedoch stundenlang wach. An Schlaf war einfach nicht zu denken, denn nur wenige Schritte von ihr entfernt befand sich dieser Mann: Noch immer spürte sie seine Hand an ihrem Hals und seinen Atem auf ihrem Gesicht. Irgendwann griff sie nach ihrer Armbanduhr und stellte fest, dass es inzwischen halb drei war. Sie überlegte, ob sie aufstehen und erneut durch die Straßen wandern sollte, wie sie es sonst oft bei solchen Gelegenheiten tat. Doch sie entschied sich dagegen, blieb in der Dunkelheit liegen und dachte über den Prozess des Einschlafens nach – darüber, wie man sich dabei in eine Art Bewusstlosigkeit hinübergleiten ließ. Sie fragte sich, wie die Leute das schafften und wie sie selbst das jemals geschafft hatte. Sie musste an all die Menschen in London denken und auf der ganzen Welt, die tagtäglich einen Platz zum Schlafen brauchten.

Dann war sie wohl endlich eingeschlafen, denn plötzlich fuhr sie mit einem Ruck hoch. Sie warf einen Blick auf ihre Armbanduhr. Sie musste sich beeilen. Rasch stand sie auf, zog sich aus, wusch sich in der tröpfelnden Dusche, zog sich wieder an, rannte zur Tür hinaus und fuhr mit dem Zug zu Sasha. Das kostete sie drei Pfund, sodass ihr nur noch gut sechsundzwanzig Pfund blieben. Sie dachte an die Leute, die ständig solche Berechnungen anstellten, weil jedes einzelne Pfund zählte und jede Bus- oder Zugfahrt, jede Tasse Kaffee zu Buche schlug. Die Welt fühlte sich ganz anders an, wenn man nicht wusste, wie man es bis ans Ende der Woche schaffen sollte. Alles wurde dadurch unsicherer, furchteinflößender. Das hatte sie schon immer gewusst, doch nun spürte sie es am eigenen Leib – und musste plötzlich daran denken, wie es ihr mit sechzehn ergangen war, ohne Geld und ganz auf sich allein gestellt. Es kam ihr vor, als hätte sie sich im Kreis bewegt und wäre nun wieder in jener Zeit gelandet, als sie gar nichts besaß.

Aber natürlich stimmte das nicht, denn sie hatte ja Freunde.

»Ich muss mir ein bisschen Geld von dir ausleihen.«

Sasha sah sie besorgt an. »Klar, kein Problem. Stimmt etwas nicht?«

»Ich brauche nur ein wenig Bargeld.«

Sasha warf einen Blick in ihre Börse. Sie hatte fünfzig Pfund, von denen sie Frieda vierzig gab.

»Darf ich dein Telefon benutzen?«, fragte Frieda. »Nur ganz kurz.«

Sasha reichte ihr das Telefon, und Frieda ging damit hinaus in die Diele. Sie holte die Karte heraus, die sie am Vortag erhalten hatte. Irgendwie hatte sie den Eindruck, dass das Schicksal sie in diese Richtung schob.

Als das Gespräch beendet war, wollte sie zu Sasha zurückkehren, zögerte dann jedoch. Es schien ihr, als hätte sie keine andere Wahl, doch gleichzeitig hatte sie auch das Gefühl, ein sich selbst gegebenes Versprechen zu brechen.

Sie wählte Reubens Nummer. Er ging nicht ran. Fluchend ließ sie das Telefon sinken.

»Alles in Ordnung?«, fragte Sasha von drinnen.

»Entschuldige, mir war nicht klar, dass ich das so laut gesagt habe.« Frieda überlegte einen Moment, dann tippte sie eine andere Nummer. Mit einem klickenden Geräusch wurde abgenommen.

»Sasha. Ich habe gerade...«

»Nein, Josef, ich bin's.«

»Frieda. Was ist passiert? Wo bist du?«

»Ich brauche deine Hilfe.«

»Klar, kein Problem. Sag mir, was ich tun soll.«

»Ich erreiche Reuben nicht. Ich muss mir von ihm Geld leihen. Sagen wir mal, fünfhundert Pfund, die ich ihm natürlich zurückzahlen werde, so schnell ich kann.«

»Frieda«, sagte Josef. »Dein Geld. Was ist damit passiert?«

Frieda empfand die Frage wie einen Schlag auf einen Bluterguss. Ihr spontaner Impuls war zu schweigen und ganz schnell das Thema zu wechseln. Aber dann überraschte sie sich selbst, indem sie ihm einfach die Wahrheit sagte: über Hana, über das Geld und über den Mann. Als sie zu Ende erzählt hatte, wartete sie auf Josefs zornige oder verblüffte Reaktion. Doch die blieb aus.

»In Ordnung«, sagte er ruhig. »Ich fahre zu Reuben und bringe dir das Geld.«

»Ist das für dich nicht gefährlich?«, fragte Frieda. »Macht dir die Polizei Schwierigkeiten?«

»Nein, momentan nicht. Reuben meint, in den Zeitungen

wird viel geschrieben. Manche Journalisten geben keine Ruhe. Aber das ist kein Problem.«

»Ich kann dir gar nicht sagen, wie leid es mir tut, dass ich dich darum bitten muss.«

»Dann sag es nicht.«

Sie beendete das Gespräch und wandte sich an Ethan, der zu ihr in die Diele gekommen war.

»Bist du bereit?«, fragte sie ihn. Er starrte sie nur ernst an. »Vor uns liegt ein aufregender Tag.«

Bridget Bellucci lebte in einem Reihenhaus in Stockwell, einem Haus mit schimmernden Holzböden, Vertäfelungen, abstrakten Gemälden und einer Terrassentür, durch die man in einen lang gezogenen Garten gelangte. Sie stellte Frieda und Ethan ihre beiden Kinder vor, die dreijährige Tam und den einjährigen Rudi. Anschließend breitete sie Tams Plüschtiersammlung auf dem Wohnzimmerteppich aus.

»Magst du sie Ethan zeigen, Tam?«, schlug sie vor.

Tam wirkte nicht allzu begeistert. Sie griff nach einem der Tiere und nahm es besitzergreifend in den Arm, während sie sich abwandte und dem Rest der Gruppe demonstrativ den Rücken zukehrte. Ethan ließ sich auf den Boden plumpsen, holte seinen eigenen kleinen Stapel Holztiere heraus und begann diese behutsam vor ihnen aufzubauen, wobei er vor Konzentration die Unterlippe nach vorn wölbte. Bridget deutete auf das Sofa. Sie hatte dunkle Augenringe und fettiges Haar.

»Ich dachte, Sie hätten keine Zeit«, sagte sie zu Frieda. »Wieso haben Sie es sich anders überlegt?« Sie klang nicht besonders dankbar.

»Ich muss auf Ethan aufpassen. Trotzdem könnte ich Ihnen ein paar Tage aushelfen, bis Sie jemand anderen finden. Falls Sie das möchten.«

»Das möchte ich definitiv. Gerade wollte ich in der Arbeit anrufen und mich krank melden.« Sie schnaubte. »Das ist schon absurd, oder? Wenn wir selbst krank sind, dann ist das in Ordnung, aber wehe, wir brauchen mal Zeit für unsere Kinder. Recht viel länger kann ich jetzt aber nicht mehr krank feiern.«

Rudi stieß einen Schrei aus. Bridget sah Frieda an, woraufhin diese sich hinunterbeugte und den kleinen Jungen auf ihren Schoß hob. Er fühlte sich schwer und ein bisschen verschwitzt an.

»Was machen Sie denn beruflich?«

»Ich unterrichte an der Sprachenschule Italienisch. Normalerweise habe ich vormittags frei und arbeite nachmittags und zusätzlich ein paar Abende.« Sie klang immer noch sehr reserviert. »Ich bin eine halbe Italienerin.«

»Das sieht man.«

»Tja.« Sie musterte Frieda prüfend. »Sie dagegen entsprechen so gar nicht meiner Vorstellung von einem Kindermädchen.«

»Wie sollte ein Kindermädchen denn Ihrer Meinung nach aussehen?«

»Erstens mal jung.«

Frieda zuckte mit den Achseln. »Was ist mit der Frau passiert, die bis jetzt auf Ihre Kinder aufgepasst hat?«

»Sie hat plötzlich Heimweh bekommen, sagt sie. Ich schätze mal, ich sollte Ihnen ein paar Fragen stellen. Haben Sie irgendwelche Referenzen?«

»Nein.«

»Ach?«

»Ich bin kein richtiges Kindermädchen. Ich mache das nur für eine Freundin.«

»Da habe ich wohl etwas falsch verstanden. Könnte ich mit dieser Freundin sprechen?«

»Natürlich«, antwortete Frieda. »Im Moment arbeitet sie, aber ich kann sie bitten, Sie anzurufen.«

Bridget betrachtete Ethan, der gerade zwei von seinen Pferden über den Holzboden galoppieren ließ. »Ich nehme mal an, dieser Kleine hier reicht als Referenz. Er macht einen recht zufriedenen Eindruck.« Sie beugte sich hinunter und hielt ihr Gesicht dicht vor das von Ethan. »Bist du zufrieden mit Carla?«

»Nein«, entgegnete Ethan, »nicht Carla. Sie…«

»Es geht ihm gut«, fiel Frieda ihm ins Wort. »Hier.« Sie reichte Ethan ein paar von seinen Holztieren. Tam nahm ihm eines weg und schob es sich in den Mund. Ethan brachte vor Überraschung keinen Ton heraus. Er konnte nicht einmal brüllen, sondern starrte nur mit weit aufgerissenen Augen und offenem Mund auf Tams ausgebeulte Wange.

»Gib es mir«, sagte Frieda zu Tam und hielt ihr die Handfläche hin.

Tam funkelte sie trotzig an. Bridget sah wortlos zu, sichtlich gespannt, wie es weitergehen würde.

»Gib es mir, Tam«, wiederholte Frieda.

»Wirst du bis zehn zählen?« Wegen des Spielzeugs, das sie im Mund hatte, sprach Tam ziemlich undeutlich.

»Ganz bestimmt nicht«, antwortete Frieda.

Es folgte ein Moment des Schweigens. Dann spuckte ihr Tam das Tier in die Hand.

»Danke«, sagte Frieda. »Und du, Ethan, zeigst Tam jetzt deine Tiere.«

»Warum?«

»Weil du in ihrem Haus bist und es manchmal mehr Spaß macht, zu zweit zu spielen als allein.«

»Haben Sie auch Fragen an mich?«, wandte Bridget sich an Frieda. Sie klang inzwischen eine Spur freundlicher.

»Ich würde gerne bar bezahlt werden.«

Bridget lachte. »Das klingt für mich ein bisschen nach Schwarzarbeit.«

»Ich handhabe es eben so.«

»Wie viel verlangen Sie?«

Frieda wusste einen Moment nicht, was sie sagen sollte. Welcher Betrag war angemessen?

»Achtzig Pfund am Tag?«

»Gut, einverstanden. Ich bezahle Sie am Ende der Woche. Wann können Sie loslegen?«

»Jetzt.«

»Wirklich?«

»Ja.«

»Großartig. Also gleich heute. Ich muss erst in einer Stunde los. Wie wäre es, wenn wir miteinander Kaffee trinken? Dann können wir noch über alle Einzelheiten reden, die Sie wissen müssen.«

»Das wäre mir recht.«

»Behalten Sie die drei im Auge. Ich kümmere mich um den Kaffee. Wir trinken ihn hier im Wohnzimmer.«

Frieda tat, wie ihr geheißen, und behielt die drei im Auge. Rudi blieb brav auf ihrem Schoß, während sie neugierig die beiden größeren Kinder beobachtete. Die meiste Zeit ignorierten sie einander. Nur hin und wieder schienen sie die Gegenwart des anderen ein paar kurze Momente zur Kenntnis zu nehmen. Einmal streckte Ethan die Hand aus und berührte Tams Haar, das leuchtend orangerot und lockig war, sodass es fast aussah, als würden auf ihrem Kopf Flammen lodern. Sie hatte keinerlei Ähnlichkeit mit ihrer Mutter.

Bridget kehrte in den Raum zurück und reichte Frieda ihren Kaffee.

»Was werden Sie heute mit ihnen machen?«, erkundigte sie sich.

»Ich habe mir gedacht, wir könnten auf einen Friedhof gehen?«

»Auf einen Friedhof!«

»Ich glaube, es gibt hier in der Nähe einen, der schön ist zum Erforschen. Heute ist so ein sonniger, warmer Tag, da könnten wir ein Picknick machen. Wann sind Sie denn von der Arbeit zurück?«

»Spät. Aber Al kommt zwischen halb sechs und sechs. Passt das für Sie?«

»Ja, das passt gut.« Frieda nahm einen Schluck von ihrem Kaffee, der stark und aromatisch schmeckte. »War Sandy oft hier?«

»Ja, war er. Aber warum wollen Sie das wissen?« Bridgets Stimme wurde wieder kalt.

»Weil das die einzige Verbindung zwischen uns ist«, antwortete Frieda. »Wir haben beide Sandy gekannt.«

»Er ist tot.«

»Er ist tot, aber …«

»Ermordet. Dadurch hat er auf schreckliche Weise Berühmtheit erlangt, und alle möglichen sensationslüsternen Leute, die schon jahrelang keinen Kontakt mehr zu ihm hatten …«

»So wie ich.«

»Sie und etliche andere – alle sind plötzlich fasziniert von ihm. Diese Leute sollten sich lieber um ihre eigenen Angelegenheiten kümmern.«

»Sie sind wütend.«

»Ja, ich bin wütend, weil auf einmal jeder sein bester Freund sein will, seit er tot ist.«

»Und wütend, *weil* er tot ist.«

»Wie bitte?«

»Sie sind wütend, weil er tot ist«, wiederholte Frieda. Gleichzeitig rief sie sich ins Gedächtnis, dass sie im Moment Carla war, das Kindermädchen. Aber sie fühlte sich nicht wie Carla. Sie konnte den Zorn ihrer Gastgeberin fast körperlich spüren und registrierte auch deren gerötete Wangen. Gleichzeitig beobachtete sie aus dem Augenwinkel, wie Tam ein paar bunte Bänder aus einer roten Pappschachtel zog und sie Ethan reichte, der sie mit konzentrierter Miene zwischen seinen Fingern hielt. »Weil er nicht mehr da ist«, fügte sie hinzu.

»Wollen Sie für mich arbeiten?«

»Sie meinen, als Kindermädchen?«

»Denn wenn Sie den Job tatsächlich wollen, dann sollten Sie

aufhören, mich nach Sandy zu fragen. Mir reicht's nämlich. Lassen Sie ihn in Ruhe. Und mich auch.«

Es war ein heißer, fast schon schwüler Tag, aber auf dem Friedhof war es kühl und schattig. Durch das Laub der Bäume fiel gedämpftes Licht. Hier und da tanzten Sonnenflecken auf den Grabsteinen, von denen viele mit Moos bedeckt waren, sodass man die Inschriften nicht mehr lesen konnte. Große Teile des Geländes waren mit Dornengestrüpp überwuchert – bestimmt war es im Herbst ein guter Platz zum Brombeerpflücken –, und rundherum sangen Vögel. London schien weit weg zu sein, obwohl man in der Ferne das Rauschen des Verkehrs hören konnte. Frieda schob Rudi in seinem Kinderwagen die Wege entlang, während Tam und Ethan auf eine ziemlich chaotische und zunehmend streitlustige Weise Verstecken spielten, bis sie sich schließlich alle auf einem umgefallenen Baumstamm niederließen, um zu picknicken.

Frieda dachte über Bridget nach. Jedes Mal, wenn Sandys Name fiel, reagierte sie angespannt und wütend. Frieda fragte sich, warum. Wenn die beiden einfach nur Freunde gewesen waren, wieso verteidigte Bridget dann derart leidenschaftlich seine Privatsphäre? Hatten Sie womöglich etwas miteinander gehabt? Bridget war eine schöne und starke Frau. Frieda konnte sich durchaus vorstellen, dass Sandy sich in sie verliebt hatte. Aber sie war die Ehefrau eines seiner Kollegen, mit dem er eng zusammenarbeitete, und außerdem die Mutter von zwei kleinen Kindern. Andererseits hatte Veronica Ellison angedeutet, Sandy habe eine Beziehung gehabt, wegen der er sich schlecht gefühlt habe. Vielleicht wurde Bridget ja ebenfalls von Trauer und Schuldgefühlen geplagt, während sie gleichzeitig krampfhaft versuchte, ihr Geheimnis zu wahren – was nun, nachdem Sandy tot war, bestimmt einen schrecklichen Kraftakt erforderte. Vielleicht steckte aber noch mehr dahinter…

»Frieda.« Ethan zerrte an ihrer Hand.

»Sie heißt Carla«, warf Tam ein. »Das hat mir Mami gesagt.«

»Nein.« Ethan klang entschieden, doch auf seinem Gesicht spiegelte sich seine Verwirrung. »Frieda.«

»Carla.« Tam stimmte einen höhnischen Singsang an: »Carla, Carla, Carla!«

»Lasst uns aufbrechen.« Frieda packte die Reste des Picknicks ein, setzte Rudi wieder in seinen Kinderwagen und legte dann tröstend eine Hand auf Ethans heißen Kopf. »Wir können uns unterwegs irgendwo ein Eis kaufen.«

Bis sie das Haus von Bridget und Al erreichten, war Rudi eingeschlafen. Frieda legte ihn in sein Bett. Dann setzte sie Tam und Ethan vor eine DVD, die Tam ausgesucht hatte. Es war mittlerweile vier Uhr, und Al würde nicht vor halb sechs zurückkommen.

Sie begann im Wohnzimmer, weil sie davon ausging, dass Tam und Ethan, selbst wenn sie von ihrem Zeichentrickfilm hochblicken sollten, nichts Seltsames daran finden würden, dass sie Schubladen und Schränke öffnete und Papiere durchblätterte. Ihr war selbst nicht ganz klar, was sie eigentlich suchte. Sie wusste lediglich, dass sie nach etwas Ausschau hielt, das Bridgets wütenden Kummer wegen Sandy erklärte. Sie fand Rechnungen und Kontoauszüge, außerdem Grundrisszeichnungen und Broschüren zu Häusern, die man in Griechenland und Kroatien mieten konnte. Des Weiteren stieß sie auf Spielkarten, Brettspiele, eine Kugel Haushaltsgummis, leere Zeichenblöcke, Blätter mit einfachen Noten für Geige, versehen mit Bleistiftanmerkungen, mehrere Jahrgänge von Zeitschriften zum Thema Neurobiologie und eine ganze Schublade voller Ansichtskarten und Geburtstagskarten an Al und Bridget, unter denen sich aber keine von Sandy befand. Die beiden Kinder blickten kein einziges Mal hoch. Beide hatten den Mund offen und wirkten völlig gefesselt von ihrem Film.

In der Diele betrachtete sie die Fotos an den Wänden, doch keines von ihnen zeigte Sandy. Es gab etliche von Tam und Rudi und ein paar von Al und Bridget in jüngeren Jahren. Al war damals noch dünner gewesen als jetzt, eine Bohnenstange mit schmalen Schultern, schmalen Hüften und blasser, sommersprossiger Haut. Bridget wirkte auf den Fotos sinnlich, wie eine dunkle Frucht. Gefährlich, fügte Frieda in Gedanken hinzu, während sie in die Küche ging. Dort gab es nichts als Küchenutensilien. Wie es aussah, hegte zumindest einer der beiden Ehepartner eine Leidenschaft fürs Kochen. Genau wie Sandy, dachte sie. Frieda stellte ihn sich vor, wie er in dieser Küche, zwischen den scharf geschliffenen Messern, kupfernen Pfannen und raffinierten Gewürzmischungen, die Ärmel hochkrempelte. Während sie die Kochbücher betrachtete, rechnete sie halb damit, eines von den seinen darunter zu entdecken.

Sie stieg ins Zwischengeschoss hinauf und stieß dort auf ein kleines Arbeitszimmer mit Blick auf den Garten. Sie wusste sofort, dass es das von Bridget war, auch wenn sie nicht hätte sagen können, warum. Der Raum war voller Bücherregale, und auf dem Fensterbrett lehnte eine Geige mit einer gerissenen Saite. Auf dem Schreibtisch lag jede Menge Papier herum. Einen Laptop gab es auch, aber als Frieda seinen Deckel hochklappte, verlangte er ein Passwort, sodass sie sich stattdessen den Schubladen zuwandte. Die erste, die sie aufzog, enthielt Kugelschreiber, Bleistifte, Heft- und Büroklammern sowie mehrere Scheren. In der nächsten Schublade lag eine Klarsichthülle mit Fotos. Frieda blätterte sie durch. Lauter fremde Gesichter blickten ihr entgegen. Wie es aussah, waren die Aufnahmen viele Jahre alt. Es handelte sich wohl um Familienfotos, denn auf einigen war Bridget als Mädchen zu sehen. Frieda erkannte sie sofort, nicht zuletzt an dem ein wenig trotzigen Blick, mit dem sie in die Kamera schaute. Ganz hinten in der Schublade entdeckte sie eine Metallschatulle, die mit einem windigen Schloss gesichert war. Als sie sie herausnahm und schüttelte, hörte sie Papier rascheln. Sie zerrte an dem Schloss, doch es gab nicht nach. An der Wand neben dem Schreibtisch hing ein Gemälde, das eine Frau unter einem Schirm zeigte. Frieda schien es, als würde die Frau sie mit einem Ausdruck von Enttäuschung betrachten.

»Ich habe keine Zei für Erklärungen«, sagte sie an das Gemälde gewandt, während sie eine kleine Schere aus der Schublade nahm, die sie als Erste geöffnet hatte. Sie steckte die Scherenspitze in das Schloss der Schatulle und drehte sie mit einem Ruck herum. Das Schloss gab sofort nach. Frieda klappte den Deckel hoch. Die Schatulle enthielt Dutzende von Briefen. Warum sperrte jemand Briefe weg und versteckte sie ganz hinten in einer Schublade? Frieda nahm den ersten heraus. Er war mit blauer Tinte geschrieben. Bei der kühnen, schwungvollen Handschrift handelte es sich nicht um die von Sandy. Außerdem war die Tinte bereits verblasst und der Brief zwölf Jahre zuvor datiert – denn heutzutage schrieb ja sowieso niemand mehr Briefe. Frieda überflog den Anfang und stellte fest, dass es sich um einen Liebesbrief handelte. Als Bridget ihn bekommen hatte, war sie noch keine Mutter gewesen, und ihren Ehemann Al hatte sie wahrscheinlich auch noch nicht gekannt. Der Brief las sich, als wäre er spätnachts geschrieben worden, in einem Rausch sexueller Leidenschaft. Ein Gefühl von Scham bemächtigte sich Friedas. Als sie den Kopf hob, begegnete ihr wieder der Blick der Frau unter dem Schirm.

Bei den übrigen Briefen handelte es sich ebenfalls um Liebesbriefe, alle geschrieben von demselben Mann, dessen Name Miguel war. Frieda las sie nicht, warf aber einen Blick auf die paar kleinen Fotos ganz unten in der Schatulle. Sie zeigten Bridget, jung und nackt. Diese Kiste, die sie aufgebrochen hatte, während die beiden größeren Kinder sich unten einen Zeichentrickfilm ansahen und Säugling Rudi schlief, war einfach nur die Schatztruhe einer alten Liebesgeschichte, die niemanden außer Bridget etwas anging, ein Versteck für ihr geheimes jüngeres Selbst – die Frau, die sie früher einmal gewesen war.

In dem Moment vernahm Frieda, wie die Haustür auf- und wieder zuging und eine Stimme rief: »Hallo!« Sie hörte Al fragen: »Wo ist denn unsere Retterin Carla?« Tam antwortete mit geistesabwesendem Gemurmel.

Al kam leichten Schrittes die Treppe herauf. Frieda blieb keine Zeit, den Raum zu verlassen, und da die Tür zum Arbeitszimmer offen stand, würde er sie zwangsläufig am Schreibtisch seiner Frau ertappen. Über die ganze Tischplatte waren Briefe verstreut, die Schubladen herausgezogen. Hastig schob sie die Briefe zusammen, stopfte sie in die Schatulle und stellte diese zurück in die Schublade. Doch während Al bereits den Raum betrat, bemerkte sie, dass die Fotos noch auf dem Tisch lagen. Rasch deckte sie eine Hand darüber. Mit der anderen griff sie nach der kleinen Schere.

»Carla«, sagte er. Es klang weder wie eine Begrüßung noch wie ein Vorwurf. Er sagte einfach ihren Namen. Nachdem er sie einen Moment mit seinen hellen Augen gemustert hatte, ließ er den Blick durch den Raum schweifen.

»Hallo, Al.« Frieda schaffte es, ihre Stimme ruhig und freundlich klingen zu lassen, während sie weiter die Handfläche auf die Fotos presste. »Wie war Ihr Tag? So früh habe ich Sie gar nicht zurückerwartet.«

»Ich konnte ein bisschen früher gehen als sonst.« Er klang höchst liebenswürdig. »Und ich hatte einen guten Tag, danke. Besprechungen, Terminpläne, Haushaltspläne – das volle Programm, mit dem man sich als Dozent an der Uni herumschlagen muss. Wie lief es denn bei Ihnen?«

»Gut. Wir haben auf dem Friedhof gepicknickt.«

»Dass Sie mit den Kindern auf den Friedhof wollten, weiß ich schon von Bridget. Ein interessantes Ausflugsziel, finde ich.« Er lächelte sie an. »Und was machen Sie hier drinnen?«

»Ich brauchte die hier.« Sie hob die Schere hoch. »Ich habe

mir den Nagel eingerissen. Die Scheren in der Küche waren zu groß.«

»Verstehe. Kann ich helfen?«

»Nein, danke, ich habe es schon geschafft.«

»Gut. Sollen wir eine Tasse Tee miteinander trinken? Die Kinder machen ja einen recht zufriedenen Eindruck. Schläft Rudi?«

»Ja. Aber ich würde lieber gleich aufbrechen, wenn das für Sie in Ordnung ist. Ich sollte allmählich Ethan nach Hause bringen.«

Ihre Hand lag immer noch auf Bridgets Nacktfotos. Mit einer geschmeidigen Bewegung ließ sie die Aufnahmen über den Schreibtisch gleiten und drückte sie, noch immer von ihrer Handfläche bedeckt, an die Seite ihres Oberschenkels. So folgte sie Al aus dem Raum, bog dann aber gleich in Richtung Bad ab. Dort schob sie die Fotos in ihre Hosentasche – mit dem festen Vorsatz, sie am nächsten Tag bei der ersten sich bietenden Gelegenheit zurückzulegen. Anschließend sah sie nach Rudi, der gerade am Aufwachen war. Sein Gesicht war faltig vom Kissen, sein Blick schlaftrunken. Nachdem sie ihm die Windel gewechselt hatte, nahm sie ihn mit nach unten, wo Ethan auf dem Sofa schon halb eingeschlafen war. Als sie sich neben ihn setzte und nach seiner Hand griff, bemerkte sie an seinem Handgelenk leichte Bissspuren.

»Gleich gehen wir heim«, versprach sie ihm leise.

Ethan nickte. Sie sammelte seine Holztiere ein, verfrachtete ihn in den Kinderwagen und verabschiedete sich von Al, der ihr sagte, wie dankbar er ihr sei. Er konnte ja nicht wissen, dass sie Aufnahmen von seiner nackten Frau in der Hosentasche hatte.

»Das mit Sandy tut mir sehr leid«, sagte sie, bevor sie ging. »Ich weiß, dass Sie beide sich sehr nahestanden.«

»Danke. Ja, er hat viel Zeit bei uns verbracht. Ich glaube, wir waren für ihn so eine Art Ersatzfamilie. Die Kinder mochten ihn auch. Er und Bridget haben am Sonntag meistens ein großes Mittagsmenü für uns zubereitet. Die beiden wetteiferten immer ziemlich, was ihre Kochkünste betraf.« Er sah Frieda an, doch es kam ihr vor, als blickte er durch sie hindurch. »Er hat oft gesagt, Bridget erinnere ihn an eine Frau, die er mal kannte.«

»Wer war das?«

»Das hat er mir nie verraten. Irgendeine Frau von früher. Wenn ich das richtig verstanden habe, gab es zumindest mal eine, mit der er eine Weile zusammen war. Für mich klang sie nach einem richtigen Luder.« Aus dem Mund des höflichen, sommersprossigen Al hörte sich das Wort sehr seltsam an. »Aber Sandy war in diesen Dingen unglaublich verschwiegen, wie Sie ja wahrscheinlich wissen. Ich hätte die ganze Nacht mit ihm trinken und reden können – und habe das auch ein paarmal getan, insbesondere, wenn wir miteinander auf Konferenzen waren –, aber bei bestimmten Themen wurde er schlagartig schweigsam. Zum Beispiel wenn es um sein Liebesleben ging.« Mit einem Seufzer fügte er hinzu: »Sie sollten aufbrechen. Ihr kleiner Begleiter schläft schon ein.«

Es stimmte. Ethan konnte den Kopf kaum noch gerade halten, und die Augen fielen ihm auch bereits zu.

»Morgen komme ich wieder«, sagte Frieda.

Gedankenverloren lächelte Al sie an. »Großartig.«

Später, auf dem Rückweg in ihre Wohnung, machte Frieda noch einen kurzen Abstecher in den kleinen Supermarkt, der nur ein paar Straßen von der Wohnanlage entfernt war. Dort gab es die Salate vom Mittag inzwischen zum halben Preis. Sie nahm sich einen Reissalat und einen Salat aus gegrilltem Gemüse mit. Obwohl sie sehr müde war, ließ sie sich in ihrer Wohnung am Tisch nieder, um zu essen, und machte sich anschließend noch eine Tasse Tee, bevor sie ins Bett ging. Sie fiel sofort in einen tiefen Schlaf, als wäre unter ihr eine Falltür geöffnet worden. Plötzlich aber riss sie ein Geräusch, das sie nicht einordnen konnte, aus einem heftigen und sehr real wirkenden Traum. War der Lärm ein Teil des Traums gewesen? Nein, sie hörte das Geräusch immer noch. Allmählich dämmerte ihr, dass jemand an ihre Tür klopfte. Sie blieb im Bett. Bestimmt handelte es sich um ein Versehen. Die betreffende Person würde ihren Irrtum bemerken und wieder gehen. Aber das Klopfen hörte nicht auf. Schließlich erhob sie sich doch, schlüpfte in eine Hose und einen Pulli und ging zur Tür.

»Wer ist da?«, fragte sie.

»Ich.«

Sie machte auf. Josef und Lev traten in den Raum und zogen die Tür hinter sich zu. Josef trug zwei große graue Leinentaschen. Er wirkte ernst, begrüßte sie aber dennoch mit einer kleinen Verbeugung. Dabei wurde der harte Ausdruck seiner braunen Augen einen Moment etwas weicher.

»Deine Sachen«, sagte er knapp. »Klamotten, Bücher, schnell alles hier in die Taschen!«

»Was soll das?«

»Drei Minuten«, sagte Lev.

»Könnt ihr mich bitte mal aufklären?«

»Später«, antwortete Josef. Die beiden Männer gingen durch die Wohnung, sammelten Kleidungsstücke ein, zogen das Bett ab, verstauten Küchenutensilien in den Taschen. Josef schüttete die restliche Milch in den Ausguss.

»Ist etwas passiert?«, fragte Frieda, doch keiner der beiden Männer schenkte ihr Beachtung.

»Fertig«, verkündete Josef schließlich. »Rasch noch einen letzten Blick!«

Frieda griff nach einem Paar Socken, einer Haarbürste, ihrem Notizbuch und ein paar Stiften. Alles landete in einer der Taschen.

»Schlüssel?«, verlangte Lev.

Frieda holte den Schlüssel heraus und reichte ihn Lev.

»Gehen wir.« Er nahm Frieda am Arm und lotste sie hinaus.

Um die Wohnanlage zu verlassen, wählte er einen Weg, der sie nicht an Hanas Wohnung vorbeiführte: über eine schmale Seitentreppe, die Frieda zuvor nie aufgefallen war, und dann durch eine schmale Gasse zwischen zwei der Gebäude, vorbei an überdimensionalen Mülltonnen, schließlich durch ein Tor hinaus auf die Straße. Ein dort geparkter Wagen gab ein kurzes Piepen von sich. Die Scheinwerfer leuchteten auf. Lev half ihr – besser gesagt, stieß sie fast – auf den Rücksitz. Die beiden Männer stiegen vorne ein. Lev ließ den Wagen an und fuhr los. Während er etliche Male in Seitenstraßen abbog, hatte Frieda das Gefühl, völlig die Orientierung zu verlieren.

»Hier«, sagte Josef, woraufhin Lev kurz vor einer größeren Kreuzung am Straßenrand hielt. Josef zog ein Bündel aus seiner Jackentasche und reichte es Frieda. Sie sah, dass es sich um Geld handelte.

»Ist das von Reuben?«, fragte sie. »Das ist viel zu viel.«

»Reuben ist nicht da. Es ist dein Geld, oder zumindest ein Teil davon. Gut dreitausend. Mehr war nicht mehr da.«

»Josef, was habt ihr getan?«

»Dein Geld zurückgeholt.«

»Was ist mit Hana?«

»Sie ist ihn los«, antwortete Lev, »jedenfalls eine Weile.«

Frieda beugte sich vor, griff nach Josefs rechter Hand und drehte sie herum. Selbst im schwachen Licht der Straßenlampe konnte sie die Abschürfungen und Blutergüsse sehen.

»Was habt ihr getan?«

Josefs Miene verfinsterte sich. In seinen Augen glomm ein Funke, den sie bei ihm noch nie gesehen hatte und der ein ungutes Gefühl in ihr hervorrief.

»Zwei Dinge, Frieda. Erstens: Du gehst nicht mehr dahin zurück. Nicht mal in die Nähe. Nie wieder. In Ordnung?«

»Nein, nicht in Ordnung.«

»Und dann noch das andere: Das ist kein Spiel, Frieda. Du darfst niemandem dein Geld zeigen. Dieser Mann hat dich bloß ein bisschen geschubst. Der Nächste hat ein Messer oder zwei Freunde.«

»Josef, was hast du getan?«

Josef öffnete die Wagentür und stellte einen Fuß auf den Gehsteig.

»Dein Geld zurückgeholt. Ende. Was willst du hören?«

»Nicht das.«

»Ich gehe jetzt. Denk daran, dass ich noch immer nicht weiß, wo du wohnst.«

Er schlug die Tür zu, legte als Abschiedsgeste seine große Pranke in Höhe ihres Gesichts ans Fenster und war ein paar Augenblicke später verschwunden.

»Ich weiß es ja selber nicht«, murmelte Frieda.

Lev musterte sie prüfend. »Ich bringe dich hin«, verkündete er dann.

Er fuhr schnell und bog wieder mehrmals links und rechts ab, als versuchte er, potenzielle Verfolger abzuschütteln. Frieda schaute die ganze Zeit aus dem Fenster.

»Wohin fahren wir?«

»In einen anderen Stadtteil«, antwortete er. »Elephant and Castle. Kennst du Elephant and Castle?«

»Ein bisschen.«

»Da in der Nähe ist es.«

Nach etwa zwei Kilometern sah Frieda, dass sie sich inzwischen auf der New Kent Road befanden. Von dort bog Lev wieder in eine kleinere Straße ab. Er fuhr unter einer Eisenbahnbrücke hindurch und dann in eine weitere Seitenstraße, gesäumt von Wohnblöcken, die mehr oder weniger aussahen wie der, den sie gerade verlassen hatte, wenn auch nicht ganz so heruntergekommen. Im Licht der Straßenlampen konnte sie hinter einem Metallgitter Grasflächen und Reihen von Autos erkennen. Lev bog ein letztes Mal ab und parkte. Sie stiegen aus. Frieda ließ den Blick schweifen. Auf der einen Seite befand sich das Gebäude. Sein Name prangte auf einem Schild,

Thaxted House. Auf der anderen Straßenseite verlief die Bahn-
linie, und jenseits der Gleise sah Frieda zwei Hochhäuser auf-
ragen, durchsetzt von Lichtern.

Lev holte die Taschen aus dem Wagen und deutete auf eine
Tür im Erdgeschoss. Er sperrte auf und führte Frieda in einen
dunklen Flur. Nachdem er mit dem Ellbogen einen Lichtschal-
ter betätigt hatte, lotste er sie in die Küche. Frieda registrierte
einen abgewetzten Linoleumboden, Stühle, die nicht zusam-
menpassten, einen ramponierten und fleckigen alten Gasherd.
Trotzdem war die Küche sauber, und neben dem Spülbecken
standen mehrere gespülte Schüsseln und Backofenformen.

»Hier wohnt jemand«, stellte Frieda fest.

»Ich zeige dir dein Zimmer«, sagte Lev.

»Haben die anderen Bewohner nichts dagegen?«

»Es geht sie nichts an.«

»Wer sind sie?«

Lev zuckte nur mit den Achseln und führte sie wieder auf
den Flur, vorbei an zwei geschlossenen Zimmertüren. Er legte
einen Finger an die Lippen. Dann schob er eine Tür auf.

»In Ordnung?«, fragte er leise.

Frieda warf einen Blick hinein. Das Mobiliar bestand aus
einem Bett, einem Nachttisch, einem Läufer, sonst nichts.

Doch auch dieser Raum wirkte sauber und ordentlich. Sie
trat ans Fenster und zog den Netzvorhang zur Seite. Obwohl
es mit Eisenstangen gesichert war, konnte sie durchs Glas be-
leuchtete Flächen und ein rechteckiges Stück Wiese sehen, das
von Wohnungen umgeben war.

»Du hast schon viel zu viel für mich getan.« Inzwischen
folgte sie seinem Beispiel und duzte ihn.

Er quittierte ihre Bemerkung mit einem Nicken. Dann reichte
er ihr seinen Schlüssel.

»Pass besser auf«, sagte er. »Ich verabschiede mich jetzt.«

Frieda schüttelte die Hand, die er ihr hinhielt, ließ sie aber
nicht gleich wieder los, sondern nahm sie einen Moment in

Augenschein. An den Knöcheln war die Haut abgeschürft, genau wie sie es vorhin bei Josef gesehen hatte.

»Was habt ihr mit ihm gemacht?«

Lev griff nun seinerseits noch einmal nach Friedas rechter Hand und betrachtete sie. Zwischen seinen riesigen Pranken wirkte sie klein und verloren. Er ließ sie wieder los.

»Warst du jemals an einer Schlägerei beteiligt?«, fragte er.

Frieda gab ihm keine Antwort. Das war tatsächlich schon ein-, zweimal vorgekommen.

»Ich mag das gar nicht«, fuhr Lev fort. »Die Angst, das Blut. Die Leute, die Raufereien lustig finden, sind…« Er sah aus, als wollte er ausspucken, um seine Verachtung zu demonstrieren. »Man kann nicht ein Stück weit kämpfen, oder halb, oder ein bisschen. Sonst verletzt man sich. Ich kämpfe nicht gern.« Mit einem Ausdruck von Bedauern blickte er auf seine Hand hinunter. »Aber wenn ich kämpfe, dann richtig. Ohne Grenze, ohne Bremse. Das ist wie Liebe.«

»Wie Liebe«, wiederholte Frieda langsam. Sie klang dabei eher fasziniert als skeptisch.

»Man kommt dem anderen ganz nahe, man riecht ihn, spürt seine Berührung, seinen Atem, und man hört nicht auf. Die meisten Leute können das nicht. Ich habe mit Josef gesprochen. Ich glaube, du kannst es, Frieda.« Als er daraufhin etwas aus der Tasche zog, wirkte er plötzlich in Gedanken versunken. Frieda konnte erst nicht erkennen, worum es sich handelte. Dann sah sie es. Er hielt ihr ein Messer hin, und zwar so, dass die Klinge in seine Richtung zeigte. Der Griff war aus poliertem dunkelbraunem Holz.

»Wozu soll das sein?«, fragte Frieda.

»Für dich. Trage es immer bei dir.«

»Ich kann nicht mit einem Messer herumlaufen.«

»Ach, wahrscheinlich brauchst du es sowieso nie zu benutzen.« Er ließ es zuschnappen und in ihre Jackentasche gleiten. »Vorsicht, es ist scharf. Sehr scharf.«

»Aber…«

Er schüttelte den Kopf.

»Ganz«, sagte er, »oder gar nicht. Man braucht dafür aber…« Er suchte nach dem richtigen Wort.

»Mumm?«, schlug Frieda vor. »Man braucht dafür Mumm?«

»Ja. Den hast du, glaub ich.«

Mit diesen Worten verließ er den Raum. Nachdem draußen die Tür ins Schloss gefallen war, begann Frieda in ihren Taschen zu wühlen, bis sie gefunden hatte, was sie suchte: ihre Zahnbürste, Zahnpasta, Seife und ein Handtuch. Sie ging hinaus auf den Flur, hielt Ausschau nach dem Badezimmer und wurde schnell fündig.

Während sie sich die Zähne putzte, registrierte sie auf dem Badewannenrand einen rosafarbenen Plastikrasierer. Ihr Blick wanderte über die Ablage: Shampoo, Haarspülung, eine Schachtel Tampons, Cremetöpfe, schwarzes Kajal, eine Tüte Watte. Nichts davon sah aus, als gehörte es einem Mann.

Aus dem Bad ging sie schnurstracks ins Bett, schaltete die Lampe aus und starrte zur Zimmerdecke empor. Von draußen fiel etwas Licht herein. Sie konnte einen gezackten Riss erkennen, der wie eine Küstenlinie quer über die ganze Decke verlief, von einer Seite des Raums zur anderen. Sie hörte einen Zug vorbeidonnern, einen Güterzug. Er erschien ihr endlos lang.

Stimmen ließen sie aus dem Schlaf schrecken. Sie zog sich an und verließ ihr Zimmer. Die Stimmen wurden lauter. Man hörte etwas auf den Boden krachen und zersplittern. Es folgte ein weiterer Knall. Frieda betrat die Küche. Zuerst begriff sie nicht recht, was vor sich ging. Eine Frau kniete auf dem Boden und sammelte die Bruchstücke eines Tellers ein. Frieda konnte ihr Gesicht nicht sehen, registrierte aber einen blonden Haarschopf und dunkle Kleidung. Am Spülbecken stand eine zweite Frau. Sie hatte braunes Haar und dunkle, fast schwarze Augen. Zornig schlug sie mit einem Holzlöffel gegen den Rand des Metallspülbeckens – wahrscheinlich, um zu unterstreichen, was sie gerade gesagt hatte. Beide Frauen redeten mit erhobener Stimme aufeinander ein. Frieda konnte nicht einmal feststellen, ob sie Englisch sprachen oder nicht.

»Hallo?«, meldete sie sich zu Wort, doch die beiden schienen sie nicht zu hören. Erst als sie mit der Handfläche hart auf die Tischplatte schlug, verstummten die beiden Frauen und blickten sich um.

»Wie sind Sie hereingekommen?«, fragte die Dunkelhaarige.

»Ich habe heute Nacht hier geschlafen«, antwortete Frieda. »Lev hat mich hergebracht.«

»Lev?«

Die blonde Frau sagte etwas, das Frieda nicht verstand, wahrscheinlich lieferte sie ihrer Mitbewohnerin irgendeine Art von Erklärung, woraufhin sich die beiden wieder anzuschreien begannen.

»Bitte«, sagte Frieda. Als sie das Wort dann wiederholte, schrie sie beinahe. Die zwei Frauen wandten sich erneut nach ihr um, diesmal fast verblüfft. »Gibt es ein Problem?«, fragte Frieda.

Die zwei Kontrahentinnen keuchten, als hätten sie einen Ringkampf hinter sich.

»Nein, kein Problem«, antwortete die Dunkelhaarige.

»Ich bin Carla«, stellte Frieda sich vor.

Die blonde Frau runzelte die Stirn.

»Ich heiße Mira.«

»Und ich bin Ileana«, sagte die Dunkelhaarige.

»Hallo. Wollen wir uns duzen?« Sie streckte der blonden Frau die Hand hin.

Mira zögerte einen Moment. Dann wischte sie sich an ihrer Hose die Hand ab und begrüßte ihre neue Mitbewohnerin.

»Du blutest ja«, stellte Frieda fest. An Miras Zeigefinger hing ein Tropfen Blut.

»Ach, das ist doch nichts.«

Frieda ging in die Knie und sammelte ein paar von den Scherben ein.

»Du hattest wohl einen kleinen Unfall.«

»Das war kein gottverdammter Unfall«, meldete Ileana sich zu Wort.

»Oh«, sagte Frieda. »Soll ich uns Tee machen?«

»Wir haben keine Milch«, entgegnete Ileana.

»Das macht ja nichts.«

»Und auch keinen gottverdammten Tee.«

»Dann werde ich welchen holen.«

Als Frieda mit Tee und Milch zurückkam, war Mira ins Bad verschwunden. Frieda bereitete den Tee zu.

»Soll ich Mira auch schon Tee einschenken?«

»Nein«, antwortete Ileana. »Sie braucht immer ewig für ihr Haar – und ihre Nägel und ihr Gesicht…« Sie stieß ein verächtliches Schnauben aus.

Während Frieda zwei Tassen Tee einschenkte, musterte Ileana sie misstrauisch.

»Was arbeitest du?«

»Ich mache verschiedene Sachen«, antwortete Frieda. »Im Moment arbeite ich hauptsächlich als Kindermädchen.«

»Kinder«, wiederholte Ileana, als würde das alles erklären.

»So schlecht ist das auch wieder nicht«, entgegnete Frieda. »Wo arbeitest denn du?«

»Auf einem Markt – dem Camden Market.«

»An einem Stand?«

»Ja. Spanisches Essen. Paella.«

»Kommst du aus Spanien?«

»Brașov.«

»Das klingt aber nicht nach Spanien.«

»Rumänien.«

»Arbeitest du mit Mira zusammen?«

Ileana zog ein Gesicht.

»Ganz bestimmt nicht. Sie ist Friseurin.«

»Ich muss in ein paar Minuten aufbrechen«, erklärte Frieda. »Gibt es irgendetwas, das ich wissen muss?«

Ileana überlegte einen Moment.

»Keine Regeln. Kauf dein eigenes Essen ein. Hilf beim Putzen. Zahle einen Anteil für die Heizung. Pass auf, welche Leute du mitbringst.«

»Das werde ich.«

»Mira hat einen Freund. Einen Engländer.« Wieder zog Ileana ein Gesicht.

»Ist es kein Netter?«

»Der sieht nur ihr Gesicht und ihren Körper und den Sex.«

»Verstehe.«

»Wenn das Licht ausfällt... Neben der Haustür ist der Kasten.«

Frieda erhob sich. Ileana musterte sie nachdenklich.

»Du bist Engländerin?«

»Ja.«

»Und trotzdem bist du hier?«

»Nur für eine Weile.«

»Seltsam.«

Frieda überlegte, was sie sagen könnte, um es weniger seltsam erscheinen zu lassen, aber ihr fiel nichts ein.

18

Reuben gab ein Abendessen. Josef war natürlich auch da, weil er ja bei Reuben wohnte. Er zahlte zwar keine Miete, hielt aber das Haus in Schuss, kaufte den Wodka und bereitete die meisten ihrer Mahlzeiten zu. Die übrigen Gäste waren Sasha, Jack Dargan, Friedas Schwägerin Olivia und ihre Nichte Chloë. Chloë hatte eigentlich Ärztin werden wollen, besser gesagt, Olivia hatte für sie vorgesehen, dass sie Ärztin werden sollte. Jetzt aber kam sie gerade von der Berufsschule, weil sie vor Kurzem eine Ausbildung zur Tischlerin und Schreinerin angefangen hatte.

»Das ist nur eine Phase«, erklärte Olivia.

»Ich lerne, wie man Stühle macht«, sagte Chloë, »und Tische. Das ist mehr, als du je geschafft hast.«

Sie und Jack saßen so weit voneinander entfernt wie nur irgend möglich. Die beiden waren eine Weile ein Paar gewesen, dann hatten sie sich getrennt, waren wieder zusammengekommen und hatten sich nun erneut getrennt. Jacks Wangen waren gerötet, und das Haar stand ihm vom Kopf ab, weil er immer wieder nervös mit den Händen hindurchfuhr. Er ignorierte Chloë, während sie ihn hin und wieder finster anfunkelte oder laute, sarkastische Bemerkungen machte. Olivia hatte sich anlässlich der Einladung schick herausgeputzt: Zu einem lila Rock trug sie jede Menge Modeschmuck aus Kunststoffkügelchen und hatte ihr Haar zu einer komplizierten Hochfrisur drapiert, aus der an mehreren Stellen etwas herausragte, das an Essstäbchen erinnerte. Ihr Lidschatten war grün, ihr Lippenstift rot, und sie war bereits auf dem besten Weg, betrunken und ein wenig weinerlich zu werden.

Sie saß neben Reuben und schilderte ihm, wie sie kürzlich in Friedas Haus auf dem Sofa gesessen und geheult habe. »Wie ein Baby«, fügte sie hinzu. Reuben tätschelte ihr tröstend die Hand, ehe er ihr nachschenkte. Einzig und allein Sasha wirkte sehr schweigsam.

Josef hatte viel zu viel gekocht. Er hatte den Großteil des Nachmittags damit zugebracht, Sommerborschtsch mit Gurke und Zitrone zuzubereiten. Außerdem gab es Weizensuppe und seine üblichen Piroggen – pikant und süß.

»Und Holubzi«, sagte er, während er das dampfende Gericht auf den Tisch stellte, »und Pyrischky.«

»Du weißt, dass ich inzwischen Vegetarierin bin?«, fragte Chloë. »Was kann ich essen?«

Josef seufzte schwer enttäuscht. »Es gibt viel Kohl«, erklärte er. »Kohlrouladen und mit Kohl gefüllte Teigtaschen. Und Suppe ohne Fleisch.«

»Aber mit Fisch? Fisch esse ich nämlich auch nicht mehr.«

»Nun wollen wir erst einmal alle auf Frieda anstoßen.«

Er füllte sechs Gläser bis zum Rand mit Wodka und reichte sie herum.

»Auf unsere liebe Freundin!«, verkündete er. Seine braunen Augen leuchteten.

»Auf Frieda«, stimmte Reuben ein.

»Die eine richtige Idiotin ist«, fügte Jack hinzu.

»Auf Frieda«, sagte Sasha leise, als spräche sie mit sich selbst, während sie zwar ihr Wodkaglas anhob, dann aber nur einen ganz kleinen Schluck trank.

»Nachdem wir das nun erledigt hätten …« Reuben wandte sich an Josef. »Also?«

»Was?«

»Ich bin weder blind noch blöd.«

»Wovon sprichst du?«, fragte Josef.

»Von Frieda.«

»Ich weiß nichts«, antwortete Josef, »gar nichts.«

»Du schleichst durchs Haus, verschwindest mitten in der Nacht und führst Telefongespräche im Flüsterton. Außerdem sehe ich es dir immer an, wenn du lügst. Du kannst mir dann nicht in die Augen sehen.«

Josef beugte sich über den Tisch und starrte Reuben an. Während die beiden ein paar Sekunden so verharrten, wurde es um sie herum ganz still. Dann brach Olivia den Bann, indem sie zu kichern begann, woraufhin sich die zwei Männer zurücksinken ließen. Josef kippte ein weiteres Glas Wodka und wischte sich mit einem großen Taschentuch über die Stirn. Reuben nippte nachdenklich an seinem Wein.

»Wir anderen sind auch ihre Freunde«, bemerkte er.

»Ein Ehrenwort darf man nicht brechen«, entgegnete Josef.

»Weißt du, wo sie ist?«

»Nein. Das ist ihr Geheimnis.«

»Aber du hast sie gesehen?«

»Das kann ich nicht sagen.«

Sasha meldete sich mit leiser Stimme zu Wort. »Wenn Josef ihr ein Versprechen gegeben hat, dann sollten wir ihn nicht drängen, es zu brechen. Frieda hat bestimmt gute Gründe, wenn sie verschwunden bleiben möchte.« Sie kippte den Rest ihres Wodkas hinunter und musste husten.

»Auf wessen Seite stehst du eigentlich?«

»Mir war nicht klar, dass es hier darum geht, für jemanden Partei zu ergreifen.«

»Ich habe ihr geholfen, einen Platz zu finden«, mischte Josef sich ein.

»Zum Wohnen?«

»Ein Freund von mir hat sich darum gekümmert.«

»Wo?«

»Da ist sie nicht mehr.«

»Was soll das heißen?«, fragte Reuben. »Wo war sie?« Josef zog hilflos die Schultern hoch. »Wo ist sie *jetzt*?«, fuhr Reuben fort.

»Ich weiß es nicht.«

»Du lügst.«

»Ich lüge nicht.«

»Geht es ihr gut?«, stieß Chloë in heiserem Flüsterton heraus, als hätte sie Angst, jemand könnte sie belauschen.

»Sie hat keine Haare mehr und trägt komische Sachen.«

»Keine Haare mehr?«, keuchte Olivia erschrocken. »Gar keine?«

»Warum kommt sie nicht zu uns?«, fragte Chloë, die angestrengt blinzelte, weil ihr schlagartig Tränen in die Augen getreten waren.

»Sie möchte uns nicht in Schwierigkeiten bringen«, erklärte Reuben. »Sie versucht uns zu schützen.«

»Das kann sie sich sparen«, stieß Olivia aufgebracht hervor und warf dabei so abrupt den Kopf in den Nacken, dass eines ihrer Haarstäbchen herausflog. »Selbst wenn sie zehn Männer getötet hätte, wäre ich immer noch auf ihrer Seite.«

»Sie hat niemanden getötet«, erwiderte Sasha. Obwohl sie sehr bleich war, leuchteten auf ihren Wangen rote Flecken. Nervös zupfte sie an der Tischdecke herum. »Genau darum geht es. Wenn die bei der Polizei glauben, dass sie es war, werden sie den wahren Täter niemals finden.«

»Woher willst du das wissen?«, fragte Jack.

»Ich weiß es einfach.«

»Sie hat es dir gesagt, oder?«

»Nein!«

»Warum wirst du plötzlich so rot?« Olivia musterte sie eindringlich. »Du siehst aus, als hättest du Fieber.«

»Ich bin nur müde.«

»Ja, ich weiß«, lenkte Olivia ein, »entschuldige.«

»Ich denke mir schon die ganze Zeit«, sagte Jack, »dass wir uns fragen sollten, was Frieda täte.«

»Wir wissen, was Frieda täte, weil sie es nämlich schon getan hat.«

»Ich meine, an unserer Stelle. Würde sie einfach herumsitzen und abwarten, wie wir es bisher getan haben? Außer Josef natürlich.«

»Weißt du sonst noch irgendetwas, Josef?«, fragte Chloë. »Hat sie genug Geld?«

»Ich glaube schon«, antwortete Josef.

»Was können wir schon groß tun?«, gab Reuben verdrossen zu bedenken. »Wir wissen ja nicht mal, wo sie ist. Wir haben keine Ahnung, was sie vorhat, und keine Möglichkeit, uns mit ihr in Verbindung zu setzen.«

»Wir müssen Josef folgen«, schlug Olivia vor. »Ihn beschatten.«

»Mich? Nein!«

»Aber was täte sie?«, wiederholte Jack und raufte sich dabei sein ohnehin schon zerzaustes Haar. »Sie täte etwas, das weiß ich ganz genau. Und das sollten wir auch.«

»Hat jemand von euch mit Karlsson gesprochen?«, fragte Chloë.

»Der arme Kerl hat schon genug Probleme.« Reuben schenkte sich ein weiteres Glas Wein ein. »Mit Frieda befreundet zu sein ist kein Zuckerschlecken.«

Detective Constable Yvette Long musste Karlsson aus einem Verhör holen.

»Der Polizeipräsident hat angerufen.«

»Was will er?«

»Draußen steht ein Wagen für dich bereit. In einer Minute musst du los.« Sie warf einen Blick auf ihre Armbanduhr. »Besser gesagt, jetzt.«

»Wohin soll es denn gehen?«

»Aufs Revier von Altham.«

»Altham?« Karlsson runzelte die Stirn. Das war Husseins Revier. »Haben sie Frieda gefunden?«

»Nicht dass ich wüsste. Soll ich mitkommen?«

»Wenn du magst. Du könntest mir ein bisschen Rückendeckung geben.«

Sie schwiegen, bis sie nebeneinander auf der Rückbank des zivilen Polizeifahrzeugs saßen.

»Hat er etwas gesagt?«

»Wer?«, fragte Karlsson. »Der Polizeipräsident?«

»Der Taxifahrer. Ich spreche von unserem Fall. Hat er gestanden?«

»Er hat mich keines Blickes gewürdigt und kein einziges Wort von sich gegeben.«

»Aber wir haben die DNA. Und die Aussage des Mädchens. Das sollte reichen.«

»Es dauert nur länger. Und sie wird vor Gericht aussagen müssen.«

Karlsson hatte offenbar keine Lust zu reden. Er starrte aus dem Fenster.

»Hast du eine Ahnung, was sie von dir wollen?«, fragte Yvette.

Karlsson gab ihr keine Antwort.

»Sie hätte das nicht tun sollen«, fuhr Yvette fort. »Damit macht sie es nur noch schlimmer. Sie …«

Karlsson wandte sich ihr zu. Irgendetwas in seinem Blick brachte sie zum Schweigen.

»Kaffee?«, fragte Polizeipräsident Crawford.

Allem Anschein nach hatte man auf dem Polizeirevier Altham extra ein Büro räumen und vorbereiten lassen, fast wie für einen königlichen Besucher. Auf einem Konferenztisch standen eine Thermoskanne voll Kaffee, ein Krug Wasser, ein Teller Kekse und eine Schale mit Äpfeln, Mandarinen und Weintrauben. Auf der anderen Seite des Tisches saß Detective Hussein mit einem Glas Wasser, einer Aktenmappe und ihrem Telefon vor sich. Karlsson und Long schenkten sich Kaffee ein und nahmen Platz. Der Polizeipräsident schenkte sich ebenfalls eine Tasse ein, fügte zwei Würfel Zucker hinzu und rührte energisch um.

»Wie ist der Stand in Ihrem Vergewaltigungsfall?«

»Wir werden ihn heute noch zur Anklage bringen.«

»Ausgezeichnet.« Der Polizeipräsident lächelte. Yvette Long fand seine aufgesetzte Liebenswürdigkeit beunruhigender als die barsche, ungeduldige Art, die sie sonst von ihm kannte. »Sehen Sie? Offenbar kommen Sie auch ohne Ihre Freundin recht gut klar.«

Yvette wandte sich Karlsson zu. Sie sah, wie sich sein Kiefer leicht verspannte. Schlagartig hatte sie ein flaues Gefühl im Magen, denn sie kannte die Anzeichen. Würde Karlsson etwas sagen? Doch er ließ sich mit seiner Antwort Zeit. Behutsam griff er nach seiner Kaffeetasse und nahm einen Schluck.

»Man hat mich aus dem Verhör geholt«, erklärte er schließlich. »Steht etwas Dringendes an?«

»Vermutlich ist das Ganze für Sie ein wenig schmerzhaft.«

»Inwiefern?«

Die übertriebene Herzlichkeit des Polizeipräsidenten verwandelte sich in aufgesetzte Sorge.

»Weil Ihre Sonderberaterin sich aus dem Staub gemacht hat.«

»Tja, das ist bedauerlich«, antwortete Karlsson.

»Wollen Sie gar nicht wissen, wie die Suche nach ihr voranschreitet?«

»Wie schreitet sie denn voran?«

»Gar nicht«, meldete Hussein sich zu Wort.

Im Raum herrschte einen Moment Schweigen.

»An dieser Stelle wäre ein Kommentar angebracht«, ergriff der Polizeipräsident wieder das Wort. »Sie könnten zum Beispiel ›Wie schade‹ sagen oder irgendeinen Vorschlag machen.«

»Gut, dann mache ich Ihnen jetzt einen Vorschlag. Sie sollten nicht nur nach Doktor Klein fahnden, sondern auch in andere Richtungen ermitteln.«

Das Gesicht des Polizeipräsidenten rötete sich. Yvette wusste, was gleich kommen würde.

»Es gibt keine andere Richtung. Frieda Kleins Flucht war ein klares Schuldeingeständnis.« Er hielt einen Moment inne. Dass Karlsson nicht reagierte, machte ihn nur noch wütender. »Was haben Sie dazu zu sagen?«

»Frieda hat den Mord nicht begangen«, antwortete Karlsson. »Wenn sie eine derartige Tat begangen hätte, würde sie sich dazu bekennen. Sie würde sich nicht aus dem Staub machen.«

»Wie Sie verdammt genau wissen, hat sie schon mal jemanden umgebracht und sich *nicht* dazu bekannt.«

»Weil sie die betreffende Person ebenfalls nicht getötet hat.«

»Und ob.«

»Wäre sie es tatsächlich gewesen, bestünde kein Grund, es zu leugnen. Sie hätte eindeutig in Notwehr gehandelt.«

Crawford schob seine Tasse weg.

»Die Kaffeepause ist vorbei«, erklärte er. »DCI Hussein und ich haben Ihnen ein paar Fragen zu stellen.«

»Was für Fragen?«

»Hatten Sie in den letzten Tagen Kontakt mit Frieda Klein?«, meldete sich Hussein zu Wort.

»Nein.«

»Gesetzt den Fall, sie würde sich bei Ihnen melden, was würden Sie ihr dann sagen?«

»Ich beantworte normalerweise keine hypothetischen Fragen, aber auf diese bekommen Sie trotzdem eine Antwort: Würde Frieda sich bei mir melden, würde ich ihr dazu raten, sich zu stellen.«

»Warum?«, fragte Crawford mit einem fast schon höhnischen Lächeln. »Haben Sie die Akte nicht gelesen? Ihre Freundin wird mit ziemlicher Sicherheit verurteilt werden.«

»Ich würde ihr dazu raten, weil das Gesetz es verlangt.«

»Wie schade, dass Sie Klein davon nicht überzeugen konnten, bevor sie sich aus dem Staub gemacht hat.«

»Ich konnte sie noch nie von viel überzeugen.«

»Sie kennen sie«, warf Hussein ein. »Haben Sie irgendwelche Vorschläge?«

»Eigentlich nicht.«

»Das ist uns aber keine große Hilfe«, stellte der Polizeipräsident fest.

»Ich schätze mal, sie wird Orte meiden, an denen sie sich sonst oft aufhält.«

»In der Klinik ist sie uns entwischt. Warum, glauben Sie, war sie dort?«

»Um ihren Patienten zu besuchen. Liegt das nicht auf der Hand?«

»Ja, doch, aber warum?«, hakte Hussein nach.

»Haben Sie ihn dazu nicht befragt?«

»Er hat sich nicht sehr zusammenhängend geäußert. Der Mann wurde schlimm verprügelt und verletzt. Seine Finger wurden zerquetscht, zum Teil sogar die Fingerspitzen gekappt. Soweit ich es beurteilen kann, hat sie ihn gefragt, wie es ihm geht, wo er war, wer ihm das angetan hat – solche Sachen.«

»Demnach hat sie sich Sorgen um ihn gemacht.«

»Hmm. Trotzdem ist es seltsam. Warum begibt sie sich an einen Ort, wo sie damit rechnen muss, erkannt zu werden, nur, um ihre Sorge zum Ausdruck zu bringen?«

»Ich weiß es nicht. So etwas ist typisch Frieda.«

»Was ist mit ihren Freunden?«

»Was soll mit ihnen sein?«

»Glauben Sie, sie helfen ihr?«

»Das müssen Sie sie selber fragen.«

»Jetzt frage ich aber Sie. Was meinen Sie?«

Karlsson überlegte einen Moment.

»Ich glaube schon, dass ihre Freunde ihr helfen würden, wenn Frieda sie darum bäte. Allerdings glaube ich nicht, dass sie das tun wird.«

»Sie sind ihr Freund«, stellte Hussein fest.

»Mich hat sie nicht um Hilfe gebeten.«

»Wenn sie es täte, wie würden Sie reagieren?«

Polizeipräsident Crawford warf einen Blick auf seine Armbanduhr. »So unterhaltsam das auch ist, aber wir haben keine Zeit für eine Diskussion über hypothetische Situationen«, verkündete er. »Ich bin mir sicher, DCI Karlsson wird sich bei uns melden, sobald es etwas gibt, das wir wissen müssen. Jetzt haben wir erst einmal einen Termin.«

Karlsson und Long standen auf und wandten sich zum Gehen, doch der Polizeipräsident schüttelte lächelnd den Kopf.

»Sie kommen auch mit, Mal.«

»Wohin?«

»Sie kennen ja das alte Sprichwort: Wenn bei einem Fall gar nichts anderes mehr hilft, hält man eine Pressekonferenz.«

»Dieses Sprichwort ist mir neu.«

»Die Konferenz beginnt in fünf Minuten. Für Sie ist das eine gute Gelegenheit zu beweisen, dass Sie zum Team gehören.«

»Muss ich das wirklich erst beweisen?«

»Und Sie«, sagte der Polizeipräsident an Yvette gewandt, »können sich in die Kulissen stellen und etwas lernen.« Er forderte Karlsson mit einer Handbewegung auf, ihm zu folgen. Hinter seinem Rücken formte Yvette mit den Lippen ein unflätiges Wort.

»Übrigens dürfen Sie sich freuen«, sagte Hussein zu Karlsson, während Crawford vor ihnen durch die Gänge eilte, »denn auf der Bühne wird uns gleich ein ganz besonderer Freund von Ihnen Gesellschaft leisten.«

»Wer soll das sein?«, fragte Karlsson, doch noch während er die Worte aussprach, wurde ihm mit einem plötzlichen Anflug von Übelkeit klar, wie die Antwort lautete.

Der Pauline-Bishop-Saal war nach einer Polizistin benannt, die im Dienst ihr Leben gelassen hatte. An diesem Tag war er fast voll. Scheinwerfer wurden in Position gebracht, und man hörte erwartungsvolles Gemurmel. Yvette schob sich durch die Menge, um sich ganz hinten einen Beobachtungs-posten zu suchen. Sie hatte ein ungutes Gefühl – wie eine Zu-schauerin kurz vor Beginn eines Theaterstücks, von dem sie genau wusste, dass es nicht ausreichend geprobt worden war. Verfolgt von den Blitzlichtern der Fotografen betraten die Akteure die Bühne: der Polizeipräsident, Hussein, ein ange-spannt wirkender Karlsson und Professor Hal Bradshaw. Mit seinem dunkelgrauen Anzug, zu dem er ein weißes Hemd und eine dunkle Krawatte trug, sah Letzterer aus, als leitete er die ganze Aktion. Während sie alle vier Platz nahmen, setzte er eine ernste, nachdenkliche Miene auf.

Hussein gab einen kurzen Überblick über den Fall, die Rolle Frieda Kleins als Hauptverdächtige und deren Verschwinden. Yvette hörte nur mit einem Ohr zu. Sie wusste, dass solche Konferenzen zum Teil eine Scharade waren. Sie hatte erlebt, wie Eltern unter Tränen flehten, man möge ihnen doch ihr Kind zurückgeben, oder ein Ehemann, dessen Frau ermordet worden war, potenzielle Zeugen bat, sich zu melden. Falls sich tatsächlich ein Zeuge meldete, war das gut, aber in der Regel war es nicht der einzige Sinn der Übung. Fast immer zählten die Eltern, der Ehemann oder der Freund zu den Verdächti-gen. Eine Pressekonferenz stellte eine gute Gelegenheit dar, im Licht der Scheinwerfer ihr Verhalten unter die Lupe zu neh-men. War es in diesem Fall auch so? Hatte Hussein den Ver-dacht, dass Karlsson Informationen verschwieg?

Nachdem Hussein ihre Erklärung abgegeben hatte, beugte sich Polizeipräsident Crawford über das Mikrofon und sagte ein paar Worte.

»Ich würde gerne die Gelegenheit nutzen und mich bei der Öffentlichkeit entschuldigen. Diese Frau, Frieda Klein, hat eine Weile für uns gearbeitet. Trotz ihrer – gelinde gesagt – etwas wechselhaften Vorgeschichte war die jetzige Situation absolut nicht vorhersehbar. Ich kann Ihnen nur versichern, dass wir alles in unserer Macht Stehende tun werden, um die Dame ihrer gerechten Strafe zuzuführen. In diesem Sinn übergebe ich das Wort nun an den sehr angesehenen Psychiater Professor Hal Bradshaw, der mit mehr Fachkenntnis über Kleins bizarres Verhalten sprechen kann. Professor Bradshaw?«

Bradshaw ließ sich noch ein paar Augenblicke Zeit, als wäre er tief in Gedanken versunken, ehe er das Wort ergriff.

»In diesem Fall ist Vorsicht geboten«, begann er. »Denn wenn ich das richtig verstanden habe, wird Doktor Klein« – er sprach das Wort »Doktor« aus, als hielte er es zwischen zwei Zangen – »ein schweres Verbrechen zur Last gelegt, und ich möchte die Objektivität der Ermittler auf keinen Fall beeinträchtigen. Lassen Sie mich aufgrund meiner langjährigen Erfahrungen auf diesem Gebiet lediglich anmerken, dass es nur allzu häufig vorkommt, dass psychisch labile, gestörte Menschen sich von der Polizeiarbeit angezogen fühlen. Sie mischen sich gerne in die Ermittlungen ein, indem sie so tun, als wollten sie helfen.« Er verschränkte die Finger. »Die Gründe hierfür sind vielfältig und komplex. Es ist schwer zu sagen, welche Charakterzüge im Fall von Doktor Klein zu diesem Verhalten geführt haben: Es könnte sich um eine narzisstische Persönlichkeitsstörung handeln, um ein übersteigertes Bedürfnis nach Aufmerksamkeit, aber auch um Eitelkeit, Gier oder Hilflosigkeit, womöglich auch …«

»Aber wird uns das alles helfen, sie zu *fassen*?«, unterbrach ihn Hussein, die sich nicht länger beherrschen konnte.

»Das ist Ihre Aufgabe, wenn Sie mir die Bemerkung erlauben«, erwiderte Bradshaw, woraufhin Husseins Miene fast so frostig wurde wie die von Karlsson. »Ich sage nur, dass sie sich in einem gestörten Zustand befindet – in einem Zustand der Entwurzelung und Heimatlosigkeit. Wahrscheinlich wird sie früher oder später versuchen, Aufmerksamkeit auf sich zu lenken.« Der Polizeipräsident setzte zum Sprechen an, aber Bradshaw gebot ihm mit einer Handbewegung Einhalt, um seinerseits fortzufahren: »Lassen Sie mich nur noch hinzufügen, dass aufgrund von Kleins Vorgeschichte mit gewalttätigen Reaktionen zu rechnen ist, wenn man sie provoziert – oder wenn sie das Gefühl hat, provoziert zu werden. Falls jemand sie sieht, sollten die Betreffenden ihr nicht zu nahe kommen. Im Übrigen stehe ich nachher gerne zur Verfügung, falls es noch Fragen geben sollte.«

»Danke«, sagte der Polizeipräsident. »Weise Worte. Als Nächstes möchte ich das Wort an Detective Chief Inspector Karlsson übergeben. Er ist an den Ermittlungen nicht beteiligt, hat aber längere Zeit mit Klein zusammengearbeitet und würde gern einen persönlichen Appell an sie richten – nur für den Fall, dass sie eine Übertragung dieser Konferenz sieht.«

Karlsson hatte bis dahin nicht gewusst, zu welcher Art von Beitrag er genötigt werden sollte. Wut kochte in ihm hoch. Er biss einen Moment die Zähne zusammen. Dann holte er tief Luft und ließ den Blick über die Reihe der Kameras schweifen. In welche sollte er schauen? Er entschied sich für eine Fernsehkamera.

»Frieda«, begann er, »falls du das siehst, dann komm zurück. Ich weiß, du hast deine eigene Meinung zu diesem Fall.« Er überlegte einen Moment, ehe er hinzufügte: »Wie du überhaupt zu allem deine eigene Meinung hast. Um uns von deiner Sehweise zu überzeugen, musst du zurückkommen und uns vertrauen.« Wieder legte er eine Pause ein. »Du hast für uns wertvolle Arbeit geleistet. Wir verdanken dir viel. Die beste Art …«

»Gut, gut«, fiel ihm der Polizeipräsident ins Wort, »das reicht als Appell. Noch Fragen?«

Es wurden viele Fragen gestellt, hauptsächlich an Hussein. Während sie ihre Erklärungen abgab, wandte Karlsson, dessen Miene wie versteinert wirkte, ein wenig den Kopf und fing dabei Yvette Longs Blick auf. Nach ein paar Fragen erklärte der Polizeipräsident die Pressekonferenz für beendet. Während sie das Podium wieder verließen, lehnte er sich dicht an Karlssons Ohr und flüsterte: »›Wertvolle Arbeit.‹ Was, zum Teufel, sollte das?«

Karlsson gab ihm keine Antwort, sondern bahnte sich wortlos einen Weg durch die auseinanderstrebenden Journalisten. Als er hinten bei Yvette angekommen war, zwinkerte er kaum merklich.

»Eines Tages«, sagte Yvette, »beleidigt Bradshaw die falsche Person, und es passiert etwas ganz Schlimmes.«

»Also, wenn du mich fragst, hat er das schon getan.«

»Hast du das eigentlich ernst gemeint, als du bei unserem Gespräch vorhin gesagt hast, dass Frieda es nicht war?«

Karlsson wandte sich ihr zu, sagte aber nichts. Er wirkte einfach nur müde.

19

Als sie am nächsten Tag aus dem Park zurückkamen, wo Frieda und Rudi mit einem Körbchen Erdbeeren im Gras gesessen und zugesehen hatten, wie Ethan und Tam im Teich herumplanschten, begann es plötzlich heftig zu regnen, fast als wäre der grau angeschwollene Himmel geplatzt. Innerhalb von Sekunden bildeten sich überall Pfützen. Obwohl sie rannten, so schnell sie konnten, wobei die zwei größeren Kinder sich jeweils an der Seite des Kinderwagens festhielten, waren sie nass bis auf die Haut, als sie das Haus schließlich erreichten. Außer Rudi, der dank der wasserdichten Abdeckung seines Kinderwagens trocken blieb, empfanden dabei alle ein seltsames Glücksgefühl. Mit einem breiten Lächeln auf dem sonst so ernsten Gesicht stand Ethan in der Diele, während kleine Rinnsale von seiner Kleidung auf den blanken Holzboden tropften. Frieda holte Handtücher aus dem Bad. Sie schälte Ethan und Tam aus ihren nassen Sachen und rubbelte die beiden so lange trocken, bis sie quietschend versuchten, sich ihr zu entwinden. Dann setzte sie alle drei Kinder aufs Sofa, breitete eine Steppdecke über sie und kochte ihnen heiße Schokolade, die sie mit lautem Geschlürfe tranken. Draußen prasselte der Sommerregen gegen die Fensterscheiben und spritzte von der Straße hoch.

Rudi kippte auf dem Sofa immer wieder nach vorn, sodass sie ihn schließlich in den Hochstuhl verfrachtete und ihm ein paar Holzlöffel zum Spielen gab. Sie betrachtete ihn neugierig. Mit seinem ruhelosen Blick, seinen sich überall festklammernden Händen und den durchdringenden Lauten, die er gelegentlich ausstieß, war er ihr ein absolutes Rätsel. Manchmal glaubte sie, aus dem Silbenwirrwarr ansatzweise Worte herauszuhören. Worüber dachten Einjährige nach? Wovon träumten sie? Wie machten sie sich einen Reim auf die Welt, die mit so vielen Bildern, Klängen und Geräuschen auf sie einstürmte, mit so vielen zugreifenden Händen und starrenden Gesichtern? Als sie ihm den Löffel zurückbrachte, den er quer durch den Raum geschleudert hatte, bedachte er sie mit einem bösen Blick.

Um für Notfälle gewappnet zu sein, hatte Frieda für Ethan Kleidung zum Wechseln eingepackt. Deswegen brauchte sie jetzt nur noch etwas für Tam. Sie ging hinauf in deren Zimmer und stöberte in ein paar Schubladen herum, bis sie schließlich eine Hose mit elastischem Bund und ein grünweiß gestreiftes Oberteil herauszog. Nachdem sie schon einmal oben war, nutzte sie die Gelegenheit für einen Abstecher ins Bridgets Arbeitszimmer, um die Fotos zurück in die Schatulle zu legen. Dass das Schloss kaputt war, ließ sich nicht mehr ändern. Auf dem Rückweg verharrte sie einen Moment vor dem Schlafzimmer von Bridget und Al. Unten hörte sie die Stimmen von Tam und Ethan, begleitet von dem Krach, den Rudi mit seinen Löffeln machte. Nachdem sie beim letzten Mal nur alte Liebesbriefe gefunden hatte, die außer Bridget selbst niemanden etwas angingen, hatte sie eigentlich beschlossen, nicht mehr herumzuschnüffeln. Aber wenn dem so war, was tat sie dann noch hier? Warum spielte sie weiter das Kindermädchen, indem sie drei kleine Kinder durch irgendwelche Parks schleppte und ihnen nach dem Eisessen das Gesicht sauber wischte? Sie war einzig und allein deswegen hier, weil irgendetwas an Bridgets Reaktion auf Sandys Tod ihre Aufmerksamkeit erregt hatte. Also schob sie die Tür auf und ging hinein.

Das große Doppelbett war nicht gemacht, und ein paar Kleidungsstücke lagen herum, zum Teil über Stuhllehnen, zum Teil auf dem Boden. In einer Ecke türmte sich ein Häufchen

Schmutzwäsche. Es gab in dem Raum keinen Kleiderschrank. Stattdessen hingen Kleider, Blusen und Hemden an einer langen Kleiderstange. Größtenteils gehörten die Sachen Bridget – farbenfrohe Kleidungsstücke aus feiner Baumwolle, Seide und Samt. Am Boden standen erstaunlich viele Schuhpaare aufgereiht. Insgesamt wirkte das Zimmer sehr weiblich, als hätte Bridget fast den ganzen Raum für sich beansprucht und Al nur einen Teil des zerwühlten Betts und einen kleinen Nachttisch mit einem Bücherstapel überlassen.

Frieda blickte sich um. Sie wusste selbst nicht so recht, was sie suchte oder wonach sie Ausschau halten sollte. Auf Bridgets Nachttisch standen Tiegel mit Gesichtscreme und Tuben mit Körperlotion neben einem Roman, von dem Frieda noch nie etwas gehört hatte. Außerdem entdeckte sie eine Packung Antibabypillen. In einer Truhe stapelten sich Dessous und T-Shirts. Auf der kleinen Frisierkommode am Fenster lagen Schminkutensilien und Modeschmuck. Frieda zog die schmalen Schubladen heraus: Sie enthielten etliche ineinander verschlungene Ketten, diverse Haarbürsten, Abschminktücher, mehrere Flaschen Parfüm. Anschließend ließ sie eine Hand an den Sachen entlanggleiten, die an der Kleiderstange hingen. Weich streiften die verschiedenen Materialien ihre Haut. In der Tasche einer scharlachroten Samtjacke klirrte etwas. Frieda griff hinein und stieß auf einen Schlüsselbund. Sie zog ihn heraus und betrachtete ihn: zwei Chubb- und zwei Yale-Schlüssel, deren Metall kalt in ihrer Handfläche lag. Sie hörte Rudi mit seinem Löffel schlagen und draußen den Regen herabprasseln. Nachdem sie den Schlüsselbund in ihre eigene Tasche gesteckt hatte, verließ sie den Raum, um wieder hinunterzugehen, vergaß dabei aber nicht, die Tür hinter sich zuzuziehen.

Rudi schlief ein, während Tam und Ethan mit ein paar Holzbausteinen und Plüschtieren spielten. Frieda saß einfach da und verfolgte aus den Augenwinkeln, was die beiden trieben. Hin und wieder griff sie ein – wenn Tam versuchte, Ethan ein Plüschtier wegzunehmen, oder Ethan seinerseits nach einer sehr exotisch und filigran wirkenden Vase griff, die in einem Bücherregal stand –, aber die meiste Zeit befand sie sich mit ihren Gedanken woanders und nahm die Kinder nur als leicht störendes Hintergrundgeräusch wahr.

Sasha kam erst sehr spät nach Hause, als Ethan bereits im Bett lag. Sie hatte einen anstrengenden Tag hinter sich und wirkte erschöpft. Frieda sah, wie scharf ihre Wangenknochen hervortraten und wie schmal ihre Handgelenke wirkten.

»Es tut mir so leid«, entschuldigte sie sich. »Ich bin einfach nicht eher weggekommen. Wir hatten nach Dienstschluss noch eine Besprechung, die endlos dauerte. Ich musste die ganze Zeit daran denken, dass…«

»Kein Problem.« Frieda legte Sasha eine Hand auf den Arm. »Deswegen bin ich doch da – damit du dir nicht ständig Sorgen machen musst. Ich koche noch Tee für dich, dann gehe ich.«

»Tee? Lass uns Wein trinken. In zirka einer Stunde kommt Frank vorbei, um mit mir zu besprechen, wie wir das mit Ethan in Zukunft regeln wollen.«

»Aber nur einen Schluck.«

Doch kaum waren sie in die Küche hinübergegangen, klingelte es an der Tür, und gleich darauf betätigte jemand energisch den Klopfer. Sasha schlug die Hand vor den Mund. »Das ist Frank«, flüsterte sie. »Er ist der Einzige, der sich so ankündigt.«

»Du hast doch gesagt, er kommt erst in einer Stunde.«

»Er ist viel zu früh dran.«

»Ich möchte nicht, dass er mich sieht.«

»Nein. Ich weiß. Oje!«

»Ich warte oben.«

»Womöglich bleibt er recht lang.«

»Dann lese ich eben ein Buch.«

Rasch eilte sie hinauf in den kleinen Raum, den Sasha als Gäste- und Arbeitszimmer nutzte. Unten ging die Haustür auf. Sie hörte, wie Frank Sasha begrüßte und Sasha antwortete. Im Bücherregal entdeckte sie einen Fotoband mit Aufnahmen eines deutschen Fotografen aus der Vorkriegszeit. Langsam blätterte sie die Seiten durch und betrachtete die Gesichter von Menschen, die schon lange tot waren. Sie fragte sich, was all diese Leute, die da so ruhig für die Kamera posierten, wohl durchgemacht hatten.

Plötzlich überkam sie ein so heftiges Gefühl von Sehnsucht, dass sie es fast wie einen körperlichen Schmerz empfand – Sehnsucht nach ihrer kleinen Dachstube zu Hause, dem Zeichenblock und den weichen Bleistiften, der Stille der Räume und der Weite der sie umgebenden Stadt, die sich nachts in ein funkelndes Lichtermeer verwandelte. Aus dem Wohnzimmer drangen die Stimmen von Sasha und Frank zu ihr hinauf. Allerdings verstand sie kaum etwas von dem, was sie sagten. Hin und wieder schnappte sie eine von Franks Phrasen auf: »So können wir doch nicht weitermachen«, »wir müssen da eine Regelung treffen.« Sashas Antworten waren nur als leises Gemurmel zu hören. Dann wurden die Stimmen etwas lauter: »Ich weiß, dass du eine schwere Zeit durchmachst, Sasha. Du siehst sehr dünn und müde aus. Aber das braucht nicht so zu bleiben.«

Frieda versuchte, nicht hinzuhören. Dabei war sie es ja gewöhnt, den Geheimnissen anderer Menschen zu lauschen. Das war ihr Beruf. Nun aber musste sie daran denken, wie sie im Haus von Bridget und Al Schubladen durchwühlt und auf diese Weise Dinge erfahren hatte, die sie nichts angingen. Genauso wenig war es richtig, dass sie jetzt Frank und Sasha dabei belauschte, wie sie über ihre Zukunft sprachen. Trotzdem gelang es ihr nicht, die Stimmen der beiden auszublenden, während sie sich weiter die Fotos ansah. Sie dachte an Sandy und seine Bitterkeit bei ihrer Trennung. Auch sie beide hatten sich einmal geliebt. Für sie, Frieda, war das Ende gewesen wie das Einsetzen der Ebbe: ein langsames Schwinden der Leidenschaft und des Gefühls, eine gemeinsame Zukunft zu haben. Für ihn war es gewesen wie ein Schlag aus heiterem Himmel, der ihn verletzte, demütigte und verwirrte. Eine Weile war er für sie zu einem Fremden geworden, doch nun, da er tot war, fühlte sie sich ihm wieder nah und empfand seinetwegen eine schreckliche Traurigkeit.

Sie hörte noch einmal Franks Stimme und dann Stuhlbeine über den Boden schrammen. Offenbar war er aufgestanden.

»Ja.« Sashas Stimme klang gedämpft. »Das werde ich.«

Kurz darauf ging die Haustür auf und wieder zu. Ein paar Augenblicke später rief Sasha in die Küche hinüber, dass Frank weg sei.

Nachdem sie sich zu Frieda an den Tisch gesellt hatte, tranken sie ein Glas Wein. Sasha war sichtlich aufgeregt. Sie erzählte Frieda, dass Frank der Meinung sei, sie sollten es noch einmal miteinander versuchen.

»Was hast du ihm geantwortet?«

»Dass ich erst darüber nachdenken muss.«

»Ist es das, was du dir wünschst?«

»Ich bin einfach nur müde, Frieda, einfach nur müde.«

»Das weiß ich doch.«

»Ich fühle mich so unwohl.«

»Inwiefern?«

»Das kann ich nicht sagen.« Sie schüttelte den Kopf. »Ich kann es nicht erklären.«

»Du könntest es zumindest versuchen.«

»Du hast selbst genug am Hals und schon so viel getan, um mir zu helfen.« Sie nahm einen großen Schluck von ihrem Wein, ehe sie fortfuhr: »Eigentlich wollte ich dir etwas ganz anderes erzählen.«

»Nämlich?«

»Ich habe mich gestern mit den anderen getroffen. Reuben, Josef, Jack, Chloë und Olivia.«

»Oh.«

»Alle wollen dir helfen, Frieda. Deswegen haben wir uns getroffen – es war wie eine Krisensitzung, organisiert von Reuben. Natürlich mit Unmengen von ukrainischem Essen und Wodka.«

»Lieb von euch«, stellte sie in neutralem Ton fest. Vor ihrem geistigen Auge sah sie alle beieinandersitzen – ohne sie. »Du hast doch nichts gesagt?«

»Nein, natürlich nicht, obwohl es mir unglaublich schwerfiel, mich normal zu benehmen. Jack hat die ganze Zeit gefragt: »Was täte Frieda?«

Frieda lächelte. »Wirklich? Und was *täte* Frieda?«

»Das wusste keiner.«

»Gut.«

Es war schon nach zehn, als Frieda bei Sasha aufbrach. Mittlerweile hatte es zu regnen aufgehört. Die Nachtluft war kühl und klar, und über den Hausdächern zeigte sich der Mond, auch wenn auf den Straßen noch Pfützen schimmerten und von den Platanen Wasser tropfte. Frieda marschierte in zügigem Tempo dahin. Schon bald befand sie sich auf so vertrautem Boden, dass sie kaum noch auf den Weg zu achten brauchte. Wie von selbst trugen ihre Füße sie durch eine Gegend, in der sie alle Straßennamen kannte – Namen, die ihr von der Geschichte dieser Straßen erzählten –, vorbei an einer alten Kirche, an Häuserreihen und Läden und dann an der Nummer 9, dem Café, das ihre Freunde betrieben und in dem sie sonntags immer frühstückte. Schließlich bog sie in die kleine Kopfsteinpflasterstraße ein, in der sich früher Stallungen befunden hatten, und ehe sie es sich versah, stand sie vor der dunkelblauen Tür.

War das dumm? Ja, mit ziemlicher Sicherheit war es das Dümmste, was sie tun konnte, doch während ihr Kopf ihr riet, schnell wieder das Weite zu suchen, befahl das Herz hineinzugehen, und das Herz erwies sich als stärker. Die Sehnsucht in ihr war zu groß. Also holte sie die Schlüssel heraus, die sie in Bridgets Jackentasche gefunden hatte: zwei Chubb-Schlüssel und zwei Yale-Schlüssel. Sie steckte erst den kleineren Chubb ins Schloss, dann einen der beiden Yales. Wie sie schon auf den ersten Blick gewusst hatte, als sie die Schlüssel bei Bridget entdeckte, passten beide und ließen sich problemlos drehen. Die Tür schwang auf, und sie war zu Hause.

Sie blieb einen Moment in der Diele stehen, um dem Haus Zeit zu geben, sich um sie herum einzupendeln.

Es roch noch immer vertraut – nach Bienenwachspolitur, Holzdielen und vielen Büchern, und auch nach den Kräutern, die sie in der Küche auf dem Fensterbrett stehen hatte. Offenbar goss Josef sie wie versprochen. Eine kleine Gestalt schmiegte sich an ihre Beine. Sie beugte sich hinunter, um die leise schnurrende Katze zu streicheln. Ihre Rückkehr schien das Tier nicht zu überraschen. Dann machte sie sich auf den Weg in die Küche, um die Taschenlampe zu holen, die sie dort aufbewahrte, denn ihr war klar, dass sie kein Licht machen durfte. Nachdem sie die Lampe gefunden und angeschaltet hatte, ging sie – begleitet von der Katze, die ihr wie ein Schatten folgte – von Raum zu Raum und betrachtete alles, worauf der Lichtstrahl fiel: Auf dem Schachtisch standen die Figuren noch so wie bei der letzten Partie, die sie durchgespielt hatte. Neben dem leeren Kamin wartete ihr Sessel auf sie. In der Diele begegnete ihr der große Stadtplan von London, den sie dort aufgehängt hatte. Die schmale Treppe führte sie hinauf in ihr Schlafzimmer, wo sie das Bett frisch bezogen zurückgelassen hatte. Im Badezimmer thronte Josefs wunderbare Wanne. Über die nächste, noch schmälere Treppe gelangte sie hinauf in ihre Dachstube, wo sie sich an ihrem Schreibtisch unter dem Fenster niederließ und nach einem Bleistift griff, mit dem sie auf der ersten freien Seite ihres Skizzenblocks eine einzelne

Linie zog. Wenn sie wieder richtig nach Hause kam, würde sie diese Linie zu einem Teil einer Zeichnung machen.

Sie ging wieder nach unten, gab eine kleine Menge Katzenfutter in die dafür bereitstehende Schüssel und stellte sie auf den Boden. Als das Tier mit dem Fressen fertig war, verließ es das Haus durch die Katzenklappe, ohne einen Blick zurückzuwerfen. Frieda spülte die Schüssel aus und stellte sie wieder dorthin, wo sie sie vorgefunden hatte. Dann schaltete sie die Taschenlampe aus, legte sie zurück in die Schublade und war schon im Begriff zu gehen, als sie etwas entdeckte, das sie mitten in der Bewegung erstarren ließ. Vor Schreck bekam sie eine Gänsehaut. Direkt neben der Haustür stand ein Tisch, auf dem sie immer Post und Schlüssel ablegte. Darauf befand sich eine kleine Metallkiste, die etwa die Größe eines dicken Buches hatte und mit einem roten, in regelmäßigen Abständen blinkenden Lämpchen versehen war. Das Ding gehörte definitiv nicht ihr. Allem Anschein nach handelte es sich dabei um eine Art Kamera oder Sensor, und natürlich hatte die Polizei es dort hingestellt. Sie hätte es eigentlich wissen müssen. Wenn sie auch nur einen Moment nachgedacht hätte, wäre ihr klar gewesen, dass die Polizei so etwas versuchen würde – nur für den Fall, dass sie dumm genug sein sollte zurückzukommen. Sie *war* dumm genug gewesen. Die ganze Zeit hatte sie so aufgepasst, doch nun war sie auf einen Schlag enttarnt. Rasch verließ sie das Haus und sperrte die Tür hinter sich zweimal ab.

Aber sie war noch nicht fertig. Sie ging durch Holborn und dann die Roseberry Avenue entlang. Dort bog sie nach links ab und folgte ein paar kleineren Straßen, bis sie schließlich Sandys Wohnung erreichte. Sie wusste, dass auch das dumm und leichtsinnig war. Zumindest hatte sie ihre Lektion gelernt und unternahm gar nicht erst den Versuch, die Wohnung zu betreten, sondern beschränkte sich darauf, den Chubb-Schlüssel ins Schloss der Haustür zu stecken und sich davon zu überzeugen, dass er passte und sich drehen ließ. Nachdem sie ihn wieder herausgezogen und eingesteckt hatte, wandte sie sich nachdenklich zum Gehen. Bridget hatte also Sandys Schlüssel, und auch die ihren.

Der Fußmarsch von Islington nach Elephant and Castle war ihr vertraut, zumindest der erste Teil, denn er folgte dem Fluss Fleet, der – unter Asphalt und Beton begraben und vergessen – entlang der Farringdon Road bis hinunter zur Themse verlief. Von dort führte ihr Weg sie über die Blackfriars Bridge. Wie immer blieb sie auf der Brücke kurz stehen und lehnte sich über das Geländer, um auf den großen Fluss hinunterzublicken, der dort Strudel bildete, als wollte er gegen seine eigene Strömung ankämpfen. Dann wandte sie sich in Richtung Süden. Trotz der späten Stunde waren immer noch Fußgänger, Taxis, Busse und Lieferwagen unterwegs. Man konnte all dem nicht entkommen. Erst kurz vor Morgengrauen legte sie sich schließlich in ihr schmales Bett und schloss die Augen, fand aber lange keinen Schlaf.

20

Frieda wurde vom Klingeln ihres Telefons geweckt. Einen Moment war sie beunruhigt, denn nur einige wenige Leute kannten ihre Nummer. Als sie danach griff, sah sie, dass es Bridget war.

»Entschuldigen Sie die frühe Störung.«

»Kein Problem.«

»Ich wollte Sie unbedingt noch erwischen. Wir haben heute Vormittag frei, deswegen dachten wir, wir gehen mit den Kindern in den Zoo. Sie brauchen also nicht vor eins, halb zwei zu kommen. Entschuldigen Sie, dass ich Ihnen das erst so kurzfristig mitteile.«

»Schon gut.«

»Wir bezahlen Sie trotzdem.«

»Das ist nicht so wichtig.«

»Darüber können wir ja reden, wenn wir uns sehen.«

Frieda warf einen Blick auf ihre Armbanduhr. Ethan verbrachte diesen Tag in Sashas Obhut. Sie hatte also vier Stunden Zeit. Eine solche Chance bot sich ihr wahrscheinlich nie wieder. Innerhalb von fünf Minuten war sie gewaschen und angezogen. Bereits im Gehen begriffen, hörte sie hinter sich ein Zischen. Frieda blickte sich um. Es war Mira.

»Hast du die Kartoffeln genommen?«, fragte sie. »Den Salat?«

»Was? Nein, ich war gar nicht da.«

»Ileana«, sagte Mira finster.

»Ich kann unterwegs einkaufen«, erklärte Frieda. »Dann koche ich später für uns.«

»Diebe«, stellte Mira fest.

»Was?«

»Diebe und Zigeuner. Das ganze Pack.«

»Welches Pack?«

»Die Rumänen.«

»Wo kommst du her?«

»Aus Russe.«

»Ich weiß nicht, wo das ist.«

»In Bulgarien.«

Frieda zog einen Geldschein aus der Tasche, einen Zwanzigpfundschein, und reichte ihn Mira.

»Ein Beitrag zum Essen oder was auch immer. Und das mit den Zigeunern und Dieben meinst du doch hoffentlich nicht ernst.«

»Sperr deine Tür ab.«

»An meiner Tür ist kein Schloss.«

»Das ist dein Problem.«

»Darum kümmere ich mich später«, antwortete Frieda und öffnete die Tür.

Weitere fünf Minuten später saß sie mit einem Becher schwarzem Kaffee im Bus. Von oben beobachtete sie die Leute, die draußen zur Arbeit oder zum Einkaufen gingen. Das alles wurde ihr immer fremder, all die Leute in der realen Welt, mit ihren Berufen und Häusern und Bindungen, ihren Zielen und Terminen. Das gleiche Gefühl von Entfremdung empfand sie, als sie kurz darauf das Haus betrat. Es fühlte sich an, als hätte die Familie von einer Sekunde auf die andere aufbrechen müssen, sodass die Spielsachen dort lagen, wo sie in der Eile gelandet waren, und die benutzten Tassen und Teller noch auf dem Tisch standen. Das Haus roch nach den Menschen, die nicht mehr da waren – nach Kaffee, Parfüm, Seife, Hautcreme, Talkumpuder.

Nachdem sie einen Moment überlegt hatte, ging sie von Raum zu Raum, durch die Küche und das Wohnzimmer und dann hinauf in Bridgets Arbeitszimmer und von dort weiter ins Schlafzimmer. Das Haus war ihr inzwischen recht vertraut. Alle diese Räume hatte sie bereits durchsucht, sämtliche Schubladen und Schränke geöffnet. Im Schlafzimmer blieb sie einen Moment stehen und schaute aus einem der großen Fenster auf die Straße hinaus. Gerade war ihr ein Gedanke gekommen, doch nun steckte er wohl irgendwo fest, denn sie kriegte ihn nicht richtig zu fassen. Worum war es dabei gegangen? Am besten, sie ließ es einfach sein. Bis jetzt hatte ihr Stöbern und Suchen nichts ergeben, mal abgesehen von den Schlüsseln. Bridget und Al hatten die Schlüssel zu Sandys Wohnung, und auch die zu ihrem eigenen Haus. Plötzlich fiel ihr wieder ein, was ihr vorhin durch den Kopf geschwirrt war. Sie rannte die Treppe hinunter, nahm jeweils zwei Stufen auf einmal. Wie konnte sie ein zweites Mal so leichtsinnig sein? Sie warf einen Blick auf die Alarmanlage an der Innenseite der Haustür. Sie war ausgeschaltet. Frieda empfand einen plötzlichen Anflug von Panik. Konnte es sein, dass sich noch jemand im Haus aufhielt? War Al womöglich oben? Nein, beruhigte sie sich. Sie hatten nur vergessen, die Alarmanlage einzuschalten.

Aber der Gedanke an Al ging ihr nicht mehr aus dem Kopf. Bisher hatte Frieda hauptsächlich an Bridget gedacht – dass sie womöglich eine Affäre mit Sandy gehabt hatte. Irgendwie entsprach sie Sandys bevorzugtem Frauentyp, vielleicht sogar mehr, als Frieda diesem Typ entsprochen hatte. Andererseits war Al ein Kollege und Freund von ihm gewesen. Hatte Al etwas vermutet oder gewusst? Die Räume, die sie bisher unter die Lupe genommen hatte, waren ihr eher wie Bridgets Reich erschienen, selbst das gemeinsame Schlafzimmer der beiden. Ganz oben war sie allerdings noch nicht gewesen. Sie stieg die Treppe wieder hoch, vorbei am Schlafzimmer und hinauf ins nächste Stockwerk. Obwohl sie es besser wusste, bewegte sie sich so leise, wie sie nur konnte. Die Treppe mündete in einen Raum auf dem Dachboden, der in ein Büro umgewandelt worden war. Auf der von der Straße abgewandten Seite befanden sich zwei große Dachfenster. Frieda steuerte auf sie zu und stellte fest, dass man durch beide Fenster auf jene großen Gebäude sah, die so alberne Namen trugen – Shard, Gherkin und Cheese Grater –, als würde sich London ein wenig für sie schämen.

Frieda wandte sich wieder dem Raum zu. In der Mitte stand ein großer Kiefernholzschreibtisch mit einem Computer, umgeben von stapelweise Papier, Karteikarten und CDs. Darüber hinaus fand sich dort noch etliches andere: ein Keramikbecher mit Stiften und eine Tasse mit Büroklammern, eine kleine Holzkiste voller Bleistifte, zwei Zahnbürsten, ein USB-Speicherstick, ein Kompass, eine Armbanduhr, eine Stromrechnung, zwei Paar Kopfhörer und eine kleine gerahmte Fotografie der Kinder. Außerdem gab es im Raum jede Menge Bücher, sowohl in provisorischen Regalen an zwei von den Wänden als auch gestapelt auf dem Boden, neben mehreren Stapeln verschiedener wissenschaftlicher Zeitschriften. Auf einem anderen Tisch standen ein CD-Spieler und weitere Stapel CDs, ein Aktenvernichter und eine leere, überdimensional große Weinflasche, flankiert von einem Wirrwarr aus Kabeln und Ladegeräten. An einem freien Fleck an der Wand hing ein wildes, mit Wasserfarben gemaltes Bild, vermutlich ein Werk von Tam, sowie ein Foto von Al, das ihn zeigte, wie er beim London Marathon über die Ziellinie lief. Frieda beugte sich vor und warf einen Blick auf die Zeit: 04.12.45. War das gut?

Frieda zog eine Schreibtischschublade nach der anderen heraus. In der ersten fand sie nichts Unerwartetes: Scheckbücher, leere Postkarten, einen Tacker, Paketband. Die zweite Schublade enthielt einen Stapel Kreditkartenabrechnungen. Frieda überflog rasch ein paar davon: Benzin, Bahnfahrkarten, ein Einkauf im Supermarkt, Kaffee, ein paar Kinobesuche und Namen, die nach Restaurants klangen. Frieda legte sie zurück. Sie wusste nicht einmal, wonach sie eigentlich suchte.

Die nächste Schublade enthielt Aktenmappen. Frieda nahm sie nacheinander heraus und blätterte sie durch. Wie es aussah, handelte es sich dabei um Vorlesungen oder Vorträge, oder um Kapitel eines Buchs. Frieda legte sie in der gleichen Reihenfolge zurück, wie sie sie herausgenommen hatte, und wandte ihre Aufmerksamkeit dem Computer zu.

Als sie versuchsweise auf eine Taste drückte, leuchtete der Bildschirm auf. Dieses Mal brauchte sie kein Passwort. Auf seinem Desktop befanden sich Dutzende von Dateien und Dokumenten, die alle beruflich zu sein schienen – die Gegenstücke zu dem, was sie in den Aktenmappen gefunden hatte. Sie klickte auf seinen Browser und sah sich an, welche Seiten er zuletzt besucht hatte. Es war eine bunte Mischung: Nachrichten, ein Buchkauf, Wetter, die Website des Londoner Zoos, Twitter, ein langer Artikel auf einer Universitäts-Website, ein Blog-Artikel, und das alles nur an diesem Tag. Sie hatte nicht die Zeit für eine gründliche Suche.

Stattdessen öffnete sie sein E-Mail-Programm. Der Posteingang enthielt 16732 Nachrichten, aber das war einfacher. Sie tippte Sandys Namen ein. Sofort füllte sich der Bildschirm mit Nachrichten von ihm. Als Frieda eine davon anklickte, war es, als hätte sich schlagartig ein Fenster geöffnet und einen vertrauten Geruch hereingelassen, der alte Erinnerungen wachrief. Plötzlich befand sich Sandy bei ihr im Raum. Es war keine besondere Nachricht, bloß eine Zeile, die besagte, sie sollten sich vor irgendeiner Fakultätsbesprechung noch kurz auf einen Kaffee zusammensetzen. Der beiläufige Ton und die Eile, die aus den Tippfehlern sprach, waren Frieda so vertraut, dass sie ihn richtig vor sich sah, wie er an seinem Schreibtisch saß und rasch diesen Satz tippte. Es war, als würde sie ihm über die Schulter blicken. Sie brauchte einen Moment, um sich wieder zu fangen, und ermahnte sich, keine Zeit mit sentimentalen Gedanken zu verschwenden.

Während sie eine Nachricht nach der anderen anklickte,

wuchs ihre Frustration. Sandy hatte nie etwas davon gehalten, E-Mails wie altmodische Briefe zu handhaben. Für ihn hatten sie nur den Sinn, »Ja« oder »Vielleicht«, oder »Treffen wir uns um 11.30 Uhr« zu sagen, gelegentlich auch mal: »Wir müssen reden.« Selbst Telefongespräche hatte er nicht besonders geschätzt. Wichtige Sachen, so hatte er ihr mal erklärt, musste man den betreffenden Personen ins Gesicht sagen, damit man dabei ihr Mienenspiel sehen konnte, ihre Augen, ihren Ausdruck. Ansonsten war es für ihn keine richtige Kommunikation. Sie klickte auf die letzte Nachricht, die er geschickt hatte:

Wenn du wirklich (noch einmal) darüber sprechen möchtest, ich bin morgen in meinem Büro.
S

Frieda überlegte einen Moment. Vielleicht war sie auf etwas gestoßen. Sie sah sich seine vorherige Nachricht an, die eine Woche davor abgeschickt worden war und Al lediglich über eine Raumänderung im Zusammenhang mit einem Seminar informierte. Erneut las sie die letzte Nachricht. Worüber hatte Al mit Sandy reden wollen? Sie klickte auf die von Al gesendeten Nachrichten und rief die letzte auf. Er hatte sie eine Stunde vor dem Eingang von Sandys letzter Antwort abgeschickt.

Lieber Sandy,
ich habe das ganze Wochenende darüber geschlafen, aber du irrst dich, ich bin immer noch wütend. Wenn du glaubst, dass ich das einfach so hinnehmen werde, kennst du mich schlecht.
Gruß, Alan.

Sie sah sich die vorherige Nachricht an. Auch sie war eine Woche davor abgeschickt worden und enthielt als Anhang den Lebenslauf eines Doktoranden. Frieda ging noch eine Nachricht zurück und dann noch eine, fand aber nichts Relevantes.

Plötzlich hörte sie unten ein Geräusch. Zumindest bildete sie sich das ein – ein leises Kratzen. Sie hielt sich ganz still und lauschte, konnte aber nur ihren eigenen Herzschlag hören und irgendwo in einem Nachbarhaus Radiomusik und das Knallen einer Tür. Sie spürte, dass ihr eine Schweißperle die Schläfe hinunterlief. Am besten, sie brachte rasch zu Ende, was sie angefangen hatte, und verschwand so schnell wie möglich. Entschlossen wandte sie sich wieder ihrer Aufgabe zu, doch dann vernahm sie ein weiteres, lauteres Geräusch. Dieses Mal bestand kein Zweifel: Es handelte sich um die Haustür, die auf- und zuging. Frieda richtete sich auf und versuchte, ruhig zu atmen.

Krampfhaft zermarterte sie sich das Gehirn: Was hatten sie zu ihr gesagt? Kam eine Putzfrau ins Haus? Oder erwarteten sie Besuch? Vielleicht war die Alarmanlage deswegen nicht eingeschaltet gewesen. Sie spielte mit dem Gedanken, einfach zu bleiben, wo sie war, in der Hoffnung, dass die Person wieder gehen würde – aber was, wenn nicht? Was, wenn jemand nach oben kam und sie hier am Schreibtisch antraf? Sie wagte kaum zu atmen, während sie wartete, konnte unten aber nichts mehr hören. Wer auch immer das Haus betreten hatte, stand offenbar in der Diele und rührte sich nicht – es sei denn, die betreffende Person schlich gerade ganz leise auf Zehenspitzen die Treppe herauf. Frieda wandte den Blick zur Tür und rechnete schon fast damit, jemanden dort stehen zu sehen – aber wen?

Dann hörte sie plötzlich Schritte. Sie klangen nicht schnell, aber zielstrebig. Vielleicht ging die betreffende Person in die Küche. Dann könnte sie, Frieda, ihrerseits auf Zehenspitzen hinunter in die Diele schleichen und ganz leise das Haus verlassen. Doch die Schritte hielten am Fuß der Treppe inne. Nun bestand kein Zweifel mehr: Sie kamen in ihre Richtung. Frieda holte tief Luft. Ihr blieb im Grunde keine Wahl mehr. Sie brachte den Computer wieder in den Zustand, in dem sie ihn vorgefunden hatte, und ging die Treppe hinunter. Da es sich im oberen Teil um eine Wendeltreppe handelte, hatte sie erst auf dem Absatz freien Blick auf die Haupttreppe, die hinunter ins Erdgeschoss führte. Etwa auf halber Höhe stand Bridget, die Hand am Geländer, und blickte ihr mit einem Ausdruck tiefster Verachtung entgegen. Einen Moment lang verharrten beide Frauen reglos und starrten einander an. Frieda hatte das Gefühl, dass alles, was sie jetzt sagte, eine reine Farce wäre. Trotzdem schlug sie einen leichten Ton an, während sie auf Bridget zusteuerte.

»Hallo«, sagte sie. »Ich habe nur schnell vorbeigeschaut, um meine Uhr zu holen. Ich hatte sie abgelegt, als ich gestern mit den Kindern spielte.«

Diese Worte klangen selbst in ihren eigenen Ohren so falsch, dass Frieda schon ahnte, was Bridget gleich entgegnen würde: Hätten Sie die Uhr nicht einfach abends mitnehmen können? Warum haben Sie oben danach gesucht? Frieda überlegte sich bereits plausible Antworten, doch Bridget sagte einfach nur: »Und? Haben Sie sie gefunden?«

Statt einer Antwort hob Frieda ihre linke Hand hoch und zeigte Bridget die Uhr an ihrem Handgelenk.

Bridget sah gar nicht richtig hin, sondern hielt den Blick auf Friedas Gesicht gerichtet. Ihre Augen schienen zu glühen, und das Lächeln, das ihre Lippen umspielte, war kein freundliches.

»Ich dachte, Sie wären im Zoo«, fuhr Frieda fort. Dabei spürte sie, wie die Hauptschlagader an ihrem Hals pulsierte. Instinktiv legte sie eine Hand an die Wand, um deren beruhigende Festigkeit zu spüren.

»Ja, das ist mir schon klar.«

»Stimmt etwas nicht?«

Bridget musterte Frieda abschätzend, als müsste sie eine Entscheidung fällen.

»Folgen Sie mir«, sagte sie schließlich. »Carla.«

Bridget führte sie in die Küche, wo sie am Tisch eine Schublade herauszog.

»Ich habe jetzt ja meine Uhr«, erklärte Frieda, deren Stimme selbst in ihren eigenen Ohren blechern klang. »Ich verschwinde wieder und komme später zurück, um mich um die Kinder zu kümmern.«

»Ach, hören Sie doch auf, Herrgott noch mal! Hören Sie einfach auf.« Bridgets Stimme klang klar und scharf. Frieda empfand einen Anflug von Scham.

»Gut«, sagte sie, »ich höre auf.«

Bridget nahm eine Zeitung aus der Schublade und warf sie auf den Tisch. Frieda brauchte gar nicht richtig hinzuschauen, denn die dicke Schlagzeile war unübersehbar: »Polizeipsychologin auf der Flucht.« Darunter prangte das Foto von ihr, das die Presse schon früher immer verwendet hatte. Es war ohne ihre Einwilligung gemacht worden.

»Wie es aussieht, haben Sie versucht, Ihr Äußeres zu verändern. Aber nicht genug.«

»Nein, offensichtlich nicht.«

»Und? *Und*?« Bridget schlug mit der Faust so heftig auf den Tisch, dass die darauf stehenden Kaffeebecher ein wenig von der Platte abhoben. »Ist das alles, was Sie dazu zu sagen haben? Mein *Kindermädchen*! Lieber Himmel! Die Frau, die Sandys Leben zerstört hat, verschafft sich Zutritt zu *meinem* Haus, kümmert sich um *meine* Kinder und schnüffelt in *meinen* Sachen!«

»Haben Sie die Polizei angerufen?«

Während Frieda diese Frage stellte, überlegte sie gleichzeitig krampfhaft, wie sie sich verhalten solle. Was hatte Bridget vor? War Al wirklich mit den Kindern unterwegs oder ebenfalls im Haus? Womöglich wartete er ja draußen. Sie stellte sich das Netzwerk der Straßen vor und versuchte zu entscheiden, in welche Richtung sie am besten flüchtete.

»Ha! Noch nicht.« Bridget zog ihr Handy aus der Jackentasche und hielt es hoch. »Aber meine Finger zucken schon.«

»Wo ist Al?«

»Unterwegs. Mit den Kindern. Irgendwo, wo Sie sie nicht in die Finger bekommen. Wie konnten Sie es wagen?« Bridget wurde plötzlich laut. »Das ist kein gottverdammtes Spiel! Es sind unsere Kinder! Was mit Ihnen selbst passiert, kümmert Sie ja offensichtlich nicht, aber was ist mit den Kindern? Sie sind auf der Flucht, Sie werden wegen Mordes gesucht, und wahrscheinlich haben Sie den Mord sogar begangen – den Mord an meinem lieben Freund!«

»Ich habe gut auf die Kinder aufgepasst«, entgegnete Frieda. Sie warf einen Blick auf die Hintertür. Der Schlüssel steckte. Sie spürte, wie sich ihre Muskeln anspannten.

Bridget hob die Hände. Als Frieda vor ihr zurückwich, ließ sie die Hände wieder sinken.

»Ich habe in meinem ganzen Leben noch niemanden geschlagen. Aber auf Sie würde ich am liebsten eindreschen und Sie packen und nach Ihnen treten.«

»Das kann ich gut verstehen.«

»Nein, das können Sie nicht. Sie haben sich unter Vorspiegelung falscher Tatsachen Zutritt zu diesem Haus verschafft – einem Haus, in dem Sie sonst nicht willkommen gewesen wären. Und Sie haben gelogen und gelogen. Wie konnten Sie das nur tun? Und wie kommt es, dass Sie eine so gute Lügnerin sind?«

»Es tut mir leid, dass ich Sie angelogen habe. Aber ich habe wirklich gut auf Ihre Kinder aufgepasst. Besser hätte es ein Kindermädchen auch nicht machen können.«

Bridget stieß ein bitteres Lachen aus. »Sind Sie irre? Ist das alles, was Sie zu Ihrer Verteidigung vorzubringen haben? Jemand wie Sie ist mir noch nie untergekommen. Ich fasse es nicht!« Sie holte ein paarmal tief Luft, als versuchte sie, sich zu beruhigen. »Lassen Sie uns hinaus in den Garten gehen. Hier drinnen bekomme ich Beklemmungen. Ich habe das Gefühl, gleich zu explodieren.«

Das Haus von Bridget und Al war ein nur mittelgroßes Reihenhaus, doch als sie nun in den Garten hinaustraten, kam es Frieda vor, als beträte sie einen Park. Der Garten war schmal, aber ziemlich lang, und sowohl zu beiden Seiten als auch dahinter schlossen sich weitere Gärten an. In dem von Bridget und Al standen große Platanen, eine Birke und Obstbäume, die von der Straße aus überhaupt nicht zu sehen waren. Bridget führte sie einen Weg entlang zu einem gepflasterten Bereich, wo ein Holztisch stand, umringt von mehreren Metallstühlen. Auf einem davon ließ sich Frieda nieder. Selbst an diesem sonnigen Vormittag fühlte sich das Metall kalt an.

»Warum haben Sie nicht die Polizei gerufen?«, fragte sie.

»Ich stelle hier die Fragen, nicht Sie.«

»In Ordnung.«

»Ich habe Sie nicht um Ihre Erlaubnis gebeten. Außerdem bin ich drauf und dran, die Polizei anzurufen. Ich wollte bloß vorher selbst mit Ihnen sprechen. Sie haben in unseren Sachen herumgeschnüffelt. Erst wollte ich es gar nicht glauben. Ein paar Sachen waren bewegt worden, zumindest hatte ich den Eindruck. Aber es fehlte nichts. Deswegen brauchte ich einen letzten Beweis. Den habe ich jetzt. Sie sind die Frau, die Sandys Freunde alle hassten – die Frau, die jetzt als seine Mörderin gesucht wird. Und genau diese Frau geht neuerdings in meinem Haus ein und aus und hütet meine Kinder.«

»Ja.«

»Nun sind Sie an der Reihe. Haben Sie Sandy getötet?«

»Nein.«

»Warum sollte ich Ihnen glauben? Die Polizei tut es offensichtlich nicht.«

»Wenn ich ihn getötet hätte, wäre ich wohl kaum hier, auf der Suche nach seinem Mörder.«

»Darum geht es Ihnen also?«

»Ja.«

»Es war damit zu rechnen, dass Sie so etwas in der Art behaupten würden.«

Frieda zuckte mit den Achseln. »Schon möglich. Aber es stimmt. Mehr kann ich Ihnen dazu nicht sagen. Ich habe Sandy nicht getötet.«

»Warum suchen Sie ausgerechnet hier, in unserem Haus? Was haben Sie hier verloren? Was, zum Teufel, soll diese gottverdammte Schnüffelei, Frau Doktor Frieda Klein?«

»Sie und Ihr Mann waren nicht einfach nur mit Sandy befreundet.«

»Ach, nein?« Bridget verschränkte die Arme über der Brust und funkelte Frieda böse an.

»Was für ein Problem hatte Al mit Sandy? Ich meine das, über das er sich bei ihm beschwert hat.«

Ein Ausdruck von Abscheu trat in Bridgets Gesicht. »Nur weiter so«, sagte sie.

»Wie meinen Sie das?«

»Ich beantworte Ihre Frage erst, nachdem Sie mir – und zwar wahrheitsgetreu – erklärt haben, woher Sie wissen, dass Al ein Problem mit Sandy hatte.«

»Ich weiß es, weil ich seine E-Mails gelesen habe.«

»Die Privatsphäre anderer Menschen interessiert Sie nicht im Geringsten, oder?«

»Nicht, wenn jemand ermordet worden ist und ich beschuldigt werde, den Mord begangen zu haben.«

»Sie haben also die E-Mails von Al gelesen. Und?«

»Stimmt es, dass Al auf Sandy wütend war?«

»Eher enttäuscht von ihm als wütend.«

»In den Nachrichten, die ich gelesen habe, wirkte er sogar sehr enttäuscht.«

»Sandy hat die ganze Fakultät aufgemischt. Unter anderem hat er ein Forschungsprojekt eingestellt, an dem ein paar von Als Doktoranden arbeiteten.«

»War das ungerecht von Sandy?«

Bridget zuckte mit den Achseln.

»Wer weiß? Ich nehme mal an, es gehörte zu Sandys Aufgaben, solche Entscheidungen zu fällen, genauso, wie es zu den Aufgaben von Al gehört, die Interessen seiner Studenten zu vertreten. Seine Reaktion ist also durchaus verständlich. Er war sauer auf Sandy, und wahrscheinlich hat er ein paar Türen zugeknallt, aber umbringen wollte er ihn deswegen bestimmt nicht.«

»Sie wären überrascht, wegen welcher Lappalien manche Menschen andere umbringen.«

»Haben Sie das als Therapeutin gelernt?«

»Zum Teil.«

»Al wäre zu so etwas nie fähig.« Frieda sparte sich die Antwort. »Ich weiß, dass Sie jetzt gleich sagen werden, jeder wäre dazu in der Lage. Aber er war es trotzdem nicht.« Nach einer kurzen Pause fuhr sie in wütendem Ton fort: »Außerdem, warum rechtfertige ich mich überhaupt Ihnen gegenüber? Ich brauche nur nach dem Telefon zu greifen, dann ist in zwei Minuten die Polizei da und sperrt Sie weg. Oder haben Sie vor, mich irgendwie daran zu hindern?«

»Nein, das habe ich nicht vor«, antwortete Frieda. »Falls Sie sich zu diesem Schritt entschließen sollten, bleibe ich einfach hier sitzen.«

Bridget funkelte sie zornig an. »Gibt es noch etwas, das Sie mir sagen oder mich fragen wollen, bevor ich anrufe?«

Frieda überlegte einen Moment. Sie wusste nicht recht, was sie Bridget darauf antworten sollte.

»Die Polizei hat mein Haus durchsucht. Sie haben in einer Schublade Sandys Portemonnaie gefunden. Jemand muss es dort versteckt haben – jemand mit einem Schlüssel zu meinem Haus. Den haben aber nur einige wenige Leute. Unter anderem Sie.«

»Wirklich? Davon weiß ich gar nichts.«

»Soll ich Ihnen den Schlüsselbund zeigen?«

»Sie kennen sich in meinem Haus scheint's besser aus als ich. Vermutlich meinen Sie die Schlüssel, die ich von Sandy bekommen habe.«

»Genau.«

»Und nun soll ich Ihnen erklären, warum er sie mir gegeben hat.«

»Genau.«

Plötzlich musste Bridget lachen.

»Habe ich das jetzt richtig verstanden? Obwohl Sie von der Polizei gesucht werden, sind Sie die ganze Zeit mit unseren Kindern durchs südliche London gewandert, weil Sie der Meinung waren, dass der Mord in Wirklichkeit von Al begangen wurde, oder vielleicht sogar von Al und mir zusammen – einem Verbrecherpärchen im Stil von Bonnie und Clyde –, und zwar, weil Sandy und Al im Büro Streit hatten. Und nachdem wir ihn getötet und die Leiche entsorgt haben, beschließen wir, falsche Beweismittel im Haus seiner Exgeliebten zu verstecken, einer Frau, der wir nie zuvor begegnet sind und von der wir so gut wie gar nichts wissen. Sehe ich das richtig?«

»Ich habe es zumindest als Möglichkeit in Betracht gezogen.«

Bridget blickte sich im Garten um, als sähe sie ihn zum ersten Mal.

»Vor drei Monaten saß ich mal um ein Uhr nachts hier draußen. Ich trug einen Pullover, eine dicke Jacke und eine Wollmütze. Und dort, wo Sie jetzt sitzen, saß Sandy.«

»Um ein Uhr nachts?«

»Wir haben eine Weile hier gesessen, und als uns dann kalt wurde, hatten wir das Bedürfnis, uns zu bewegen. Wir sind die Clapham Road entlangmarschiert und dann etwa eine Stunde im Park herumgewandert, vielleicht auch länger.«

»Hatten Sie eine Affäre mit ihm?«

Bridget verzog das Gesicht.

»Jede andere würde Ihnen jetzt wahrscheinlich eine Ohrfeige verpassen... Beinahe hätte ich ›Carla‹ gesagt. Es ist schwer, alte Gewohnheiten abzulegen. Frieda Klein. Frieda Vollidiotin Klein.«

»Hatten Sie nun eine Affäre oder nicht?«

»Er hat nach Mitternacht an die Tür geklopft. Ich bin davon aufgewacht. Ich schlafe nicht so tief wie Al. Er hat sich wegen der späten Störung entschuldigt. Er wusste, wie anstrengend die Kinder sind und wie wenig Schlaf wir bekommen. Er hat gesagt, er spiele mit dem Gedanken, etwas Dummes zu tun. Er brauche jemanden zum Reden, und da sei ihm nur ich eingefallen.«

»Sie meinen …«

»Sie wissen, was ich meine.«

»Ja.«

»Wir haben geredet.«

»Zu dritt?«

»Nur ich und Sandy. Ich hielt ein Gespräch unter vier Augen für sinnvoller. Sandy hat eine Menge gesagt, ich nur ganz wenig. Die meiste Zeit habe ich ihm bloß zugehört. Dann ist er wieder nach Hause gegangen, aber vorher hat er mir den Schlüsselbund gegeben, nur für den Fall der Fälle. Das sind die Schlüssel, die Sie gefunden haben.«

»Was hat er Ihnen erzählt?«

»Hauptsächlich von der Beziehung, derentwegen er aus den Staaten zurückgekommen war. Er hat gesagt, bald darauf sei die Beziehung gescheitert, und er habe das Gefühl, seitdem bekomme er sein Leben nicht mehr richtig in den Griff und sehe für sich keine Zukunft.« Sie musterte Frieda mit einem zornigen Funkeln in den Augen. »Aber ich nehme an, Sie sind es gewöhnt, dass Leute bei Ihnen auf der Couch liegen und solche Sachen sagen.«

»In meiner Praxis gibt es keine Couch. Was haben Sie ihm geantwortet?«

»Nichts allzu Kluges. Dass es bestimmt bald wieder aufwärts gehen werde, auch wenn er sich das im Moment nicht vorstellen könne. Ich habe ihm gesagt, er müsse einfach durchhalten und auf seine Freunde vertrauen.«

Frieda empfand einen Anflug von schlechtem Gewissen. Sie

hätte diejenige sein sollen, die Sandy das sagte. Es war ein guter Ratschlag. Letztendlich lief ein Großteil der Therapien für gestörte Menschen genau darauf hinaus: einfach zu warten und den Schmerz zu ertragen, bis er sich langsam veränderte und erträglich wurde. In diesem Fall aber war sie selbst der Grund für den Schmerz gewesen.

»Ist das nur dieses eine Mal passiert?«

»Zumindest war es nur dieses eine Mal so extrem. Aber wir haben von Zeit zu Zeit darüber gesprochen. Manchmal hat er mich spätabends noch angerufen.«

»War es nach allem, was Sie für ihn getan hatten, nicht ein bisschen seltsam, dass er eine Entscheidung traf, die der Karriere von Al schadete?«

»Ist das jetzt Ihr Ernst?«, fragte Bridget in so verächtlichem Ton, dass Frieda zusammenzuckte. »So schätzen Sie uns also ein: Ich helfe dir, wenn es dir schlecht geht, und dafür tust du meinem Mann in der Arbeit einen Gefallen.«

»Vielleicht war es ja so eine Art Trotzreaktion.«

»Inwiefern?«

»Es ist manchmal schwer, sich helfen zu lassen – das Gefühl zu haben, von jemandem gerettet worden zu sein.«

»Sie klingen, als hätten Sie keine allzu hohe Meinung von der Menschheit.«

Frieda stand auf. »Man weiß nie, wie die Leute reagieren«, sagte sie. »Werden Sie jetzt die Polizei anrufen?«

»Al war es nicht. Ich war es ebenfalls nicht.« Nach einer langen Pause fügte sie hinzu: »Und ich glaube auch nicht, dass Sie es waren.«

»Aber irgendjemand muss es gewesen sein«, gab Frieda zu bedenken.«

»Ich weiß.«

»Und ich muss herausfinden, wer.«

»*Wir* müssen es herausfinden«, stellte Bridget richtig. »Er war mein Freund. Ich werde die Polizei nicht anrufen.«

»Weiß Al Bescheid?«

»Nein.« Zögernd fügte sie hinzu: »Noch nicht. Ich bezweifle, dass er dafür viel Verständnis hätte.«

Sandys Verzweiflung hatte sie ihrem Mann ebenfalls verschwiegen, ging Frieda durch den Kopf. Nachdenklich betrachtete sie Bridget: ihr breites, wie gemeißelt wirkendes Gesicht und ihre kräftigen Arme. Bridget schaute währenddessen starr geradeaus. Sie hatte die Finger ineinander verschränkt und sah aus, als würde sie auf etwas warten.

»Können Sie mir helfen?«, brach Frieda schließlich leise das Schweigen.

Mit hochgezogenen Augenbrauen wandte sich Bridget ihr zu. Ihre Wut schien verpufft zu sein. Stattdessen wirkte sie jetzt sehr traurig – traurig und müde.

»Ich habe kleine Kinder. Ich kann nicht solche Sachen machen wie Sie.«

»Es reicht eine von meiner Sorte«, entgegnete Frieda.

»Ich fasse es nicht, dass ich das wirklich tue. Nächstes Mal verlange ich anständige Referenzen.«

21

Josef schwitzte. Er war im obersten Stockwerk der Baustelle in Belsize Park damit beschäftigt, alle Hohlräume der Wand mit Isolierschaum auszuspritzen. Obwohl durch die Dachfenster Sonnenlicht hereinfiel, war zusätzlich eine extrahelle Gelenklampe aufgestellt, um die Ecken auszuleuchten. Josef fühlte sich gefangen zwischen der Wärme der Lampe und der Sonnenhitze. Er hatte Sand in den Augen und eine Schicht aus Schweiß und Staub auf der Haut. Sein Haar war feucht, seine Füße juckten.

Neben ihm brachte ein anderer Mann Trennwände an. Er begann bei jedem Nagel mit einem lauten, präzisen ersten Schlag und ließ dann eine Reihe weiterer, schnellerer Schläge folgen, die Josef an einen Specht erinnerten. Der Mann war von kräftiger Statur, an seinen Armen zeichneten sich die Muskelstränge ab. Hin und wieder wischte er sich mit einem großen Tuch über den kahl rasierten Schädel.

Die meiste Zeit arbeiteten sie schweigend oder brummten sich höchstens mal ein paar Worte zu – über die Hitze, den Staub oder den Reichtum der Besitzer, die ein Haus, das völlig in Ordnung gewesen war, aushöhlen ließen, um in seiner leeren Hülle ein neues zu errichten. Am Vortag hatte der Mann – er hieß Marty – ein Radiogerät dabeigehabt, aber an diesem Tag war er mit leeren Händen gekommen. Im Stockwerk unter ihnen hörten sie die Geräusche anderer Handwerker: Musik, Flüche, das Kreischen einer Säge auf Metall.

Um elf legte Marty seinen Hammer weg.

»Ich gehe eine rauchen. Kommst du mit?«

Josef nickte und richtete sich dankbar auf. Sie gingen hinunter ins Erdgeschoss und dann durch ein paar Räume, von denen fast jeder eine eigene kleine Baustelle war, in den Garten hinaus. Der war für Londoner Verhältnisse sehr lang und stieg zur rückwärtigen Wand hin sanft an, flankiert von hohen Spalieren. Man sah, dass auch hier noch Arbeiten im Gange waren. Die Fläche, neben der sich die beiden Männer nun auf einer Treppenstufe niederließen, würde eines Tages der gepflasterte Grillplatz sein, doch im Moment türmten sich dort noch Ziegelsteine und Rohre. Josef zog eine Schachtel Zigaretten heraus und bot Marty eine an, doch der schüttelte den Kopf und begann sich mit seinen kurzen und dicken, aber sehr geschickten Fingern selbst eine zu drehen. Josef schloss halb die Augen, um von den hellen Sonnenstrahlen nicht so geblendet zu werden, während er langsam seine Zigarette rauchte und hin und wieder einen Schluck aus seiner Wasserflasche nahm. Nebenbei überlegte er, was er an diesem Abend kochen wollte – vielleicht etwas Ukrainisches. Der Gedanke an sein Heimatland ließ ihn an seine zwei Söhne denken, die er nun schon so lange nicht mehr gesehen hatte, auch wenn ihm seine Frau – genauer gesagt Exfrau – kürzlich Fotos geschickt hatte. Die beiden waren inzwischen größer und kräftiger, ihr Haar dunkler und kurz geschnitten, sodass sie ihm zwar nicht wie Fremde, aber doch irgendwie fremd erschienen, vertraut und fern zugleich. Die Erinnerung an seine Söhne und der Schmerz, den er empfand, weil er sie nicht bei sich haben konnte, ließen ihn an Frieda denken, denn nur Frieda wusste, wie sehr ihm das zu schaffen machte. Während er an sie dachte, schwang die Hintertür auf, und zwei Personen, ein Mann und eine Frau, betraten den Garten.

Josef hielt sie zunächst für Architekten oder Vermesser. Der Mann, der wie ein Rugbyspieler aussah, trug einen leichten grauen Anzug, und die Frau, die ziemlich klein war, aber einen energischen Eindruck machte, einen biskuitgelben Rock, dazu eine weiße Bluse und flache Schuhe. Josef kniff die Augen zusammen und stieß dann ein Stöhnen aus.

»Was ist?«, fragte Marty.

»Ich kenne die Frau. Sie ist von der Polizei.«

»Von der Polizei?«

»Die wollen zu mir, da bin ich mir sicher.«

»Zu dir! Was hast du denn angestellt, Kumpel?«

»Ich? Gar nichts. Die suchen die falsche Person.« Wohl war ihm trotzdem nicht. Er musste daran denken, in welchem Zustand sie den Mann zurückgelassen hatten, der vorübergehend Friedas Nachbar gewesen war und ihr Geld gestohlen hatte. Aber wie sollte die Polizei davon erfahren haben? Er sagte sich, dass das völlig unmöglich war.

Hussein und Bryant bahnten sich einen Weg durch das Gerümpel im Garten.

»Mister Morozov«, begann Hussein, »ich bin DCI Hussein.« Sie hielt ihm ihren Dienstausweis hin, aber Josef, der immer noch auf der Treppe saß, winkte ab.

»Ich weiß. Wir kennen uns doch schon. Sie sind auf der Jagd nach Frieda.«

»Nicht auf der Jagd, aber auf der Suche nach ihr. Deswegen würden wir gern kurz mit Ihnen sprechen.«

»Über was denn?«

»Gibt es hier einen Ort, wo wir ungestört sind?«

»Soll ich gehen?«, fragte Marty, bereits im Aufstehen begriffen. Ohne ihre Antwort abzuwarten, verzog er sich in den hinteren Teil des Gartens, wo er mit dem Rücken zu ihnen Stellung bezog und anfing, sich eine weitere Zigarette zu drehen.

»Können Sie sich denken, warum wir hier sind?«, fragte Hussein.

Josef zuckte mit den Achseln.

»Ich glaube, Sie wissen, wo Frieda ist.«

»Ich weiß gar nichts.«

»Ihnen ist bestimmt nicht entgangen, dass wir in ihrem Haus eine Kamera aufgestellt haben?«

»Die ist mir aufgefallen, klar.«

»Deshalb wissen wir, dass Sie jeden Tag ihr Haus aufsuchen.«

»Das ist kein Verbrechen.«

»Sie bleiben immer ziemlich lang.«

Josef stieg die Röte ins Gesicht. »Und?«, fragte er.

»Was machen Sie dort?«

»Die Katze füttern. Die Blumen gießen. Ich sorge dafür, dass alles schön ist.« Er bedachte die beiden Beamten mit einem finsteren Blick. »Für die Zeit, wenn sie wieder nach Hause kann.«

»Manchmal halten Sie sich über eine Stunde dort auf.«

»Das ist kein Verbrechen«, wiederholte Josef. Er hatte nicht vor, ihnen zu verraten, dass er im Haus herumwanderte und sich in Friedas Sessel setzte oder hinauf in ihr Arbeitszimmer ging, um ihre Präsenz zu spüren.

»Wann hatten Sie das letzte Mal Kontakt mit ihr?«

Er machte eine vage Handbewegung. »Bevor sie ging.«

»Das glaube ich Ihnen nicht.«

Josef zuckte bloß mit den Achseln.

»Ihnen ist aber schon klar, dass wir Sie abschieben lassen könnten?«, meldete Bryant sich plötzlich zu Wort.

»Sie finden Frieda nicht«, entgegnete Josef, »und deswegen versuchen Sie mir Angst zu machen. Aber ich habe keine Angst.«

»Wissen Sie, dass sie im Haus war?«

»Was?« Josef starrte sie überrascht an. »Frieda?«

»Ja.«

»In ihrem Haus?«

»Ja.«

»Ah«, sagte er. Es klang wie ein Seufzer.

»Sie wussten es wirklich nicht?«

»Nein.«

»Hat sie vielleicht etwas abgeholt, das Sie dort für sie deponiert hatten?«

»Nein.«

»Warum war sie dann dort?«

»Es ist ihr Zuhause.« Er stand auf und nahm einen Schluck aus seiner Wasserflasche. »Vielleicht hat sie Heimweh. Ich habe alles sauber und schön für sie gemacht.«

»Sie glauben, sie war nur dort, weil sie Heimweh hatte?«

»Wissen Sie, wie das ist, wenn man Heimweh hat?«

Hussein machte eine ungeduldige Handbewegung. »Sie steckt in ernsthaften Schwierigkeiten. Wenn Sie ein wahrer Freund sind, dann sagen Sie uns, wie wir sie finden können, bevor alles nur noch schlimmer wird.«

»Ich bin ein wahrer Freund«, entgegnete Josef, »und deswegen sage ich gar nichts. Außerdem werden Sie schon sehen.«

»Was werden wir sehen, Josef?«

»Bitte nennen Sie mich Mister Morozov.«

»Ja. Mister Morozov. Wir sind nicht Ihre Feinde.«

»Friedas Feinde sind auch meine Feinde.«

»Wir sind nicht Friedas Feinde. Aber wir müssen sie finden. Und wir glauben, dass Sie uns dabei helfen können.«

»Nein.«

»Polizeiliche Ermittlungen zu behindern ist eine Straftat.«

Josef gab ihr keine Antwort. Stattdessen zog er seine Zigarettenschachtel aus der Hosentasche und zündete sich eine an.

»Sie haben ja unsere Karte«, fügte Hussein hinzu. »Falls Ihnen noch etwas einfällt.«

Nachdem die beiden gegangen waren, ließ Josef sich wieder auf der Treppenstufe nieder. Marty gesellte sich zu ihm.

»Scheiße«, sagte er. »Ich hab ein bisschen was mitbekommen. Du bist ein Freund von der Frau, die auf der Flucht vor den Bullen ist.«

Josef nickte. »Ja, sie ist meine Freundin.«

»Und du weißt, wo sie ist?« Marty klang bewundernd.

»Vielleicht, vielleicht auch nicht.«

»Werden die sie finden? Was meinst du?«

»Nein.«

»Aber sie kann sich doch nicht ewig verstecken.«

»Das stimmt.« Josefs Miene verdüsterte sich. Er drückte seine Zigarette aus und erhob sich. »Wir sollten uns wieder an die Arbeit machen.«

»Ich möchte noch einen Keks.«

»Nein. Drei sind genug.«

»Ich möchte noch einen.« Tams Stimme wurde schriller, und ihr Kopf lief rot an. »Ich möchte einen Keks.«

»Nein.«

»Dann schreie ich.«

»Das wird dir auch nichts helfen.«

Tam riss den Mund so weit auf, dass es aussah, als nähme er den Großteil ihres Gesichts ein, und stieß einen durchdringenden Schrei aus. Frieda griff nach Rudi, der gerade versuchte, sich an ihren Beinen hochzuziehen, und nahm ihn auf den Schoß. Sein Gewicht zu spüren tat ihr irgendwie gut, und sein frisch gewaschenes Haar duftete angenehm nach Shampoo. Währenddessen ging das Geschrei weiter, unterbrochen von kurzen, nach Schluckauf klingenden Pausen.

Bridget erschien mit zwei Teetassen in der Tür.

»Was ist los?«

»Nichts.«

»Ist sie hingefallen?«

»Nein.«

»Ich möchte noch einen Keks!«, brüllte Tam. »Carla gibt mir keinen!«

»Ach, und das ist alles?«

»Das ist ungerecht!«

»Ungerecht?« Bridget musterte ihre Tochter skeptisch mit hochgezogenen Augenbrauen. »Ich habe übrigens ein Kindermädchen gefunden«, wandte sie sich in fast beiläufigem Ton an Frieda und reichte ihr eine große Teetasse, auf der ein Papageientaucher abgebildet war.

»So ist es wahrscheinlich am besten.«

»Ja.«

Sie setzten sich und tranken ihren Tee. Schließlich beruhigte sich Tam. Sie schob den Daumen in den Mund und war innerhalb weniger Augenblicke eingeschlafen.

»Willkommen in der Welt der Mutterschaft«, sagte Bridget. »Windeln, Wutanfälle, aufgeschürfte Knie, vollgekleckerte Wäsche und kurze Nächte. Man hat überhaupt keine Zeit mehr für sich.« Sie lächelte Frieda an. »Wie du vielleicht schon gemerkt hast, bin ich kein besonders geduldiger Mensch.« Seit ihrer Aussprache duzten sie sich.

»Dass du zur Arbeit gehen kannst, macht es bestimmt leichter.«

»Wenn ich die ganze Zeit mit ihnen zusammen wäre, würde ich durchdrehen.«

»Vielleicht, weil du sie so liebst«, meinte Frieda. »Vielleicht macht es das so übermächtig.«

Bridget warf ihr einen schnellen Blick zu. »Jetzt bist du gerade Frieda Klein, nicht Carla, stimmt's? Die Frieda Klein, die Sandy geliebt hat.«

Frieda ließ das Kinn auf den Kopf von Rudi sinken, der auf ihrem Schoß am Einschlafen war. Sie konnte spüren, wie sich sein kleiner Körper im Atemrhythmus hob und senkte.

»Das ist kein ausreichender Grund«, bemerkte sie nachdenklich.

»Was, die Liebe?«

»Nein, ich meine, es ergibt für mich noch immer keinen Sinn, dass Sandy derart verzweifelt gewesen sein soll, weil ich ihn verlassen hatte und sein Leben nicht mehr so lief, wie er sich das wünschte.«

»Du glaubst nicht, dass der Verlust eines geliebten Menschen einen in die Verzweiflung treiben kann?«

»Ich bin Psychotherapeutin, oder hast du das vergessen? In die Verzweiflung treibt einen nicht der Verlust an sich, sondern das, was durch den Verlust in einem selbst aufgedeckt wird. Sandy war zwar ein Mann mit tiefen Gefühlen, aber er war auch stark und konnte recht gut auf sich aufpassen.«

»Meinst du?«

»Ja. Du nicht?«

»Was dich betrifft, hat er nicht gut auf sich aufgepasst.«

»Ich kann mir trotzdem nicht vorstellen, dass er deswegen das Gefühl hatte, am Rand des Zusammenbruchs zu stehen. Du sagst, er kam mit seinem Leben nicht mehr klar?«

»Ja, das stimmt.«

»Inwiefern?«

Bridget zögerte. Man merkte ihr deutlich an, dass es ihr immer noch widerstrebte, über das zu sprechen, was er ihr anvertraut hatte. »Er hatte Schuldgefühle.«

»Wegen seiner Beziehungen zu Frauen?«

»Ja, hauptsächlich, glaube ich.«

»Kannst du mir mehr darüber erzählen?«

»Glaubst du, das hat etwas mit seinem Tod zu tun?«

»Ich weiß es nicht.«

»Er hatte mehrere kurze Affären«, erklärte Bridget. »Die er aber nicht immer auf gute Art beendet hat.«

»Veronica Ellison habe ich ja kennengelernt.« Frieda musste an die Worte denken, mit denen Veronica beschrieben hatte, wie sich Sandy am Ende ihr gegenüber verhalten hatte – grausam und gleichgültig –, weil er sich selbst elend fühlte.

»Ja.« Bridget lächelte. »Carla hat ganze Arbeit geleistet.«

»Weißt du, wer die anderen Frauen waren?«

»Ein paar davon kenne ich. Da war eine Forschungsassistentin an der Uni – Bella. Bella Fisk. Die hat es ganz schön erwischt, glaube ich.«

»Aber ihn nicht?«

»Nein.«

»Außerdem gab es noch eine Kim. Oder Kimberley. An ihren Nachnamen erinnere ich mich nicht.«

Frieda runzelte die Stirn. In ihrem Gedächtnis regte sich etwas. »Hat die als Kindermädchen gearbeitet?«

»Noch eine?«, fragte Bridget lächelnd. »Schon möglich.«

»Seine Schwester hatte ein Kindermädchen namens Kimberley.«

»Das würde passen. So war er drauf.«

»Sonst noch jemand?«

»Es gab mit Sicherheit noch andere, aber ich habe keine Ahnung, wer sie waren. Namentlich erwähnt hat er mir gegenüber nur die, die ich dir genannt habe.«

»Fällt dir sonst noch etwas ein?«

»Na ja.« Bridget blickte einen Moment aus dem Fenster. »Er hatte Angst.«

»Angst?« Dieser Meinung war Veronica Ellison auch gewesen.

»Aber das weißt du ja, oder?«

»Woher hätte ich das wissen sollen? Wir hatten schon so lange nicht mehr miteinander geredet.« Frieda musste daran denken, wie sie Sandy das letzte Mal gesehen hatte, als er vor dem Warehouse mit wutverzerrtem Gesicht eine mit ihren Sachen gefüllte Mülltüte nach ihr geworfen hatte.

»Er hat gesagt, er habe versucht, dich deswegen anzurufen. Er dachte, du wüsstest vielleicht, was zu tun wäre. Hat er wirklich nicht mit dir darüber gesprochen?«

Sie sah Bridget ins Gesicht. »Ich habe alle seine Nachrichten gelöscht.«

»Und du hast sie dir vorher nicht angehört?«

»Nein.«

Eine Weile saßen sie schweigend da. Rudi fühlte sich auf Friedas Schoß wie ein weiches, warmes Päckchen an, und Tam, die zwischen ihnen lag und den Mund leicht geöffnet hatte, stieß hin und wieder ein heiseres Wimmern aus.

»Du hast keine Ahnung, weswegen er Angst hatte?«, fragte Frieda schließlich.

»Nein. Aber wie wir inzwischen wissen, war seine Angst begründet.«

Frieda ging zu Fuß zurück in Richtung Elephant and Castle. Bis zu ihrer Wohnanlage brauchte sie fast eine Stunde. Inzwischen war früher Abend. Die tief stehende Sonne tauchte die Stadt in ein weiches Licht, und auf den Straßen tummelten sich sommerlich gekleidete Menschen. Teenager sausten auf Skateboards dahin. Paare hielten Händchen. Auf den Gehsteigen vor den Pubs herrschte Hochbetrieb.

Frieda lief unter der Eisenbahnbrücke hindurch und dann die Seite von Thaxted House entlang. Sie musste an ihr eigenes, sauberes kleines Haus denken, wo es im Sommer kühl und schummrig war, als befände es sich unter Wasser. Ihre Sehnsucht danach raubte ihr fast den Atem. Als sie nun die Tür aufsperrte und in die Wohnung trat, hörte sie in der Küche Gelächter. Sie steuerte auf ihr Zimmer zu.

»Frieda«, sagte eine Stimme, nachdem sie die Tür hinter sich zugezogen hatte.

Sie fuhr herum.

»Josef! Was machst du hier?«

»Eine nette Frau hat mich reingelassen.«

Josef formte mit den Händen große Brüste.

»Ileana«, stellte Frieda fest. »Aber deine Zeichensprache ist nicht gerade die feine englische Art. Du solltest lieber sagen: die dunkelhaarige Frau. Und du solltest ganz schnell wieder verschwinden.«

»Ich muss helfen.«

»Nein! Musst du nicht. Verschwinde.«

»Frieda, das ertrage ich nicht.«

Frieda trat auf ihn zu, berührte ihn an der Schulter und blickte in seine traurigen braunen Augen. Sie konnte riechen, dass er Wodka getrunken hatte.

»Schon gut. Wer außer dir weiß noch, dass ich hier bin?«

»Niemand. Ich habe es niemandem erzählt. Ich habe Lev gefragt, und er hat es mir auf der Karte gezeigt. Ich bin kreuz und quer gelaufen, damit mir niemand folgen kann. Nicht die Polizei.« Er schnaubte verächtlich. »Und auch sonst niemand. Ich habe dein Geheimnis nicht verraten.« Er legte seine große Hand ans Herz. »Ich helfe dir.«

»Josef, hör zu. Du hast zu viel zu verlieren, mehr als jeder andere. Sie könnten dich abschieben.«

»Drohungen.« Er machte eine wegwerfende Handbewegung. Dann beugte er sich hinunter und zog eine Flasche Wodka aus seiner Leinentasche. »Hier ist es schrecklich. Sollen wir uns einen Drink genehmigen?«

Frieda betrachtete einen Moment die Flasche in seiner ausgestreckten Hand, dann ließ sie den Blick durch den tristen kleinen Raum und das trübe Fenster schweifen. Die dünnen orangeroten Vorhänge hingen schlaff herab. Plötzlich lächelte sie.

»Warum nicht?«

Josefs Miene hellte sich auf. Er beugte sich noch einmal hinunter, um zwei Schnapsgläser hervorzuzaubern. »Immer gut vorbereitet«, bemerkte er.

»Aufs Nachhausekommen!«, sagte Frieda.

Sie stießen an und tranken.

Ungefähr fünf Sekunden nachdem Josef gegangen war, klopfte es an Friedas Tür.

»Was ist?«

Die Tür ging auf. Mira streckte grinsend den Kopf herein.

»Ist er weg?«, fragte sie.

»Ja, er ist weg.«

»Er kann bleiben«, verkündete Mira. »Er kann die ganze Nacht bleiben.«

»Er ist nur ein Freund.«

»Ja, ja«, sagte Mira lachend. Sie betrat den Raum und blickte sich nach einer Sitzgelegenheit um. Es gab keine.

»Wir haben über dich gesprochen, Ileana und ich.«

»Ich wünschte, ihr würdet das bleiben lassen.«

»Ileana sagt, du bist deinem Ehemann davongelaufen.«

»Und was sagst *du*?«

»Ich bin nicht sicher. Aber jetzt haben wir Josef kennengelernt. Interessanter Mann.«

Frieda stand auf. »Du würdest ihn nicht mögen«, erklärte sie, während sie Mira wieder hinauskomplimentierte. »Er ist Ukrainer.«

Mira starrte sie verblüfft an. »Ukrainer sind gar nicht so übel. Rumänen schon. Russen auch ein bisschen. Ukrainer nicht.«

Frieda schob die Tür zu.

22

Bei King's Cross war hinter einem Müllcontainer ein zu Tode getretener Obdachloser aufgefunden worden. Für Karlsson war es einer der deprimierendsten Fälle, mit denen er je zu tun gehabt hatte. Ihn betrübte nicht nur die Tatsache, dass der Mann, dessen Namen er nicht wusste, so übel zugerichtet und dann wie Müll entsorgt worden war, sondern auch, dass es niemanden gab, der sich für seine Leiche verantwortlich fühlte. Kein Mensch kannte seine Identität. Dass er tot war, kümmerte niemanden.

Das Opfer sah alt aus, doch der Rechtsmediziner meinte, der Mann sei erst um die fünfzig gewesen. Seine Habseligkeiten, die er in einem alten, rostigen Einkaufswagen herumgeschoben hatte, lagen um seinen Leichnam verstreut: ein Schlafsack, ein paar Steppsachen, ein paar Dosen weißer Cider, eine Plastiktüte voll Zigarettenkippen, sechs leere Feuerzeuge und ein wenig Hundefutter. Ein Hund hatte sich allerdings nicht gefunden. Niemand hatte etwas gesehen, niemand wusste etwas oder zeigte auch nur einen Hauch von Interesse.

Karlsson betrachtete die Fotos seiner beiden Kinder, Bella und Mikey, auf seinem Schreibtisch. Der getötete Mann war auch einmal ein kleines Kind gewesen, ein Baby, das gestrampelt und geschrien und gelächelt hatte. Wie konnte ein Leben so aus dem Gleis geraten?

»Armer Kerl«, murmelte er.

Es klopfte, und Yvette streckte den Kopf herein.

»Entschuldige die Störung.«

»Du störst genau im richtigen Moment. Was gibt's? Irgendwelche neuen Spuren?«

»Nein. Es betrifft nicht unseren Fall. Jemand möchte dich sprechen.«

»Wer?«

»Eine Frau namens Elizabeth Rasson. Ich habe sie gefragt, worum es geht, aber sie hat nur gesagt, dass sie mit dir persönlich sprechen will. Sie lässt sich nicht abwimmeln.«

»Elizabeth Rasson?« Karlsson runzelte die Stirn. »Aber das ist…« Er sprach den Satz nicht zu Ende. »Egal. Schick sie rein.«

Lizzie Rasson kam eiligen Schrittes herein und blieb dann abrupt stehen. Sie blickte sich um, als wüsste sie nicht recht, wo sie sich befand oder wie sie dorthin gelangt war. Sie war so dünn, dass ihre Schlüsselbeine scharf hervortraten, und hatte jenen benommenen Gesichtsausdruck, der Karlsson nur allzu vertraut war.

»Misses Rasson.« Er streckte ihr die Hand hin. »Bitte setzen Sie sich.«

»Lizzie«, sagte sie. »Wir kennen uns bereits oder haben uns zumindest schon einmal im selben Raum aufgehalten. Sie werden sich wahrscheinlich nicht daran erinnern.«

»Doch, ich glaube schon.«

»Es ist lange her. Ich erinnere mich an Sie, weil ich normalerweise keine Polizisten treffe – aber auch, weil Sandy Sie nicht besonders mochte.«

»Stimmt.«

»Sandy ist mein Bruder.«

»Ich weiß.«

»War. Er *war* mein Bruder. Das passiert mir ständig. Wie lange dauert das?«

»Sie meinen, bis man die Vergangenheit benutzt?«

»Ja.«

»Wahrscheinlich wird es sich noch lange seltsam anfühlen.«

»Sie müssen entschuldigen. Ich plappere dummes Zeug, damit ich nicht sagen muss, was ich auf dem Herzen habe. Wenn Sie wissen, was ich meine.«

»Ja, ich denke schon. Bitte.« Sie ließ sich auf den Stuhl sinken, den er für sie herauszog, und schlug die langen Beine übereinander. Karlsson registrierte, wie knochig ihre Schienbeine waren.

»Als Kinder haben wir uns sehr nahegestanden – der Altersunterschied ist nur vierzehn Monate. Als Erwachsene sind wir uns ein bisschen fremd geworden, aber nachdem er aus Amerika zurück war, bekam ich ihn wieder häufiger zu sehen. Es ging ihm nicht gut, er tauchte oft bei uns auf und … nun ja, wir waren eben seine Familie. Außer mir hatte er niemanden mehr, nachdem …« Den Rest verkniff sie sich und rieb sich stattdessen übers Gesicht.

»Was kann ich für Sie tun?«

»Sie sind doch ein guter Freund von Frieda«, fuhr Lizzie fort, als hätte sie seine Frage nicht gehört.

»Wir sind befreundet, ja.«

»Ja.« Die kurze Silbe klang bitter. »Deswegen mochte Sandy Sie nicht. Er fand, dass Sie beide *zu* gut befreundet waren. Er war eifersüchtig, vor allem nachdem es vorbei war. Finden Sie nicht auch, dass Frieda ihn sehr schlecht behandelt hat?«

»Wenn eine Beziehung zu Ende geht, ist das immer schmerzhaft«, entgegnete Karlsson vorsichtig. »Und Frieda …«

»Ja, ja, Frieda ist ein besonderer Fall. Noch immer. Glauben Sie, sie hat meinen Bruder umgebracht?«

Dass sie ihn so direkt fragte, überraschte Karlsson.

»Nein.«

»Sie meinen, Sie glauben es nicht.«

»Ich meine, sie war es nicht.«

»Warum? Weil sie Ihre Freundin ist?«

Karlsson blinzelte und drückte einen Moment Daumen und Zeigefinger gegen seine Nasenspitze.

»Ich nehme an, letztendlich läuft es darauf hinaus, ja«, antwortete er schließlich.

»Was für ein Glück für Frieda, dass sie solche Freunde hat.
Allerdings klingen Sie im Moment nicht wie ein Kriminalbe-
amter.«

»Das liegt daran, dass ich in diesem Fall keiner bin. Ihnen
ist doch bekannt, dass ich mit den Ermittlungen nichts zu
tun habe? Wenn Sie Fragen haben oder eine Aussage machen
möchten, sollten Sie sich an DCI Hussein wenden. Ich kann
Ihnen ihre Nummer geben.«

»Deswegen bin ich nicht hier.«

»Weswegen dann?«

»Ich habe nachgedacht«, antwortete sie. Karlsson wartete.
Lizzie zog die Nase kraus und richtete den Blick in die Ferne.
»Über die letzten Wochen von Sandys Leben.«

»Sprechen Sie weiter.«

»Er war völlig aufgelöst. Sie kennen Sandy – *kannten* ihn. Er
war eigentlich ein sehr beherrschter, zurückhaltender Mensch.
Aber auf die Zeit vor seinem Tod traf das nicht mehr zu. Er
ist irgendwie ausgetickt, wenn Sie verstehen, was ich meine.«

Karlsson nickte wortlos. Sein Telefon blinkte, doch er
machte keine Anstalten, den Anruf entgegenzunehmen.

»Er hatte etwas Schlimmes getan«, sagte Lizzie.

»Was denn?«

»Das weiß ich nicht.«

»Sie sollten mit Sarah Hussein sprechen. Es könnte wichtig sein.«

Lizzie machte eine ungeduldige Handbewegung.

»Ich spreche aber mit Ihnen. Er war nicht nur schlecht
drauf, sondern panisch.«

Karlsson beugte sich vor.

»Wovor hatte er Angst, Lizzie?«, fragte er leise. »Oder vor
wem?«

»Nein. So war das nicht. Sie verstehen mich falsch.«

»Dann erklären Sie es mir.«

»Er hat die ganze Zeit versucht, Frieda anzurufen.«

»Ja, ich weiß.«

»Aber sie ist nie rangegangen. Er hat ihr Nachrichten hinterlassen und E-Mails geschickt, aber sie hat nie geantwortet.«

»Ich glaube, sie war der Meinung, dass es nichts mehr zu sagen gebe.«

»Aber es ging ihm gar nicht um die Trennung, jedenfalls nicht mehr zum Schluss.«

»Wie meinen Sie das?«

»Ich glaube, er hat nie aufgehört, Frieda zu lieben, und als er dann so in Panik war, wollte er unbedingt mit ihr reden.« Lizzies Augen füllten sich mit Tränen. »In Panik«, wiederholte sie.

»Er hat Frieda angerufen, weil er sie um Hilfe bitten wollte?«, hakte Karlsson nach.

»Nein.«

»Warum dann?«

»Ich war der Meinung, sie habe ihn getötet, also spielte es keine Rolle. Aber wenn sie es nicht getan hat, dann muss ich sie warnen, egal, wie grausam sie zu ihm war.«

»Bitte, Sie müssen sich klarer ausdrücken. Was wollen Sie damit sagen?«

»Er hatte nicht Angst um sich selbst, sondern um sie. Er glaubte, dass sie in Gefahr war.«

Karlsson starrte Lizzie Rasson an. Er spürte, wie ihm ein Schweißtropfen langsam über die Schläfe lief.

»Ihr Bruder war der Meinung, Frieda sei in Gefahr?«

»Ja.«

»Hat er Ihnen das gesagt?«

»Ja. Allerdings war er sehr betrunken, als er es mir sagte. Als er dann starb und Frieda nichts fehlte, dachte ich zunächst, es habe nichts zu bedeuten. Ich hielt es für ein Hirngespinst von ihm. Aber inzwischen bin ich der Meinung, dass Sie sie warnen müssen. Das ist das Letzte, was ich für Sandy tun kann.«

»Ich weiß nicht, wo sie sich aufhält. Wir müssen es Sarah Hussein sagen.«

»Sie müssen sie warnen«, wiederholte sie. »Bevor ihr auch noch etwas Schreckliches zustößt.«

Nachdem Lizzie Rasson gegangen war, griff Karlsson nach dem Telefon und rief Hussein an, die sich schweigend anhörte, was er zu sagen hatte. Am anderen Ende der Leitung blieb es so still, dass er immer wieder nachfragte, ob sie noch dran sei.

»Was halten Sie davon?«, fragte er, nachdem er seinen Bericht abgeschlossen hatte – allerdings ohne zu erwähnen, dass er von Lizzie Rasson aufgefordert worden war, Frieda zu warnen.

»Ich halte es für eine falsche Spur. Meiner Meinung nach hat Frieda Klein ihren Ex getötet und ist deswegen abgehauen. Warum sollte sie das tun, wenn sie unschuldig wäre?«

»Weil sie hereingelegt wurde und jemand ihr das anhängen will.«

»Das ist eine Theorie«, erwiderte Hussein. »Eine Theorie, die wir erst dann richtig überprüfen können, wenn Doktor Klein sich wieder in unserer Obhut befindet.«

»Sandy hatte Angst, Frieda könnte in Gefahr sein. Dann wurde Sandy ermordet. Legt das nicht nahe, dass Sie auf der Suche nach seinem Mörder in die falsche Richtung schauen?«

»Nein. Es legt nahe, dass wir Frieda Klein finden und befragen müssen.«

»Aber…«

»Ich verstehe ja, dass Sie sich Sorgen um sie machen«, unterbrach ihn Hussein, »und ich hoffe, Sie verstehen Ihrerseits, dass es mir nicht darum geht, Ihre Freundin in die Pfanne zu hauen. Ich versuche lediglich, die Wahrheit herauszufinden. Das ist meine Aufgabe, und die möchte ich erfüllen. Das ist auch im Interesse aller Beteiligten, einschließlich Friedas.«

»Natürlich«, antwortete Karlsson.

»Also werden Sie mir helfen?«

»Wie meinen Sie das?«

»Wo ist sie? Ich schätze mal, deswegen hat sich Misses Rasson an Sie gewandt und nicht an mich – weil sie der Meinung war, Sie könnten Frieda wissen lassen, dass sie in Gefahr ist. Ich bin nämlich nicht ganz blöd.«

»Das habe ich auch nicht angenommen.«

»Also?«

»Ich weiß nicht, wo sie ist.«

»Sie sollten mir besser die Wahrheit sagen.«

»Das tue ich gerade. Ich weiß es nicht.«

Karlsson wusste es tatsächlich nicht, aber nachdem er mit Hussein gesprochen hatte, informierte er Yvette, dass er eine Weile unterwegs sein werde. Fünfunddreißig Minuten später saß er in Reuben McGills Büro im Warehouse. Reuben hockte mit hochgekrempelten Ärmeln auf dem Sims des offenen Fensters und rauchte.

»Wirst du mir unangenehme Fragen stellen?«, wandte er sich an Karlsson. Da sie beide mit Frieda befreundet waren, duzten sie sich seit einiger Zeit.

»Ich sorge mich um Friedas Sicherheit. Ich brauche deine Hilfe.«

Reuben warf seine Kippe aus dem Fenster und wandte sich Karlsson zu.

»Versuchst du mich auf diese Weise zum Reden zu bringen?«

»Was soll das? Frieda ist in Gefahr.«

»Ja, ja.«

»Ich bin als Friedas Freund hier. Mit den Ermittlungen habe ich nichts zu tun.«

Reuben betrachtete ihn mit zusammengekniffenen Augen.

»Inwiefern ist sie in Gefahr?«

»Das weiß ich nicht. Aber Sandy hat vor seinem Tod noch versucht, sie zu warnen.«

Reuben verließ seinen Platz auf dem Fensterbrett und setzte sich an den Schreibtisch.

»Ich weiß nicht, wie ich dir da helfen soll«, erklärte er, die Ellbogen auf die Tischplatte gestützt, das Kinn auf den verschränkten Händen.

»Du brauchst mir nicht zu verraten, wo sie sich aufhält, solltest sie aber unbedingt wissen lassen, was ich dir gesagt habe.«

»Ich habe keine Ahnung, wo sie ist.« Er blickte hoch und fing Karlssons skeptischen Blick auf. »Das ist die Wahrheit. Sie ist abgetaucht.«

»Du hast keine Möglichkeit, mit ihr in Kontakt zu treten?«

»Nein.« Er klappte seine verschränkten Hände auseinander, sodass sie einen Großteil seines Gesichts bedeckten, und schloss die Augen. Karlsson wartete. »Schwörst du, dass du mich nicht hereinlegen willst?«

»Ich will dich nicht hereinlegen.«

Reubens nächste Worte kamen sehr langsam und widerstrebend.

»Ich weiß nicht, warum ich dir das jetzt sage. Aber wenn überhaupt jemand etwas weiß, dann ist es Josef. Womöglich begehe ich gerade einen schrecklichen Fehler, indem ich dir das verrate.«

»Ich werde ihn nicht in Schwierigkeiten bringen.«

»Frieda würde dir das nie verzeihen.«

»Wo hält er sich im Moment auf?«

»Er arbeitet in einem Haus in Belsize Park. Mach dir keine zu großen Hoffnungen. Er ist ein Sturschädel. Aber das weißt du ja.«

»Wir werden sehen.«

Reuben nickte. Er notierte die Adresse auf einem Stück Papier, das er von einem Block abriss und zu Karlsson hinüberschob.

»Wenn das schiefgeht«, sagte er, »dann bekommst du es mit mir zu tun – und mit sämtlichen Waffen in meinem psychotherapeutischen Arsenal.«

»Ich werde daran denken.« Mit diesen Worten griff Karlsson nach dem Zettel und ging.

Er fand Josef im Garten des Hauses. Er saß mit einer Gruppe von Männern zusammen, die gerade Tee tranken und rauchten. Als Josef ihn entdeckte, erhob er sich und blickte ihm misstrauisch entgegen.

»Ich habe nichts zu sagen.«

Karlsson nahm ihn am Arm und führte ihn ein Stück von den anderen Männern weg, die sie neugierig anstarrten. »Es gibt da etwas, das du wissen solltest.«

»Du glaubst, du kannst mir Angst machen?«

»Ich habe nicht vor, dich zu bedrohen.« Josef wollte etwas entgegnen, doch Karlsson hielt ihn mit einer Handbewegung davon ab. »Ich werde dich auch nicht fragen, wo sie ist«, fuhr er fort. »Ich möchte dir nur diesen Brief hier geben.« Er schob seine Hand in die Innentasche seiner Jacke und zog den Brief heraus, den er in dem Café ein paar Häuser weiter geschrieben hatte. Josef wich zurück, als handelte es sich dabei um eine Bombe, die jeden Moment explodieren könnte.

»Ist das ein Trick?«

»Was für ein Trick sollte das denn sein? Ich gebe dir einen Brief. Es wäre gut für Frieda, wenn sie ihn lesen würde, aber ob sie ihn zu sehen bekommt, liegt ganz an dir.«

»Ich weiß nicht, wo sie ist.«

»Dann verschwende ich gerade meine Zeit.« Er wartete noch einen Augenblick. »Ich bin Friedas Freund und habe Grund zu der Annahme, dass sie sich in Gefahr befindet.«

»Du bist Polizist.«

»Das auch. Aber du kannst mir trotzdem trauen.«

Josef zog sein verschmiertes Gesicht in Falten. Sein Haar

war staubig, und Karlsson sah, dass er Blasen an den Händen hatte.

»Gefahr, sagst du.«

»Ja.«

Josef bedachte Karlsson mit einem finsteren Blick. »Wenn ich ihn nehme, heißt das gar nichts.«

»In Ordnung.«

Karlsson hielt ihm den Brief erneut hin. Dieses Mal griff Josef danach. Sobald Karlsson weg war, holte Josef sein Telefon heraus. Frieda hatte ihm ihre neue Nummer gegeben. Aber sie ging nicht ran.

Frieda hatte das Gefühl, dass sie sich allmählich von Ethan verabschieden musste, zumindest für eine Weile. Es konnte nicht so weitergehen. Sie stiegen in einen Bus und gingen nach oben, an einen Platz ganz vorne. Auf seinem Sitz stehend, starrte Ethan fasziniert aus dem Fenster und informierte Frieda über alles, was er sah: Leute, Hunde, Autos, Fahrräder, Häuser und Läden. Der Bus fuhr durch Elephant and Castle und dann die Old Kent Road entlang. Als sie ausstiegen, verkündete Ethan, er sei müde und hungrig.

»Warte noch einen Moment«, antwortete Frieda.

Sie nahm ihn an der Hand und führte ihn von der Hauptstraße weg nach rechts, wo – unglaublicherweise und wie von Zauberhand – etwas vor Ethan auftauchte, das er noch nie gesehen hatte. Sie ging mit ihm durch das Tor und über das Kopfsteinpflaster hinüber zu den Ställen. Zwei Pferde streckten die Köpfe aus ihren Boxen und beäugten sie neugierig. Frieda hob Ethan hoch.

»Du darfst sie anfassen.« Mit ihrer freien Hand streichelte sie über die weiche, lachsrosa Haut zwischen den Nüstern eines der Tiere. Ethan schüttelte den Kopf und lehnte sich nach hinten. Er traute sich nicht, die Pferde zu berühren, wollte aber auch nicht gehen. Selbst als Frieda ihn wieder hinaus auf den Geh-

steig führte, blickte er über die Schulter zurück, als befürchtete
er, die Ställe könnten verschwinden, sobald er nicht mehr hin-
sah. Dann kamen sie an der Schmiede vorbei. Frieda versuchte
ihm zu erklären, was Hufeisen waren, doch Ethan runzelte nur
die Stirn. Sie wusste nicht recht, ob er nicht begriff, was sie ihm
sagte, oder ob er es zwar verstand, aber nicht glaubte.

Sie gingen weiter. Mittlerweile fiel das Gelände zur Seite
sanft ab. Frieda wusste, was das bedeutete. Sie registrierte ein
breites Rohr, das die Eisenbahnlinie kreuzte. Nach ein paar
Minuten bog sie mit Ethan in eine kleine Seitenstraße ab.
Neben zwei Gullideckeln blieb sie stehen.

»Mach mal so«, forderte sie ihn auf, während sie sich hin-
kniete und ein Ohr an einen der Deckel legte. Er folgte ihrem
Beispiel.

»Hörst du das?«, fragte sie.

Er richtete sich wieder auf und nickte.

»Weißt du, was das ist?«

Er schüttelte den Kopf.

»Vor langer, langer Zeit gab es hier einen Fluss«, erklärte
sie. »Einen kleinen Fluss. Er floss zwischen den Straßen dahin,
und kleine Boote fuhren darauf. Und die Pferde – solche, wie
wir sie gerade gesehen haben – tranken daraus. Aber dann versteckten die Menschen den Fluss. Sie deckten ihn ab und bau-
ten Häuser und Straßen darüber. Mit der Zeit geriet der Fluss
in Vergessenheit. Trotzdem ist er noch da.« Sie klopfte gegen
den Metalldeckel. »Das ist er, da unten. Er heißt Earl's Sluice.«

»Sluice«, wiederholte Ethan in feierlichem Ton.

»Genau. Nur du und ich wissen, dass er da ist, und wir werden ihn nicht vergessen, oder?«

»Nein«, antwortete Ethan gehorsam.

Frieda erhob sich und streckte ihm die Hand hin.

Als sie die Themse erreichten, drückte Ethan den Kopf
an das Geländer, als wollte er näher zum Fluss gelangen. Er
wirkte wie hypnotisiert.

»Hier entlang«, sagte Frieda und führte ihn in westlicher Richtung den Uferweg entlang. Als Ethan nach ein paar hundert Metern an ihrem Arm zu zerren begann, um ihr auf diese Weise zu bekunden, wie müde er war, beugte sie sich zu ihm hinunter.

»Ich habe eine Überraschung für dich«, flüsterte sie ihm ins Ohr.

»Was denn?«

Sie führte ihn durch das kleine Tor auf den städtischen Bauernhof. Als Ethan die Ziegen, Hühner und Hasen erblickte, sah er aus, als würde ihn das Übermaß der auf ihn einprasselnden Eindrücke jeden Moment explodieren lassen. Erst stand er nur wie angewurzelt da und sperrte den Mund auf. Dann begann er hektisch herumzulaufen und auf dieses und jenes Tier zu deuten. Nach einer Weile ging Frieda mit ihm ins Café und bestellte ein Eis für ihn, aber er konnte sich gar nicht beruhigen, sondern fing zu weinen an und verkündete, er wolle wieder zu den Tieren. Also nahm Frieda ihren Kaffee mit hinaus und sah zu, wie er auf die Tiere zustürmte.

Eine Schulklasse traf ein, eine lang gezogene Gruppe von Erst- oder Zweitklässlern, die alle leuchtend gelbe Westen trugen wie eine Mannschaft von Miniaturbauarbeitern. Nach einer Weile gesellte Ethan sich zu ihnen und stellte sich neben zwei kleine Mädchen. Eine hielt einen Hasen auf dem Arm, während die andere ihn streichelte. Eine junge Lehrerin trat auf Ethan zu und sagte etwas zu ihm, das Frieda nicht verstand. Ethan wandte den Kopf und deutete auf Frieda. Die Lehrerin nahm ihn an der Hand und führte ihn zu Frieda.

»Es tut mir leid«, sagte sie. »Er darf nicht bei unseren Kindern sein. Es könnte etwas passieren.«

»Nicht, solange ich da bin«, erwiderte Frieda.

»Die Vorschriften sind so«, erklärte die Lehrerin. »Es ist nicht meine Entscheidung.«

»Das ist es doch nie«, gab Frieda zurück.

Die Lehrerin starrte sie irritiert an, doch Frieda ging einfach mit Ethan davon, der vor Erschöpfung zu quengeln begann, gleichzeitig aber völlig überdreht war und plötzlich ganz laut schrie, er wolle die Ziege streicheln.

23

Der Bauleiter hieß Gavin und war gar nicht erfreut.

»Was für ein Notfall?«, fragte er.

»In einer Stunde bin ich wieder da«, sagte Josef, »höchstens zwei.«

»Zwei Stunden? Was soll das werden? Ein neues Hobby?«

»Ich arbeite für ihn mit«, meldete sich eine Stimme zu Wort. Die beiden Männer blickten sich um. Es war Marty.

»Wovon sprichst du?«, fragte Gavin. »Wenn du seine Arbeit und deine Arbeit machen kannst, wozu brauchen wir dann ihn?«

»Joe ist der Beste auf seinem Gebiet. Und wenn er sagt, es ist ein Notfall, dann ist es ein Notfall.«

Josef musterte die beiden Männer ein wenig nervös. Die Situation würde sich entweder entspannen oder noch schlimmer werden. Gavin lief rot an, aber irgendetwas an Martys Gesichtsausdruck bewirkte, dass er es sich anders überlegte.

»Zwei Stunden«, sagte er, »aber lass es nicht zur Gewohnheit werden.«

Als Josef kurz darauf aufbrach, nickte er dankbar zu Marty hinüber.

»Gibt es ein Problem?«

»Eine Freundin braucht meine Hilfe.«

»Diese Frieda?«

Josef zuckte nur mit den Achseln.

»Sie hat Glück, dich zum Freund zu haben.«

»Nein. Ich habe Glück.«

Jeder Abschnitt der Fahrt schien viel länger zu dauern, als er eigentlich sollte. Gleich zu Beginn musste er am Bahnhof

Chalk Farm eine ganze Weile auf den Lift warten. Dann blieb der Zug in einem Tunnel zehn Minuten stehen. Über den Lautsprecher meldete sich mehrfach eine Stimme, die sich bei den Fahrgästen entschuldigte. Als Josef schließlich aus dem Bahnhof Elephant and Castle trat, hatte er endlich ein Handysignal und versuchte es noch einmal bei Frieda, doch sie ging noch immer nicht ran. Er sprintete zu der Wohnung, in der sie untergekommen war, klopfte an die Tür und klingelte. Keine Reaktion. Als er erneut klopfte, rührte sich drinnen etwas. Endlich ging die Tür auf. Vor ihm stand die Blondine – diejenige ohne die großen Brüste.

»Ist Fr … Carla da?«

»Keine Ahnung. Vielleicht in ihrem Zimmer.«

Josef eilte an ihr vorbei und schob Friedas Tür auf. Das Bett war gemacht wie für eine Inspektion beim Militär. Während er den Blick durch den Raum schweifen ließ, sah Mira ihm über die Schulter.

»Sie ist nicht viel hier. Vielleicht arbeitet sie bei den Kindern.«

»Wo?«

»Das weiß ich nicht.«

Er holte den Brief heraus und betrachtete ihn. Sollte er ihn dieser Frau geben? Er dachte erst an Frieda und dann an Karlsson, der mit diesem Brief das Gesetz brach. Das Risiko erschien ihm zu groß. Er steckte den Brief wieder ein.

»Richte Frieda aus, dass sie mich anrufen soll«, wandte er sich an Mira. »Wenn sie anruft oder zurückkommt, dann sag ihr, sie soll sich bei mir melden. Dringend.«

»Du kannst doch warten«, entgegnete Mira. »Einen Kaffee trinken.«

»Nein«, widersprach Josef. »Sie soll mich anrufen.«

Frieda saß in einem Café namens Watched Pot und wartete. Bella Fisk hatte sich nur sehr widerstrebend bereit erklärt, ihr zehn Minuten ihrer Zeit zu schenken. Frieda fragte sich, wie sie einander überhaupt erkennen sollten, nachdem sie ja nicht wusste, wie Bella aussah. Als dann jedoch die Tür aufschwang und eine Frau hereinkam, die sich suchend umschaute, war Frieda sofort sicher. Allmählich bekam sie ein Auge für Sandys Frauentyp. Bella war groß und trug zu einem dunklen Kleid blaue, nur halb zugeschnürte Lederstiefel. Sie hatte braunes, fransiges Haar und wirkte energisch und klug. Als sie Friedas Blick bemerkte, steuerte sie auf ihren Tisch zu.

»Verraten Sie mir jetzt, worum es eigentlich geht?«, fragte sie zur Begrüßung.

»Danke, dass Sie sich Zeit für mich genommen haben.«

»Wieso sind Sie so scharf darauf, in der Vergangenheit herumzugraben?«

»Ich kannte Sandy, auch wenn das schon eine Weile her ist. Ich würde gerne mit Leuten sprechen, die ihn ebenfalls kannten.«

»Warum?«

»Darf ich Sie auf einen Kaffee einladen? Es dauert nur ein paar Minuten.«

Während Bella sich niederließ, ging Frieda hinüber zum Tresen und bestellte zwei Tassen Kaffee.

»Nettes Lokal«, bemerkte sie, als sie zurückkehrte.

»Ja, es ist nicht übel«, antwortete Bella. »Ich wohne gleich um die Ecke. In ein paar Minuten kommt ein Freund. Wir wollen zusammen etwas unternehmen.«

»Kein Problem«, erwiderte Frieda.

»Was soll das heißen, ›kein Problem‹? Natürlich ist es kein Problem. Ich habe Ihnen doch gesagt, dass ich nur zehn Minuten Zeit habe. Also lassen Sie hören, worum es geht.«

»Alle sind schockiert über das, was Sandy passiert ist. Ich habe einfach das Bedürfnis, mit ein paar Leuten aus seinem Bekanntenkreis zu reden.«

»Aber warum?«

»Ich würde gerne wissen, wie es ihm ging – während seiner letzten Tage.«

»Er war wohl eine alte Liebe von Ihnen, oder?«

»Ein Freund«, entgegnete Frieda.

Auf Bellas Gesicht breitete sich ein leicht ironisches Lächeln aus.

»Wenn Sie das sagen.« Sie verstummte, weil gerade eine Frau mittleren Alters ein Tablett mit zwei Kaffeetassen brachte. Nachdem die Frau gegangen war, wandte sich Bella herausfordernd an Frieda.

»Wie war noch mal Ihr Name?«

»Carla.«

»Carla. Seltsam. Den Namen hat er nie erwähnt. Also, Carla, was wollen Sie über Sandys Arbeitsleben wissen?« Frieda gab ihr keine Antwort. Stattdessen trank sie langsam ihren Kaffee und wartete. »Nun sagen Sie schon«, brach Bella schließlich das Schweigen, »mit wem haben Sie gesprochen?«

»Ich möchte nur hören, wie es Sandy zum Schluss ging.«

Bella machte mittlerweile einen sehr nachdenklichen, angespannten Eindruck.

»Ich weiß nicht, was das soll. Sind Sie so etwas wie eine Stalkerin?«

»Nein. Sandy ist tot. Einem Toten kann man nicht mehr nachstellen.«

»Da bin ich mir nicht so sicher«, widersprach Bella und ließ dabei den Blick durch den Raum schweifen. »Übrigens, wenn mein Freund eintrifft, könnten wir uns dann auf den Bereich Arbeit beschränken, was Sandy angeht? Es ist zwar keine große Sache, Tom und ich sind noch gar nicht richtig zusammen, aber Sie wissen ja, wie das ist, wenn man jemanden gerade erst kennengelernt hat.«

»Ja, klar. Wie war das denn mit Ihnen und Sandy?«

Bella kniff die Augen zusammen.

»Irgendwie weiß ich noch immer nicht, was ich von Ihnen

halten soll. Ich versuche mir gerade vorzustellen, wie es wohl wäre, wenn ich mich mit einer von den Exfreundinnen meines Exfreunds träfe, um sie zu fragen, wie es mit ihm war.«

»Mir ist schon klar, dass Ihnen das seltsam vorkommen muss. Aber wenn jemand getötet wird, ändert das alles. Dann gelten plötzlich neue Regeln, weil die alten nicht mehr greifen. Aus sehr komplexen und schmerzhaften Gründen habe ich das Bedürfnis herauszufinden, was für ein Leben Sandy führte, bevor er umkam.«

»Damit Sie ihn dann in Frieden ruhen lassen können, meinen Sie?«

»Wenn Sie so wollen«, antwortete Frieda.

»Hat er Sie verletzt?«

Frieda biss die Zähne zusammen. »Vielleicht.«

»Also gut. Aber ich glaube nicht, dass ich Ihnen eine große Hilfe sein werde, was auch immer Sie im Schilde führen. Er hat Sie nie erwähnt, falls es das ist, worum es Ihnen geht. Tut mir leid. Außerdem standen wir uns gar nicht so nahe. Wir haben zusammen gearbeitet, waren zwei-, dreimal miteinander beim Essen, sind ein paarmal in der Kiste gelandet, und das war's.«

»Aus Ihrem Mund klingt das, als wäre es gar nichts gewesen.«

»Es war nicht gar nichts.« Bella starrte in ihren Kaffee, den sie noch nicht angerührt hatte. »Aber recht viel mehr auch nicht.«

»Warum ging es zu Ende?«

»Keine Ahnung. Wie so etwas eben läuft: Man lernt jemanden kennen, schläft ein paarmal miteinander, und dann ist es einfach wieder vorbei.«

»Hat es Ihnen etwas ausgemacht?«

Bellas Lächeln wirkte jetzt ernster, nicht mehr so spöttisch.

»Sie sind hartnäckig, das muss man Ihnen lassen«, stellte sie fest. »Meinen Freundinnen habe ich das nicht anvertraut. Es fällt mir schwer, über so etwas zu sprechen. Ich konnte mit

Sandy gut zusammenarbeiten, und ich hatte das Gefühl, dass er mich brauchte, weil es ihm schlecht ging. Tja, vielleicht brauchte er mich ja tatsächlich, aber auf eine andere Weise, als ich dachte. Es war nicht seine Schuld.«

»Jemand hat mir erzählt, dass er die Frauen, mit denen er zusammen war, schlecht behandelt hat.«

»Aha, *jemand*.« Bella Fisk klang jetzt höhnisch.

»Dass er möglicherweise ein paar von ihnen verletzt hat und sich deswegen schuldig fühlte.«

»Ist es Ihnen so ergangen?«, fragte Bella. Frieda gab ihr darauf keine Antwort. »Mich hat er nicht verletzt«, fuhr Bella fort. »Wir hatten uns beide nichts versprochen. Die Frau, mit der er vor mir zusammen war – oder vielleicht auch parallel zu mir –, hat sich wohl ein bisschen aufgeregt, aber nicht lange. Sie hat sich bald anderweitig getröstet.«

»Wer war das?«

Bella kniff die Augen zusammen. »Ich frage mich, warum Sie das interessiert.«

»War es Veronica Ellison?«, hakte Frieda nach.

»Wenn Sie es sowieso schon wissen, warum fragen Sie mich dann?«

»Sie hat sich also aufgeregt.«

»Nur, bis sie mit Al zusammenkam.«

»Al.«

»Ist doch egal.«

»Sie meinen, Al Williams?«

»Allmählich werden Sie mir ein bisschen unheimlich. Wieso interessieren Sie sich für das alles? Was spielt es noch für eine Rolle? Das bringt Sandy auch nicht mehr zurück.«

»Mir geht es nur um ein paar Antworten«, entgegnete Frieda.

Ihr Gehirn lief auf Hochtouren. Veronica war erst mit Sandy zusammen gewesen, dann mit Al. Al war mit Bridget verheiratet, mit der wiederum Sandy sehr eng befreundet gewesen war und an die er sich gewandt hatte, wenn er in Schwierigkeiten steckte. Was bedeutete das? Wusste Bridget Bescheid? Frieda musste daran denken, wie sie sowohl Bridget als auch Al auf der Gedenkfeier für Sandy das erste Mal gesehen hatte und wie beide Veronica nach deren kleiner Rede getröstet hatten. Aber Bella sprach weiter, sodass Frieda gezwungen war, ihre Aufmerksamkeit wieder auf sie zu richten. Sie machte gerade eine Bemerkung darüber, was für eine kleine Welt die Uni doch war und dass ihr dieser Reigen fast ein wenig inzestuös erschien: sie selbst mit Sandy, Veronica mit Sandy, Veronica mit Al...

In dem Moment hielt sie inne, weil die Tür aufging und ein Mann hereinkam. Er trug eine schwarze Jeans und eine Lederjacke. Als er Bella entdeckte, nickte er ihr zu, kam herüber und setzte sich zu ihnen an den Tisch. Bella stellte ihm ihre Gesprächspartnerin vor.

»Das ist Carla«, sagte sie. »Sie war früher mal mit Sandy befreundet. Ich habe dir doch von Sandy erzählt.«

Er schüttelte Friedas Hand, die dabei fast in der seinen verschwand. »Es ist das erste Mal, dass jemand aus meinem Bekanntenkreis ermordet worden ist.«

»Demnach kannten Sie Sandy also auch?«

»Na ja, zumindest kenne ich jemanden, der ihn kannte.«

»Du sagst das, als wäre es lustig«, ereiferte sich Bella. Sie stand auf und verschwand durch eine Tür an der Rückseite des Raums.

»Ein heikles Thema«, bemerkte Tom, während er ihr nachsah. Dann lehnte er sich zurück und musterte Frieda neugierig. »Bella hat zwar Sandy erwähnt, aber von Ihnen hat sie nie etwas erzählt.«

»Wir haben uns gerade erst kennengelernt.«

»Das verstehe ich jetzt nicht.«

»Ich hatte Sandy aus den Augen verloren. Ich wollte mit jemandem sprechen, der mit ihm zusammengearbeitet hat.«

»Was machen *Sie* denn beruflich, Carla?«

»In letzter Zeit habe ich hauptsächlich als Kindermädchen gearbeitet.«

»Ist das befriedigend?«

»Ich mache es nur vorübergehend.«

»Interessant«, meinte Tom. »Sagen Sie, Carla, hätten Sie Lust, bald mal mit mir was trinken zu gehen?« Er sagte das, als würde er ihr eine Tüte Chips anbieten.

Frieda konnte es sich nicht verkneifen, einen Blick in die Richtung zu werfen, in die Bella gerade verschwunden war. Dabei fragte sie sich, wieso sie seine Frage so verletzend fand und plötzlich das Gefühl hatte, eine Frau schützen zu müssen, die sie eigentlich gar nicht kannte.

»Ähm, wir trinken doch hier schon Kaffee miteinander«, antwortete sie zögernd.

»Ich dachte eher an abends.«

»Das halte ich für keine so gute Idee.«

»Fragen kann man ja mal«, meinte Tom in fröhlichem Ton. »Wer nicht wagt, der nicht gewinnt.«

»Es ist höchstens eine halbe Minute her, dass Bella den Raum verlassen hat.«

»Ach, Bella!« Tom machte ein Gesicht, als hätte er sie völlig vergessen. »Das ist doch nichts Ernstes.«

Mehr hatte er zu dem Thema wohl nicht zu sagen. Er ging hinüber zum Tresen, bestellte sich einen großen Cappuccino und kehrte kurz darauf zusammen mit Bella an den Tisch zurück. Während er seinen Kaffee trank, lächelte er Bella und Frieda gutmütig an, als wären sie zwei alte Freundinnen von ihm. Frieda wollte nur noch weg, musste Bella vorher aber eine letzte Frage stellen.

»Wirkte Sandy irgendwie nervös? Oder womöglich sogar panisch?«

»Wieso hätte er denn panisch wirken sollen?«, fragte Tom.

»Er ist immerhin ermordet worden«, gab Frieda zurück. »Außerdem war die Frage an Bella gerichtet.«

»Aber warum wollen Sie das überhaupt wissen?«

»Er war ein Freund. Ich mache mir Sorgen.«

»Dafür ist es ja wohl ein bisschen zu spät.«

»Ich weiß.« Frieda stand auf.

»Auf mich hat er ganz normal gewirkt«, warf Bella rasch ein. »Er hat sehr hart gearbeitet, aber es ging ihm gut.«

»Die Rechnung übernehme ich«, sagte Frieda.

»Ist schon erledigt«, entgegnete Tom. »Sie können ja beim nächsten Mal zahlen.«

Frieda gewöhnte sich allmählich daran, in der Nähe von Spielplätzen herumzuhängen. Dieser lag auf dem Gelände des Parks von Parliament Hill Fields, gleich neben der großen Aschenbahn. Frieda beobachtete eine Frau, die ein Kleinkind auf einer Schaukel anschob. Rundherum hielten sich zu viele Leute auf, und sie konnte dieses Mal auch nicht unter falschem Namen auftreten. Die beiden zogen zum Karussell um. Frieda warf einen Blick auf ihr Telefon. Josef hatte eine weitere Nachricht hinterlassen. Darum würde sie sich später kümmern. Wie lange die zwei wohl noch blieben? Nach einer Weile verließen sie den Spielplatz, wanderten ein Stück den Zaun entlang und gingen dann nach links, über die Eisenbahnbrücke. Frieda folgte ihnen. Als sie die Straße erreichten, stellte sie fest, dass sonst niemand zu sehen war. Rasch schloss sie auf und berührte die Frau an der Schulter. Sie wandte sich um.

»Kim«, sagte Frieda.

Kim wirkte einen Moment erschrocken, dann verblüfft.

»Frieda?«, fragte sie. »Was um alles in der Welt...?« Ihre Verblüffung verwandelte sich in Entrüstung. »Was tust du hier?«

»Lizzie hat mir gesagt, wo ihr seid.«

»Die würde gar nicht mit dir reden.«

»Ich habe ihr am Telefon nicht verraten, dass ich es bin.«

»Spinnst du? Bist du jetzt komplett verrückt geworden?«

Sie holte ihr Handy aus der Tasche. »Ich rufe bei der Polizei an.«

»Warte«, sagte Frieda.

»Warum?«

Kim hielt den kleinen Jungen an der Hand. Er trug ein blaues T-Shirt mit einer aufgedruckten Weltraumrakete. Frieda ging in die Knie, sodass sie auf Augenhöhe mit ihm war.

»Wie heißt du?«, fragte sie sanft.

»Robbie«, antwortete er.

»Hallo, Robbie. Ich spreche nur eine Minute mit Kim, in Ordnung?« Sie richtete sich wieder auf. »Wusste Lizzie Bescheid?«

Kims Blick flackerte. »Wie meinst du das? Über mich?«

»Über dich und Sandy. Dass ihr etwas miteinander hattet, während du für sie gearbeitet hast.«

»Du Miststück!«

»Steck das Telefon weg, Kim. Ich möchte nur eine Minute mit dir reden, dann gehe ich wieder. Aber wenn du dich weigerst, werde ich mit jemand anderem sprechen müssen.« Frieda legte eine Hand an Kims Schulter. »Sieh mich an, Kim. Ich habe nichts mehr zu verlieren, das kannst du mir glauben. Aber wenn du meine Fragen beantwortest, gehe ich. Verstehst du?«

»Es hat nichts bedeutet.«

»Das ist mir egal.«

»Es ist einfach passiert.«

»Das spielt keine Rolle.«

»Es war nach eurer Trennung.«

»Wie lange hat es gedauert?«

Kim starrte sie überrascht an. »Gedauert? Wir haben doch nur zweimal miteinander geschlafen. Besser gesagt, eigentlich nur einmal. Beim ersten Mal hat er ihn nicht richtig …«

»Das muss ich nicht wissen. Wie ging es zu Ende?«

Kim hatte inzwischen ein hochrotes Gesicht. »Das Ganze

war eine Dummheit. Ich war in ihn verknallt. Wir wussten beide, dass es ein Fehler war. Es ging ihm nicht gut.«

»Hatte er vor irgendetwas Angst?«

»Angst? Nein. Nur einen kleinen Durchhänger. Irgendwie war er sogar nett. Er hat sich entschuldigt. Aber als Frau möchte man ja nicht, dass sich ein Typ bei einem entschuldigt, wenn man gerade mit ihm ... du weißt schon.«

»Wer wusste davon?«

»Wieso hätte jemand davon wissen sollen? Ich kam mir einfach nur ein bisschen blöd vor, das war alles.« Kim blickte auf Robbie hinunter, der an ihrem Arm hing. »Ich hätte nicht gedacht, dass er mit jemandem darüber sprechen würde, aber dir hat er es ja anscheinend erzählt.«

»Ich weiß es nicht von Sandy.«

»Du meinst, er hat es jemand anderem erzählt?«

»Was ist mit deinem Freundeskreis?«, mutmaßte Frieda. »Weiß da jemand Bescheid? Oder vielleicht ein neuer Freund?«

»Ich hatte nicht das Bedürfnis, mit jemandem darüber zu sprechen.«

»Gut«, sagte Frieda, »mehr wollte ich nicht wissen.«

Sie wandte sich zum Gehen, doch Kim hielt sie zurück.

»Warte, ich würde dich auch gern etwas fragen.«

»Nämlich?«

»Was bezweckst du mit diesen Fragen?«

»Das weiß ich selbst nicht so genau«, antwortete Frieda. »Eins führt zum anderen.«

Erst am Abend bekam Frieda den Brief, den Karlsson ihr geschrieben hatte. Sie rief Josef an, woraufhin er – halb flüsternd – erklärte, er werde sie aufsuchen, sobald er weg könne. Im Hintergrund hörte sie Gehämmer und laute Stimmen.

Als sie nach Hause kam, war Mira gerade damit beschäftigt, Ileana die Haare zu schneiden. Feuchte dunkle Locken lagen auf dem Küchenboden. Auf dem Tisch standen zwei Teetassen, und die Atmosphäre im Raum war friedlich. Frieda stellte die Milch, die sie gekauft hatte, in den Kühlschrank und packte dann weitere Vorräte aus: Teebeutel, Kaffee, Kekse, Toast, Käse, Putzmittel. »Die Frisur sieht gut aus.«

Mira ließ neben Ileanas Ohr die Schere durch die Luft schnappen. »Du bist die Nächste.«

»Das glaube ich nicht. Mein Haar ist schon kurz genug.«

»Kürzer muss es ja nicht werden, aber schöner.« Sie deutete mit der Schere auf Frieda. »Fransiger.«

»Das ist sehr nett von dir, aber …«

»Du kaufst dauernd Essen ein. Wir würden uns gern revanchieren. Dann fühlen wir uns besser.«

Frieda war schon im Begriff gewesen, erneut abzulehnen, aber Miras Worte gaben ihr zu denken. Reuben hatte sie schon des Öfteren darauf aufmerksam gemacht, wie schwer es ihr offenbar fiel, Geschenke anzunehmen oder jemanden um Hilfe zu bitten. Es stimmte. Jeder fühlte sich besser, wenn etwas auf Gegenseitigkeit beruhte.

»Na schön«, antwortete sie widerstrebend. »Aber wirklich nur die Spitzen. Nichts Drastisches.«

So kam es, dass Josef sie mit einem Handtuch um die Schultern in der Küche vorfand, wo Mira eifrig an ihrem feuchten Haar herumschnippelte.

»Schon wieder?«, fragte Josef betrübt. »Aber Fr…« Es fiel ihm gerade noch rechtzeitig ein. »Sie sind doch schon so kurz. Warum noch kürzer?«

»Mira findet, ich könnte schicker aussehen. Was wolltest du mir geben?«

Josef fasste in seine Tasche und zog den Briefumschlag heraus, der inzwischen Falten und Flecken aufwies.

»Ich habe nichts gesagt«, beteuerte er, »nicht mal, dass ich ihn dir gebe.«

»Schon gut.«

Sie nahm den Umschlag entgegen, der nicht adressiert war, und legte ihn auf ihrem Schoß ab. Feine Strähnen ihres Haars fielen zu Boden. Frieda empfand es als seltsam tröstlich, Miras Hände an ihrer Kopfhaut zu spüren.

»Lies ruhig«, meinte Mira. »Lass dich von mir nicht abhalten.«

Frieda öffnete den Umschlag, indem sie einen Finger unter die Gummierung schob, und zog ein gefaltetes Blatt heraus. Als sie es aufklappte und die ersten zwei Worte sah – »Liebe Frieda« –, faltete sie es sofort wieder zusammen und legte es zurück auf ihren Schoß, unter ihre Hand. Karlsson. Sie hatte seine Schrift auf den ersten Blick erkannt. Warum schrieb ihr Karlsson, und woher hatte er gewusst, dass Josef in der Lage war, sie aufzuspüren? Sie schloss ein paar Sekunden die Augen. Sie spürte die kalten Scherenblätter an ihrem Nacken.

»Fertig«, sagte Mira. »Möchtest du dich im Spiegel sehen?«

»Ich bin mir sicher, dass es schön geworden ist.«

»Sehr schick.«

»Das klingt gut.« Sie stand auf und reichte Mira das Handtuch. »Vielen Dank.«

»Lass es mich nur noch trocknen.«

»Nein, nicht nötig. Das kann ich selbst machen.«

»Wirklich?«

»Wirklich.« Sie warf einen Blick zu Josef hinüber, der sich inzwischen eine Tasse Tee gemacht und die Kekse im Schrank gefunden hatte. »Ich verschwinde jetzt kurz, um in Ruhe meinen Brief zu lesen. Bleib einfach sitzen, ich bin gleich wieder da.«

»Soll ich nicht mitkommen?«

»Nein.«

Sie nahm den Brief, doch statt damit in ihr Zimmer zu gehen, begab sie sich nach draußen. Gleich neben dem Thaxted House gab es einen von Gestrüpp überwucherten Bereich. Früher hatte dort ein Haus gestanden, doch inzwischen wirkte das Ganze wie ein alternativer Garten. Zwischen Sommerflieder, Nesseln und allem möglichen Unkraut, das aus den Sprüngen im Beton wuchs, flatterten Schmetterlinge herum. An die Wand am hinteren Ende gelehnt, faltete Frieda den Brief auseinander.

Liebe Frieda, ich werde diesen Brief Josef geben – nur für den unwahrscheinlichen Fall, dass er weiß, wie er ihn dir zukommen lassen kann. Du bist möglicherweise in Gefahr. Sandys Schwester, Lizzie Rasson, war bei mir. Ihr zufolge hat Sandy in den letzten Wochen seines Lebens verzweifelt versucht, mit dir in Kontakt zu treten, weil er dich warnen wollte. Mehr weiß ich nicht. Sie hatte keine Ahnung, aus welchem Grund. Ich finde, du solltest das ernst nehmen. Hussein weiß weder, dass ich dir diesen Brief schreibe, noch, dass Josef vermutlich deinen Aufenthaltsort kennt.

Frieda – bitte stelle dich. Früher oder später finden sie dich sowieso, und dann ist deine Situation umso schlimmer. Wenn du zur Polizei gehst, bist du zumindest in Sicherheit. Die Ermittlungen werden auf jeden Fall fortgesetzt, das verspreche ich dir.

Bitte nimm das ernst.

Mit lieben Grüßen, Karlsson.

Frieda las den Brief langsam und genau. Sie registrierte, wie formell er klang. Karlsson erwähnte mit keinem Wort, was sie in den vergangenen Jahren alles gemeinsam erlebt hatten und wie gut sie inzwischen befreundet waren. Er verkniff sich auch, Frieda darauf hinzuweisen, was er für sie riskierte. Dabei setzte er sehr viel für sie aufs Spiel, das war ihr durchaus klar – seine ganze Karriere. Sie schob den Brief in ihre

Tasche und lehnte sich wieder an die Wand. Das raue Mauerwerk drückte sich durch den dünnen Stoff ihres T-Shirts. Genau wie kürzlich, als sie Karlsson blass und angespannt neben dem Polizeipräsidenten im Fernsehen gesehen hatte, verspürte sie auch jetzt wieder den Drang, zum nächsten Polizeirevier zu marschieren und sich zu stellen. Dem Ganzen ein Ende zu setzen.

Doch dann dachte sie an Sandys Leiche in der Rechtsmedizin, das Band mit ihrem Namen an seinem Handgelenk. Sie rief sich ins Gedächtnis, wie sie all die Kurznachrichten, Sprachnachrichten und Mails gelöscht hatte, ohne sie vorher zu lesen oder anzuhören. Wenn stimmte, was Karlsson ihr schrieb, dann war sie bisher wohl falschen Spuren gefolgt oder hatte zumindest Sandys Tod in einem falschen Licht gesehen. Laut Bridget hatte er Angst gehabt, doch wie es nun aussah, eher um *sie*, Frieda, als um sich selbst – oder vielleicht um sie *und* um sich selbst. Was bedeutete, dass seine Ermordung mit ihrem Leben ebenso zu tun hatte wie mit seinem. Natürlich war ihr das von Anfang an klar gewesen, denn schließlich hatte jemand Sandys Portemonnaie in ihrem Haus versteckt, um den Verdacht auf sie zu lenken. Allerdings war sie bisher davon ausgegangen, dass es sich dabei nur um ein Ablenkungsmanöver handelte, mit ihr als willkommenem Sündenbock. Nun aber musste sie damit rechnen, selbst Ziel eines Verbrechens zu werden. Sie zwang sich, klar zu denken und die Puzzleteile in ihrem Kopf zu sortieren: Sandy war von jemandem ermordet worden, der versucht hatte, ihr die Tat in die Schuhe zu schieben. Der Mörder war nicht Dean, wie sie zunächst angenommen hatte, denn Dean war zur fraglichen Zeit weit weg gewesen, damit beschäftigt, Miles Thornton zu bestrafen. Sandy war in den Monaten vor seinem Tod in einem chaotischen Zustand gewesen. Voller Sehnsucht nach ihr, Frieda, zugleich aber auch sehr wütend auf sie, hatte er andere Frauen schlecht behandelt und sich deswegen schuldig gefühlt.

Er hatte sogar mit dem Gedanken gespielt, seinem Leben ein Ende zu bereiten, und vor irgendetwas oder irgendjemandem große Angst gehabt. Offenbar war er davon ausgegangen, dass Frieda sich in Gefahr befand. Warum aber sollte sie in Gefahr sein, wenn nicht wegen Dean? Warum sollte ihnen beiden Gefahr aus derselben Quelle drohen? Oder war Sandy nur getötet worden, weil sein Mörder über ihn an sie, Frieda, herankommen wollte? Diese Vorstellung war so schrecklich, dass ihr Denken einen Moment aussetzte. Benommen saß sie in der Wärme der Abenddämmerung und starrte in das verblassende Blau des Himmels.

Sandy war von Schuldgefühlen gequält worden – und von Angst. Warum? Sie richtete ihr ganzes Denken auf diese Frage, als könnte der gedankliche Druck ihr eine Antwort liefern. Vor ihrem geistigen Auge sah sie Sandy wieder vor dem Warehouse stehen und ihr etwas zurufen – was? –, bevor er die Tüte mit ihren Habseligkeiten nach ihr warf. Ihr kam eine Idee, die sie sofort krampfhaft festhielt, weil sie einfach nichts anderes hatte, keinen richtigen Anhaltspunkt.

Josef war noch da, als sie wieder in die Küche trat. Er, Mira, Ileana und eine weitere Frau, die sich als Fatima vorstellte, tranken miteinander Wodka und spielten Karten. Josef war gerade dabei, ihnen ein Spiel beizubringen, zu dem offenbar gehörte, dass man dauernd Karten auf den Tisch knallte und dabei etwas rief. Trotzdem stand er sofort auf, als er Frieda sah, und eilte zu ihr.

»Alles in Ordnung«, sagte sie.

»Was soll ich jetzt tun?«

»Nichts.«

»Soll ich einen Antwortbrief mitnehmen?«

»Nein.« Sie zögerte. »Falls du ihn siehst, dann sag danke.«

24

Am nächsten Vormittag passte Frank auf Ethan auf, sodass Frieda den Jungen erst nach Mittag abholen musste. Sie begab sich stattdessen in die Straße, in der Bridget und Al wohnten. Ein paar hundert Meter von ihrem Haus entfernt blieb sie stehen und wählte die Nummer der beiden. Bridget ging ran.

»Ich bin's, Frieda. Meinst du, ich könnte kurz mit Al sprechen? Ich habe noch ein paar Fragen zu Sandys Arbeit an der Uni, die er mir vielleicht beantworten kann.«

»Klar«, antwortete Bridget. »Aber, Frieda …« Den Rest sagte sie so leise, dass Frieda sie kaum verstehen konnte: »Er weiß es nicht.«

»Was weiß er nicht?«

»Wer du bist.«

»Du hast es ihm nicht erzählt?«

»Noch nicht.«

»Das war äußerst diskret von dir. Ich dachte, du würdest es ihm sagen.«

»Das ist alles so kompliziert«, erklärte Bridget. »Ich habe keine Ahnung, wie er darauf reagieren würde – ein Kindermädchen, das wegen Mordes gesucht wird.«

»Verstehe.«

»Und von Sandys düstersten Momenten weiß er auch nichts.«

»Du kannst Geheimnisse wirklich gut für dich behalten«, stellte Frieda fest.

»Zumindest vergesse ich nicht, wessen Geheimnisse es sind. Denk daran, wenn du mit Al sprichst.«

Al kam ans Telefon. »Wie kann ich helfen?«

»Es ist ein bisschen peinlich«, antwortete Frieda. »Ehrlich gesagt stehe ich schon mehr oder weniger vor dem Haus, aber es gibt da etwas, das ich Sie fragen muss, und das würde ich lieber unter vier Augen tun.«

»Wie bitte? Sie stehen gerade bei uns vor dem Haus?«

»Mehr oder weniger.«

»Aber Sie wollen nicht reinkommen?«

»Genau.«

»Ich verstehe es zwar nicht, wollte aber sowieso laufen gehen. In fünf Minuten bin ich bei Ihnen.«

Kurz darauf kam er mit seinen weißen Schienbeinen und knubbeligen Ellbogen und Knien auf sie zugejoggt.

»Bridget sagt, Sie wollen etwas über Sandys Arbeit wissen. Aber warum interessiert Sie das? Und warum wollen Sie das hier draußen besprechen?« Da Al ihre wahre Identität nicht kannte, wusste sie nicht recht, wie sie es ihm erklären sollte.

»Ich habe mir wegen Sandys Ermordung Gedanken gemacht und bin da auf ein paar Dinge gestoßen.« Ihr war bewusst, dass Al sie mit seinen nahezu farblosen Augen fixierte, während sie sprach. Gleichzeitig war ihr klar, wie harmlos ihre Worte klangen.

»Ich verstehe nicht recht«, antwortete Al in liebenswürdigem Ton. »Sie sind doch Kindermädchen, oder nicht? *Unser* Kindermädchen. Zumindest waren Sie das.«

»Ja.«

»Und aus irgendeinem Grund wollen Sie mich wegen Sandy etwas fragen, weil sie sich Gedanken über seinen Tod gemacht haben.«

»Ich weiß über Sie und Veronica Ellison Bescheid«, sagte Frieda unvermittelt. Sie hatte genug von dieser Farce.

»Wie bitte?«

»Ich habe gesagt, ich weiß über Sie und Veronica Ellison Bescheid.«

Er starrte sie an, und sie starrte zurück.

»Dazu sage ich überhaupt nichts«, brach er schließlich das Schweigen.

»Erst hatte Sandy irgendeine Geschichte mit Veronica und dann Sie.«

»Und? Worauf wollen Sie hinaus?« Er klang noch immer äußerst höflich.

»Mich würde interessieren, ob Sandy davon wusste. Oder Bridget.«

»Ach, tatsächlich?«

»Veronica kann ich nicht fragen. Sie ist in Urlaub und geht nicht ans Telefon. Deswegen dachte ich mir, Sie könnten mir da vielleicht weiterhelfen.«

»Sind Sie verrückt?«, fragte er in einem Ton, der nicht böse, sondern eher erstaunt klang. »Warum um alles in der Welt sollte ich Ihnen etwas über mein Privatleben erzählen?«

»Weil es mir vielleicht helfen würde zu verstehen, warum Sandy sterben musste.«

Al griff in die Tasche seiner Laufshorts und zog einen Miniatur-iPod heraus, um den ein Kopfhörerkabel gewickelt war. Nervtötend langsam begann er das Kabel zu entrollen.

»Weiß Bridget Bescheid?«, fragte Frieda.

Er schaute hoch und musterte sie eindringlich. »Nein, sie weiß es nicht und wird es hoffentlich auch nie erfahren – es sei denn, Sie halten es aus irgendwelchen mir unverständlichen Gründen für nötig, sie darüber aufzuklären.« Er bedachte sie mit einem seltsamen kleinen Lächeln. »Am besten, Sie tun einfach, was Sie für richtig halten.«

Frieda musste an die leidenschaftlichen alten Liebesbriefe denken, die sie in der abgeschlossenen Schatulle in Bridgets Arbeitszimmer gefunden hatte. Doch in Wirklichkeit war es gar nicht die schöne Bridget, die etwas zu verbergen hatte, sondern ihr gelehrtenhafter, schlaksiger Ehemann. Obwohl sie wegen ihrer Schnüffelei Abscheu vor sich selbst empfand, stellte sie trotzdem ihre nächste Frage.

»Wusste Sandy Bescheid?«

»Ich habe keine Ahnung. Ich glaube nicht. Wer hätte es ihm sagen sollen? Und woher nehmen Sie das Recht, mir diese Fragen zu stellen? Ich bin fertig mit Ihnen. Und Sie, meine Liebe, werden wahrscheinlich bald in Schwierigkeiten geraten, wenn Sie weiter herumlaufen und solche Fragen stellen. Nicht jeder ist so sanftmütig wie ich.« Mit diesen Worten blendete er sie einfach aus, indem er sich die kleinen Stöpsel in die Ohren schob. Mit einem letzten kurzen Nicken kehrte er ihr den Rücken zu und trabte langsam davon.

An diesem Nachmittag suchte Frieda mit Ethan den Park auf. Voller Begeisterung warf er den Enten Brot zu, und am Spielplatz stolperte er hektisch von der Rutsche zur Wippe und von dort weiter zur Schaukel, auf der Frieda ihn so hoch in die Luft hinaufschwang, dass er vor wohliger Angst laut kreischte. Als sie ihn schließlich wieder in seinen Kinderwagen verfrachtete, wo er sich erschöpft zurücksinken ließ, betrachtete sie nachdenklich sein Gesicht, in dem sie sowohl Sasha als auch Frank erkennen konnte. Sie begriff, dass er ihr fehlen würde. Sie hatte sich daran gewöhnt, wie er seine Hand in ihre schob oder auf ihrem Schoß so plötzlich einschlief, dass es sie immer wieder aufs Neue erstaunte.

Nachdem sie ihm seine Schnabeltasse mit Saft und einen Keks gereicht hatte, schob sie den Kinderwagen aus dem Park, hinaus auf die Straße, die zu Sashas Haus führte. Es war ein schwüler, wolkenverhangener Tag. Sie musste an Karlssons Nachricht denken. Wie es ihm wohl inzwischen mit seinen Kindern ging, Bella und Mikey, die mit ihrer Mutter und ihrem Stiefvater lange Zeit in Spanien gelebt hatten? Sie erinnerte sich daran, wie sehr Karlsson unter der Trennung gelitten hatte. Er hatte die Sehnsucht nach seinen Kindern als einen scharfen Schmerz beschrieben, der sich anfühlte, als würde etwas in ihm nagen. Während ihr diese Gedanken durch den

Kopf gingen, spürte sie auf einmal vereinzelte Regentropfen. In der Ferne war ein leises Grollen zu hören. Sie beschleunigte ihre Schritte in der Hoffnung, es zum Haus zu schaffen, bevor das Unwetter losbrach. In dem Moment entdeckte sie ein paar hundert Meter den Hügel abwärts eine Gruppe von jungen Männern, die sich gegenseitig anrempelten und laut durcheinanderriefen. Es dauerte ein paar Augenblicke, bis Frieda realisierte, dass zwischen ihnen jemand auf dem Boden lag, ein Mann mit einem dicken Bart, schmutzigem grauem Haar und schäbiger Kleidung. Sie schienen ihn zu verspotten und auszulachen. Dann griff einer von ihnen nach einer leeren Bierdose und warf sie dem Mann an den Kopf. Von dort, wo Frieda stand, konnte sie ihn mit hoher, wackeliger Stimme aufschreien hören. Sie registrierte, dass auch andere Leute es mitbekamen und flüchtige Blicke in die entsprechende Richtung warfen, offenbar aber nichts damit zu tun haben wollten. In ihr stieg eine Wut hoch, die sich nach dem beschämenden Treffen mit Al rein und sauber anfühlte. Sie beugte sich zu Ethan hinunter, der sie mit seinem wachen Blick ansah, und zurrte rasch seine Sicherheitsgurte fest.

»Ethan, ich werde jetzt so schnell laufen, wie ich kann, und du schreist so laut, wie du nur kannst. Ich will deinen lautesten Schrei hören. Einverstanden?«

»Jetzt?«

»Jetzt.«

Er riss den Mund ganz weit auf und stieß ein Heulen aus, das ihr in den Ohren wehtat. Nachdem sie einmal tief Luft geholt hatte, sprintete sie den Hügel hinunter auf die Gruppe von jungen Leuten zu, wobei der Buggy hin und wieder heftig über irgendeinen Stein holperte. Ethans Gebrüll verwandelte sich in ein Kreischen. Der Kinderwagen knallte gegen den ersten jungen Mann. Frieda erhaschte einen kurzen Blick auf ein pickeliges, überrascht dreinblickendes Gesicht. Mit erhobener Faust ging sie auf den Nächsten los. Sie spürte, wie ihre Fingerknöchel seine Wange trafen und hörte ihn vor Schmerz aufstöhnen. Der Mann auf dem Boden hatte sich wie ein Fötus zusammengerollt. Seine kümmerlichen Habseligkeiten lagen um ihn verstreut. Frieda riss den Kinderwagen herum und rammte damit einen Jungen mit einem Kapuzenshirt, der sie mit offenem Mund anstarrte. Seine überraschte Miene wirkte fast schon komisch.

Mittlerweile löste die Gruppe sich auf. Von der anderen Straßenseite kamen Leute herüber. In den Mann am Boden kam ebenfalls Bewegung, er hob mühsam den Kopf. Frieda sah, dass er weinte.

»Lieber Himmel!«, sagte eine aufgeregte Frauenstimme. »Sie waren großartig! Wie haben Sie das bloß geschafft?«

»Ich habe bei der Polizei angerufen«, meldete sich ein Mann zu Wort, der gerade mit seinem Handy in der Hand auf Frieda zusteuerte. »Bestimmt kommt gleich jemand. Ich habe ein bisschen was mit meinem Telefon gefilmt.«

»Du kannst aufhören zu schreien«, wandte Frieda sich an Ethan, der ohnehin schon heiser klang und immer mehr Pausen einlegte.

»Die haben sich einfach aus dem Staub gemacht«, fuhr der Mann mit dem Telefon fort. »Ich hätte Ihnen helfen sollen, aber dazu blieb mir gar keine Zeit.«

»Aber zum Filmen hat die Zeit gereicht«, kommentierte eine Frau.

»Schon gut«, sagte Frieda. »Ich muss jetzt auch los.«

»Aber die Polizei wird bestimmt mit Ihnen sprechen wollen.«

»Sie können ihr ja sagen, was passiert ist. Sie haben es gesehen.« Ihr Blick wanderte zu dem Mann am Boden, der vermutlich obdachlos war und nun obendrein Prügel bezogen hatte. »Kümmern Sie sich um ihn. Spendieren Sie ihm was zu trinken, und reden Sie mit ihm.«

»Aber…«

Frieda war bereits im Gehen begriffen. Schnell schob sie den Kinderwagen wieder den Hügel hinauf. Als sie oben ankam, war Ethan bereits eingeschlafen.

»Ich glaube, meine Zeit als Kindermädchen neigt sich langsam ihrem Ende zu«, sagte sie später an diesem Abend zu Sasha.

»Du hast schon so viel getan. Dieses Wochenende kommen mehrere Kindermädchen zum Vorstellungsgespräch. Ich bin mir sicher, eine von ihnen wird passen. Außerdem habe ich noch ein paar Tage alten Urlaub, den ich nehmen kann.«

»Ein paar Tage gehen schon noch.«

»Nein, du hast wirklich genug getan. Ich weiß gar nicht, was ich ohne dich gemacht hätte. Ethan wird dich vermissen, und ich auch.«

»Ach ja«, sagte Frieda, »lass uns noch kurz darüber sprechen, was du am besten erzählst, falls dir jemand Fragen stellt.«

Frieda war noch keine hundert Meter gegangen, als sie Frank auf sich zukommen sah. Da es schon zu spät war, um auf die andere Straßenseite zu wechseln, ging sie einfach zügig weiter und bemühte sich um eine möglichst gelassene Miene. Er machte seinerseits einen müden, traurigen Eindruck. Seine Stirn war sorgenvoll gerunzelt, und er starrte durch Frieda hindurch, ohne sie wahrzunehmen – als wäre sie gar nicht vorhanden. Ihr selbst kam es neuerdings auch manchmal so vor.

»Schau dir das an.« Mit diesen Worten warf Yvette Long eine Zeitung auf Karlssons Schreibtisch.

Er griff danach und sah sich die Schlagzeile an.

»Schön«, sagte er. »Eine aktive Bürgerin. Sehr lobenswert.«

»Du siehst nicht genau genug hin.«

Nachdem er bisher nur die Schlagzeile gelesen hatte – »Beherzte Heldin« – überflog er nun den eigentlichen Artikel. Eine

Frau war mit einem Kinderwagen auf eine Gruppe von jungen Männern losgegangen, die gerade einen Obdachlosen belästigten. Karlssons Blick wanderte zu dem verschwommenen Foto einer rennenden Frau, die sehr kurzes Haar hatte, farbenfrohe Kleidung trug und einen Kinderwagen vor sich herschob.

»Scheiße«, sagte er.

»Das war auch mein erster Gedanke«, bestätigte Yvette. »Noch dazu hat irgendjemand mit dem Handy ein Filmchen gedreht. Man kann es auf der Website bewundern.«

»Lass sehen.«

Yvette ging an ihren Schreibtisch und drückte ein paar Tasten.

»Hier«, sagte sie.

Er klickte auf »Play«. Ein verschwommenes Bild tauchte auf, erst noch verzerrt, dann plötzlich scharf. Man sah einen Jungen, der den Mund weit aufriss und irgendetwas warf. Dann schoss eine Gestalt ins Bild: eine rennende Frau mit einem Kinderwagen, aus dem ohrenbetäubendes Gebrüll schallte, während sie ihn wie einen Rammbock vor sich herschob. Einen Moment war sie nicht mehr zu sehen, weil eine andere Gestalt mit unscharfem Gesicht an ihr vorbeiwischte; dann tauchte sie wieder auf, jetzt mit dem Rücken zur Kamera. Damit endete der Film. Er dauerte nur etwa zwanzig Sekunden.

»Sie könnte es sein«, sagte er.

»Sie ist es.«

Er sah sich das Foto noch einmal an. Ja. Mittlerweile konnte er sich auch denken, wer sich in dem Kinderwagen befunden hatte.

»Herrgott noch mal, Frieda!« sagte er, empfand dabei aber eine seltsame Hochstimmung.

Ein paar Kilometer entfernt bekam Polizeipräsident Crawford einen Anruf.

»Es ist Professor Bradshaw«, informierte ihn seine Assistentin. »Es hat etwas mit Frieda Klein zu tun.«

Als Sasha die Tür öffnete, wirkte sie nicht nur nervös, sondern völlig aufgelöst.

»Ich bin Detective Chief Inspector Sarah Hussein. Das ist Detective Constable Glen Bryant. Dürfen wir reinkommen?«

Sasha gab ihr keine Antwort, sondern strich sich nur wortlos das Haar aus dem Gesicht.

»Geht es Ihnen nicht gut?«, fragte Hussein.

»Es ist im Moment alles ein bisschen schwierig«, erklärte Sasha. »Ich habe einen kleinen Sohn.«

»Das wissen wir.«

»Und mir ist gerade mein Kindermädchen abhanden gekommen, was sehr ärgerlich ist.«

Hussein und Bryant sahen sich an.

»Dürfen wir reinkommen?«, wiederholte Hussein.

Ethan saß an einem kleinen roten Plastiktisch über ein Blatt Papier gebeugt, auf das er mit Wachsmalkreiden breite Striche in Rot, Schwarz und Braun zeichnete.

»Was ist das?«, fragte Hussein, aber Sasha nahm ihn hoch, bevor er antworten konnte, und ließ sich mit ihm auf dem Sofa nieder. Er fing auf ihrem Schoß sofort zu zappeln an und versuchte, sie an den Haaren zu packen.

»Ich muss ihn in sein Zimmer bringen«, erklärte Sasha. »Für ihn ist es Zeit, ein Schläfchen zu machen.«

»Wir können warten«, antwortete Hussein.

Während Sasha mit dem Kleinen nach oben verschwand und Ethans Protestgeschrei immer leiser wurde, wanderte Bryant im Raum umher, inspizierte die Bücherregale und strich dann mit einem Finger über den Kaminsims.

»In diesem Haus gehört mal geputzt«, befand er, während er seinen Finger betrachtete.

Kurz darauf kam Sasha zurück und nahm wieder auf dem Sofa Platz. Von oben drang gedämpftes Heulen herunter.

»So ganz schläft er wohl noch nicht«, bemerkte Hussein.

»Er hält grundsätzlich nichts vom Schlafen«, antwortete Sasha. »Selbst wenn er völlig übermüdet ist.«

»Wie ist es denn nachts?«

»Genauso. Ich habe schon seit einer ganzen Ewigkeit keine Nacht mehr durchgeschlafen.«

»Ich kenne das«, sagte Hussein. »Sie müssen ihn schreien lassen, dann schläft er schon irgendwann ein.«

»Das habe ich noch nie fertiggebracht.«

Hussein nickte zu Bryant hinüber. Er nahm ein Foto aus der Aktenmappe, die er dabeihatte, und reichte es Sasha.

»Die Aufnahme wurde vorgestern im Clissold Park gemacht«, informierte er sie. »Eine Frau ist dazwischengegangen, als ein Obdachloser angegriffen wurde.«

»Das klingt nach einer guten Tat«, sagte Sasha.

»Die Frau hat den Schauplatz verlassen, bevor die Polizei eintraf«, fuhr Bryant fort. »Die Medien nennen sie eine beherzte Heldin. Sie suchen nach ihr. Wir auch.«

»Warum zeigen Sie mir das?«

»Sehen Sie genauer hin.«

»Warum?«

»Finden Sie nicht auch, dass die Frau aussieht wie Frieda Klein?«, fragte Hussein.

»Das Foto ist ziemlich unscharf.«

»Andere Leute, die sie kennen, sind der Meinung, dass sie es ist.«

»Aber warum fragen Sie *mich*?«

»Die geheimnisvolle Heldin war mit einem Kinderwagen unterwegs.«

»Tja dann«, sagte Sasha.

»Was meinen Sie mit ›tja dann‹?«

»Dann kann es nicht Frieda gewesen sein.«

»Es sei denn, sie hat sich um das Kind einer anderen Frau gekümmert«, erwiderte Hussein. »Immerhin wäre das eine recht gute Tarnung. London ist voller Leute, die Buggys durch die Gegend schieben. Niemand schenkt ihnen viel Aufmerksamkeit.«

Sasha gab ihr keine Antwort. Sie kratzte an ihrem linken Handrücken herum, als würde er jucken. Das war der Moment, von dem Frieda gesprochen hatte, auch wenn das schon ewig her zu sein schien. Sie hatten geprobt, was sie sagen sollte.

»Wir haben bereits mit etlichen anderen Bekannten und Kollegen von Frieda gesprochen. Sie haben als Einzige ein kleines Kind. Warum sind Sie nicht in der Arbeit?«

»Das wissen Sie doch schon. Ich habe ein Problem mit meinem Kindermädchen.«

»Wer hat vorgestern auf Ihren Sohn aufgepasst?«

»Er heißt Ethan.«

»Wer hat auf Ethan aufgepasst?«

»Das Kindermädchen.«

»Können wir mit der Frau sprechen?«

»Sie ist weg.«

»Weg?«

»Zurück nach Hause – nach Polen.«

»Nach Polen. Wie heißt sie?«

»Maria.«

»Und wie noch?«

»Das weiß ich nicht.«

»Sie haben eine Frau auf Ihr Kind aufpassen lassen, von der Sie nicht mal den Nachnamen kennen?«

»Ich steckte in der Klemme, weil mein vorheriges Kindermädchen fristlos gekündigt hatte. Maria und ich sind im Park ins Gespräch gekommen. Sie hat gesagt, sie könnte für eine Weile einspringen. Aber nun ist sie auch weg.«

»Maria aus Polen. Hat sie für eine Agentur gearbeitet? Haben Sie ihre Bankverbindung?«

»Ich habe sie bar bezahlt. Ich weiß, dass man das nicht soll, aber jeder macht es.«

»Haben Sie eine Telefonnummer von ihr?«

Sasha zog einen Zettel aus der Hosentasche und reichte ihn ihr. Hussein warf einen Blick darauf.

»Ich nehme an, sie hat ein Kartenhandy benutzt?«

»Schon möglich«, antwortete Sasha.

»Könnte Ethans Vater Ihre Angaben bezüglich der Betreuung des Kindes bestätigen?«

»Wir leben getrennt. Er überlässt das alles größtenteils mir. Wie wir das von Tag zu Tag regeln, weiß er im Grunde gar nicht.«

»Er ist Strafverteidiger, nicht wahr? Frank Manning.«

»Richtig.«

»Hat er mit Ihnen über Ihre Freundin Frieda gesprochen? Über die gesetzliche Seite?«

»Nein, hat er nicht.«

»Vielen Leuten ist nicht klar, was für ernste Folgen es haben kann, wenn man polizeiliche Ermittlungen behindert. Wer dieses Vergehens überführt und deswegen verurteilt wird, kommt ins Gefängnis. Ist Ihnen das klar?«

»Ja.«

Hussein beugte sich vor und legte eine Hand auf Sashas Ellbogen.

»Ich weiß über Sie und Frieda Bescheid. Ich weiß, dass sie Ihnen in der Vergangenheit geholfen hat und dass Sie ihr eine Menge zu verdanken haben.«

Sie sah, dass Sasha Tränen über die Wangen liefen. Sasha holte ein Taschentuch heraus und putzte sich die Nase. Hussein hatte das Gefühl, es fast geschafft zu haben. Es fehlte nur noch ein letzter Anstoß.

»Dieser ganze Irrsinn kann nicht so weitergehen«, fuhr sie fort. »Den besten Dienst erweisen Sie Ihrer Freundin, wenn Sie uns helfen, sie zu finden.«

Sasha schüttelte den Kopf. »Nein.« Ihre Stimme klang überraschend fest. »Ich weiß nichts. Ich kann Ihnen nicht helfen.«

»Ist Ihnen eigentlich klar, was Sie riskieren?«, fragte Hussein. »Sie könnten im Gefängnis landen. Sie könnten alles verlieren. Dann wären Sie von Ihrem Sohn getrennt.«

»Wahrscheinlich wäre er ohne mich besser dran.«

»Miss Wells, erwarten Sie wirklich von uns, dass wir Ihnen diese Geschichte glauben? Wir können das alles überprüfen.«

Sasha wischte sich mit ihrem Taschentuch übers Gesicht. »Ich habe Ihnen alles erzählt, was ich weiß. Überprüfen Sie, was Sie wollen.«

»Na schön«, sagte Hussein, »gehen wir das Ganze noch einmal durch, und zwar ein bisschen genauer. Und danach machen wir es ein weiteres Mal. Wir haben jede Menge Zeit.«

Als Hussein und Bryant weg waren, hastete Sasha hinauf in Ethans Zimmer. Er schlief. Wie immer beugte sie sich über ihn, um sich zu vergewissern, dass er noch atmete. Manchmal hatte sie seinetwegen solche Angst, dass sie ihn aufweckte, um absolut sicher sein zu können, aber dieses Mal bewegte er sich ein wenig und stieß dabei ein leises Wimmern aus. Beruhigt ging sie wieder nach unten, griff nach dem Telefon und trat hinaus auf die kleine Terrasse an der Rückseite des Hauses. Sie wählte eine Nummer und hörte ein klickendes Geräusch, als der Anruf angenommen wurde.

»Frieda?«

»Hallo, Sasha.«

»Die Polizei war bei mir.«

»Das tut mir so leid.«

»Ist schon gut. Ich habe ihnen nur das erzählt, was wir beide besprochen haben.«

»Es tut mir trotzdem leid. Ich hab dich in Gefahr gebracht, und Ethan auch.«

»Nein, du hast uns beide gerettet.«

»Bald ist das alles vorbei«, sagte Frieda. »Für euch genauso wie für mich.«

»Deswegen rufe ich an. Zumindest hat es irgendwie damit zu tun. Ich muss dir etwas erzählen.«

»Was denn?«

»Ich kann es dir nicht am Telefon sagen. Es muss von Angesicht zu Angesicht sein.«

»Das ist im Moment ein bisschen schwierig.«

»Ich muss dich sehen.«

Frieda schwieg einen Moment.

»Gut. Wo?«

»In der Stoke Newington Church Street gibt es ein Café namens Black Coffee. Können wir uns da morgen um halb elf treffen?«

»Hast du jemanden, der auf Ethan aufpasst?«

»Frank schaut heute Nachmittag vorbei. Vielleicht kann er ihn nehmen. Oder ich bringe ihn einfach mit. Ethan freut sich immer so, wenn er dich sieht.«

»Demnach kommst du mit Frank inzwischen besser klar?«

»Ich versuche, ihn dazu zu bringen, dass er mir mehr hilft.«

Am nächsten Morgen fuhr Frieda schon etwas früher mit dem Zug nach Dalston, sodass sie bereits um halb zehn in der Stoke Newington Church Street war, eine Stunde vor ihrem vereinbarten Treffen mit Sasha. Entlang der Straße gab es etliche Cafés. Sie ging am Black Coffee vorbei, überquerte die Straße und betrat ein Café schräg gegenüber, etwa dreißig Meter weiter. Dort ließ sie sich in Fensternähe nieder und bestellte einen Kaffee. Aus einem Stapel Zeitungen, die für die Gäste bereitlagen, zog sie eine heraus und legte sie aufgeschlagen vor sich auf den Tisch, doch statt sich die Zeitung anzusehen, ließ sie den Blick aus dem Fenster schweifen. Damals – zu einer Zeit, die ihr inzwischen wie ein früheres Leben vorkam – hatten sie und Sandy oft in Restaurants gesessen und zum Spaß oder als eine Art Übung die Leute an den anderen Tischen betrachtet und zu erraten versucht, was für ein Leben sie wohl führten, mit welchen Problemen sie kämpften und weshalb sie sich in dem Lokal aufhielten. Nun aber hatte es einen konkreten Grund, dass Frieda die Leute, die draußen auf der Stoke Newington Church Street vorbeigingen, so genau unter die Lupe nahm. Sie beobachtete die Mütter, die in Gruppen und teilweise mit Kinderwagen auf dem Weg zurück nach Hause waren, nachdem sie die älteren Kinder in die Schule gebracht hatten. Eine alte Frau kämpfte sich mit einem Rollator quälend langsam den Gehsteig entlang. An einer Stelle, wo eine Zufahrt ihren Weg kreuzte, blieb sie hängen. Immer wieder schob die Frau die Räder ihrer Gehhilfe an die Kante der Zufahrt, schaffte es aber einfach nicht hinüber. Frieda konnte es kaum ertragen, einfach nur dazusitzen und zuzusehen. Endlich halfen ihr zwei Jungen, die wahrscheinlich längst in der Schule sein sollten, über das kleine Hindernis hinweg.

Direkt neben dem Black Coffee befand sich eine Bushaltestelle. Frieda betrachtete die Schlange der Wartenden. Die Spitze bildeten zwei alte Damen, eine mit einer Einkaufstasche auf Rädern, gefolgt von einer jungen Frau, die immer wieder nervös auf ihre Armbanduhr blickte, weil sie wohl befürchtete, zu spät zur Arbeit zu kommen. Hinter ihr stand ein Mann Anfang dreißig, mit Bomberjacke, Jeans und Kopfhörer. Dann folgten drei Teenager: zwei Jungen und ein Mädchen, das der Ähnlichkeit nach die Schwester des einen Jungen sein konnte. Das Schlusslicht bildete ein Paar mittleren Alters. Zumindest sah es so aus, als gehörten die beiden zusammen, auch wenn sie nicht miteinander sprachen. Er starrte die ganze Zeit auf sein Telefon, während sie einen gereizten Eindruck machte.

Der Bus traf ein und versperrte Frieda die Sicht auf die Warteschlange. Als er wieder losfuhr, waren die beiden alten Damen weg. Die jüngere Frau schaute immer noch ständig auf die Uhr. Ein einzelner alter Mann stellte sich an, gefolgt von einer alten Frau und zwei jungen Mädchen. Ein weiterer Bus traf ein und fuhr wieder los. Die junge Frau war nicht mehr da. Frieda empfand ein absurdes Gefühl von Erleichterung. Die beiden Jungen und das Mädchen waren auch weg, ebenso die beiden Mädchen im Teenageralter, aber der Mann mit den Kopfhörern stand noch da. Wieder traf ein Bus ein, kurz darauf noch einer und noch einer. Die Warteschlange erschien Frieda allmählich wie eine Art Organismus, der zwar nie den Ort wechselte, dafür aber ständig seine Bestandteile, als würde er immer wieder mutieren, alte Teile abstoßen und neue aufnehmen. Nur der Mann mit den Kopfhörern war immer noch da.

Frieda bestellte sich einen zweiten Kaffee. Auf der anderen Straßenseite parkte ein Stück weiter vorne ein Wagen im Halteverbot. In den Fenstern spiegelte sich das Licht, sodass Frieda nicht sehen konnte, ob jemand im Auto saß. Sie warf einen Blick auf die Uhr. Viertel nach zehn. Draußen kam die vertraute grüne Uniform eines Polizeihelfers in Sicht. Frieda verfolgte, wie er sich mit hoffnungsvoller Miene dem im Halteverbot stehenden Wagen näherte. Soviel sie wusste, hing die Bezahlung dieser Kontrolleure von ihrer Erfolgsquote ab. Der Mann beugte sich zu dem Auto hinunter. Wie es aussah, sprach er mit jemandem, ging dann aber weiter, ohne einen Strafzettel auszustellen. Auf der anderen Straßenseite hielt ein Bus und fuhr wieder los. Der Mann mit den Kopfhörern stand immer noch da. Genauso gut hätten sie beide Uniform tragen können, das wäre auch nicht auffälliger gewesen.

Eine junge Frau brachte den Kaffee.

»Wo ist bitte die Toilette?«, fragte Frieda, nachdem sie bezahlt hatte.

»Durch die Tür da hinten«, sagte die Frau und deutete in die entsprechende Richtung.

Frieda machte sich auf den Weg. Zur Toilette ging es geradeaus, rechts führte eine Tür in einen Lagerraum voller Schachteln und Kanister, und links gab es einen Notausgang. Frieda schob die Tür auf und fand sich in einer kleinen Seitenstraße wieder. Sie ging in die Richtung, die von der Stoke Newington Church Street wegführte. Nachdem sie ein paarmal abgebogen war, landete sie in einer Straße, die auf einer Seite von einem Zaun gesäumt war. Frieda lief sie ein Stück entlang und bog dann in den Park ein. Sie hoffte nur, dass die Leute nicht immer noch nach der beherzten Heldin Ausschau hielten.

Fast ohne nachzudenken durchquerte sie den Park, verließ ihn durch das Tor auf der anderen Seite und marschierte dann nach Süden, in Richtung Fluss. Dabei war ihr, als herrschte in ihrem Kopf dichter Nebel, der sich nur ganz langsam ein wenig lichtete. Demnach hatten sie also Sasha weichgekocht. Erst versuchte sie, jeden Gedanken daran zu verdrängen, doch dann wurde ihr schlagartig klar, dass sie selbst für das alles verantwortlich war. Also zwang sie sich, darüber nachzudenken. Sie malte sich aus, wie die Polizei Sasha verhört hatte. Bestimmt hatten sie ihr damit gedroht, dass sie ins Gefängnis kommen und Ethan verlieren würde – ihren Sohn –, nachdem sie vorher bereits ihren Partner verloren hatte. Dann stellte Frieda sich vor, wie Sasha bei ihr angerufen hatte und welche Überwindung es sie gekostet haben musste, ihre Freundin in eine Falle zu locken. Freundin. Allein schon der Gedanke an dieses Wort verursachte ihr Schuldgefühle. Was tat sie ihren Freunden nur an?

Überrascht stellte sie fest, dass sie bereits die Blackfriars Bridge erreicht hatte. Sie starrte von der Brücke aufs Wasser hinunter. Unter ihr fuhr gerade ein langes, offenes Boot durch. An Bord war eine Feier im Gange. Ein paar Männer winkten zu ihr hinauf, und einer rief etwas, das sie nicht verstand. Seitlich von ihnen stand eine dunkelhaarige Frau, allein und ohne Getränk, beide Hände auf die Reling gestützt. Plötzlich blickte die Frau hoch und entdeckte Frieda. Einen Moment schienen sie etwas ineinander zu erkennen, doch dann war das Boot schon wieder zu weit weg und der Augenblick vorüber.

Frieda holte ihr Telefon heraus. Sie konnte es nun nicht mehr benutzen. Es würde die Polizei zu ihr führen. Sie streckte die Hand aus und ließ es in den Fluss fallen. Mit einem kleinen Platschen, das sie zwar sehen, aber nicht hören konnte, traf es auf dem Wasser auf. Während sie hinunterstarrte, musste sie mit einem Mal an Sandy denken. Das war der Fluss, der seine Leiche aufgenommen und dann wieder abgegeben hatte. Zum ersten Mal stellte sie sich die Tage, die der Leichnam im Wasser gelegen hatte, in ihrer ganzen Körperlichkeit vor – wie er von den Gezeiten den Fluss hinauf- und hinuntergetragen worden war, als würde er ein- und ausgeatmet.

Bei ihrer Rückkehr in die Wohnung hörte sie Stimmen. Sie streckte den Kopf zur Küchentür hinein und sah Ileana und Mira am Tisch sitzen. Sie tranken Rotwein aus Whiskygläsern, und auf dem Tisch lag eine Schachtel mit den Resten einer Pizza.

»Wir haben dir etwas übrig gelassen«, erklärte Mira, »und ein bisschen Wein ist auch noch da.«

Ileana schenkte den restlichen Wein in ein Glas. Er zischte und prickelte wie Cola. Frieda trank einen Schluck. Sie fand, dass er auch ein bisschen wie Cola schmeckte. Mira musterte sie prüfend.

»Die Frisur steht dir gut«, stellte sie fest.

»Danke.«

»Aber du siehst müde aus«, fuhr Mira fort.

»Nein, nein«, meldete sich Ileana zu Wort. »Erst Pizza essen und Wein trinken, dann schlafen.«

»Ich mache mir lieber eine Tasse Tee«, erwiderte Frieda.

»Der Tee ist schon wieder aus. Milch haben wir noch, aber die ist sauer.« Ileana schnüffelte vielsagend.

»Dann gehe ich noch schnell einkaufen«, meinte Frieda. »Braucht ihr sonst noch was?«

Wie sich herausstellte, brauchten sie tatsächlich noch so

viele andere Sachen, dass Frieda einen alten Umschlag suchen und eine Liste schreiben musste.

Der Einkauf dauerte länger als erwartet, weil die Liste unerwartete Schwierigkeiten mit sich brachte. Zweimal sah sie sich gezwungen, den Mann hinter der Ladentheke zu fragen, wo ein bestimmtes Lebensmittel zu finden sei. Beide Male nahm er seufzend seinen Kopfhörer ab und setzte sich langsam in Bewegung, um es ihr zu zeigen. Einmal musste er auf einen Stuhl steigen, einmal nach hinten in einen Lagerraum gehen. Endlich hatte Frieda alles und konnte den Laden wieder verlassen. Obwohl es ein sonniger, warmer Abend war, wollte sie nur noch mit einer Tasse Tee ins Bett – allerdings nicht, um zu schlafen. Daran war gar nicht zu denken. Nein, sie brauchte einfach Ruhe, um die Ereignisse des Tages zu verdauen.

In dem Moment stupste sie jemand an. Erschrocken wandte sie den Kopf. Es war Mira. Frieda fehlten vor Überraschung die Worte.

»Du kannst nicht zurück«, keuchte Mira. »Polizei.«

»Wo?«

»In der Wohnung.«

Das Sprechen fiel Frieda immer noch schwer.

»Wieso bist du dann hier?«, stieß sie hervor.

Mira wirkte atemlos. Ob das auf körperliche Anstrengung zurückzuführen war oder nur auf die ganze Aufregung, konnte Frieda nicht sagen.

»Ileana hat die Tür aufgemacht. Ich höre sie, verschwinde in dein Zimmer, dann raus durchs Fenster. Hier sind ein paar von deinen Sachen. Nicht viel. Ich hatte nicht genug Zeit.«

Mira hielt ihr eine Plastiktüte hin. Frieda griff danach. Dem Gewicht nach konnte nicht viel drin sein.

»Und ich habe noch etwas.« Mira zog ein Bündel Geldscheine aus der Hosentasche. »Dein Geld«, sagte sie.

»Danke. Aber woher hast du gewusst, wo es war?«

»Frieda. Du hast das Geld hinter den Spiegel gesteckt.«

»Ja.«

»Da habe ich es gefunden.«

»Oh.« Friedas Blick wanderte hinunter zu den Scheinen, dann zurück zu Mira. »Danke«, sagte sie. »Vielen Dank.«

Mira deutete auf die Einkaufstüte, die Frieda trug.

»Willst du das Essen behalten? Das ist in Ordnung.«

Frieda schüttelte den Kopf und gab ihr die Tüte.

»In die Wohnung kannst du nicht zurück«, fuhr Mira fort. »Du musst verschwinden.«

»Ja.«

Mira griff nach Friedas freier Hand – offenbar nicht, um sie zu schütteln, sondern eher, um sie festzuhalten. Sie schob Friedas Ärmel hoch, zog dann einen Stift aus der Tasche und begann eine Nummer auf Friedas Unterarm zu schreiben.

»Ruf uns an«, sagte sie.

»Ja, irgendwann.«

»Viel Glück.«

»Danke. Kommst du klar? Mit der Polizei?«

Mira hielt die Tüte hoch.

»Kein Problem. Ich war beim Einkaufen.«

25

Frieda eilte schnellen Schrittes die Straße entlang, mit Sonnenbrille und hoch erhobenen Hauptes, bekam dabei aber gar nicht mit, wohin sie lief. Die Polizei hatte vor dem Café auf sie gewartet, und ihren neuen Unterschlupf hatten sie ebenfalls aufgespürt. Sämtliche Netze zogen sich um sie zusammen, alle Türen schlossen sich. Sie spielte kurz mit dem Gedanken, ein weiteres Mal Josef anzurufen, doch sie besaß kein Telefon mehr, außerdem hatte er schon genug getan. Sie verfügte auch gar nicht mehr über die Kraft, sich in einen weiteren fremden Raum zu flüchten.

Sie ging so lange, bis sie nicht mehr wusste, wo sie sich befand: in einem Labyrinth aus Seitenstraßen und schäbigen Häusern. Schließlich blieb sie stehen und warf einen Blick in die Tasche, die Mira ihr gegeben hatte. Darin fand sie ihre Kaffeekanne, den neuen roten Rock, der ihr überhaupt nicht gefiel, zwei T-Shirts, die dunkle Hose, die sie für June Reeves Beerdigung gekauft hatte, den gesamten Inhalt ihrer Wäscheschublade, die fast leere Whiskyflasche und Spielkarten, die ihr nicht gehörten. Außerdem hatte sie noch ihr Geld, auch wenn es nicht mehr lange reichen würde. Sie dachte eine Weile über die Dinge nach, die sie nicht mehr besaß: ihre geliebten Wanderstiefel, einen Schal, der ein Geschenk von Sandy gewesen war, ihren Zeichenblock und die Bleistifte, ihre Zahnbürste, ihre Schlüssel... Sie stand ganz still. Über ihr spannte sich der blaue Himmel, und unter ihren dünnen Sohlen spürte sie den heißen Asphalt. Ihr Leben wog nur noch so wenig, dass ihr fast schwindlig davon wurde. Einen Moment kam es ihr so vor, als befände sie sich in einem Vakuum, außerhalb von

Raum und Zeit. Dann traf sie ihre Entscheidung und hastete weiter.

Anderthalb Stunden später klopfte sie an die graue Tür. Während sie drinnen Schritte näher kommen hörte, setzte sie ihre Sonnenbrille ab. Die Tür schwang auf, und vor ihr stand Chloë.

»Ja?«, fragte sie höflich. Ihr Haar war sehr kurz geschnitten, fast geschoren, und sie hatte neue Piercings und eine Tätowierung an der Schulter. »Kann ich helfen?« Dann runzelte sie die Stirn und sperrte den Mund auf. »Heilige Scheiße!«

»Kann ich reinkommen?«

Chloë packte sie am Oberarm, zerrte sie über die Schwelle und knallte hinter ihnen die Tür zu.

Frieda versuchte zu lächeln, aber ihr Mund gehorchte ihr nicht so recht. »Ich wusste nicht, wo ich sonst hin soll.«

Ihre Worte schienen sie beide zu überraschen, sodass sie einander ein paar Sekunden lang anstarrten, bevor Chloë die Arme um den Hals ihrer Tante schlang und diese so fest drückte, dass sie kaum noch Luft bekam.

»Ich freue mich so, dass du da bist!«, sagte Chloë mit Tränen in den Augen.

»Ich bleibe nicht lange. Nur heute Nacht.«

»Vergiss es.«

»Die Polizei sucht nach mir.«

»Ich weiß. Aber sie werden dich nicht finden.«

Frieda hatte das Gefühl, an einem Ort angekommen zu sein, der ihr eigentlich sehr vertraut war, plötzlich aber ganz fremd auf sie wirkte: als würde sie nur träumen, hier in diesem Haus zu sein, wo sie so oft das Chaos von Olivias Leben geordnet oder sich um Chloë gekümmert hatte, nun aber selbst die Ausgestoßene und Hilfsbedürftige war.

»Du hast dir die Haar schneiden lassen.«

»Ja.«

»Eine narrensichere Verkleidung ist das aber nicht.«

Sie gingen in die Küche, die sich in einem spektakulären Zustand der Unordnung befand, doch ausnahmsweise verspürte Frieda nicht den Impuls aufzuräumen. Sie nahm nur einen Strohhut und einen Apfel von einem der Stühle und setzte sich.

»Wo ist Olivia?«

»Mit einem neuen Typen was trinken gegangen.« Chloë stieß ein Schnauben aus. »Angeblich kommt sie rechtzeitig zum Abendessen heim.«

»Dem Typen darf ich auf keinen Fall begegnen.«

»Überlass das mir. Jetzt trinken wir erst mal einen Whisky.«

»Es ist noch vor sechs.«

»Soll ich dir etwas zu essen machen? Rührei? Oder ein getoastetes Käsesandwich? Ich hab mir einen von diesen Toastern gekauft. Ich kann Tomaten und eingelegtes Gemüse dazutun, wenn du magst. Oder vielleicht möchtest du erst ein Bad nehmen – hast du Lust auf ein Bad? Ich kann es für dich einlassen, und du bleibst einfach hier sitzen. Sag mir nur, was ich für dich tun kann – ich erfülle dir jeden Wunsch.«

»Nur eine Tasse Tee, bitte. Ich muss mir was überlegen.«

»Tee. Und dann kannst du mir erzählen, was los ist – aber womöglich möchtest du das gar nicht. Wenn du nicht willst, dann werde ich dich natürlich nicht dazu drängen, aber eines muss ich dir unbedingt sagen: Ich weiß, dass du Sandy nicht getötet hast, weil du nie jemanden umbringen würdest, und schon gar nicht einen Mann, den du so geliebt hast – wobei mir natürlich bekannt ist, dass Menschen oft diejenigen töten, die sie am meisten lieben. Aber ich weiß auch, dass du nicht davongelaufen wärst, wenn du ihn getötet hättest. Ich kenne dich. Es ist ein Grundprinzip von dir, dass man sich den Dingen stellen muss. Aber selbst wenn du Sandy getötet hättest...« Sie sah Friedas Gesichtsausdruck und hielt abrupt inne. »Tee«, wechselte sie das Thema.

»Danke.«

»Magst du einen Keks dazu?«

»Nur Tee.«

»In Ordnung.«

»Danach muss ich mir ein paar Klamotten von euch ausleihen, fürchte ich.«

»Das könnte schwierig werden. Du hast die Auswahl zwischen meinen schwarzen Gruftisachen und Mums beiden Stilrichtungen: der betrunkenen Ballerina oder der verzweifelten Diva.«

»Eigentlich brauche ich was eher Unauffälliges.«

»Ich werde sehen, was ich tun kann. Aber vorher muss ich dich noch ein paarmal anfassen, um mich davon zu überzeugen, dass du wirklich real bist.«

Frieda streckte ihr eine Hand hin, und Chloë griff danach.

»Ich bin real«, sagte sie, als müsste sie sich selbst davon überzeugen.

Sie trank ihren Tee ganz langsam und schenkte sich dann eine zweite Tasse ein. Inzwischen schien die Abendsonne durch die großen, ungeputzten Fenster und warf leuchtende Rechtecke auf den Fliesenboden. Frieda hörte Chloë die Treppe auf und ab laufen und Türen zuschlagen. Schließlich kehrte sie in die Küche zurück.

»Ich habe dir einen Stapel Klamotten in unser freies Zimmer gelegt«, erklärte sie. »Such dir was aus. Wahrscheinlich ist nichts davon so ganz dein Stil. Der Raum sieht auch nicht gerade ordentlich aus. Mum hat dort irgendetwas sortiert.«

»Kein Problem.«

»Hast du dir schon was überlegt?«

»Ich würde gern duschen, wenn das in Ordnung ist, und dann muss ich noch mal weg. Aber nur für ein, zwei Stunden.«

»Du bist doch gerade erst aufgekreuzt. Was soll ich machen, wenn du nicht zurückkommst?«

»Ich komme ganz bestimmt.«

»Was, wenn dich jemand sieht?«

»Ich sorge schon dafür, dass das nicht passiert.«

»Ich möchte mit.«

»Nein, ich hab schon genug Leute in Gefahr gebracht.«

»Das ist mir egal.«

»Mir aber nicht.«

Chloë starrte sie an. Sie kaute auf ihrer Unterlippe herum.

»Darf ich dich was fragen?«

»Ja.«

»Und wirst du mir ehrlich antworten?«

Frieda zögerte.

»Ja«, sagte sie schließlich.

»Wenn ich an deiner Stelle wäre und du an meiner, was würdest du tun?«

»Ich hoffe wirklich, dass das nie der Fall sein wird.«

»Aber du würdest etwas tun, stimmt's? Bist du der Meinung, dass du zwar anderen Menschen helfen kannst, dir aber niemand helfen kann?«

»Ich glaube nicht, dass ich dieser Meinung bin.« Frieda musste an Mira und Ileana denken, die das Risiko eingegangen waren, ihr zu helfen, einer Fremden, von der sie so gut wie nichts wussten. Wären die beiden nicht gewesen, säße sie jetzt in einer Polizeizelle.

»Dann möchte ich dir jetzt helfen. Wenn du Nein sagst, folge ich dir trotzdem. Du brauchst mich gar nicht so anzusehen. Glaub mir, das tue ich! Ich lasse dich auf keinen Fall wieder allein losziehen.«

Frieda legte einen Moment die Hand über die Augen und dachte nach. »In Ordnung«, sagte sie dann. »Ich springe schnell unter die Dusche und ziehe mir etwas anderes an, dann brechen wir auf.«

»Wohin?«

»Ich muss etwas holen.«

»Das klingt einfach.«

»Leider gibt es da ein Problem.«

Frieda zog sich aus, doch erst als sie schon im Begriff war, in die Dusche zu steigen, fiel ihr Blick auf die Telefonnummer, die Mira ihr auf den Unterarm gekritzelt hatte. Einen Moment spielte sie mit dem Gedanken, sie einfach wegzuschrubben, aber irgendetwas hielt sie davon ab. In ein Handtuch gewickelt, kehrte sie in das ungenutzte Zimmer zurück und suchte sich dort einen Stift und ein Stück Papier, auf das sie die Nummer notierte.

Nach dem Duschen zog sie eine schwarze Hose mit weitem Bein aus dem Klamottenstapel, den Chloë für sie bereitgelegt hatte. Sie kombinierte die Hose mit Chloës alten Doc Martens und einer leicht nach Parfüm duftenden weißen Bluse mit durchsichtigen Ärmeln und vielen winzigen Knöpfen. Auf jeden Fall fühlte sie sich darin wesentlich besser als in Carlas Sachen. Sie fuhr mit den Fingern durch ihr feuchtes, stacheliges Haar und band dann einen gemusterten Schal darum. Zum Schluss setzte sie ihre Sonnenbrille auf und ging nach unten, wo Chloë schon ganz aufgeregt neben der Tür wartete.

»Also, wo soll es hingehen?«

»Zum Warehouse. Ich muss dort etwas suchen.«

»Wird da keiner die Polizei rufen?«

»Bis wir hinkommen, sind hoffentlich schon alle weg.«

»Hast du einen Schlüssel?«

»Nein.«

»Aber…« Chloë brach abrupt ab. »Oh. Verstehe. Cool. Aber wie kommen wir rein?«

»Es gibt dort ein Fenster, das sich nicht mehr verriegeln lässt – schon seit einem Jahr. Zumindest war es noch so, als ich mich das letzte Mal dort aufhielt.«

»Wir steigen also einfach ein.«

»*Ich* steige einfach ein. Du hältst Ausschau, ob jemand kommt.«

»Das ist ein bisschen langweilig.«

»Gut so.«

Sie fuhren mit der Overgroundbahn nach Kentish Town West. Während der Fahrt sprachen sie kaum ein Wort, sondern starrten beide schweigend vor sich hin.

»Geht es dabei um Sandy?«, fragte Chloë schließlich.

»Natürlich.«

»Was genau suchst du?«

»Das weiß ich selbst noch nicht so recht.«

»Aber wenn es soweit ist, wirst du es wissen«, fuhr Chloë fort. Sie klang halb zuversichtlich, halb fragend, als bräuchte sie noch Friedas Bestätigung. »Du wirst es herausfinden.«

»Ich hoffe es.«

»Und dann kannst du wieder richtig nach Hause kommen.«

»So stell ich mir das vor.«

Sie verließen den Bahnhof und gingen die Prince of Wales Road in Richtung Chalk Farm entlang.

»Wo warst du denn in der Zwischenzeit?«, fragte Chloë.

»Ach, an Orten, wo man eben hingeht, wenn man nicht gefunden werden möchte.«

Chloë griff nach ihrem Arm und drückte ihn. »Ich freue mich so, dass du nicht mehr dort bist, wo auch immer das war.«

»Erzähl mir, wie es dir ergangen ist.«

»Mir? Na ja, verglichen mit dir ist bei mir nicht viel passiert. So lange ist es ja noch nicht her, dass du dich in Luft aufgelöst hast.« Aus ihrem Mund klang es, als wäre Friedas Verschwinden eine Art Zaubertrick gewesen. »Alles wie gehabt. Du weißt ja, wie das ist. Meine Ausbildung macht mir Spaß, auch wenn Mum das furchtbar findet.«

»Immer noch?«

»Sie wird den Rest ihres Lebens enttäuscht von mir sein. Statt einer Frau Doktor als Tochter bekommt sie nun eine Schreinerin.«

»Für mich klingt das gut.«

»Und was Dad betrifft...« Sie verdrehte die Augen.

Chloë erzählte weiter: über ihre Schreinerlehre, die Berufsschule, das Praktikum, das sie gerade in der heruntergewirt-
schafteten Werkstatt in Walthamstow machte. Sie berichtete,
dass dort lauter Männer arbeiteten, die nicht so recht wüssten,
wie sie sie behandeln sollten. Dann sprach sie von Jack – darüber, wie froh sie sei, keine Beziehung mehr mit ihm zu haben.
Ihre Stimme klang schrill und ein wenig wackelig, als sie das
sagte. Währenddessen führte Frieda sie auf einer kreisförmigen
Route in Richtung Warehouse. Mit einem Ohr lauschte sie dabei ihrer Nichte, hielt gleichzeitig aber Ausschau nach even-
tuellen Auffälligkeiten.

Schließlich erreichten sie den Eingang des Gebäudes, das
ein wenig von der Straße zurückgesetzt war. Es wirkte be-
eindruckend und uneinnehmbar. Frieda führte Chloë durch
die kleine Seitengasse, wo die Mülltonnen standen, und von
dort zur Rückseite des Warehouse. Während Frieda den Blick
über die auf dieser Rückseite liegenden Häuser schweifen ließ,
wurde ihr erst so richtig bewusst, wie viele Fenster es dort gab.
Einen Moment glaubte sie, an einem davon ein Gesicht zu erkennen. Als sie blinzelte, wurde daraus ein Tontopf auf dem
Fensterbrett. In dem Haus ganz links aber entdeckte sie tatsächlich eine Gestalt. Eine Frau war gerade damit beschäftigt,
im Wintergarten die Blumen zu gießen. Langsam bewegte sie
sich durch den gläsernen Raum. Frieda überlegte, ob sie später
wiederkommen sollte – aber dann würde es andere Leute geben, wegen derer sie sich Sorgen machen musste.

»Das hier ist das Fenster.« Sie trat vor und versuchte es mit
einem kräftigen Ruck zu öffnen, doch es ließ sich nicht bewegen. Sie stemmte die Handflächen gegen den Rahmen und
drückte mit aller Kraft. Nichts. Durch das Glas sah sie den
Flur und die Tür ihres Sprechzimmers. »Paz hat es offenbar
reparieren lassen«, stellte sie fest.

»Gibt es eine Alarmanlage?«

»Ich kenne den Code, sollte also in der Lage sein, sie auszuschalten. Allerdings vergisst Reuben sowieso oft, sie zu aktivieren, wenn er als Letzter geht.«

»Wir hätten Josef mitnehmen sollen. Der wüsste, wie man hier reinkommt.«

»Wir brauchen eine Brechstange.«

»Ich trage leider keine mit mir herum. Ich hätte meine Werkzeugtasche mitnehmen sollen. Was hältst du von diesem losen Pflasterstein?«

»Ich glaube, das sollten wir lieber nicht...«

Ihr blieb keine Zeit, den Satz zu Ende zu sprechen, denn Chloë hatte sich bereits hinuntergebeugt, den Stein aufgehoben und mit einer einzigen geschmeidigen Bewegung gegen das Fenster geschleudert. Einen Moment lang erschien ein wirres Netzwerk aus Linien auf dem Glas, dann löste sich wie in Zeitlupe alles auf, und sie starrten auf ein Loch mit einem gezackten Rand.

Frieda wusste nicht, was sie sagen sollte. Dafür war auch gar keine Zeit. Sie entfernte ein paar von den größeren Scherben und knotete dann den Schal auf, den sie sich um den Kopf gebunden hatte, um damit die Zacken am unteren Rand abzubrechen. Inzwischen konnten sie beide das Piepen der Alarmanlage hören. Nicht mehr lange, dann würde sie in voller Lautstärke loslegen.

Frieda stieg durch das Fenster ein. Von drinnen schaute sie einen Moment hinaus auf das von dunklen Haarstoppeln umrahmte Gesicht ihrer Nichte. Chloë wirkte halb ängstlich, halb aufgeregt. Ihre Augen leuchteten.

»Warte in der Nähe des Haupteingangs, aber pass auf, dass dich niemand sieht«, wies Frieda sie an. »Du hast schon genug getan – mehr als genug.«

Die Frau im Wintergarten goss weiter ihre Blumen. Obwohl der Himmel noch silberblau war, ging im ersten Stock des Nachbarhauses bereits ein Licht an. Frieda eilte den Gang entlang zu der Stelle unter dem Treppenhaus, wo sich die Alarmanlage befand. Sie tippte die Nummer ein, doch das Piepen hörte nicht auf. Sie versuchte es erneut, dieses Mal langsamer, um sich ja nicht zu vertippen. Das rote Lämpchen schaltete noch immer nicht auf Grün. Entweder der Sicherheitscode war geändert worden, oder sie hatte ihn sich falsch gemerkt. Tatsächlich brach nach einer letzten schnellen Abfolge warnender Pieptöne das Heulen des eigentlichen Alarms los. Das Geräusch war so schrill, dass es ihr fast das Trommelfell zerriss.

Sie wandte sich ab und machte sich auf den Weg in ihr Sprechzimmer, den Flur entlang zurück, aber ohne zu rennen, sondern eigenartig ruhig und mit ziemlich gleichmäßigem Herzschlag. Als sie schließlich ihren Arbeitsraum betrat, schien es ihr, als wäre sie nie weg gewesen. Alles war, wo es hingehörte: die Bücher in den Regalen, die Schachtel mit den Papiertaschentüchern auf dem niedrigen Tisch, die Stifte in der Tasse über dem Moleskin-Notizbuch. Sie zog das unterste Fach ihres Schreibtisches auf, und wie erwartet lag dort die Mülltüte, locker verknotet. Frieda griff danach. Sie spürte, wie die Gegenstände darin verrutschten und aneinanderstießen. Nachdem sie das Fach wieder geschlossen hatte, verließ sie den Raum und zog die Tür hinter sich zu. Vorsichtig kletterte sie aus dem Fenster. In den Häusern waren mittlerweile weitere Lichter angegangen. Ein Mann stand in seinem Garten und spähte herüber. Dabei beschattete er mit der Hand seine Augen, als könnte er auf diese Weise besser sehen, welche Ursache der Lärm nebenan hatte.

Frieda lief durch die Seitengasse zum Vordereingang, wo Chloë sich hinter einem Rhododendronbusch voller violetter, bereits verwelkender Blüten an die Wand drückte, das Gesicht vor Angst verzerrt.

»Sie haben den Code geändert. Los, komm.« Sie packte ihre Nichte am Arm und führte sie hinaus auf die Straße, wo sie aber nicht die Richtung einschlugen, aus der sie gekommen waren, sondern die Gegenrichtung. Sie schlängelten sich durch

Seitenstraßen. Hinter sich hörten sie immer noch den Alarm. Frieda fühlte sich in Chloës schweren Stiefeln unwohl. Außerdem hatte sie am Nacken eine Stelle, die brannte. Als sie danach tastete und dann ihre Finger betrachtete, stellte sie fest, dass sie blutverschmiert waren.

»Glaubst du, die Polizei ist schon unterwegs?«, fragte Chloë.

»Die Alarmanlage ist nicht mit der Polizei verbunden. Es gab eine Zeit lang ständig Fehlalarme.«

»Hast du, was du wolltest?«, fragte Chloë nach ein paar Minuten. Ihre Stimme klang heiser.

»Ja.«

»Dann wird jetzt alles gut?«

»Wir werden sehen.«

Chloë ging zuerst ins Haus, um herauszufinden, ob Olivia allein war. Dann folgte Frieda. Bei ihrem Anblick brach Olivia schlagartig in ein lautes, ekstatisches Schluchzen aus, als hätte jemand in ihrem Nacken auf einen Knopf gedrückt. Unter Tränen stieß sie immer wieder Freudenschreie aus und fuchtelte mit beiden Händen wie wild in der Luft herum. Wimperntusche lief ihr über die Wangen. Sie riss den Kühlschrank auf und zog eine Flasche Sekt heraus, obwohl bereits eine geöffnete Weinflasche auf dem Küchentisch stand.

Frieda nahm Platz. Sie fühlte sich seltsam ruhig, weit weg von dem Trubel um sie herum. Chloë bereitete für sie alle Rührei zu. Olivia trank – aus ihrem eigenen Glas, dem von Frieda und auch dem von Chloë – und redete und stellte Fragen, die Frieda nicht beantwortete. Die Mülltüte lag zu ihren Füßen. Sie dachte an ihre letzte Begegnung mit Sandy. Sein schönes Gesicht war vor Wut verzerrt gewesen, als er die Tüte nach ihr warf und sie dabei anschrie. Aber was hatte er gerufen? Sie konnte sich nicht daran erinnern. Sie hätte besser aufpassen sollen, bevor alles zu spät war.

Frieda räumte erst einmal stapelweise Kleidung, Bücher und Fotoalben vom Bett, bevor sie es frisch beziehen konnte. Anschließend duschte sie noch einmal und schlüpfte in ein Nachthemd, das Olivia ihr geliehen hatte – ein weißes mit einem Rüschenkragen, in dem sie aussah wie eine Figur aus einem viktorianischen Melodram. Dann ließ sie den Inhalt der Mülltüte auf den Boden gleiten. Eine fast leere Shampooflasche rollte über den Teppich.

Sie hob einen Gegenstand nach dem anderen auf, beginnend mit den Kleidungsstücken. Da war ein bisschen Unterwäsche, ein dünnes blaues Shirt, eine graue Hose, ein sehr alter melierter Pulli. Ein Kupferarmreif. Ein kleines Schachspiel für die Reise. Ein Skizzenblock – mit ihren Zeichnungen von damals: einem alten Feigenbaum, der nicht weit von ihrem Haus entfernt aus einem breiten Riss im Asphalt wuchs, eincr Kanalbrücke, Sandys Gesicht, noch unvollendet... Körperlotion. Zwei Bücher. Lippenbalsam. Eine grüne Schale, die sie ihm geschenkt hatte und die sie nun von ihm zurückbekam, verpackt in Zeitungspapier – ein Wunder, dass sie nicht zerbrochen war. Eine Küchenschürze, die er für sie gekauft hatte. Eine Haarbürste. Eine Zahnbürste. Ein Spiralblock voller Notizen für einen Vortrag zum Thema Selbstverletzung. Ein Foto von ihr, das er selbst aufgenommen und früher immer in seiner Brieftasche aufbewahrt hatte. Sie drehte es um, sodass es mit dem Gesicht nach unten lag. Ein Handy-Ladegerät. Ein Päckchen Feldblumensamen. Handcreme. Eine schmale Schachtel mit Zeichenkohlen, die nur noch aus Bruchstücken bestanden. Fünf Kunstpostkarten aus der Tate Modern. Sie starrte auf sie hinunter. Eines der Bilder war in rauchigen Farben gehalten und zeigte eine Frau, die aus einem offenen Fenster blickte: Stille und Schweigen. Frieda schüttelte die Tüte und hörte etwas klirren. Als sie die Hand hineinschob, stieß sie auf ein Paar Ohrringe und ein laminiertes Namensschild, das sie vermutlich auf irgendeiner Konferenz getragen hatte.

Frieda ließ sich auf die Fersen zurücksinken und betrachtete die Gegenstände. Soweit sie es beurteilen konnte, war darunter absolut nichts Verdächtiges. Vor ihr lagen nur die Trümmer einer Beziehung, die zu Ende gegangen war: lauter Sachen aus glücklichen Tagen, verwandelt in traurige Erinnerungen.

26

»Also, was haben uns Sophie und Chris über diese Wohnung erzählt?«, fragte Hussein. Sie fuhren gerade die New Kent Road entlang. So früh am Morgen war die Luft noch kühl. An den Läden wurden gerade erst die Metalljalousien hochgezogen und aus Lieferwagen Waren ausgeladen.

Bryant zuckte mit den Achseln. »Sie haben einen anonymen Tipp bekommen. Der Anrufer hat behauptet, sie sei dort. Aber allem Anschein nach war es eine falsche Spur. In der Wohnung leben zwei Frauen, Osteuropäerinnen. Von Klein keine Spur. Mehr wissen wir nicht.«

Er bog in eine kleine Straße ein und parkte vor dem Thaxted House. Nachdem sie ausgestiegen waren, spuckte Bryant seinen Kaugummi aus und zog seine Hose zurecht. Dann ließ er den Blick schweifen.

»Da ist es«, sagte er und deutete auf eine Tür im Erdgeschoss.

»Dann los.«

Hussein steuerte darauf zu, drückte auf die Türklingel, die allem Anschein nach keinen Ton von sich gab, und klopfte dann energisch. Die Tür öffnete sich einen Spalt, und hinter einer Kette tauchte ein Gesicht auf, von dem allerdings nur ein schmaler Streifen zu sehen war.

»Ja?«

»Ich bin Detective Hussein.« Sie hielt ihren Dienstausweis hoch. »Und das ist mein Kollege Detective Bryant. Dürfen wir bitte reinkommen?«

»Warum?«

»Wir würden Ihnen gerne ein paar Fragen stellen.«

331

»Wir haben schon Fragen beantwortet.«

»Das waren nur Vorermittlungen. Wir hätten gern, dass sie die Fragen noch einmal beantworten.«

Das Gesicht verschwand. Im Hintergrund hörten sie eine zweite Stimme. Die Tür wurde wieder geschlossen, die Kette gelöst. Dann schwang die Tür richtig auf, und vor ihnen standen zwei Frauen: die eine groß und dunkelhaarig, mit fast schwarzen Augen und markanten Brauen, die andere kleiner, mit üppigen Kurven, einem wasserstoffblonden Haarschopf und blauem Lidschatten. Beide hatten sie die Arme vor der Brust zu einer fast identischen Geste der Abwehr verschränkt.

»Was für Fragen?«, wollte die dunklere Frau wissen.

»Wie Ihnen unsere Kollegen ja bereits gesagt haben, sind wir auf der Suche nach einer Frau.« Hussein hielt einen Moment inne. Die beiden verzogen keine Miene. »Wir haben Grund zu der Annahme, dass sie hier gewohnt hat«, fuhr sie fort. »Ihr Name ist Frieda Klein.«

Keine der beiden Frauen sagte etwas.

»Allerdings hat sie bestimmt nicht diesen Namen benutzt«, fügte Hussein hinzu.

»Wir haben es schon den anderen gesagt, bei uns wohnt keine Frau«, antwortete die dunklere von beiden.

»Dürfen wir uns kurz umsehen?«, fragte Bryant.

»Keine Frau«, wiederholte die Dunkelhaarige.

»Wer wohnt dann hier?«

»Wir.«

»Und Sie heißen?«

»Warum wollen Sie das wissen?«

»Wir führen hier polizeiliche Ermittlungen durch«, erklärte Bryant. »Deswegen stellen wir die Fragen, und Sie beantworten sie.«

»Ich bin Ileana. Sie …«, sie reckte ihren Daumen zur Seite, »… sie heißt Mira. Reicht das?«

»Zumindest vorerst«, antwortete Hussein. »Wohnen Sie beide hier allein?«

»Ja.«

»Wie viele Schlafzimmer haben Sie?«, fragte Bryant.

»Ah, das fragen Sie jetzt wegen der Steuer.«

»Nein.« Hussein ging weiter in den Flur hinein.

»Dann liegt es daran, dass unsere Nachbarn Leute wie uns nicht mögen?«

»Es liegt daran, dass wir eine Frau namens Frieda Klein suchen.« Sie nahm das Foto von Frieda aus ihrer Aktenmappe und hielt es ihnen hin. Keine von beiden machte Anstalten, danach zu greifen. Sie sahen es sich nur mit ausdrucksloser Miene an. »Erkennen Sie sie wieder?«

»Nein.«

»Sie haben sie also noch nie gesehen?«

»Nicht dass ich wüsste.«

»Sie wird polizeilich gesucht, weil sie zu einem schweren Verbrechen verhört werden soll, und uns wurde zugetragen, dass sie hier wohnt oder gewohnt hat.«

»Da haben Sie falsche Informationen.«

Die Blondine gab ihre Abwehrhaltung auf und ließ die Arme sinken.

»Sehen Sie doch nach, wenn Sie uns nicht glauben.«

Hussein und Bryant gingen zuerst in die Küche, wo sie nichts fanden, abgesehen von ein paar Pfannen auf dem Abtropfbrett, einem gut gefüllten Kühlschrank und einer halben Flasche Wodka auf der Anrichte, wo außerdem ein Packen Spielkarten lag. Dann inspizierten sie die Zimmer der beiden. Es gab zusätzlich noch ein drittes Schlafzimmer, allerdings mit sehr spärlicher Einrichtung: einem unbezogenen Bett, einem Nachttisch und einem abgetretenen alten Läufer – sonst nichts.

»Danke für Ihre Hilfe«, sagte Hussein hinterher höflich.

»Falls Sie uns Informationen vorenthalten…«, begann Bryant, doch Hussein legte ihm eine Hand auf den Arm.

»Lass uns gehen. Wir haben die beiden schon lange genug aufgehalten.«

»Wieder bloß eine falsche Spur«, sagte Hussein später zu Karlsson. »Erst die gottverdammte Farce in dem Café, und jetzt das.«

»Ihr habt gar nichts gefunden?«

»Es sei denn, man findet es verdächtig, wenn jemand um sieben Uhr morgens schon perfekt geschminkt sein Geschirr spült und dabei Wodka trinkt.«

»Von wem kam der Tipp?«

»Keine Ahnung. Vielleicht haben die beiden ja recht und es passt bloß irgendjemandem nicht, neben zwei Frauen aus Bulgarien und Rumänien zu wohnen. Trotzdem frage ich mich, wie jemand einfach spurlos verschwinden kann.«

»Das ist in der Tat schwierig.«

»Es sei denn, sie bekommt Hilfe.« Sie warf Karlsson einen vielsagenden Blick zu. Er machte angesichts dieser Unterstellung eine abwehrende Handbewegung.

»Ich weiß nicht, wo sie ist, das müssen Sie mir glauben, Sarah.«

»Und wenn Sie es wüssten? Oder zumindest eine Ahnung hätten?«

»Ich bin der Meinung, sie sollte zurückkommen und sich stellen.«

Bereits im Gehen begriffen, drehte sie sich noch einmal um. »Demnach glauben Sie wirklich, dass sie es nicht war?«

»Ja.«

»Sagen Sie das jetzt als Polizeibeamter oder als ihr Freund?«

»Ist da ein großer Unterschied?«

Aber als Freund, nicht als Polizeibeamter machte er sich am frühen Abend auf den Weg zum Thaxted House. Nachdem er ein paar Straßen entfernt geparkt hatte, ging er das letzte

Stück zu Fuß. Es war noch angenehm warm. Als er schließlich an die Tür klopfte, öffnete ihm niemand. Er versuchte, durch den Briefschlitz zu spähen, konnte aber nichts erkennen. Drinnen brannte kein Licht, und zu hören war auch nichts.

»Was wollen Sie?«, fragte eine Stimme hinter ihm. Da standen zwei Frauen, eine dunkelhaarig und eine blond. Sie trugen beide Tüten, und von dort, wo er stand, konnte er chinesisches Essen riechen.

»Mein Name ist Malcolm Karlsson. Ich hatte gehofft, Sie könnten mir helfen.«

»Wir haben schon mit der Polizei gesprochen. Die haben nichts gefunden.«

»Ich bin ein Freund von Frieda.«

»Wir kennen keine Frieda.« Die Dunkelhaarige fischte einen Schlüssel aus ihrer Hosentasche und sperrte die Tür auf. »Gehen Sie«, fügte sie hinzu, während sie in die dunkle Diele trat.

»Verdammt, ich weiß genau, dass Frieda hier war, welchen Namen sie auch immer benutzt haben mag. Und Josef war auch hier.«

Keine der beiden Frauen sagte etwas, aber Karlsson registrierte den verblüfften Blick, den sie wechselten.

»Ich habe Josef mit einem Brief für Frieda hergeschickt. Ich wollte sie warnen.«

»Das waren Sie?«

»Ja. Bitte, darf ich für ein paar Minuten reinkommen?«

»Mira?«, fragte die Dunkelhaarige. Mira nickte ganz leicht mit dem Kopf. Sie traten beiseite, um ihn hineinzulassen.

Am Küchentisch setzten sie sich auf wackelige, nicht zusammenpassende Stühle, und die beiden Frauen zogen die Deckel von ihren dampfenden Behältern mit Essen. Karlsson bemerkte den Wodka auf der Anrichte und identifizierte ihn als Josefs Marke.

»Hungrig?«, fragte Ileana.

»Nein, danke«, antwortete Karlsson, obwohl er es plötzlich doch war, denn aus den Behältern duftete es so köstlich, dass ihm das Wasser im Mund zusammenlief. »Ich möchte Sie nicht in Schwierigkeiten bringen, und ich verstehe auch, dass Sie mir nicht trauen. Sie haben recht, vorsichtig zu sein. Ich erwarte nicht, dass Sie mir sagen, ob Frieda hier war oder nicht. Aber wissen Sie vielleicht, wo sie jetzt ist? Wissen Sie, ob es ihr gut geht?«

»Wir kennen keine Frieda.«

»Wie auch immer sie sich genannt hat.«

Mira schob sich einen großen Löffel mit Reis und roter Soße in den Mund und sagte dann ziemlich undeutlich: »Alle fragen nach dieser Frieda.«

»Wen meinen Sie damit? Sarah Hussein?«

»Die und den Mann, der sie begleitet hat. Und vor denen waren schon zwei andere da – und außerdem noch der andere Kerl.«

»Es war noch jemand hier?«

»Sehen Sie.« Ileana krempelte ihren Ärmel hoch, damit Karlsson den roten Streifen sehen konnte, der um ihren Unterarm verlief und sich zum Teil in einen bläulichen Bluterguss verwandelt hatte. »Der war das.«

»Wer?«

»Der Mann.«

»Wollen Sie damit sagen, dass jemand, der nicht zur Polizei gehörte, hier war und nach Frieda gefragt hat – und Ihnen dabei wehgetan hat?«

»Erst war er ganz nett und charmant. Dann ist er grob geworden und hat uns gedroht. Die Leute drohen immer mit dem Gleichen: dass wir hinausgeworfen werden.«

»Das tut mir leid. Aber Sie wissen nicht, wer der Mann war?«

»Einfach ein Mann«, antwortete Ileana, als wäre für sie einer wie der andere.

»Wie hat er denn ausgesehen?«

Sie zuckte mit den Achseln. »Gar nicht.«

»Gar nicht?«

Mira lehnte sich über den Tisch und sagte: »Normal, meint sie.«

»Ich meine *gar nicht*.« Ileana funkelte Mira böse an.

»Nicht groß und nicht klein«, sagte Mira. »Nicht fett, aber auch nicht dünn. Nicht hässlich, aber auch nicht schön. Normal.«

»Verstehe«, sagte Karlsson. »Erinnern Sie sich an seine Haarfarbe oder an die Kleidung, die er getragen hat?«

»Eine schöne Jacke«, meinte Mira leicht wehmütig.

»Wie klang seine Stimme?«

»Ganz normal.«

»Hatte er einen Akzent?«

Mira warf ihm einen mitleidigen Blick zu. »Alle haben einen Akzent, bloß nicht alle den gleichen.«

Karlsson stellte die Wodkaflasche auf den Tisch. Josef füllte zwei Schnapsgläser bis zum Rand. Beide Männer hoben ihre Gläser und kippten den Inhalt auf einmal hinunter. Josef schenkte sofort nach.

Dieses Mal nippte Karlsson nur.

»Ich habe Mira und Ileana kennengelernt.«

Josef leerte sein Glas in einem Zug und stellte es mit Schwung wieder ab.

»Und?«

»Ich weiß, dass sie dort war, aber nicht mehr dort ist.«

Josef sagte nichts, sondern betrachtete Karlsson nur mit seinen sanften braunen Augen.

»Ich muss mit ihr reden, Josef«, beschwor ihn Karlsson. »Ich glaube, sie ist in Schwierigkeiten. Jemand ist hinter ihr her.«

»Alle sind hinter ihr her.«

»Weißt du, wo sie steckt?«

Josef schenkte sich erneut nach, trank jedoch nicht, sondern drehte das Glas in seiner schwieligen Hand.

»Nein«, antwortete er schließlich.

»Wirklich nicht?«

»Ich sage die Wahrheit.« Er legte die freie Hand an die Brust. »Ich weiß nicht, wo sie ist.«

»Schon gut. Wenn du etwas von ihr hörst, dann richte ihr bitte aus, dass ich mit ihr sprechen muss. Als ihr Freund.«

Josef nickte betrübt.

»Danke. Tja, ich muss wieder los. Ist Reuben nicht da?«

»Er ist immer noch im Warehouse, räumt auf.«

»Was muss er denn aufräumen?«

»Es gab Probleme. Jemand ist eingebrochen. Ich habe das Fenster repariert, aber er wollte noch bleiben, bis wirklich wieder alles in Ordnung ist.«

»Es tut mir leid, das zu hören. Hat er die Polizei verständigt?«

»Nein.«

Karlsson fuhr nicht direkt nach Hause, sondern zum Warehouse. Paz machte ihm auf. Sie hatte die Ärmel hochgekrempelt und trug das Haar aus dem Gesicht gekämmt. Karlsson fand, dass sie ziemlich erledigt wirkte.

»Ich hab gehört, bei euch wurde eingebrochen.«

»Es war keine große Sache.«

»Wer ist das?«, rief eine Stimme. Reuben tauchte auf. »Karlsson. Was gibt's?«

»Josef hat gesagt, jemand ist ins Warehouse eingebrochen.«

»Jemand hat mit einem Pflasterstein ein Fenster eingeworfen. Du weißt ja, die jungen Leute von heute.«

»Habt ihr die Polizei gerufen?«

Reuben winkte ab.

Jack Dargan kam den Flur entlang. In der einen Hand hielt er ein Wischtuch, in der anderen irgendein Reinigungsspray.

Nachdem er neben Reuben und Paz Stellung bezogen hatte, herrschte einen Moment Schweigen.

»Ihr könnt es mir genauso gut sagen«, meinte Karlsson.

Alle drei setzten einen fast identischen, übertrieben erstaunten Gesichtsausdruck auf.

»Was denn?«, fragte Reuben.

»Es war Frieda, stimmt's?«

»Bitte?«

»Es war Frieda.«

»Das ist doch verrückt. Ich weiß gar nicht, wovon du sprichst.«

Jack fuhr sich mit beiden Händen durchs Haar, sodass es wie üblich in alle Richtungen abstand. »Ich auch nicht«, verkündete er und lachte dann ein bisschen künstlich.

»Hallo, ich bin's!«, erinnerte sie Karlsson.

»Reuben hob die Augenbrauen. »Ich weiß. DCI Karlsson von der Londoner Polizei.«

»Ein Freund.«

Reuben stieß einen lautlosen Pfiff aus. »Was würde wohl dein Chef dazu sagen?«

Karlsson zuckte mit den Achseln. »Ich hoffe, er wird es nie erfahren.«

»Herrgott noch mal!«, mischte Paz sich genervt ein. »Das ist doch albern. Ja, es war Frieda. Wollt ihr sie sehen?«

»Sehen?«

»Kommt mit.«

Sie trat hinter den Schreibtisch am Empfang und klickte auf den Computer. Einen Augenblick tauchte sie auf dem Bildschirm auf – undeutlich, aber unverkennbar: Frieda, die den Flur entlangeilte, erhobenen Hauptes und allem Anschein nach recht gefasst. Karlsson hatte den Eindruck, als würde sie ihn direkt ansehen, besser gesagt, durch ihn hindurch.

»Ihr Haar ist sehr kurz«, stellte er fest.

»Das soll wohl so eine Art Verkleidung sein«, meinte Reuben.

»Warum war sie hier?«

»Siehst du die Tüte, die sie trägt?«

»Ja.«

»Wir sind ziemlich sicher, dass es sich dabei um diejenige handelt, die Sandy nach ihr geworfen hat, als er das letzte Mal zum Warehouse kam«, erklärte Jack. »Davon weißt du ja. Er war sehr wütend. Ich hatte ihn vorher noch nie so erlebt.«

»Was ist in der Tüte?«

»Ich habe nachgesehen«, antwortete Paz in defensivem Ton. »Nachdem sie abgetaucht war und die Polizei überall nach ihr suchte und sämtliche Zeitungen über sie schrieben, habe ich mich in ihrem Zimmer umgesehen, um sicherzustellen, dass dort nichts war...« Sie brach ab, zog die Schultern hoch und verdrehte die Augen. »Ihr wisst schon.«

»Nichts Belastendes?«, fragte Karlsson.

»Genau. Aber in der Tüte war nur ein bisschen Krimskrams, den sie wohl in Sandys Wohnung zurückgelassen hatte. Ein paar Klamotten, Bücher. Nichts Besonderes.«

»Wisst ihr, wo sie sich jetzt aufhält?«

Alle drei schüttelten den Kopf.

»Fest steht allerdings, dass sie leichtsinnig wird«, bemerkte Jack.

Karlsson nickte. »Wahrscheinlich weiß sie, dass ihr die Zeit davonläuft.«

Danach – vielleicht, weil er diese Worte laut ausgesprochen und sich damit seine eigenen Ängste eingestanden hatte – fuhr er immer noch nicht nach Hause, obwohl er schon seit sechs auf war und abgesehen von einem schlappen Croissant aus der Kantine den ganzen Tag nichts gegessen hatte. Stattdessen machte er sich auf den Weg zu Sashas Haus in Stoke Newington.

27

Sie war bleich, ihr Haar strähnig, und ihre Augen wirkten in ihrem schmalen Gesicht übergroß. Er registrierte, dass sie ständig nervös die Hände aneinanderrieb, dass ihre Nägel abgekaut waren und dass sie am Mundwinkel ein Fieberbläschen hatte. Ihm war bekannt, dass Frieda sich immer Sorgen um Sasha machte, weil diese nach Ethans Geburt eine Phase postnataler Depression durchgemacht hatte, die nie ganz vergangen war.

»Ich wünsche mir nur, dass sie das alles gut übersteht«, sagte Sasha gerade und fuhr sich dabei mit dem Handrücken über die Wange.

»Das wünschen wir uns doch alle.«

»Ich habe ihre Lage noch verschlimmert. Aber es war so schön für mich, als sie zu mir kam. Sogar wenn sie selbst Probleme hat, schafft sie es, einem ein Gefühl von Sicherheit zu geben.«

»Weißt du, wo sie jetzt ist?«

»Nein. Das habe ich der Polizistin auch schon gesagt, und es stimmt. Sie wollte es mir nicht sagen. Ich habe versucht, sie anzurufen, aber sie geht nicht ran.«

»Du hast wirklich keine Ahnung?«

»Ich weiß nicht, ob ich es dir verraten würde, wenn ich es wüsste. Aber ich weiß es wirklich nicht.«

»Wie hat sie auf dich gewirkt?«

»In Ordnung. Gar nicht panisch, sondern ruhig und zielstrebig. Du weißt ja, wie sie sein kann.«

Karlsson nickte. Ja, das wusste er.

»Mit Ethan ist sie auch gut klargekommen, obwohl sie

ziemlich streng war.« Sie lächelte. »Wenn er schrie, weil er irgendetwas wollte, tat sie einfach so, als hörte sie ihn gar nicht. Jetzt fragt er mich ständig nach ihr und den anderen Kindern.«

»Welchen anderen Kindern?«

»Sie hat noch auf zwei weitere Kinder aufgepasst.«

»Frieda hat auf *drei* Kinder aufgepasst?«

»Ich weiß – es ist kaum zu glauben. Die Eltern waren gute Freunde von Sandy. Ich denke, Al hat mit ihm zusammengearbeitet.«

»Verstehe«, sagte Karlsson. Er musste sich ein Lächeln verkneifen. »Ganz schön raffiniert von ihr. Weißt du, wie die beiden heißen?«

»Al und Bridget. Moment, lass mich nachdenken.« Sie runzelte die Stirn. »Sie hatte einen italienischen Namen. Bellucci? Ja, ich glaube, so heißt sie. Seinen Nachnamen kenn ich nicht. Warum?«

»Vielleicht wissen die beiden etwas.«

»Wird das für Frieda alles gut ausgehen?«

Karlsson betrachtete ihre ineinander verkrampften Hände. In dem Moment klingelte es an der Tür.

»Das ist bestimmt Frank«, sagte Sasha. »Er bringt mir Wäsche von Ethan.« Sie strich sich die Haare hinter die Ohren.

Als Frank den Raum betrat, stand Karlsson auf. Obwohl sie einander duzten, kannten sie sich nicht besonders gut und hatten sich seit der Trennung von Sasha und Frank nicht mehr gesehen. Trotzdem schüttelte Frank ihm jetzt herzlich die Hand und erkundigte sich nach seinen Kindern, an deren Namen er sich sogar noch erinnern konnte. Sie verließen das Haus gemeinsam.

»Lust auf ein Bier?«, fragte Frank, als sie auf den Gehsteig traten.

Karlsson warf einen Blick auf seine Armbanduhr. Es war noch nicht mal neun.

»Zwei Männer, auf die zu Hause keiner wartet«, bemerkte Frank.

»Das klingt ganz schön traurig.«

»Am Ende der Straße gibt es eine Kneipe.«

Karlsson fiel kein Grund ein, warum er Nein sagen sollte. Das fand er ebenfalls traurig.

Frank kam mit zwei Gläsern Bier und zwei Tüten Chips an den Tisch zurück. Karlsson betrachtete ihn nachdenklich. Franks Bemerkung über die beiden Männer, auf die niemand wartete, ging ihm nicht aus dem Kopf.

»An der Art, wie du einen ansiehst, erkennt man gleich, dass du Polizist bist«, stellte Frank fest.

Karlsson schüttelte den Kopf.

»Bei deinem Anblick hatte ich nur gerade das Gefühl, mich im Spiegel zu sehen – bloß dass der Mann im Spiegel jünger aussieht und einen viel schöneren Anzug trägt.«

Frank blickte leicht verblüfft an seinem weißen Hemd und seinem Nadelstreifenanzug hinunter.

»Ich hatte heute einen Gerichtstermin. Im Grunde ist es nur eine Uniform.«

»Hast du gewonnen?«

»Es war kein großer Sieg. Die Staatsanwaltschaft hat Beweismaterial verschusselt, und ihr wichtigster Zeuge ist nicht aufgetaucht.«

»Du bist gut«, sagte Karlsson. »Das habe ich schon gehört.«

»Ich spüre da ein ›aber‹ kommen.«

»Eher ein ›und‹ als ein ›aber‹.«

Frank riss die beiden Chipstüten auf. »Jetzt kenne ich mich gar nicht mehr aus.«

»Es ist wegen Frieda. Ich wollte dich etwas fragen.«

»Oh.« Frank erwiderte Karlssons Blick. »Bevor du weitersprichst, solltest du wissen, dass ich eine Weile ziemlich wütend auf sie war.«

»Ja, das ist mir zu Ohren gekommen.«

»Ich gab ihr die Schuld an dem Bruch zwischen Sasha und mir.« Er zuckte bedauernd mit den Achseln. »Wahrscheinlich war das einfach leichter, als mir selbst die Schuld zu geben.«

»Ja, vermutlich. Bist du immer noch wütend auf sie?«

»Nur noch ein bisschen. Sie war immer in erster Linie Sashas Freundin – und eine bessere Freundin als sie kann man sich ja tatsächlich kaum wünschen. Sie ist ein Mensch, den man gern auf seiner Seite hat.«

»Das ist sie in der Tat«, bestätigte Karlsson.

»Inzwischen verstehe ich auch, dass ihr nur an Sashas Wohl gelegen war. Sie dachte, für Sasha wäre es am besten, mich zu verlassen. Vielleicht hatte sie damit sogar recht. Obwohl…« Er brach ab und fuhr sich mit beiden Händen übers Gesicht. »Was wolltest du mich wegen Frieda fragen?«

»Ich weiß nie so recht, was ich von ihren Aktionen halten soll. Ich habe sie schon in einer Polizeizelle besucht und auf der Intensivstation, aber das hier ist etwas anderes. Ich kann mir nicht vorstellen, wie das ein gutes Ende nehmen soll. Aber wie auch immer es ausgeht, sie wird Hilfe brauchen.«

»Sie hat Freunde«, entgegnete Frank.

»Gute Freunde. Aber was sie wirklich brauchen wird, ist ein guter Anwalt.«

»Hat sie nicht schon eine Anwältin?«

»Ja, als Rechtsbeistand, Tanya Hopkins. Sie und Frieda waren sich nicht sehr grün.«

»Als Rechtsbeistand hat man die Aufgabe, den Leuten die Wahrheit zu sagen. Oft wollen die Mandanten aber gerade *die* gar nicht hören.«

»Auf Frieda trifft das nicht zu.«

»Nein, wahrscheinlich nicht.«

»Das ist ein Teil von Friedas Problem. Sie will am Ball bleiben. Sie ist auf der Suche nach der Wahrheit.«

Frank lächelte. »Im Gerichtssaal ist es nicht wie bei einer

Psychotherapie. Da geht es darum, ob man gewinnt oder verliert.«

»Also, was meinst du?«

Frank nahm einen großen Schluck von seinem Bier.

»Ich weiß nicht so recht. Wie dir bekannt sein dürfte, lässt sich die Polizei nicht gern zum Narren halten. Vergiss nicht, dass ich das Mordopfer persönlich kannte und darüber hinaus auch noch der Expartner einer der besten Freundinnen der Angeklagten bin. Aber ich werde tun, was ich kann. Halte mich einfach auf dem Laufenden. Hier.« Er zog eine Visitenkarte aus seiner Brieftasche und reichte sie Karlsson. »Sobald sie sich stellt, bin ich gerne bereit, mit ihr zu sprechen. Wobei es allerdings sein könnte, dass sie nicht mit mir sprechen möchte.«

Es folgte eine Pause, in der beide Männer schweigend ihr Bier tranken und hin und wieder in ihre Chipstüten griffen.

»Sie hat eine Weile auf Ethan aufgepasst, musst du wissen«, brach Frank schließlich das Schweigen.

»Ja. Warst du darüber informiert?«

»Wie bitte? Du meinst, als es aktuell war? Natürlich nicht! Sasha hat mir erst hinterher davon erzählt, nachdem die Polizei Verdacht geschöpft hatte. Zu dem Zeitpunkt war Frieda bereits wieder verschwunden und Sasha am Boden zerstört. Gott sei Dank wusste ich nicht Bescheid – ich hätte es sofort gemeldet. Herrgott noch mal, ich bin schließlich Strafverteidiger! Man hätte mir auf der Stelle die Lizenz entzogen, wenn ich es gewusst und darüber Stillschweigen bewahrt hätte. Aber im anderen Fall hätte Sasha nie wieder ein Wort mit mir gesprochen. Trotzdem bin ich der Meinung, dass sie nicht richtig gehandelt hat, und Frieda auch nicht.«

»Herrscht zwischen dir und Sasha jetzt wieder Einvernehmen?«, fragte Karlsson verlegen.

Frank starrte ihn an, doch sein Blick war in die Ferne gerichtet, als sähe er durch ihn hindurch. »Einvernehmen?«, wiederholte er schließlich. »Klingt das nicht sehr geschäftsmäßig? Wie konnte es nur so weit kommen? Ja, es herrscht Einvernehmen zwischen mir und der Frau, die ich so geliebt habe und die die Mutter meines Sohnes ist. Als ich Sasha kennenlernte, konnte ich mein Glück erst gar nicht fassen.« Er klang verträumt, als spräche er mehr mit sich selbst. »Sie ist so schön, und ich dachte, ich könnte sie retten und beschützen. Sie ist eine Frau, die Beschützerinstinkte weckt, findest du nicht auch? In ihrer Gegenwart bin ich mir manchmal vorgekommen wie in einem Albtraum. Als müsste ich mit ansehen, wie ganz langsam ein Unfall passiert, ohne dass ich etwas dagegen tun kann. Ich habe das Gefühl, alles versucht zu haben, aber nichts davon hat geholfen.«

Sie traten auf den Gehsteig hinaus. Frank streckte die Hand aus, und Karlsson schüttelte sie.

»Wie sieht denn jetzt dein Plan aus?«, fragte Frank.

»Keine Ahnung. Im Moment kann ich sowieso nur abwarten. Ich werde auf jeden Fall alles in meiner Macht Stehende tun, um zu helfen.«

»Und wie sehen Friedas Pläne aus? Was meinst du?«

Karlsson breitete hilflos die Hände aus.

»Weißt du, was? Seit ich Frieda kenne – und ich kenne sie nun schon ein paar Jahre –, weiß ich nie, was sie als Nächstes tun wird. Und wenn sie es dann getan hat, verstehe ich es meistens auch nicht. Sie ist ins Warehouse eingebrochen. Das ist die Klinik, mit der sie in Verbindung steht.«

»Warum?«

»Keine Ahnung. Es hatte etwas mit Sandy zu tun, aber ich weiß nicht, was.«

Frank runzelte die Stirn. »Einbruch«, bemerkte er. »Und Gefährdung von Kindern. Das wird vor Gericht nicht gut aussehen.«

»Ich glaube nicht, dass das alles je vor Gericht landen wird«, entgegnete Karlsson, während er sich zum Gehen wandte. »Irgendetwas wird passieren.«

»An was denkst du da?«

»Kann es sein, dass du gerade die oberste Regel jedes Straf-
verteidigers brichst?«

Frank starrte ihn verwirrt an. »Die da wäre?«

»Stell nie eine Frage, auf die du die Antwort noch nicht
kennst. Danke für das Bier, Frank.«

Obwohl er sich inzwischen sehr müde fühlte und seine Augen
brannten, wusste er, dass an Schlaf nicht zu denken war. Er
wollte nicht zurück in seine leere Wohnung, wo er bloß wach
liegen und sich das Gehirn darüber zermartern würde, wo
Frieda sich befand und wie er sie finden könnte. Während er
zu seinem Wagen ging, dachte er über das nach, was Sasha gesagt hatte. Schließlich holte er sein Handy heraus und googelte
Bridget Bellucci. Da es sich dabei nicht um einen Allerwelts-
namen handelte, hatte er binnen einer Minute ihre Mail-
Adresse. Er schrieb eine Nachricht, in der er ihr erklärte, dass
er ein Freund von Frieda sei und dankbar wäre, wenn er möglichst bald und streng vertraulich mit ihr und Al sprechen
könnte. Er hatte die Mail gerade erst abgeschickt, als bereits
eine Antwort kam: »Was halten Sie von jetzt gleich?«, gefolgt
von einer Adresse.

Karlsson warf einen Blick auf die Uhr. Es war zehn nach
zehn, und Bridget und Al wohnten in Stockwell. Trotzdem
stieg er in seinen Wagen, gab die Adresse in sein Navi ein und
fuhr los.

Bei ihrem Anblick ging ihm durch den Kopf, dass ihm selten
ein so unterschiedliches Paar begegnet war wie Bridget und Al:
Sie temperamentvoll und dunkelhaarig, mit olivfarbener Haut
und italienischer Gestik, er schlaksig, sandblond und selbst-
ironisch, das Klischee einer gewissen englischen Art. Karlsson
setzte sich zu ihnen in die Küche und trank Tee. Eigentlich
lechzte er nach einem Whisky, aber er musste noch fahren und

wusste außerdem, dass er sich in jenem gefährlichen Zustand nervöser Übermüdung befand, der durch Alkohol nur noch schlimmer wurde.

Ein weiteres Mal erklärte er, er sei zwar Detective, im Moment aber nicht als solcher unterwegs. Er wusste, dass er, wenn das alles irgendwann vorbei war – was auch immer »vorbei« bedeuten mochte –, gezwungen sein würde, über sein Tun nachzudenken. Aber jetzt war noch nicht die Zeit dafür.

»Karlsson, sagen Sie?« Bridget musterte ihn nachdenklich.

»Ja.«

»Hat sie sich deswegen Carla genannt?«

»Was?«

»Karlsson. Carla.«

»Keine Ahnung. Bestimmt war das nur …« Da es ihm nicht recht gelingen wollte, den Satz ganz auszusprechen, nahm er stattdessen seine Teetasse zwischen die Hände und führte sie zum Mund.

»Wie können wir Ihnen helfen?«, fragte Al so höflich, als hätte Karlsson an ihre Tür geklopft, um nach dem Weg zu fragen.

»Ich muss Frieda finden.«

»Sie arbeitet nicht mehr für uns.«

»Haben Sie eine Ahnung, wo sie sein könnte?«

»Nein«, antwortete Bridget. »Ich wusste nie, wohin sie abends verschwand. Ich wusste überhaupt sehr wenig über sie – selbst nachdem ich herausgefunden hatte, wer sie war.«

»Verstehe.«

»Sie hat nur deswegen für uns gearbeitet«, warf Al ein, »weil wir Sandy kannten. Lieber Himmel! Wir haben sie auf unsere Kinder aufpassen lassen, sie für ein Kindermädchen gehalten, während sie in Wirklichkeit die ganze Zeit ihre eigenen Ermittlungen führte und gleichzeitig von der Polizei gesucht wurde.«

»Dabei war sie sogar ein recht gutes Kindermädchen«, bemerkte Bridget. »Unorthodox, aber gut.«

»Ich weiß erst seit gestern, was sie im Schilde führte.« Al warf Bridget einen Blick zu, der sowohl zerknirscht als auch vorwurfsvoll wirkte. »Ich glaube, sie hat mich eine Weile des Mordes verdächtigt.«

»Uns beide«, stellte Bridget richtig.

»Des Mordes an Sandy?«

»Ja.«

»Warum?«

»Ich hatte seine Wohnungsschlüssel«, erklärte Bridget, »und ihre auch.«

»Warum?«

»Er hat mir seinen Schlüsselbund gegeben, und ihre hingen mit am Ring. So einfach war das.«

»Und ich hatte ein Motiv«, fügte Al hinzu. Karlsson konnte nicht sagen, ob er deswegen verärgert war oder eher amüsiert. »Er hatte mich ziemlich ausgebootet. Beruflich, meine ich.«

»Und Frieda hat das herausgefunden?«

»Ja. Sie hat eine ganze Menge herausgefunden«, antwortete Al.

»Ich mochte sie«, bemerkte Bridget. »Warum sind Sie so erpicht darauf, sie zu finden?«

»Weil ich glaube, dass Sandys Mörder – wer auch immer es sein mag – nun hinter Frieda her ist.«

»Wir können Ihnen da leider nicht helfen«, entgegnete Bridget. »Wir wissen nicht, wo sie ist. Ich habe versucht, ihr zu helfen, indem ich ihr die Namen von ein paar Frauen nannte, mit denen Sandy etwas gehabt hatte. Ich habe ihr alles über ihn erzählt, was ich für hilfreich hielt.«

»Zum Beispiel?«

Ein paar Augenblicke lang saß Bridget ganz still da. Sie sah Al nicht an, als sie Karlsson erzählte, dass Sandy sich ihr des Öfteren anvertraut habe und kurz vor seinem Tod in einem so schlimmen Zustand gewesen sei, dass sie schon befürchtet habe, er könnte etwas Dummes tun.

Al starrte sie schockiert an. »Du meinst, er dachte an Selbstmord?«

»Ja.«

»Und du hast es nie für nötig gehalten, mir davon zu erzählen?«

»Ich konnte doch nicht seine Geheimnisse ausplaudern.«

»Nicht einmal, nachdem er ermordet worden war?«

»Da erst recht nicht.«

»Warum ging es ihm denn so schlecht?«, fragte Karlsson.

»Er hatte das Gefühl, alles falsch gemacht zu haben. Ich glaube, er litt unter Schuldgefühlen wegen der Art, wie er mit mehreren Frauen umgegangen war. Er hatte sie schlecht behandelt und verletzt, weil er selbst auch verletzt worden war.«

»Von Frieda?«

»Vermutlich.«

»Und Frieda hat diese Frauen aufgesucht?«

»Ja.«

»Können Sie mir ihre Namen nennen?«

»Ich weiß, dass sie mit Veronica Ellison und Bella Fisk gesprochen hat, die beide am King George's arbeiten. Außerdem war da noch das frühere Kindermädchen von Sandys Schwester.«

»Verstehe. Aber sie ist dabei auf keine Spur gestoßen?«

»Zu dem Zeitpunkt war sie schon nicht mehr unser Kindermädchen. Ich weiß nicht, was sie in Erfahrung gebracht hat.«

»Danke«

»Morgen ist Sandys Beerdigung.«

»Ich weiß.«

»Ich halte eine Trauerrede, und Al liest etwas vor. ›Fürchte nicht mehr Sonnenglut, noch des Winters grimmen Hohn! …‹ Kennen Sie den Text?«

»Ich glaube, ich habe ihn schon mal auf einer Beerdigung gehört.«

»Wussten Sie, dass Sandy Angst hatte?«

»Hat er Ihnen das anvertraut?«

»Er wollte sich deswegen unbedingt mit Frieda in Verbindung setzen.«

»Das hättest du mir sagen sollen, Bridget«, meldete Al sich zu Wort. Sein Gesicht wirkte spitz und blass.

»Ja, vielleicht. Aber irgendwie konnte ich es nicht. Tut mir leid.« Sie sah Karlsson an. »Ich wünschte, wir könnten helfen. Hoffentlich nimmt das Ganze für Frieda ein gutes Ende. Ich hoffe, Sie finden sie, bevor ein anderer es tut.«

Er konnte nicht schlafen und fragte sich, ob es wohl ein ähnlicher Zustand war, der Frieda zu ihren nächtlichen Fußmärschen trieb. Vielleicht befand sie sich ja gerade auf einer dieser Wanderungen durch die Stadt, ging ihm durch den Kopf. Er versuchte sich vorzustellen, wo sie sein könnte und was sie wohl dachte und plante.

Morgen wurde Sandy endlich bestattet. Frieda war darüber bestimmt informiert. Was würde sie tun, wenn sich am Vormittag um elf die Trauergäste versammelten und sein Sarg in die Kirche getragen wurde? Seine Angehörigen, Freunde und Kollegen würden alle dort sein. Die Polizei ebenfalls. Wo würde Frieda sich befinden?

28

Ich gehe in die Kirche«, sagte Hussein, »und du bleibst auf dem Friedhof. Wir haben noch drei weitere Beamte auf dem Gelände postiert.«

»Sie wird nicht kommen.« Bryant zündete sich eine Zigarette an und inhalierte tief.

»Wir werden sehen.«

»Sie weiß, dass wir hier sind und nach ihr Ausschau halten. Hier ist der letzte Ort, an dem sie sich heute blicken lassen wird.«

»Je mehr ich über Frieda Klein erfahre, desto mehr denke ich, der letzte Ort könnte der erste sein.«

»Das klingt ein bisschen biblisch.«

»Was? Ach, egal.«

»Geht ihr?«, erkundigte sich Frieda bei Olivia, während sie in der Küche Kaffee tranken.

Olivia stellte ihre Tasse ab und lehnte sich vor. »Chloë meint, wir sollten nicht gehen, aber ich finde, wir müssen, oder zumindest *ich* muss. Trotz allem.«

»Ich dachte, für dich wäre das der Horror.«

»Es ist wichtig, sich zu verabschieden.«

»Chloë«, wandte Olivia sich an ihre Tochter, die in dem Moment in die Küche kam. »Frieda sagte, wir *sollten* zur Beerdigung gehen.«

Chloë sah Frieda an.

»Möchtest du denn nicht, dass ich bei dir bleibe?«

»Nein. Aber hör zu, Olivia, es werden eine Menge Leute anwesend sein.«

»Ich weiß. Von der Presse werden auch welche kommen, oder? Was, meint ihr, soll ich tragen? Schwarz? Oder ist das ein bisschen übertrieben?«

»Die Polizei wird auch da sein.«

»Warum? Ach ja, klar, verstehe.«

»Können wir dich wirklich allein lassen?«, fragte Chloë. Sie wirkte bekümmert.

»Ja.«

Reuben entschied sich für seinen Sommeranzug und ein leuchtend blaues Hemd. Er lieh Josef ein Jackett, das bei ihm ein wenig knapp saß. Josef steckte eine Rose ins Knopfloch und eine kleine Flasche Wodka sowie eine Schachtel Zigaretten in die Jackentaschen. Er polierte seine Stiefel auf Hochglanz und rasierte sich besonders gründlich.

»Sie wird nicht kommen?«, wandte er sich schließlich an Reuben.

»Nicht einmal Frieda wäre so dumm.«

Olivia und Chloë brachen um halb zehn auf. Olivia wollte einen guten Sitzplatz. Sie trug ihren langen grauen Rock, ein ärmelloses weißes Shirt und jede Menge Silberschmuck. Das Haar hatte sie sich zu einem komplizierten Knoten geschlungen, der sich bereits auflöste, und ihre Nägel und Lippen leuchteten rot. In letzter Minute dachte sie daran, noch schnell einen Schwung Papiertaschentücher in ihre Handtasche zu stopfen.

»Ich muss bei Beerdigungen immer weinen, selbst wenn ich den Verstorbenen nicht sehr gut kenne – nein, vor *allem*, wenn ich ihn nicht so gut kenne. Man denkt dann eher über sein eigenes Leben nach, stimmt's? Mein Gott, ich könnte auf der Stelle losheulen!« Sie ließ sich von Chloë zur Tür hinausziehen.

Frieda spülte das Frühstücksgeschirr und begab sich dann nach oben, um zu duschen und sich anzuziehen. Sie hatte kaum eigene Kleidung zur Auswahl, aber Chloë und Olivia hatten ihr mehrere Hosen und etliche Shirts zur Verfügung gestellt. Sie griff nach den schlichtesten und leichtesten Sachen, denn es würde ein warmer Tag werden. Schließlich setzte sie ihre dunkle Brille auf und verließ das Haus. Es war erst kurz vor zehn. Sie hatte jede Menge Zeit.

Um zwanzig vor elf hatte Hussein ihren Platz ganz hinten in der Kirche eingenommen und beobachtete die eintreffenden Trauergäste. Einige von ihnen kannte sie: Sandys Schwester natürlich, Lizzie Rasson, mit ihrem Mann und einem kleinen Kind, außerdem etliche Leute von der Universität, die sie im Rahmen ihrer Ermittlungen befragt hatten. Dann sah sie Reuben McGill mit Josef hereinkommen, gefolgt von dem jungen Mann aus dem Warehouse, dessen orangeblondes Haar immer so wild abstand. Seinen Namen hatte sie vergessen. Er trug eine gestreifte Jeans und ein violettes Hemd. Eine Frau, die ziemlich weit vorne saß, drehte sich um und begann ihnen hektisch zu winken. Hussein wusste auch, wer die Frau war: Friedas Schwägerin beziehungsweise Exschwägerin. Sie war mit ihrer Tochter da.

Allmählich füllte sich die Kirche. Bald würde es nur noch Stehplätze geben. Eine schlanke Frau und ein eher kräftig gebauter Mann ließen sich ihr gegenüber auf der anderen Seite des Gangs nieder. Hussein erkannte Sasha, nicht aber den Mann.

Frieda ging in Richtung Primrose Hill. Es war ein klarer, warmer Tag. Von weiter oben hatte man einen schönen Blick auf den Zoo und die sich dahinter erstreckende, von der Sonne erhellten Stadt. Die Leute lagen auf der Wiese. Da der Sommer dieses Jahr früh begonnen hatte, wirkte das Gras zum Teil bereits vertrocknet. Sie zog die Schuhe aus und nahm ihre dunkle Brille ab. Es war elf Uhr. Jetzt trugen sie Sandys Sarg wahrscheinlich gerade in die Kirche. Sie fragte sich, was für Musik wohl gespielt wurde und wer alles gekommen war, um ihm die letzte Ehre zu erweisen. Sie stellte sich die Reihen der Trauernden vor. Ausgerechnet sie, die ihn so gut gekannt hatte, befand sich nicht unter ihnen. Stattdessen war sie an diesen Ort gekommen, den sie so oft und zu allen Jahreszeiten mit ihm aufgesucht hatte. Hier wollte sie ihre eigene, private Zeremonie abhalten, aber wie sollte sie sich von jemandem verabschieden, den sie so sehr geliebt und dann so plötzlich verlassen hatte, um dann mit ansehen zu müssen, wie er in eine selbstzerstörerische, quälende Wut versank?

»…Im Rahmen dieser Trauerfeier soll jeder Gelegenheit haben, ungeachtet seiner Konfession Abschied zu nehmen von Sandy Holland…«

Hussein ließ den Blick über die ernsten Gesichter schweifen. Der Sarg lag auf dem Katafalk. Lizzie Rasson, die mit ihrem Mann ganz vorne saß, schluchzte bereits leise. Hussein warf einen Blick auf das Blatt, das stichpunktartig über den geplanten Ablauf der Feier informierte: Sandys Schwester würde später eine Trauerrede halten. Wie sollte sie das schaffen?

»…und seiner zu gedenken, jeder auf seine ganz eigene Weise…«

Frieda dachte an Sandy, wie er gewesen war, als sie sich kennenlernten. Bild für Bild rief sie ihn sich ins Gedächtnis: Sandy lachend, Sandy im Bett, Sandy, wie er für sie kochte, Sandy, wie er sie damals auf dem Hochzeitsempfang seiner Schwester angeblickt hatte, als sie sich nach ihrer langen Trennung zum ersten Mal wiedersahen. Sandy mit bekümmerter Miene an ihrem Krankenbett. Sandy, wie er vor ihrer Tür stand, als er aus den Staaten zurückkehrte, weil sie ihm endlich erzählt hatte, was ihr in der Vergangenheit passiert war. Und dann, zum Schluss, Sandy voller Wut, verblüfft, verletzt, gedemütigt, eifersüchtig. All das war er gewesen. Erst wenn jemand tot ist, können die vielen verschiedenen Facetten einer Person wieder zusammenfinden.

Eine auffallend gut aussehende Frau trat nach vorn.

»Mein Name ist Bridget«, begann sie mir klarer Stimme. »Sandy war mein Freund, und ich war ihm in freundschaftlicher Liebe verbunden. Nein, ich bin ihm immer noch verbunden. Dass er tot ist bedeutet nicht, dass er aus unseren Herzen verschwunden ist. Ich hatte ihn sehr gern, aber wie die meisten von Ihnen sicher wissen, war er kein einfacher Mensch. Ich möchte Ihnen allen eine kleine Geschichte über meine erste Begegnung mit ihm erzählen...«

Hussein hörte Bridgets Worte und das gelegentliche beifällige Gelächter nur mit einem Ohr. Sie begriff, dass Frieda nicht auftauchen würde, und empfand deswegen einen Anflug von Enttäuschung. Obwohl es jeder Vernunft widersprach, hatte sie doch darauf gehofft, dass Frieda einen Weg finden würde, sich zu verabschieden.

Ein paar Leute weinten, die meisten davon still, aber ganz vorne war ein kaum unterdrücktes Schniefen zu hören, als dessen Quelle sie Olivia identifizierte. Auf der anderen Seite des Gangs hatte Sasha den Kopf an die Schulter ihres Begleiters sinken lassen, der ihr sanft den Rücken tätschelte.

Hussein fragte sich, wo Karlsson war. Sie hatte fest mit seinem Erscheinen gerechnet.

Frieda verabschiedete sich im Geiste von Sandy. Sie sagte ihm, dass ihr alles, was passiert sei, sehr leidtue und sie ihn nicht vergessen werde. Als sie daraufhin die Augen schloss, spürte sie, wie ihr der Wind sanft übers Gesicht strich.

»Hallo, Frieda.« Die Stimme kam von hinten. Einen Moment saß sie wie erstarrt da, den Blick auf die Skyline der Stadt gerichtet. Dann drehte sie sich um.

»Karlsson«, sagte sie überrascht.

»Ich halte schon die ganze Zeit nach dir Ausschau.«

»Woher wussten die, dass ich hier bin?«

»Sie wussten es nicht. Ich wusste es.«

»Aber woher?«

»Du hast mir mal erzählt, dass du mit Sandy oft hier im Park warst.«

»Du bist also nicht nur Detective, sondern jetzt auch noch Gedankenleser.«

»Darf ich mich zu dir setzen?«

»Bleibt mir eine andere Wahl?«

»Natürlich. Wenn du mir sagst, dass ich gehen soll, dann gehe ich. Aber bitte sag es nicht.«

»Du bist hier also nicht in …«, sie lächelte ironisch, »… in offizieller Funktion?«

»Nein.«

»Dann überschreitest du gerade eine Grenze, Karlsson.«

»Die habe ich schon vor einiger Zeit überschritten.«

»Wahrscheinlich warst du deswegen oft so wütend auf mich.«

»Glaub bloß nicht, dass ich das jetzt nie wieder sein werde.«

»Nun setz dich schon zu mir.«

Er ließ sich neben ihr auf dem Gras nieder, zog die Jacke aus und krempelte die Ärmel seines Hemds hoch.

»Du bist vor Jahren mal mit mir hier gewesen. Damals habe ich dich gebeten, mir etwas Interessantes über die Gegend zu berichten, woraufhin du auf den Zoo gedeutet und mir erzählt hast, vor nicht allzu langer Zeit seien Füchse in das Pinguingehege gelangt und hätten etwa zwanzig von den Vögeln getötet.«

»Etwa ein Dutzend, glaube ich.«

»Kann sein. Dein Haar sieht übrigens gar nicht so schlecht aus. Als ich es auf dem Video zum ersten Mal sah, war ich ein bisschen geschockt.«

»Auf welchem Video?«

»Dem, das dich beim Einbruch ins Warehouse zeigt.«

»Oh.«

»Natürlich hat Reuben es der Polizei vorenthalten.«

»Es tut mir leid, dass durch mich auch alle anderen in die Sache hineingezogen werden.«

»Bald werden sie dich schnappen, das ist dir doch klar.«

»Ja, das ist mir klar.«

»Wenn es so weit ist, wird das nicht schön.«

»Nein.«

»Und in der Zwischenzeit bist du meiner Meinung nach in Gefahr.«

»Ja, vermutlich. Ich habe das Gefühl, irgendjemand ist mir immer einen Schritt voraus.«

»Wie kannst du da so ruhig bleiben?«

»Bin ich ruhig?«

»Die Frage ist doch die, Frieda: Was sollen wir tun?«

Sie wandte sich ihm zu. Er spürte ihren klugen Blick auf sich ruhen. Dann berührte sie ganz leicht mit den Fingerspitzen seinen Arm.

»Ich weiß dieses ›wir‹ zu schätzen.«

Sie saßen beide einen Moment schweigend da, den Blick auf den Horizont gerichtet, wo sich die Silhouetten der Hochhäuser vor dem blauen Hintergrund des Himmels abzeichneten.

»Wirst du dich stellen?«, fragte er schließlich. »Es wäre besser, als sich schnappen zu lassen. Wir könnten dir das beste Verteidigerteam organisieren, das es gibt. Ich habe mich schon mal erkundigt.«

»Noch nicht.«

»Sarah Hussein ist sehr fair.«

»Ja, bestimmt.«

»Wo wohnst du im Moment?«

Sie schüttelte nur den Kopf.

»Sag mir, was ich tun soll, Frieda. Nachdem ich dich nun

endlich gefunden habe, kannst du doch nicht einfach wieder verschwinden.«

»Nur noch für ein paar Tage.«

Karlsson starrte auf den Dunst über der Stadt.

»Versprich mir etwas.«

»Was?«

»Melde dich bei mir, wenn du Hilfe brauchst, und sei es mitten in der Nacht.«

»Das ist sehr lieb von dir.«

»Ich merke schon, dass du es mir nicht versprechen willst. Hast du ein Handy?«

»Ich habe es weggeworfen.«

»Hier.« Er griff nach der Jacke, die neben ihm im Gras lag, zog sein Portemonnaie aus der Brusttasche und nahm eine Karte heraus. »Trag sie immer mit dir herum. Da stehen alle meine verschiedenen Nummern drauf. Und das hier ist meine private Festnetznummer.« Er notierte die Nummer auf die Rückseite der Karte.

Frieda nahm sie entgegen.

»Ich sollte jetzt besser gehen. Ich fühle mich hier ein bisschen wie auf dem Präsentierteller, und bestimmt ist die Beerdigung inzwischen fast vorbei.«

Karlsson warf einen Blick auf seine Uhr.

»Ja, anzunehmen.«

Frieda schlüpfte wieder in ihre Schuhe und setzte ihre dunkle Brille auf. Sie erhob sich und lächelte Karlsson an.

»Auf Wiedersehen«, sagte sie und hob dabei die Hand zu einem Abschiedsgruß. »Ich danke dir, mein Freund.«

29

Als Karlsson wieder in seinem Büro eintraf, wartete Yvette Long dort bereits auf ihn. Sie machte einen besorgten Eindruck.

»Glen Bryant hat angerufen. Hussein möchte dich sehen.«

»Ich rufe sie gleich an.«

»Er hat gesagt, es sei dringend.«

»Gut.«

»Wo warst du?«

»Bei einem Treffen mit einer Kontaktperson.«

»Sollte ich darüber Bescheid wissen?«

»Besser nicht.«

»Außerdem war ein Mann namens Walter Levin da und wollte mit dir sprechen.«

»Wer ist das?«

»Er hat sich ein bisschen vage ausgedrückt. Ich glaube, er hat etwas mit dem Innenministerium zu tun. Graues Haar, Brille. Er hat ziemlich oft ›super‹ gesagt.«

»Keine Ahnung, worum es dabei gehen könnte.«

»Er hat eine Karte dagelassen.« Yvette deutete auf seinen Schreibtisch.

»Dafür habe ich jetzt keine Zeit.«

Karlsson rief Hussein an. Es war ein sehr kurzes Telefonat. Yvette ließ ihn dabei nicht aus den Augen.

»Ich fahre gleich rüber«, verkündete er, als das Gespräch beendet war. Erst dann bemerkte er ihren Gesichtsausdruck.

»Was ist?«

»Du hast mich ausgeschlossen«, antwortete sie.

»Nur zu deinem eigenen Besten.«

»Ihr wird schon nichts passieren«, meinte Yvette. »Egal, wie das Ganze ausgeht.«

»Sprechen wir noch über Hussein?«

»Hallo, ich bin's!«, ereiferte sich Yvette. »Mach dich nicht über mich lustig.«

»Ich bin mir nicht so sicher, dass ihr nichts passieren wird.«

»Und was ist mit dir?«

»Wir werden sehen.«

Auf der Fahrt zu Hussein überlegte Karlsson krampfhaft, was er zu ihr sagen sollte und welche Fragen er unbedingt stellen musste. Doch als er dann auf dem Revier eintraf, wurde er nicht in Husseins Büro geführt. Stattdessen klopfte die junge Beamtin, die ihn in Empfang genommen hatte, ohne jede Erklärung an die Tür eines Konferenzraums. Dann öffnete sie die Tür und trat zur Seite, um Karlsson eintreten zu lassen. In dem Raum befanden sich nur zwei Personen. Ganz hinten, am Ende eines langen Tisches saßen DCI Hussein und Polizeipräsident Crawford. Darum ging es also. Während Karlsson die Tür hinter sich zuzog, fühlte er sich seltsam ruhig. Er steuerte auf die beiden zu und ließ sich ihnen gegenüber nieder. Auf dem Tisch standen ein Krug Wasser und mehrere ordentlich aufgereihte Gläser. Karlsson griff nach einem Glas, füllte es mit Wasser und warf dann einen fragenden Blick zu den beiden anderen hinüber.

»Nein, danke«, lehnte Hussein ab. Der Polizeipräsident gab ihm gar keine Antwort. Karlsson bemerkte, dass an seiner Kinnpartie ein Muskel zuckte, als kostete es ihn Mühe, sich zu beherrschen.

Karlsson trank einen Schluck aus seinem Glas und stellte es dann behutsam auf einer Untertasse ab, die mit den Insignien der Londoner Polizei verziert war: einer Krone über einem Stern – einem Stern, der eher aussah wie eine Schneeflocke. Karlsson fragte sich, wieso ihm das bisher noch nie aufgefallen war.

»Ich komme gerade von der Beerdigung«, begann Hussein, »wie Sie sicher wissen.«

»Ja.«

Es folgte eine Pause.

»Ich hätte jetzt eigentlich einen Kommentar von Ihnen erwartet«, brach Hussein das Schweigen.

»Was soll ich dazu denn sagen?«

»So etwas wie: War Frieda da?«

»Das ist doch klar, dass sie nicht da war. Ich hätte meinerseits allerdings auch eine Frage.«

»Nur zu.«

»Glauben Sie allen Ernstes diesen ganzen Unsinn?«

»Ich verstehe nicht, was Sie meinen«, entgegnete Hussein.

»Nachdem Sie nun schon eine Weile in dem Fall ermitteln, glauben Sie da immer noch, dass Doktor Frieda Klein, eine ausgebildete Fachärztin, praktizierende Therapeutin und frühere psychologische Beraterin dieser Polizei, ihren Expartner ermordet und seine Leiche anschließend in die Themse geworfen hat – ach ja, und obendrein auch noch ein Plastikband mit ihrem eigenen Namen drauf am Handgelenk des Leichnams hinterließ? Glauben Sie das wirklich?«

Karlsson wandte sich dem Polizeipräsidenten zu. Er rechnete mit irgendeiner Reaktion, einem Seufzen oder höhnischem Schnauben, aber es geschah nichts dergleichen. Crawfords Wangen sahen rosig aus, aber das war auch schon alles. Der Polizeipräsident wirkte wie ein Mann, der sich seine Meinung bereits gebildet hatte und diese Besprechung ohnehin nur für leeres Geschwätz hielt – etwas, das er nur aussitzen musste.

»Nein, das glaube ich nicht«, antwortete Hussein.

»Natürlich glauben Sie das! Wir sind schließlich keine Maschinen, die sich von der Meinung anderer nicht beeinflussen lassen.«

»Hussein schüttelte den Kopf. »Ich komme mir vor wie in meiner ersten Woche an der Polizeischule.« Sie schlug mit der

Faust auf den Tisch. »Man sammelt Beweismaterial, bis man genug beisammen hat, um damit vor Gericht zu gehen. Wenn das Beweismaterial nicht stichhaltig genug ist, dann kann Frieda Klein es vor Gericht entkräften. Was aber überhaupt nicht infrage kommt, ist einfach davonzulaufen. Man befolgt die Regeln und hält sich an das Gesetz. Ich war schon in Ländern, wo Polizisten auf der Grundlage ihres Bauchgefühls oder ihrer persönlichen Meinung agieren und das Gesetz beugen, wie es ihnen passt. Ich würde dort nicht leben wollen. Sie vielleicht?«

»Die Ermittlungen gegen Frieda Klein wurden von Leuten beeinflusst, die einen Groll auf sie haben.«

»Anfangs gab es überhaupt keine Ermittlungen gegen Frieda Klein. Als man mir den Fall übertragen hat, wusste ich noch so gut wie gar nichts über sie. Außerdem hätte ich in jeder Phase der Ermittlungen ein offenes Ohr für Sie gehabt, wenn Sie – oder wer auch immer – mit relevanten Beweisen gekommen wären. Was Sie aber nie getan haben.«

»Trotzdem steht fest«, insistierte Karlsson, »dass sich die Ermittlungen von Anfang an zu sehr auf Frieda konzentrierten.«

»Genau das meine ich: dieses ganze Gerede über ›Frieda hier‹, und ›Frieda da‹. Für mich klingt das, als würden Sie eine Freundin verteidigen. Das ist aber nicht der Sinn von Polizeiarbeit.«

»Sie war es nicht. Das ist einfach eine Tatsache.«

»Sprechen wir hier von der Frieda Klein, die Sie in einer Polizeizelle angetroffen haben, nachdem sie in einem Restaurant handgreiflich geworden war? Der Frieda Klein, die einer Frau die Kehle durchgeschnitten hat?«

»Selbst Hal Bradshaw hat nie etwas anderes gesagt, als dass es Notwehr war.«

»Trotzdem hat Frieda Klein nie zu ihrer Tat gestanden. Und selbst jetzt, während sie vor der Polizei auf der Flucht ist, war sie wieder an einer Schlägerei beteiligt.«

»Meinen Sie damit Friedas beherztes Eingreifen mit dem Ziel, ein Verbrechen zu verhindern?«

»Jetzt reicht es«, meldete sich der Polizeipräsident zu Wort. Karlsson kannte Crawford als aufbrausenden Hitzkopf, doch nun sprach er in verdächtig ruhigem Ton. »Nichts davon ist relevant. Nur fürs Protokoll möchte ich an dieser Stelle sagen, dass DCI Hussein die Ermittlungen in vorbildlicher Weise geleitet hat.«

»Sollen wir mit solchen Äußerungen nicht warten, bis die Ermittlungen abgeschlossen sind?«

Obwohl Crawfords Augen inzwischen vor Wut blitzten, sagte er ein paar Sekunden lang nichts, sondern starrte stattdessen auf ein Blatt Papier hinunter, das er vor sich auf dem Tisch liegen hatte. Mit einer Hand rückte er es ein wenig gerade. Als er schließlich zu sprechen begann, tat er das so langsam und deutlich wie ein Anwalt, der ein juristisches Dokument zu verlesen hatte.

»Uns ist zu Ohren gekommen, dass Sie im Zusammenhang mit dem Fall Leute befragt haben. Stimmt das?«

»Wer hat Ihnen das erzählt?«

»Stimmt es?«

»Ich habe mit ein paar Leuten gesprochen, von denen ich dachte, sie könnten uns eventuell Informationen liefern.«

»Waren Sie dazu von DCI Hussein autorisiert?«

»Nein.«

»Haben Sie einen Bericht darüber eingereicht?«

»Nein.«

Crawford griff nach einem Stift und kritzelte etwas auf seinen Zettel. Karlsson konnte sehen, dass es sich nicht um Notizen, sondern nur um Krakeleien handelte.

»Eine letzte Frage noch«, fuhr Crawford fort. »Hatten Sie Kontakt mit Frieda Klein?«

Karlsson holte tief Luft. Auf diesen Moment wartete er schon die ganze Zeit. Danach würde es kein Zurück mehr geben.

»Ja, hatte ich.«

Sowohl Hussein als auch Crawford zuckten sichtlich zusammen. Doch als Crawford weitersprach, klang er immer noch beherrscht.

»Haben Sie sie getroffen?«

»Ja.«

»Lassen Sie es uns ganz klar formulieren«, fuhr Crawford fort. »Sie standen mit einer flüchtigen Person in Kontakt, während nach dieser Person polizeilich gefahndet wurde?«

»Nein, ich habe sie erst heute getroffen.«

»Haben Sie Hussein darüber informiert?«

»Ich informiere sie jetzt.«

»Ich nehme an, Sie haben Doktor Klein nicht in Gewahrsam genommen.«

Karlsson überlegte einen Moment. »Ich war nicht einverstanden mit ihrer Entscheidung…«, er suchte einen Moment nach der richtigen Formulierung, »…ihrem Alleingang.«

»Ihrem Alleingang?«, wiederholte der Polizeipräsident in etwas lauterem Ton.

»Außerdem bin ich der Meinung, dass sie in Gefahr ist, weil es der wahre Mörder nun nämlich auf sie abgesehen hat.«

»Ach, tatsächlich?«

»Ja, tatsächlich.«

»Sie sind selbstverständlich vom Dienst suspendiert. Das wird auf jeden Fall Konsequenzen für Sie haben. Nachdem ich nun über das volle Ausmaß Ihres Fehlverhaltens informiert bin, erwäge ich, rechtliche Schritte gegen Sie einzuleiten. Ich brauche Ihnen ja nicht zu erklären, was es für Folgen hat, wenn man die Justiz behindert.«

Karlsson erhob sich.

»Ich kann einfach nicht fassen, dass Sie das getan haben, Mal«, sagte der Polizeipräsident. »Damit haben Sie sich selbst einen schlechten Dienst erwiesen – sich selbst und Ihren Kollegen.«

Karlsson griff in seine Tasche, zog seinen Polizeiausweis heraus und warf ihn auf den Tisch.

»Das hätte ich schon längst tun sollen.« Mit diesen Worten drehte er sich um und verließ den Raum.

30

Chloë hatte sich nach der Beerdigung schnurstracks auf den Weg in die Werkstatt gemacht. Olivia war zum Leichenschmaus mitgegangen. Wahrscheinlich würde sie dort bis abends sitzen bleiben, länger als Sandys engste Freunde, und erst als Allerletzte aufbrechen. Jedenfalls befand sich Frieda am Spätnachmittag immer noch allein im Haus. Sie machte sich eine Tasse Tee und nahm sie mit hinaus in den Garten. Ihr war klar, dass sie allmählich nachlässig wurde, fast schon leichtsinnig. Aber vielleicht wollte sie ja erwischt werden: sich stellen, aufgeben, die Kontrolle abgeben. Durch die Äste der Bäume fiel Sonnenlicht und malte Muster auf ihre Haut. Sie trank ihren Tee und überlegte, wie sie jetzt weiter vorgehen solle. Sie hatte das Gefühl, in eine Sackgasse geraten zu sein, sowohl bei dieser Suche als auch in ihrem Leben. Zu Karlsson hatte sie gesagt, sie brauche noch ein bisschen mehr Zeit – aber Zeit wofür? Sie wusste es selbst nicht.

Schließlich kehrte sie ins Haus zurück, spülte die Tasse und ging in ihr Zimmer. Während sie den Blick über das kleine Häufchen ihrer Habseligkeiten schweifen ließ, stellte sie sich ihr Haus vor, all die leeren Räume, bewohnt von einer Katze, die durch die von Josef installierte Katzenklappe ein und aus ging. Vor ihr auf dem Boden lag die Mülltüte, die Sandy nach ihr geworfen hatte. Ein weiteres Mal nahm sie die Sachen der Reihe nach heraus. Sie faltete das blaue Shirt, die graue Hose und den Pulli und legte die drei Kleidungsstücke auf den Stapel ihrer anderen Klamotten. Die Bücher platzierte sie neben das Bett, den Skizzenblock blätterte sie noch einmal durch. Das Foto, das Sandy von ihr gemacht und immer in seinem

Portemonnaie herumgetragen hatte, zerknüllte sie. Als Nächstes stieß sie auf die Küchenschürze, die er ihr geschenkt hatte. Sie beschloss, sie Chloë zu geben, und wollte die Schürze gerade beiseitelegen, als sie in der übergroßen Tasche etwas klappern hörte. Sie fasste hinein. Es dauerte einen Moment, bis sie begriff, worum es sich handelte. Wie gebannt starrte sie auf ihre Handfläche. Im Raum war es totenstill.

Hatte sie es womöglich die ganze Zeit geahnt? Hatte sie die ganze Mühe, das ganze Suchen und Gerenne, nur auf sich genommen, um nicht sehen zu müssen, was sie im Grunde bereits wusste? Die Erkenntnis traf sie wie etwas Kaltes, Schweres. Draußen waren weiter die Geräusche des Sommers zu hören, die Autos, die Stimmen, das Gelächter und die Musik, die durch offene Fenster schallten.

Karlsson war endlich zu Hause. Er wanderte durch die Räume. Im Zimmer seiner Kinder zog er die Bettdecken zurecht, als könnten die beiden jeden Moment eintreffen. Dann ging er in den Garten hinaus, wo die Sonne mittlerweile tief am wolkenlosen Himmel stand, und rauchte eine Zigarette. Mit geschlossenen Augen lauschte er der Amsel, die ihr Nest in das dichte Gebüsch an der hinteren Mauer gebaut hatte. Er war kein Polizeibeamter mehr. Was war er dann? Wer war er?

Wenige Minuten später schlüpfte er in seine Joggingsachen, steckte einen Schlüssel ein und rannte los. Er wollte laufen, bis er so müde war, dass er nicht mehr nachdenken musste. Dann aber kam ihm ein Gedanke, den er nicht mehr loswurde – oder der ihn nicht mehr losließ. Im Park blieb er schließlich stehen und zwang sich, sich zu konzentrieren. Mira und Ileana waren von einem Mann aufgesucht und bedroht worden. Die beiden waren zwar nicht in der Lage gewesen, ihn zu beschreiben, doch vermutlich hatte es sich dabei um dieselbe Person gehandelt, die dem Polizeipräsidenten oder Hussein einen Tipp gegeben hatte. Wer konnte das gewesen sein? Wer wusste genug über Frieda und ihn, um ihn bei seinen Vorgesetzten anzuschwärzen und Frieda noch mehr zu isolieren? Wer empfand genug Hass auf sie beide, um so etwas zu tun – einen tiefen, persönlichen Hass? Vor seinem geistigen Auge tauchte ein Gesicht auf. Er fragte sich, warum er nicht schon viel eher darauf gekommen war. Der musste es gewesen sein.

Er rannte so schnell nach Hause, dass er Seitenstechen bekam. Nach einer kurzen Dusche schlüpfte er in eine Jeans und ein altes Shirt – Sachen, die keinerlei Ähnlichkeit mit denen eines Detective Chief Inspector hatten. Dann schaltete er seinen Laptop an, googelte einen Namen und druckte ein Foto von einem mitfühlend lächelnden Gesicht aus. Vierzig Minuten später klopfte er an die Tür von Miras und Ileanas Wohnung.

»Die sind nicht da«, sagte eine Stimme hinter ihm. Als er sich umdrehte, erblickte er einen alten Mann im Rollstuhl. Wo früher einmal seine Beine gewesen waren, befand sich nur noch eine gefaltete und ordentlich festgesteckte Hose. Auf seinem Schoß thronte ein kleiner Hund. »Sie sind beide unterwegs.«

Warum hatte er angenommen, dass sie zu Hause sein würden, als hätten sie nichts Besseres zu tun, als auf ihn zu warten? »Haben Sie eine Ahnung, wann sie zurückkommen?«

»Nein.«

»Trotzdem danke.«

»Die Blonde arbeitet manchmal in dem Salon an der Hauptstraße. Er hat bis sieben oder acht geöffnet. Vielleicht ist sie dort.«

»Salon?«, wiederholte Karlsson begriffsstutzig.

»Friseur.« Der Mann machte eine schnippende Bewegung mit den Fingern. »Der Laden ist nur ein paar Gehminuten entfernt, gleich neben dem Blumenladen.«

»Danke.«

Er eilte los, halb im Laufschritt, obwohl er eigentlich selbst nicht wusste, warum er sich so unter Zeitdruck fühlte. Durchs

Fenster sah er Mira über eine Frau mittleren Alters gebeugt und betrat den winzigen Laden, in dem es nur zwei Waschbecken und eine altmodische Trockenhaube gab, die wie ein Bienenkorb in der Ecke stand.

»Entschuldigen Sie die Störung«, wandte er sich an Mira.

»Was tun Sie denn hier?«

»Ich muss Sie unbedingt etwas fragen.«

»In zehn Minuten bin ich fertig.«

»Es ist dringend.«

Mira tätschelte entschuldigend die Schulter ihrer Kundin und wandte sich dann Karlsson zu, der das Foto von Hal Bradshaw herausholte und fragte: »War er das?«

»Was?«

»Der Mann, der nach Frieda gefragt und Sie bedroht hat. War das der hier?«

Mira griff nach dem Foto und betrachtete es stirnrunzelnd.

»Nein.«

»Nein?«

»Nein.«

»Sind Sie sicher?«

»Ja.«

»Sehen Sie sich das Foto noch einmal an.«

»Er war es nicht.«

»Können Sie mir vielleicht sagen, wo ich Ihre Freundin finde, damit sie mir bestätigen kann, dass…«

»Er war es nicht«, wiederholte Mira. Sie bedachte ihn mit einem freundlichen Blick und fügte dann hinzu: »Es tut mir leid. Ich möchte Ihnen wirklich gerne helfen, aber er war es einfach nicht.«

Karlsson nickte und schob das Foto wieder ein.

»War nur so ein Gedanke von mir.« Er hörte selbst, wie belanglos seine Worte klangen. Plötzlich fühlte er sich sehr müde. »Trotzdem danke.«

Nachdem er den Laden wieder verlassen hatte, lief er ein

paar Minuten ziellos die Straße entlang. Neben einer Platane blieb er stehen und zündete sich eine weitere Zigarette an. Warum war er so enttäuscht, wenn es sich tatsächlich nur um eine Schnapsidee von ihm gehandelt hatte? Er rauchte seine Zigarette zu Ende und ließ die Kippe achtlos auf den Boden fallen. Gedanken und Ideen schwirrten ihm durch den Kopf. Fast kam es ihm vor, als könnte er sie vor seinem geistigen Auge vorbeiziehen sehen. Am Vormittag hatte Frieda zu ihm gesagt, sie habe das Gefühl, jemand sei ihr immer einen Schritt voraus. Es musste sich um dieselbe Person handeln, die Crawford oder Hussein über seine Bemühungen, Frieda zu helfen, informiert hatte. Er legte eine Hand an die Stirn, als könnte er seine Gedanken auf diese Weise daran hindern, ihm zu entwischen. Dann holte er sein Telefon heraus und googelte einen anderen Namen. Er klickte auf ein Foto. Ja.

Frieda ging zu Fuß. Ihre dunkle Brille setzte sie dabei nicht auf, denn inzwischen war es ihr im Grunde egal, wer sie sah oder erkannte. Sie hatte sich auf den Weg gemacht, um die Wahrheit herauszufinden. Nun war sie fündig geworden und wurde diese Wahrheit nicht mehr los, wie sehr sie sich das auch wünschen mochte. Sie holte tief Luft und klopfte an die Tür.

Karlsson eilte zurück in den Frisiersalon, die Hand schützend um sein Handy gekrümmt, als könnte das Foto sich sonst verflüchtigen. Er hielt es Mira hin, die inzwischen damit beschäftigt war, ihrer Kundin die Haare zu färben. In dem großen Spiegel sah er sie langsam, aber entschieden nicken.

»Ja«, sagte sie. »Ja, der war es. Da bin ich mir sicher. Ja.«

Sasha machte ihr auf.

»Ich bin so froh. Komm rein.«

In der Diele öffnete Frieda ihre Faust. »Ich habe etwas gefunden.«

Sasha lächelte. »Ethans Holztiere. Er lässt sie überall liegen. Da wird er sich aber freuen, dass er ein paar zurückbekommt. Er ist oben in seinem Zimmer. Ich habe ihm gerade etwas vorgelesen. Wie es aussieht, will er mal wieder nicht einschlafen. Magst du mit hinaufgehen und ihm gute Nacht sagen? Er ist bestimmt ganz begeistert, dich wiederzusehen. Er redet die ganze Zeit von dir.«

»Jetzt nicht.«

»Aber du bist doch bestimmt nicht nur gekommen, um mir ein paar kleine Holztiere zu geben.«

»Doch.«

»Was ist los?« Sie musterte Frieda eindringlich. »Du machst mir Angst.«

»Ich habe diese Tiere in der Tasche einer Schürze gefunden, die ich bei Sandy gelassen hatte. Sashas Miene wirkte ratlos. Frieda fuhr fort: »Er hatte alle Sachen, die ich in seiner Wohnung gelassen hatte, in eine Mülltüte gepackt. Als ich dann eines Tages aus dem Warehouse kam, stand er plötzlich vor mir. Er hat mich angebrüllt und die Tüte nach mir geworfen. Das was das letzte Mal, dass ich ihn gesehen habe.«

»Frieda, wovon redest du jetzt eigentlich?« Sasha stieß ein kleines Lachen aus, aber ihr Gesicht hatte sich verändert. Es war jetzt ganz grau.

»Du hättest es mir sagen sollen.«

»Was denn? Was hätte ich dir sagen sollen? Ich verstehe nicht.«

»Warum hatte Sandy Ethans Tiere? Weil er dich besucht hat? Oder weil du ihn besucht hast?«

Tränen liefen ihr über die Wangen.

»Frieda, sieh mich nicht so an!«

»Du und Sandy.«

Sasha schlug die Hände vors Gesicht und antwortete mit gedämpfter Stimme durch ihre Finger: »Ich wollte es dir ja sagen. Jedes Mal, wenn ich dich traf, wollte ich es dir sagen.

So viele Male war ich kurz davor. Als ich dich dann bat, dich in dem Café mit mir zu treffen – da hatte ich mich endlich dazu entschlossen, aber du bist nicht gekommen.«

»Ich wünschte, du hättest es mir früher gesagt, Sasha.«

»Es ist erst geschehen, als du nicht mehr mit ihm zusammen warst. Sonst hätte ich es nie getan. Niemals. Das musst du mir glauben. Es ist auch nur ein paarmal passiert. Weil alles so schlimm war und er Trost brauchte, und ich auch. Danach haben wir uns beide ganz schrecklich gefühlt. Schrecklich. Es hat alles nur schlimmer gemacht, nicht besser.«

»Wann war das?«

»Was spielt das noch für eine Rolle?« Inzwischen schluchzte sie. »Ich wollte dir nicht wehtun. Er war einsam und in einem schlimmen Zustand, und ich auch. Sei mir nicht böse.«

»Ich bin dir nicht böse, Sasha. Bitte sag mir, wann es war.«

»Vor Monaten. Als mit Frank alles den Bach runterging. Sandy drehte damals fast durch vor lauter Gewissensbissen, weil er das Gefühl hatte, alle verraten zu haben: dich, mich, Frank, sich selbst, die ganze Welt. Er hat gesagt, er habe alles kaputt gemacht, was ihm lieb und teuer war.«

»Wer wusste davon?«

»Niemand. Kein Mensch. Das schwöre ich dir. Niemand wusste davon.«

»Jemand muss es gewusst haben.«

»Was sagst du da?«

»Nichts. Ich bin dir nicht böse.« Frieda legte Sasha eine Hand auf die Schulter. »Ich weiß, dass du mir nicht wehtun wolltest. Das alles ist nicht deine Schuld.«

»Was alles? Wo willst du hin?«

Aber Frieda küsste sie nur wortlos auf beide Wangen. Dann ging sie.

Fünf Minuten später hörte Sasha jemanden kurz klingeln und dann heftig klopfen.

»Karlsson!«, sagte sie überrascht, als sie die Tür öffnete. »Was ist denn los?«

»Hast du Frieda gesehen?«, keuchte er und packte sie dabei mit einer Hand fest an der Schulter. »Sag mir die Wahrheit, ich muss es wissen!«

»Ja. Sie ist gerade wieder weg.«

»Wohin?«

»Das weiß ich nicht. Ich schwöre dir, dass ich es nicht weiß.«

»Kannst du sie irgendwie erreichen?«

»Nein.«

»Warum war sie hier?«

»Ist das wichtig?«

»Ja.«

»Also gut.« Sasha hob den Kopf und sah ihm in die Augen. »Sie ist dahintergekommen, dass ich eine Affäre mit Sandy hatte.«

»Mit Sandy? Wie konntest du nur?«

»Die beiden waren zu dem Zeitpunkt nicht mehr zusammen. Aber ich fühle mich deswegen trotzdem ganz schrecklich.«

»Wo ist Frank im Moment?«

»Frank? Keine Ahnung. Vielleicht in der Arbeit. Er bleibt manchmal bis Mitternacht in der Kanzlei und arbeitet. Oder er ist zu Hause. Ethan ist heute nicht bei ihm, also…«

»Wie lautet seine Adresse?«

»Rayland Gardens 10. Von hier sind es nur ein paar Minuten bis zu ihm.«

Karlsson wandte sich zum Gehen, doch Sasha hielt ihn zurück.

»Warum? Was ist los?« Sie klang, als würde sie ein Schluchzen unterdrücken. »Was habe ich getan? Er wusste nichts davon. Niemand wusste davon. Karlsson, was ist los?«

»Ich muss gehen, Sasha. Wenn Frieda kommt, dann sag ihr,

dass sie sich sofort bei mir melden soll. Und du gibst mir bitte auch Bescheid, selbst wenn es um drei Uhr morgens ist.« Er zog eine Visitenkarte aus seinem Portemonnaie und reichte sie ihr. »Und wenn du Frank siehst, rufst du mich ebenfalls sofort an. Hörst du?«

Bevor Sasha etwas sagen konnte, war Karlsson schon weg. Sie sah ihn in sein Handy sprechen, während er im Laufschritt die Straße entlangeilte.

»Sarah«, sagte er, »ich bin es, Karlsson.«

»Ich glaube nicht, dass es noch etwas zu besprechen gibt.« Ihre Stimme klang kühl. Im Hintergrund hörte er Kinderstimmen: Offenbar war sie zu Hause, bei ihrer Familie.

»Sarah, Sie müssen mir zuhören, es geht um Leben oder Tod. Der Mann, der Sandy getötet hat, heißt Frank Manning.«

»Frank Manning?«

Karlsson zwang sich, ruhig zu bleiben und Hussein von Franks Beziehung mit Sasha zu berichten, von deren Affäre mit Sandy, über die Frank anscheinend Bescheid wusste, von Franks Groll gegen Frieda und seinem bedrohlichen Auftreten bei Mira und Ileana. Dann nannte er ihr Franks private und berufliche Adresse und fügte hinzu, er werde ihr auch gleich noch Franks Telefonnummer schicken.

»Was werden Sie tun?«

»Ich muss Frieda finden.«

»Kommen Sie mir bloß nicht bei meinen Ermittlungen in die Quere! Nicht mehr als ohnehin schon, meine ich.«

Er nahm die Visitenkarte, die Frank ihm gegeben hatte, aus seiner Brieftasche und schickte Hussein die Nummer. Dann rief er seinerseits diese Nummer an, hinterließ jedoch keine Nachricht, als sich die Mailbox meldete. Stattdessen schaute er auf seinem Handy nach, wo Rayland Gardens lag. Es waren tatsächlich nur ein paar Gehminuten bis dorthin. Was konnte er sonst auch anderes tun?

Vor den Pubs herrschte Hochbetrieb, die Leute standen in Gruppen auf dem Gehsteig und genossen die Abendsonne. Karlsson bahnte sich eilig einen Weg durch die Menge. Er musste daran denken, wie Frieda am Vormittag mit ihm auf dem Hügel gesessen und auf London hinuntergeblickt hatte. Vor seinem geistigen Auge sah er sie vor sich, mit ihrem kurz geschorenen Haar, wie sie sich ihm zuwandte und ihn mit ihren klugen Augen betrachtete. Wo befand sie sich jetzt?

Er erreichte Rayland Gardens und blieb vor Hausnummer 10 stehen. Es ließ sich schwer sagen, ob jemand zu Hause war: Durch die offenen Vorhänge sah man kein Licht, aber draußen war es ja noch ziemlich hell. Er ging zur Haustür und versuchte, durch den Briefschlitz zu spähen, konnte aber nur einen schmalen Streifen Holzboden erkennen. In dem Moment hielten ein paar Meter weiter zwei Wagen an. Als Karlsson sich nach ihnen umwandte, sah er Glen Bryant aus dem ersten steigen. Er trat ein paar Schritte zurück und beobachtete, wie Bryant an die Tür klopfte. Keine Reaktion. Er klopfte erneut, dieses Mal lauter und länger. Wieder keine Reaktion. Karlsson verfolgte, wie Bryant sein Handy herausholte. Bestimmt rief er jetzt Hussein an. Da Karlsson inzwischen sicher war, dass Frank sich nicht im Hause aufhielt, wandte er sich zum Gehen. Er hatte allerdings keine Ahnung, wo er jetzt hin sollte oder was er noch tun konnte.

»Kannst du nicht schlafen, kleiner Bär?«, las Sasha. Es war das vierte Mal an diesem Abend, dass sie das las. Es handelte sich um eine von Ethans Lieblingsgeschichten. Er liebte sowohl den Text als auch die Bilder, und oft schlief er ein, während sie ihm vorlas – genau wie der kleine Bär in dem Buch, der hinaus ins Freie getragen wurde, damit er sich den leuchtenden gelben Mond ansehen konnte. Aber an diesem Abend war Ethan hellwach. Seine Augen blitzten, und an seinen Wangen leuchteten hektische rote Flecken.

»Noch mal!«, sagte er, als Sasha auf der letzten Seite angekommen war.

»Es ist schon sehr spät. Wie wäre es, wenn du jetzt die Augen zumachst und ich dir noch ein bisschen übers Haar streichle?«

»Wo ist Daddy?«

»Du siehst ihn bald wieder.«

»Jetzt.«

»Jetzt nicht, Ethan. Jetzt ist Abend. Zeit für dich zu schlafen.«

»Jetzt!«, wiederholte Ethan. »Ich will Daddy jetzt sehen.«

»Das geht nicht.«

»Doch. Doch, das geht!«

»Na schön. Ich lese dir noch eine letzte Geschichte vor, dann mache ich das Licht aus.«

»Durchs Fenster.«

»Ich lasse die Vorhänge ein Stück offen, damit ein bisschen Licht hereinfällt, in Ordnung?« Ethan mochte es gar nicht, wenn es im Raum völlig dunkel war.

»Kommt er wieder?«

»Wer?«

»Daddy.«

»Natürlich. Ganz bald. In ein, zwei Tagen.«

»Nicht jetzt?«

»Nein. Bitte schlaf jetzt. Ich bin sehr müde.«

»Ich will, dass er mir gute Nacht sagt.«

»Ethan.«

»Er war draußen. Ganz lang.«

»Wer – Frank?«

Ethan nickte. »Ich habe gewinkt. Er hat mich nicht gesehen.«

Sasha saß ganz still auf dem Bett. Dann griff sie nach Ethans Hand und fragte mit leiser Stimme: »Du meinst, du hast Daddy heute Abend gesehen?«

Ethan nickte und kuschelte sich an sie. »Durchs Fenster.«

»Was hat er gemacht?«

»Gewartet.«

»Auf was hat er denn gewartet, mein Schatz?«

»Auf Frieda«, antwortete Ethan, als wäre das sonnenklar. »Frieda ist weggegangen, und dann ist er auch weggegangen. Ich habe die ganze Zeit gewinkt, aber er hat nicht zurückgewinkt. War das ein Spiel?«

Doch Sasha hatte bereits den Raum verlassen und dabei nicht mal das Licht ausgemacht.

Karlsson war aufs Geratewohl in Richtung Hackney gegangen. Dabei quälte ihn das ungute Gefühl, weder ein Ziel noch einen Plan zu haben. Er kaufte sich unterwegs einen Kaffee und trank ihn im Gehen. Inzwischen befand er sich auf der Kingsland Road, die er in südlicher Richtung entlanglief. Während er sich eine weitere Zigarette anzündete, läutete sein Telefon. Es war Hussein. Sie hatten Frank weder in seiner Kanzlei noch zu Hause angetroffen. Daher leiteten sie nun eine groß angelegte Fahndung ein und besorgten sich gerade einen Haftbefehl. Hussein versprach Karlsson, ihn auf dem Laufenden zu halten.

»Was kann ich tun?«, fragte er.

»Nichts«, antwortete sie entschieden, aber nicht unfreundlich. »Sie können gar nichts tun.«

Während Hussein noch sprach, zeigte Karlssons Handy an, dass Sasha gerade versuchte, ihn zu erreichen. Ohne sich zu verabschieden, drückte er Hussein weg und nahm den Anruf von Sasha entgegen.

»Ja?«

»Frank war hier.« Ihre Stimme klang wie ein Heulen.

»Wann? Jetzt?«

»Nein. Als Frieda da war.«

»Was!«

»Ethan hat es mir gerade erst erzählt. Er hat Frank durchs Fenster gesehen, draußen vor dem Haus. Als Frieda ging, ist Frank ihr gefolgt.«

Er rief Hussein an und informierte sie. Dabei hatte er das Gefühl, seine eigenen Worte wie aus weiter Ferne zu hören, als würde ein anderer sie sprechen.

»Verstehe«, antwortete Hussein. »Was meinen Sie, wo Frieda hingegangen sein könnte? Zur Polizei ist sie jedenfalls nicht.«

»Vielleicht zu sich nach Hause? Dort würde ich als Erstes nach ihr suchen.«

»Es sind bereits mehrere Streifenwagen unterwegs.«

»Eine weitere Möglichkeit ist ihre Praxis.«

»Ja, stimmt. Sonst noch eine Idee?«

»Ich weiß nicht recht. Sie könnten es bei Reuben und Josef versuchen. Vielleicht auch bei Olivia oder Jack, wobei ich Letzteres für eher unwahrscheinlich halte.«

»Gut.«

»Möglicherweise treibt es sie zu den Leuten, die Sandy am besten kannten – zu seiner Schwester oder seinen Freunden.«

»Ja, möglich wäre es.« Hussein klang eher skeptisch.

»Ansonsten … keine Ahnung. Sie marschiert viel«, fügte er lahm hinzu.

»Sie marschiert?«

»Wenn ihr etwas Kopfzerbrechen bereitet und sie das Bedürfnis hat nachzudenken, dann wandert sie nachts oft in der Stadt herum. Bis in die frühen Morgenstunden.«

»Wo genau denn da?«

»Kreuz und quer durch die Stadt.«

»Das hilft uns nicht viel weiter.«

31

Karlsson versuchte, klar zu denken, doch es kam ihm vor, als tobte um ihn herum ein Unwetter. Wo konnte Frieda nur hin sein? Sie wusste doch jetzt Bescheid, also wäre es das Vernünftigste, sie würde einfach die Polizei anrufen. Oder nicht? Aber sie hatte ja kein Telefon mehr. Blieb immer noch die Möglichkeit, sich in ein Taxi zu setzen und schnurstracks zur Polizei zu fahren. Doch erstens tat Frieda grundsätzlich nie, was am Vernünftigsten war, und zweitens wusste er bereits von Hussein, dass sie sich nicht bei der Polizei gemeldet hatte. Wäre das aus ihrer Sicht überhaupt vernünftig? Verfügte sie tatsächlich über genügend Beweise, um die Polizei zu überzeugen? Und war ihr wirklich klar, in welcher Gefahr sie schwebte? Wenn er jetzt nichts tat, nicht bald eine zündende Idee hatte, dann würde etwas passieren, das wusste Karlsson – etwas, das er in den Nachrichten hören würde.

Er zog sein Telefon heraus und starrte es hilflos an. Er fühlte sich wie in jener schlimmen Phase, wenn man etwas verloren hatte und noch einmal an sämtlichen Orten nachsah, die man bereits abgesucht hatte. Er wählte die Nummer von Reuben.

»Ich weiß, ich weiß«, kam ihm Reuben zuvor. »Die Polizei hat mich angerufen.«

»Was hast du gesagt?«

»Nicht viel. Ich habe ihnen ein paar Namen genannt und natürlich auch erwähnt, dass sie höchstwahrscheinlich nach Hause oder in ihre Praxis gehen wird.«

»Das habe ich ihnen auch schon gesagt. Dorthin sind sie bereits unterwegs. Ich dachte, sie würde sich vielleicht an dich wenden. Du bist ihr alter Freund, ihr Therapeut.«

»Nein, bin ich nicht.«

»Zumindest kennst du sie am längsten von allen. Deswegen dachte ich, an dich würde sie sich am ehesten wenden.«

»Du hast mich gerade falsch verstanden«, entgegnete Reuben. »Ich wollte damit nur sagen, dass ich nicht ihr Therapeut bin – nicht mehr. Das war ich nur während ihrer Ausbildung, also vor langer Zeit. In den letzten paar Jahren war sie bei jemand anderem, einer Kollegin, von der sie sehr viel hält.«

»Wie heißt sie?«

»Sie heißt …« Es folgte eine lange Pause. Am liebsten hätte Karlsson Reuben angeschrien, er solle sich gefälligst erinnern. »Thelma Sowieso.«

»Meinst du, Frieda würde sie in einer solchen Situation aufsuchen?«

»Vermutlich nicht, aber denkbar wäre es.«

»Dann brauche ich einen Namen, einen Nachnamen. Und eine Nummer.«

»Moment mal, ich glaube, mir fällt gerade ein, wo ich nachsehen kann. Ich rufe dich gleich zurück.«

Karlsson war so aufgeregt, dass er sich kaum stillhalten konnte. Nervös trat er von einem Fuß auf den anderen. In seinen Ohren rauschte es. Er fixierte sein Telefon, als könnte er es mit purer Willenskraft zum Klingeln bringen. Als das nichts half, fing er zu zählen an. Er redete sich ein, dass es klingeln würde, bevor er bei zehn ankam. Bei vierzehn klingelte es.

»Thelma Scott«, sagte Reuben.

Karlsson bekam ihre Nummer und rief sie sofort an. Er betete, dass sie nicht gerade einen Patienten hatte oder im Ausland war, oder schlief. Als sich eine Frauenstimme meldete, erschrak er fast ein wenig.

»Doktor Thelma Scott?«

»Ja.«

»Mein Name ist Malcolm Karlsson. Ich bin von der Kriminalpolizei und ein Freund von Frieda Klein. Ich muss dringend von Ihnen wissen, ob Sie sie gesehen haben.«

Am anderen Ende herrschte einen Moment Schweigen. Er versuchte sich vorzustellen, wie er selbst auf einen solchen Anruf reagieren würde. Klang er vertrauenswürdig?

»Schon eine ganze Weile nicht mehr«, antwortete Scott schließlich. »Ich habe aber mitbekommen, dass sie in Schwierigkeiten steckt.«

»Sogar in großen Schwierigkeiten. Damit meine ich, dass sie in Gefahr ist. Ich muss sie unbedingt finden.«

»Ich weiß nicht, wo sie ist. Ich habe sie schon seit Wochen nicht mehr gesehen oder gesprochen.«

»Ich muss sie finden. So schnell wie möglich.« Er zwang sich innezuhalten und nachzudenken. »Wenn sie in einer akuten Notlage wäre, an wen würde sie sich wenden? Die Polizei klappert gerade alle ihre Freunde ab, aber ich dachte, sie würde sich vielleicht bei Ihnen melden.«

»Ich habe nichts von ihr gehört. Es tut mir wirklich leid.«

»Schon gut«, sagte Karlsson in dumpfem Ton. Allmählich gingen ihm die Ideen aus. Er war fast schon im Begriff aufzulegen, als Scott noch etwas sagte.

»Ihr Name ist Karlsson?«

»Ja.«

»Sind Sie der Detective?«

»Ich bin *ein* Detective.«

»Frieda hat von Ihnen gesprochen. Ist Ihnen schon der Gedanke gekommen, dass sie sich an Sie wenden könnte?«

»An mich?«

»Ja.«

»Aber …« Er verstummte einen Moment verwirrt. »Sie weiß doch gar nicht, wo ich bin.«

»Weiß sie denn nicht, wo Sie wohnen?«

Karlsson starrte auf sein Telefon. »Ach du Scheiße!«, sagte er.

Er ließ den Blick die Straße entlangwandern. Aus der Innenstadt kam ein Taxi nach dem anderen, aber alle waren besetzt und fuhren vorbei. Er rief Hussein an.

»Ich bin gerade in Mannings Wohnung«, erklärte sie.

»Und?«

»Sie ist sauber.«

»Dachte ich mir.«

»Nein, ich meine, richtig sauber. Hier riecht es nach Bleiche, wie in einem Labor. Hier ist alles blank geschrubbt worden.«

»Der Mann ist Anwalt. Er kennt sich mit Beweismitteln aus. Demnach habt ihr also nichts gefunden.«

»Das habe ich nicht gesagt. Selbst Anwälte können nicht in den Ritzen zwischen den Bodendielen putzen. Außerdem haben wir ein Haar aus dem Abflussrohr unter seinem Waschbecken. Und hinter dem Heizkörper im Wohnzimmer sind Flecken. Hier ist etwas passiert, da bin ich mir sicher.«

»Habt ihr ihn?«

»Sobald die Ergebnisse aus dem Labor kommen.«

»Nein, ich meine, habt ihr ihn verhaftet?«

»Von ihm und Frieda fehlt jede Spur.«

»Es könnte sein, dass sie bei mir zu Hause auf mich wartet. Ihr seid schneller dort als ich, von Mannings Wohnung aus sind es nur ein paar Minuten.«

Endlich gelang es ihm, ein Taxi heranzuwinken. Er nannte dem Fahrer die Adresse und ließ sich auf den Rücksitz sinken.

»Was bin ich doch für ein Vollidiot!«, murmelte er vor sich hin.

Frieda klingelte. Keine Reaktion. Sie versuchte es mit Klopfen. Wie es aussah, war keiner zu Hause. Aber sie wusste, wo Karlsson seinen Ersatzschlüssel aufbewahrte. Neben der Tür stand ein Kübel mit einer Pflanze, die nicht gut aussah.

»Wer den Ersatzschlüssel sucht, wird unter dem Kübel nachsehen«, hatte Karlsson zu ihr gesagt, »weil die meisten

Leute ihre Schlüssel unter Blumentöpfen deponieren. Bei mir wird man da nicht fündig. Potenzielle Einbrecher wenden sich enttäuscht ab und übersehen in ihrem Frust, dass neben dem Weg ein loser Pflasterstein liegt, unter dem ein Schlüssel versteckt ist.«

Frieda hegte den Verdacht, dass ziemlich viele Leute ihre Schlüssel unter losen Pflastersteinen versteckten, hatte sich aber verkniffen, diesen Verdacht gegenüber Karlsson zu äußern. Zum Glück, denn als sie nun den Pflasterstein anhob, lag darunter der Schlüssel. Sie sperrte auf. Drinnen roch es irgendwie seltsam, als hätte er vergessen, etwas Essbares zurück in den Kühlschrank zu stellen. Bestimmt konnte sie sich in seiner Küche einen Kaffee kochen, aber vorher war wohl Aufräumen angesagt. Ihre erste Tat würde sein zu entsorgen, was auch immer da so roch. Doch als Allererstes wollte sie Karlsson anrufen. Suchend blickte sie sich nach dem Telefon um. Da hörte sie ein leises Klopfen.

Frieda empfand ein Gefühl von Erleichterung. Erst in dem Moment, als sie schon die Haustür öffnete, fragte sie sich plötzlich, wieso Karlsson an seine eigene Haustür klopfte, und ihr wurde schlagartig bewusst, dass er das natürlich nicht tun würde. Aber da war es schon zu spät. Die Tür flog ihr entgegen, und Frank stand im Haus. Während er die Tür hinter sich zuschlug, wandte sie sich um und rannte los. Er stürmte hinter ihr her. Sie konnte ihn atmen hören und die Hitze seines Körpers spüren. Dann hatte er sie auch schon eingeholt. Sie fühlte seine Hände auf ihren Schultern und wurde nach vorne gegen die Wand geschleudert. Vor ihren Augen wurde es leuchtend gelb. Dann flog sie in eine andere Richtung, durch eine Tür. Sie sah andere Farben, ein Clownmobile, das von der Decke hing, ein Poster mit einem großen Fußball drauf. Irgendetwas in den Tiefen ihres Gehirns sagte ihr, dass sie sich in einem Kinderzimmer befand – dem Zimmer von Karlssons Kindern. Sie versuchte, sich mit aller Kraft von der Wand abzustoßen, aber es war hoffnungslos. Frank baute sich vor ihr auf und verpasste ihr einen heftigen Schlag gegen die Schläfe, der sie zurück an die Wand taumeln ließ.

Alles Weitere schien ganz langsam und leise vor sich zu gehen, als würde sie es durch Milchglas beobachten, mit verstopften Ohren. Frank hatte die linke Hand an ihrem Hals und drückte sie an die Wand. Irgendetwas bohrte sich unangenehm in ihren Rücken. Wahrscheinlich die Ecke eines Bilderrahmens, dachte sie. Es kam ihr vor, als hätte sie jede Menge Zeit zum Nachdenken – als könnte sie das alles einfach geschehen lassen, sich getrost zurücklehnen und in die Schwärze sinken lassen. Franks Gesicht war jetzt nah vor ihrem, und er funkelte sie mit wildem Blick an. Das Weiß seines Baumwollhemds erschien ihr grell. Sie spürte seinen keuchenden Atem auf ihrer Haut. Die Art, wie er sich anfühlte und roch, erinnerte sie an etwas. Aber an was? Es hatte etwas mit dem zu tun, was Lev zu ihr gesagt hatte, als er sie in Elephant and Castle ablieferte. Wie waren seine Worte gewesen? Alles oder nichts? So etwas in der Art. Sie wandte den Blick nicht von Frank ab. Auf keinen Fall durfte sie ihn aus dem Konzept bringen. Sie starrte ihm in die Augen. Dabei ging ihr durch den Kopf, dass Augen etwas wirklich Seltsames waren.

Sie tastete in ihrer Hosentasche herum. Ja. Jetzt wusste sie auch wieder genau, was er gesagt hatte: ganz oder gar nicht.

Als Frank die rechte Hand hob, sah sie etwas aufblitzen, die Klinge eines Messer. Sein Gesicht kam noch näher.

»Sag jetzt nichts«, flüsterte er dicht neben ihrem Ohr. »Es gibt nichts mehr zu sagen. Mit diesem Messer habe ich Sandy die Kehle durchgeschnitten. Aber er hat es nicht mitbekommen, weil er bewusstlos war. Du wirst nicht bewusstlos sein. Bei dir möchte ich zusehen.«

Während er sprach, versuchte Frieda sich ins Gedächtnis zu rufen, was sie in ihrem ersten Studienjahr gelernt hatte, in Anatomie. Wo genau lagen sie? Die *Arteria subclavia* und die

Arteria carotis – die Unterschlüsselbeinarterie und die Halsschlagader. Sie legte die Finger fest um den Griff. Vorsichtig zog sie die Hand aus der Tasche. Sie hatte nur eine Chance, einen einzigen Versuch. Dann riss sie die Hand hoch und ließ gleichzeitig die Klinge aufschnappen – hoch und hinein damit. Lev hatte gesagt, die Klinge sei scharf, sehr scharf. Offenbar stimmte das, denn Frieda spürte keinen Widerstand. Fast kam es ihr vor, als befände sich an dem Griff, den sie an die weiße Baumwolle drückte, gar keine Klinge. Doch schon in der nächsten Sekunde breitete sich rundherum eine Rosette in tiefstem Scharlachrot aus.

Frank blickte verwirrt und leicht irritiert nach unten, als hätte er gerade bemerkt, dass ein Schnürsenkel aufgegangen war oder der Reißverschluss seiner Hose offen stand. Er trat einen Schritt zurück. Frieda hielt den Griff des Messers fest und zog es wieder heraus. Ein gurgelndes Geräusch war zu hören, und Frieda spürte etwas Warmes, Feuchtes auf ihrem Gesicht und ihrer Jacke. Sie blickte auf die klebrige Röte hinunter. Hatte sie selbst auch einen Stich abbekommen? Ihr Blick wanderte wieder zu Frank.

»Du Miststück!«, stieß er hervor. »Du hast…«

Mehr konnte er nicht sagen. Das Messer fiel ihm aus der Hand. Er zerrte an seinem Hemd. Aus seinem Körper spritzte Blut, aber nicht wie aus einem Schlauch, sondern fontänenartig. Mit einer gewissen Faszination starrte er auf seine Brust hinunter. Fontäne, Pause, Fontäne, Pause. Er machte ein paar schwankende Schritte. Alles schien sich rot zu färben, der Teppich, die Tagesdecke, sogar ein Bild an der Wand. Dann gaben seine Beine nach, und er krachte schwer und völlig unkontrolliert gegen ein niedriges Kinderbett. Mit halb aufgerichtetem Oberkörper blieb er liegen. Sein Blick wirkte bereits glasig und unfokussiert.

Als Frieda auf ihn zutrat, hielt sie das Messer immer noch fest umklammert, stellte jedoch schnell fest, dass er keine Bedrohung mehr darstellte. Wieder rief sie sich ihre Ausbildung ins Gedächtnis: Stichwort arterielle Blutung. Was hatte ihr Professor damals immer gesagt? Arterien pumpen, Venen laufen aus. Wie viel Zeit blieb ihm noch? Eine Minute? Zwei Minuten? Sie musste an Sandy denken, den Mann, der neben ihr im Bett gelegen hatte, neben ihr durch London marschiert war und am Ende durch Franks Messer den Tod gefunden hatte. Sollte sie nun Frank beim Sterben zusehen, wie er seinerseits vorgehabt hatte, ihr dabei zuzusehen? Dieser Gedanke ließ sie ihre Entscheidung fällen. Einen Moment später saß sie rittlings auf Franks Oberschenkeln. Er schien sie direkt anzusehen, aber Frieda war sich nicht mal sicher, ob er sie überhaupt noch erkannte. Sie zerrte an seinem Hemd, riss einen Streifen ab und drückte ihn so fest auf die Wunde, wie sie nur konnte, mehr oder weniger unter Einsatz ihres gesamten Körpergewichts. Sie hörte ihr eigenes, keuchendes Atemgeräusch. Hatte das Blut zu sprudeln aufgehört? Alles war bereits derart voll davon – er, sie und die Dinge rundherum –, dass sie nicht beurteilen konnte, ob ihre Bemühungen etwas brachten.

In Franks Augen blitzte irgendein Funke auf. War es Wut? Frieda beugte sich tiefer über ihn. Die Situation hatte etwas seltsam Intimes. Sie konnte seinen Atem riechen. Er roch süßlich.

»Wenn du irgendwas versuchst«, flüsterte sie, »dann lasse ich sofort los, und du stirbst. Kapiert?«

Frank stieß eine Art Ächzen aus. Ob er zu antworten versuchte oder vor Schmerz stöhnte, konnte sie nicht sagen. Es gelang ihr, ihre rechte Hand frei zu bekommen und an seinen Hals zu legen, woraufhin er ein weiteres Ächzen von sich gab.

»Ich muss deinen Puls fühlen«, erklärte sie.

Er war nur schwach zu spüren. Sein Blutdruck fiel. Draußen hörte man jetzt Sirenen näher kommen und einen Wagen anhalten, dann Klingeln und Klopfen an der Tür. Friedas Gesicht war ganz dicht über dem von Frank. Sie registrierte ein leichtes Flackern in seinen Augen.

»Ich kann nicht aufmachen«, sagte sie. »Bis ich zurückkomme, bist du verblutet. Wir können nur hoffen, dass sie es schaffen, die Tür aufzubrechen.«

Allem Anschein nach gelang ihnen das nicht, denn sie klingelten und hämmerten weiter, bis es schließlich doch so klang, als wäre die Tür aufgegangen. Frieda rief etwas und hörte daraufhin Schritte. Als sie den Kopf wandte, sah sie einen jungen Polizeibeamten in den Raum treten, mit geschockter Miene innehalten und wieder hinausstürmen. Dann schien sich der Raum binnen von Sekunden zu füllen. Überall waren plötzlich Uniformen und Gesichter, die sie aber gar nicht richtig wahrnahm.

»Um Gottes willen, Frieda, was ist passiert?«

Karlsson starrte sie erschrocken an. Neben ihm tauchte Hussein auf.

»Ich kann mich nicht bewegen«, erklärte Frieda. »Wenn ich mich bewege, stirbt er.«

Karlsson ließ den Blick durch das Zimmer seiner Kinder schweifen. Frieda sah, dass selbst das Mobile über dem Bett voller Blut war. Ihr ganzer Körper fühlte sich steif und klebrig an.

»Es tut mir so leid«, sagte sie, »so leid!«

Andere Leute starrten Frieda und Frank an. Ein paar wurden bei ihrem Anblick ganz blass. Frieda hörte, dass sich jemand übergeben musste. Dann tauchten Männer und Frauen auf, die grüne Overalls trugen und Taschen schleppten. Einer von ihnen, ein junger Mann mit rotem Haar, beugte sich über sie und stierte auf Franks Brust und Friedas Hände hinunter.

»Scheiße«, sagte er. Er sah Frieda einen Moment ins Gesicht, dann wanderte sein Blick wieder hinunter zu ihren Händen und dem vielen Blut. »Sind Sie Ärztin?«

»Ja. Gewissermaßen.«

»Wer hat ihm das angetan?«

»Ich«, antwortete Frieda. »Mit einem Messer.«

»Verstehe«, sagte der Mann langsam. »Am besten, Sie lassen Ihre Hände noch einen Moment, wo sie sind.« Er blickte sich um. »Jen, sieh zu, dass du auf die andere Seite kommst. Wir brauchen eine Kompresse.«

Eine junge Frau wühlte in einer Tasche herum und holte etwas heraus, das aussah wie eine Rolle Toilettenpapier. Sie riss ein Blatt davon ab.

»Wie heißen Sie?«, wandte der Mann sich wieder an Frieda.

»Frieda Klein.«

»Also, Frieda, bei drei ziehen Sie Ihre Hände weg und versuchen, uns möglichst wenig im Weg zu sein. Eins, zwei, drei.«

Frieda nahm die Hände von Franks Brust und spürte gleichzeitig, wie sie von hinten gepackt und weggezogen wurde. Einen Moment später verfrachtete man sie auf eine Trage, fast schon unter Anwendung leichter Gewalt.

»Sind sie verletzt?«, fragte eine Stimme.

»Nein«, antwortete Frieda.

»Sie blutet«, sagte eine andere Stimme.

»Ich blute nicht. Das ist nicht mein Blut.«

Dann wurde ihr das alles zu anstrengend. Sie ließ sich einfach zurücksinken, spürte Hände an ihrem Körper und wurde kurz darauf aus dem Haus getragen. Einen Moment blendete sie das blitzende Licht der Einsatzfahrzeuge, doch ehe sie es sich versah, befand sie sich auch schon im Inneren des Krankenwagens. Die Türen wurden zugeschlagen, und die Sirene heulte auf. Das Nächste, was sie mitbekam, war, dass die Türen wieder aufgingen. Sie erblickte kurz den Himmel, dann Neonröhren. Aus der Trage wurde ein Rollbett. Auf einer Seite sah sie eine Polizeiuniform. Der Beamte hatte Mühe, mit ihrem Tempo Schritt zu halten. Ihr ging durch den Kopf, dass sie später auch noch das ganze Theater mit der Polizei durchstehen musste. Auf einem der langen Flure kam ihr Rollbett zum Stehen. Es folgte Gemurmel, eine Art Besprechung. Wie in jedem Krankenhaus galt es nun erst einmal, ein freies Zimmer zu finden oder zumindest ein freies Bett. Sie hörte einen Mann etwas rufen und dann fluchen. Irgendetwas krachte zu Boden. Männer in Uniform rannten an ihr vorbei, den Gang entlang. Mehrere Stimmen riefen durcheinander, wurden dann aber immer leiser. Schließlich schob man ihr Rollbett in einen durch Vorhänge abgetrennten Bereich und verfrachtete sie in ein richtiges Bett.

Eine Ärztin beugte sich über sie. Die Frau war noch jung, kaum älter als die Studentinnen, die Frieda betreute. Frieda nannte ihren Namen und ihre Adresse. Allmählich konnte sie wieder klar denken, doch gleichzeitig breitete sich in ihrem Kopf ein dumpfer Schmerz aus, bedingt durch ihre Müdigkeit.

»Also, wo tut es weh?«, fragte die Ärztin.

»Nirgendwo.«

Die Frau betrachtete Frieda mit bekümmerter Miene. Frieda bemerkte ihren Blick.

»Das ist nicht mein Blut«, erklärte sie. »Ich muss nur nach Hause und es abwaschen.«

»Ich glaube nicht…«, begann die Ärztin, ohne den Satz zu beenden. »Da muss ich erst noch mit jemandem sprechen.« Sie schob den blauen Vorhang zur Seite und verschwand.

Nach ein paar Minuten kehrte sie zurück. »Jemand muss sich Ihren Kopf ansehen«, verkündete sie.

»Mit meinem Kopf ist alles in Ordnung.«

»Gleich kommt jemand aus der Neurologie, um sich ein Bild von Ihrem Zustand zu machen.«

Frieda warf einen Blick auf ihre Armbanduhr.

»In fünf Minuten bin ich weg«, entgegnete sie.

Die Ärztin riss besorgt die Augen auf.

»Das können Sie nicht machen.«

»Sie werden schon sehen, dass ich kann.«

»Da muss ich noch mal nachfragen.« Die junge Frau stürmte

wieder aus dem Raum. Frieda setzte sich auf und besah sich ihre Hände. Sie bewegte die Finger. Demnach war alles in Ordnung. Zeit zu gehen. In dem Moment wurde der Vorhang zur Seite geschoben, und ein Mann trat ein. Er trug Jeans, weiße Tennisschuhe und ein kurzärmeliges Karohemd. Er hatte dunkles, lockiges Haar und war unrasiert.

»Dieses Bett ist noch besetzt«, informierte ihn Frieda.

Der Mann griff nach dem Klemmbrett, das am Fußende des Bettes an einem Haken hing und starrte stirnrunzelnd darauf.

»Ich soll Sie mir ansehen.« Er legte das Klemmbrett beiseite und richtete den Blick zum ersten Mal auf Frieda.

»Heilige Scheiße«, sagte er.

»Das Blut ist nicht von mir«, erklärte Frieda erneut.

»Trotzdem. Was ist passiert?«

»Ich bin angegriffen worden.«

»Sieht aus, als hätten Sie sich gewehrt.«

»Mir blieb nichts anderes übrig.«

»Und Sie haben was Größeres erwischt.«

»Die *Arteria subclavia*.«

»Gibt es Tote zu beklagen?«

»Ich konnte die Blutung stillen.«

»Nicht ganz, Ihrem Aussehen nach zu urteilen…«

Er brach ab und betrachtete Frieda mit neuem Interesse.

»Ich kenne Sie«, sagte er.

Frieda sah ihn nun ihrerseits genauer an. Da fiel es ihr wieder ein.

»Stimmt«, antwortete sie.

»Verraten Sie mir nicht, woher.«

»In Ordnung.«

Auf seinem Gesicht breitete sich langsam ein Lächeln aus.

»Sie müssen Ihre Schuhe und Ihre Socken ausziehen.«

Frieda tat, wie ihr geheißen.

»Können Sie die Zehen bewegen?«, fragte er. Sie tat es. »Sehr gut. Wissen Sie, was für einen Tag wir heute haben?«

»Freitag.«

»Hervorragend.«

»Es begann an einem Freitag, und es endete auch an einem.«

»Das müssen Sie mir jetzt erklären.«

»Vergessen Sie es.«

»Sie haben mich eines Tages in meiner Wohnung aufgesucht und mich zu einer Frau geschleppt, die sich in einem wirklich interessanten psychischen Zustand befand.«

»Richtig.«

»Haben Sie damals nicht für die Polizei gearbeitet?«

»Ja.«

»Welche Erfahrungen haben Sie dort gemacht?«

»Ziemlich gemischte.«

»Haben Sie herausgefunden, wer der Täter war?«

»Ja. Aber am Ende bin ich ebenfalls im Krankenhaus gelandet, und damals war es nicht nur das Blut von jemand anderem.«

Er zog eine kleine Taschenlampe heraus.

»Sehen Sie schräg nach oben.« Er leuchtete erst in das eine und dann in das andere Auge. »Ich bin Andrew Berryman.«

»Ich erinnere mich«, sagte Frieda. »Damals haben Sie Klavier gespielt. Im Rahmen eines Experiments zur Zehntausend-Stunden-Theorie, der zufolge man angeborenes Talent übertreffen kann, wenn man jeden Tage viele Stunden hart arbeitet.«

»Das Experiment ist gescheitert«, berichtete er. »Ich habe aufgegeben.«

»Neurologische Abnormitäten. Das war Ihr Spezialgebiet, oder?«

»Ist es noch immer.«

»Ich habe ein-, zweimal mit dem Gedanken gespielt, mich mit Ihnen in Verbindung zu setzen, um ihre Expertenmeinung einzuholen.«

»Das hätten Sie tun sollen«, antwortete er. »Ihnen fehlt übrigens nichts. Außer …« Er legte eine kurze Pause ein. »Nachdem wir uns das letzte Mal trafen, landeten Sie am Ende im Krankenhaus, und nun sind Sie hier bei mir gelandet. Ich mag kein Blut. Deswegen habe ich mich für die Neurologie entschieden.«

»Ich wollte nicht, dass es so weit kommt.«

»Sie sind doch Therapeutin, oder?«

»Ja.«

»Sind Therapeuten nicht grundsätzlich der Meinung, dass alles aus einem bestimmten Grund passiert?«

»Nein, sind sie nicht.«

»Dann habe ich das wohl falsch verstanden.«

»Sind Sie fertig?«

»Nach allem, was Sie durchgemacht haben, stehen Sie vermutlich unter Schock. Deswegen sollten Sie unter Beobachtung bleiben.«

Frieda stand auf. »Nein. Ich bin hier fertig.«

»Haben Sie vor, einfach zu gehen?«

»Genau das habe ich vor. Ich wohne nur fünf Minuten von hier.«

»So, wie Sie aussehen, können Sie nicht auf die Straße.«

»Das schaffe ich schon.«

Berryman schüttelte missbilligend den Kopf.

»Ich besorge Ihnen zumindest einen Labormantel und begleite Sie nach Hause.«

»Das ist nicht nötig.«

»Ich begleite Sie nach Hause. Bei der Gelegenheit kann ich mir auch gleich ein Bild von Ihrem psychischen Zustand machen. Entweder Sie erklären sich mit diesem Vorschlag einverstanden, oder ich lasse Sie gewaltsam hier festhalten.«

Frieda war einen Moment sprachlos.

»Das können Sie nicht«, sagte sie schließlich.

»Sie sind von Kopf bis Fuß voller Blut. Sie wurden in einem

Krankenwagen vom Schauplatz eines Verbrechens abtranspor-
tiert. Wollen wir wetten, dass ich das kann?«

»Also gut«, gab Frieda nach, »meinetwegen. Hauptsache,
ich komme hier raus.«

32

Josef hatte die Pflanzen gegossen und die Katze gefüttert. Trotzdem lag über allem eine feine Schicht Staub, und in den Räumen, deren Fenster während der sommerlich heißen Wochen von Friedas Abwesenheit geschlossen geblieben waren, hing ein leicht muffiger Geruch.

Sie arbeitete den ganzen Vormittag langsam und systematisch, indem sie die Böden saugte, sämtliche Oberflächen abwischte und schließlich auch noch das Unkraut aus den Pflanzenkübeln auf der Terrasse zupfte. Dann brachte sie alle Sachen, die sie als Carla getragen hatte, in den Wohltätigkeitsladen ein paar Straßen weiter, bezog ihr Bett neu und hängte überall frische Handtücher auf. Der Kühlschrank war leer, abgesehen von einem Glas Olivenpaste und ein paar längst abgelaufenen Eiern, die sie entsorgte. Anschließend kaufte sie genug Lebensmittel für die nächsten Tage ein: Milch, Brot und Butter, einige Beutel Salat und sizilianische Tomaten, salzigen blauen Schimmelkäse, geräucherten Lachs, den sie an diesem Abend essen wollte, außerdem Himbeeren und Sahne. Sie erlaubte sich, an den vor ihr liegenden Abend zu denken, den sie in ihrem sauberen, ordentlichen Haus verbringen würde, die Katze zu ihren Füßen.

Dann ging sie in ihr Arbeitszimmer unter dem Dach und schrieb Mails an ihre Patienten, in denen sie ihnen mitteilte, sie könne in der folgenden Woche ihre Arbeit wieder aufnehmen, und falls sie ihre Therapie bei ihr fortsetzen wollten, sollten sie sich mit ihr in Verbindung setzen. Noch bevor sie alle Nachrichten abgeschickt hatte, kam eine Antwort von Joe Franklin, die einfach nur lautete: »Ja!« Sie trug seinen Namen an den üblichen Wochentagen in ihren Terminkalender ein.

Um drei Uhr nachmittags verließ sie das Haus. Sie fuhr mit der U-Bahn von der Warren Street nach Highbury und Islington. Den Rest legte sie zu Fuß zurück, allerdings langsamer als sonst. Ihr war bewusst, dass sie versuchte, den Moment, in dem sie an Sashas Tür klopfen musste, möglichst lange hinauszuzögern.

Die Tür schwang auf, und Reuben stand mit ausgebreiteten Armen vor ihr, um sie willkommen zu heißen. Sie ließ sich von ihm umarmen. Er wuschelte durch ihr kurzes Haar und sagte ihr, wie schön es sei, dass sie endlich wieder da war. Dann hörte sie schnelle, leichte Schritte. Ethan stürmte auf sie zu. Er trug rote Shorts und ein blaues T-Shirt und hatte eine Eistüte in der Hand, deren schmelzender Inhalt ihm bereits über die Finger lief.

»Frieda!« rief er. »Ich werde mit Josef und Marty eine Froschkiste bauen!«

»Eine Froschkiste?«

»In der Frösche wohnen können!« Etwas von dem Eis tropfte auf den Boden. Ethan begann eifrig an der Tüte zu lecken.

»Wer ist Marty?«

»Ein Arbeitskollege von Josef«, erklärte Reuben. »Ethan hat einen Narren an ihm gefressen.«

»Wo ist Josef?«

»Hier.« Er kam gerade die Treppe herunter und blieb vor Frieda stehen, sprachlos vor Freude. »Ich bin so froh«, sagte er schließlich. »Ich bin ja so froh, dich zu sehen.«

»Danke, Josef.« Frieda nahm eine seiner großen, schwieligen Hände zwischen die ihren und drückte sie. »Wie geht es Sasha?«

Josefs Blick wanderte zu Ethan, dessen Gesicht inzwischen mit Eis verschmiert war, dann wieder zurück zu Frieda. Er schüttelte langsam den Kopf. »Im Bett«, antwortete er.

»Mami ist krank«, verkündete Ethan in fröhlichem Ton, »aber nur ein bisschen.«

Wer würde ihm von Frank erzählen?, überlegte Frieda. Und wann und wie? Das würde schwierig werden.

»Ich sehe mal nach ihr.«

Sie stieg die Treppe hinauf. Vor Sashas Tür blieb sie stehen und lauschte. Sie hörte ein schwaches Röcheln, das fast klang wie das gedämpfte Geräusch einer Säge. Sasha weinte. Reuben hatte Frieda schon am Telefon gesagt, dass sie ununterbrochen weinte, seit sie die Wahrheit erfahren hatte. »Fast wie eine Maschine«, hatte er hinzugefügt. »Immer in der gleichen Lautstärke.«

Frieda schob die Tür auf und trat ein. Die Vorhänge waren zugezogen, um das grelle Tageslicht auszusperren. Sasha lag unter ihrer Bettdecke wie ein Häufchen Elend, aus dem ein stetiges, gedämpftes Schluchzen drang. Es hörte sich an wie ein trauriges, halb ersticktes Atemgeräusch.

Frieda ließ sich auf der Bettkante nieder und streckte eine Hand aus, um die verborgene Gestalt zu trösten, die sich im Rhythmus ihres Weinens hob und senkte.

»Sasha«, begann sie, »ich bin's, Frieda.« Sie wartete, doch es kam keine Reaktion. »Ich bin bei dir, zusammen mit Josef und Reuben. Wir werden uns alle gemeinsam um Ethan kümmern, und um dich. Du schaffst das schon. Kannst du mich hören? Natürlich wird nichts mehr so sein wie vorher. Du wirst auch nicht mehr dieselbe sein, aber trotzdem wirst du es überstehen.«

Sie blieb noch eine Weile auf dem Bett sitzen. Dann stand sie auf und öffnete das Fenster, um die warme Luft in den Raum zu lassen.

»Ich mache uns jetzt eine Kanne Tee«, erklärte sie. »In ein paar Minuten bin ich wieder da. In Ordnung?«

Plötzlich hörte sie ein Geräusch und hielt inne. »Was sagst du?«, fragte Frieda.

»Meine Schuld.« Man konnte die Worte kaum verstehen, aber sobald sie einmal ausgesprochen waren, schienen sie wie eine Art fortwährende Wehklage an die Stelle des Weinens zu treten. »Es ist meine Schuld meine Schuld meine Schuld meine Schuld.«

Frieda nahm erneut auf dem Bett Platz.

»Nein. Es ist nicht deine Schuld. Frank war eifersüchtig und hat versucht, alles zu kontrollieren. Er konnte die Demütigung nicht ertragen. Womöglich hätte ihn irgendetwas anderes genauso ausrasten lassen. Wer weiß.« Sie streichelte Sasha übers Haar. »Wir Menschen machen eben manchmal Dinge, die dumm oder falsch sind. Aber wir können die Folgen nicht immer vorhersehen. Du hast mit Sandy geschlafen, als du dich verlassen fühltest. Ich habe mir nicht angehört, was er mir zu sagen versuchte. Damit werden wir leben müssen. Es ist etwas Schreckliches passiert, aber nicht du hast es getan. Und du wirst dich auch nicht davon kaputt machen lassen.«

Sasha murmelte noch immer vor sich hin, aber ihre Worte hatten sich zu einem schwachen Plätschern abgeschwächt. Frieda stand auf und verließ den Raum. Sie gesellte sich zu den anderen draußen im Garten, wo Ethan gerade alles um sich herum vergessen hatte, weil er unter Josefs Aufsicht einen Nagel in ein Brett schlagen durfte. Reuben rauchte eine Zigarette und sprach in sein Handy.

»Alles in Ordnung?«, fragte er, nachdem er sein Telefonat beendet hatte.

Frieda nickte. Sie hatte das Gefühl, keine Worte mehr in sich zu haben. Die Vorstellung, erneut reden und Erklärungen abgeben zu müssen, machte sie unglaublich müde.

»Ich werde wohl besser eine Weile hierbleiben«, sagte sie schließlich.

»Nein«, widersprach Reuben.

»Was?«

»Nein. Du bleibst jetzt erst einmal in deinem Häuschen. Ich

weiß genau, wie sehr du dich danach gesehnt hast, endlich wieder dort zu sein.«

»Aber jemand muss hierbleiben.«

»Richtig. In einer halben Stunde kommt Paz. Sie bringt jede Menge Verpflegung mit.«

»Danke«, sagte sie.

»Das ist doch selbstverständlich.«

»Das ist nicht selbstverständlich, Reuben.« Einen Moment fehlten ihr die Worte, dann fügte sie hinzu: »Ihr alle habt schon so viel getan.«

»Eines Tages wirst du lernen müssen, dass du nicht alles allein machen kannst.«

»Ja.«

»Und eines Tages werden wir auch über das alles reden müssen.«

»Eines Tages.«

»Aber jetzt geh um Gottes willen endlich nach Hause!«

Sie tat, wie ihr geheißen. Nach einem ausgiebigen Bad wanderte sie durch sämtliche Räume und vergewisserte sich, dass alles da war, wo es hingehörte. Sie aß Räucherlachs auf Roggenbrot und gönnte sich dazu ein Glas Weißwein. Hinterher spielte sie eine Schachpartie durch, die Katze auf ihrem Schoß. Für den nächsten Tag nahm sie sich vor, in ihre Dachstube hinaufzusteigen und ein bisschen zu zeichnen. Sie spürte, dass sie zur Ruhe kam, auch wenn sie gleichzeitig unvorstellbar traurig war. Sie dachte über die vergangenen Wochen nach, die sie außerhalb ihres üblichen Lebens verbracht hatte, an seltsamen, unschönen Orten und unter Menschen am Rand der Gesellschaft, ohne Bindung und Anker und völlig allein. Nun befand sie sich wieder in ihrem geliebten Haus, umgeben von ihren eigenen Sachen. Ihr üblicher Lebensrhythmus wurde neu aktiviert, die Ordnung wiederhergestellt. Sie musste an Karlssons Gesichtsausdruck denken, als er sich über sie gebeugt hatte – im Zimmer seiner Kinder, das nun voller Blut war. Wo er sich wohl gerade aufhielt? Dann dachte sie an Sasha, die in ihrem Bett lag und weinte, als könnte sie nie wieder damit aufhören. Und an Frank, der in seinem Krankenhausbett von Polizisten bewacht wurde. An Ethan, der noch nicht begriff, wie sehr sich sein Leben verändert hatte. An Sandy, von dem nur noch Asche und Erinnerungen übrig waren, und an die Zukunft, die er nicht mehr hatte.

33

Tanya Hopkins kam mit einem Taxi, um Frieda abzuholen. Nachdem sie losgefahren waren, hüllte die Anwältin sich minutenlang in Schweigen. Frieda hatte damit kein Problem. Sie war daran gewöhnt. Manchmal saß ihr ein Patient eine ganze Sitzung lang gegenüber, ohne ein Wort zu sagen. Normalerweise ging es bei einer Psychotherapie zwar um Gespräche, aber solch eine Sitzung konnte auch eine Möglichkeit sein, dem Druck der Worte zu entkommen, und das hatte dann auch sein Gutes.

Doch obwohl Tanya Hopkins nicht sprach, hatte man bei ihr nicht das Gefühl, dass sie schwieg. Sie saß zwar dem Fenster zugewandt und starrte hinaus, aber man merkte ihr dennoch an, dass sie angestrengt nachdachte. Frieda konnte sogar sehen, wie sie die Lippen bewegte, als spräche sie ganz leise mit sich selbst. Schließlich drehte sie sich zu Frieda um.

»Ich nehme an, Ihnen ist klar, wohin wir fahren.«

»Zur Polizei.«

»Zur Polizei«, wiederholte Hopkins wie ein Echo. »Man hat mir nicht gesagt, worum es geht, aber das ist nicht schwer zu erraten. Man wird uns darüber informieren, ob trotzdem noch geplant ist, Sie unter Anklage zu stellen oder nicht.« Sie wartete auf eine Reaktion von Frieda, doch diese machte keine Anstalten zu sprechen. »Behinderung der Justiz wäre ein naheliegender Anklagepunkt.«

Frieda ließ den Blick schweifen. »Habe ich die denn behindert?«

Hopkins schüttelte den Kopf. »Ich weiß es nicht. Irgendetwas haben Sie auf jeden Fall behindert, ich bin mir nur nicht ganz sicher, was.« Sie betrachtete Frieda resigniert. »Jede andere Mandantin würde ich an dieser Stelle dazu auffordern, das Reden mir zu überlassen, aber ich schätze mal, in Ihrem Fall kann ich mir das sparen.«

»Es tut mir leid, wenn ich Sie in eine unangenehme Situation gebracht habe.«

»Nein, es tut Ihnen nicht leid«, widersprach Hopkins.

Frieda überlegte einen Moment. »So richtig nicht, das stimmt. Würde mir dasselbe noch einmal passieren, würde ich es wieder genauso machen.«

»Demnach tut es Ihnen überhaupt nicht leid.«

»Was mir sehr wohl leidtut, ist die Tatsache, dass Sie meinetwegen solche Scherereien hatten – was bedauerlicherweise eine Art Nebenwirkung meines Handelns war.«

»Das ist die erbärmlichste Entschuldigung, die ich je gehört habe.«

»Es war gar nicht als Entschuldigung gemeint, sondern eher als Beschreibung meines Geisteszustands.«

»Ich weiß überhaupt nicht, was ich Ihnen darauf antworten soll.«

»Sie hätten mich ja nicht als Mandantin behalten müssen.«

Hopkins brachte so etwas wie ein Lächeln zustande.

»Ich wollte Sie niemand anderem aufbürden«, entgegnete sie. »Wie auch immer, Sie sollten sich darüber im Klaren sein, dass Ihr Handeln Konsequenzen hat.«

»Konsequenzen? Wenn ich Ihren Rat befolgt hätte, hätte ich mich eines Verbrechens schuldig bekannt, das ich nicht begangen habe.«

»Das war kein Rat, sondern lediglich eine Option. Aber ich habe nicht von Konsequenzen für Sie selbst gesprochen. Was ist mit Ihrem Freund, DCI Karlsson?«

»Was soll mit ihm sein?«

»Er wurde vom Dienst suspendiert.«

Frieda kam es vor, als hätte ihr gerade jemand einen Schlag verpasst. Sie stöhnte leise auf.

»Dieser gottverdammte Idiot!«

»Nicht nur Sie selbst hatten viel zu verlieren. Das muss Ihnen doch klar gewesen sein.«

Frieda starrte aus dem Taxifenster, ohne irgendetwas wahrzunehmen. Sie fühlte sich überwältigt von Wut, Abscheu vor sich selbst und Scham. Trotz dieses Gefühlschaos registrierte sie in diesem Moment, dass das Taxi gerade die Pentonville Road entlangfuhr.

»Das ist aber nicht die Strecke zum Polizeirevier«, bemerkte sie.

»Ich wurde heute Morgen telefonisch darüber informiert, dass die Besprechung an einem anderen Ort stattfindet.«

Das Taxi hielt am Randstein, und der Fahrer drehte sich zu ihnen um.

»Hier darf ich nicht reinfahren«, erklärte er. »Die letzten paar Meter werden Sie zu Fuß gehen müssen.«

Sie stiegen aus und liefen den Chapel Market entlang, vorbei an den Marktständen. Ein unangenehmer Geruch nach kochendem Fleisch verursachte Frieda ein Gefühl von Übelkeit. Hopkins warf einen Blick auf den Zettel, den sie herausgeholt hatte, und blickte sich um.

»Das kann nicht stimmen«, sagte sie.

Sie standen vor einer Tür zwischen einem Wettbüro und einem Optiker. Sie drückte auf die Klingel. Aus einer kleinen Sprechanlage neben der Tür drang eine kratzige, kaum zu verstehende Stimme. Hopkins nannte ihren Namen und den von Frieda. Ein Türöffner summte, doch als sie daraufhin gegen die Tür drückte, ließ sie sich nicht öffnen. Sie klingelte erneut. Drinnen hörten sie ein Geräusch. Eine junge Frau mit stacheligem Haar öffnete ihnen die Tür.

»Entschuldigen Sie«, sagte Hopkins. »Ich fürchte, man hat uns eine falsche Adresse genannt.«

»Tanya Hopkins und Frieda Klein?«, fragte die Frau in fröhlichem Ton. »Bitte kommen Sie mit mir nach oben.«

Sie folgten ihr ein paar ausgetretene Stufen hinauf und dann durch eine Tür in einen Raum, der wie ein ehemaliges Büro aussah. Obwohl es ein großer Raum war, beschränkte sich das Mobiliar auf einen einzelnen Schreibtisch und mehrere nicht zusammenpassende Stühle.

»Sie sollen hier warten«, wandte die Frau sich an Hopkins. »Ich soll Doktor Klein nach oben bringen.«

»Das geht nicht«, entgegnete Hopkins. »Bei der Besprechung mit DCI Hussein muss ich von Anfang an dabei sein.«

»DCI Hussein wird nicht kommen«, meldete sich eine Männerstimme zu Wort. Hopkins und Frieda fuhren herum. Durch eine Tür am hinteren Ende des Raums war ein Mann getreten. Hopkins setzte zu einer Erwiderung an, hielt dann aber überrascht inne.

»Ich kenne Sie«, stellte sie fest.

»Aber Sie wissen nicht mehr, woher«, erwiderte der Mann.

»Vom Polizeirevier«, mischte sich Frieda ein. »Von der letzten Besprechung, bevor…«

»Bevor Sie abgetaucht sind. Ja, genau. Mein Name ist Walter Levin.«

»Was soll das?«, fragte Hopkins misstrauisch.

»Ich brauche fünf Minuten mit Doktor Klein.«

»Das geht nicht. Wir haben einen wichtigen Gesprächstermin bei der Polizei.«

»Bitte«, insistierte Levin.

Hopkins wandte sich an Frieda. »Das gefällt mir nicht.«

»Schon gut«, antwortete Frieda. »Fünf Minuten.«

»Diese Richtung«, sagte er.

Sie folgte ihm eine Treppe hinauf, dann eine weitere. Vor einer Metalltür blieb er stehen.

»Diese Räumlichkeiten wirken nicht sehr einladend. Aber einen gewissen Luxus bieten sie doch.« Mit diesen Worten schob er die Tür auf, und einem Moment später fand Frieda sich auf einer Dachterrasse wieder.

»Kommen Sie, und sehen Sie sich das an.« Er führte sie an ein Geländer an der Vorderfront des Gebäudes. Man konnte von dort oben den ganzen Markt überblicken. Levin deutete auf die Kräne an der Rückseite von King's Cross und St. Pancras.

»Man vergisst sonst ganz, dass man sich hier auf einem Hügel befindet«, erklärte er.

»Es tut mir leid«, erwiderte Frieda, »aber ich bin nicht in der richtigen Stimmung für Small Talk. Worum geht es?«

»Was haben Sie denn erwartet?«

»Dass es darum gehen wird, ob ich ins Gefängnis muss oder nicht.«

»Nun ja, Polizeipräsident Crawford ist ziemlich scharf darauf, Sie hinter Gitter zu bringen.«

»Und DCI Hussein?«

»Die ist da weniger verbissen.«

»Warum spreche ich dann mit Ihnen?«

»Es gibt eine dicke, fette Akte über Sie – über Ihre kurze Karriere als psychologische Beraterin der Londoner Polizei.«

»Das hat nicht allzu gut funktioniert.«

Levin lächelte. »Darüber lässt sich streiten.«

»Es hätte mich fast das Leben gekostet, und nun will mich der Polizeipräsident ins Gefängnis bringen. Sie werden sicher Verständnis haben, wenn ich in diesem Fall dazu neige, das Glas eher halb leer als halb voll zu sehen.«

»Wie wäre es, wenn Sie für mich arbeiten würden?«

Frieda hatte auf die Marktstände hinuntergeblickt, doch nun drehte sie sich überrascht zu Levin um. Aus seinem ganzen Gebaren sprach eine gewisse Lässigkeit, als nähme er grundsätzlich nichts wirklich ernst. Trotzdem strahlten seine grauen Augen etwas Kaltes aus, das es schwer machte, ihn richtig einzuschätzen.

»Wer genau sind Sie?«

»Was habe ich Ihnen bei unserer ersten Begegnung auf diese Frage geantwortet?«

»Dass Sie mit dem Innenministerium zu tun haben.«

»Das trifft es in etwa.«

»Ich habe keine Ahnung, was das heißen soll.«

»Es heißt, dass ich in der Lage bin, eventuelle rechtliche Schritte gegen Sie zu verhindern.«

»Und was erwarten Sie als Gegenleistung?«

»Dass Sie mir Ihre Dienste zur Verfügung stellen.«

»Welche Dienste?«

»Das, was Sie eben so machen.«

»Können Sie da ein bisschen konkreter werden?«

»Noch nicht.«

Frieda ließ den Blick die Straße entlangwandern. Ein Radfahrer fuhr gefährlich schwankend zwischen den Marktständen hindurch. An beiden Lenkergriffen hingen Einkaufstüten.

»Nein«, antwortete Frieda, »das kommt für mich nicht infrage. Tut mir leid.«

Levin musterte sie eindringlich. »Da wäre noch eine andere Sache.«

»Was?«

»Es betrifft Ihren Freund Karlsson.«

»Was ist mit ihm?«

»Er hat die Ermittlungen in einem Mordfall behindert. Ihm droht ebenfalls eine Gefängnisstrafe. Und bei ihm kommt erschwerend hinzu, dass er Detective ist. In einem solchen Fall verhandeln die Richter über das Fundament, von dem die Justiz abhängt.«

Frieda bedachte ihn mit einem scharfen Blick.

»Wenn Sie Karlsson da raushelfen können, dann…« Sie überlegte einen Moment. Was dann? »Dann schulde ich Ihnen einen Gefallen.«

»Einen Gefallen«, wiederholte Levin. »Das ist ja köstlich. Das gefällt mir.« Er strahlte sie an, doch sein Blick blieb dabei eindringlich. »Ihnen ist natürlich klar, dass es gefährlich sein kann, jemandem einen Gefallen zu schulden.«

Er streckte ihr die Hand hin. Frieda griff danach, ließ sie aber gleich wieder los.

»Woher weiß ich, dass Sie ein guter Mensch sind?«, fragte sie.

»Ich bewahre Sie vor dem Gefängnis. Ich bewahre DCI Karlsson vor dem Gefängnis und sorge dafür, dass er weiter für die Londoner Polizei arbeiten kann. Macht mich das nicht automatisch zu einem guten Menschen?«

»Manche Leute wären anderer Meinung.«

34

Karlsson entdeckte Frieda, bevor sie ihn sah. Das war ungewöhnlich. Normalerweise nahm sie ihre Umgebung sehr genau wahr und merkte es gleich, wenn jemand den Blick auf sie richtete oder sich von hinten anschlich. Doch nun schaffte er es schon zum zweiten Mal innerhalb weniger Tage, sich ihr zu nähern, ohne dass sie es bemerkte. Sie lehnte vorne am Geländer und schaute auf den Fluss. Hinter Karlssons Rücken rauschten die Lastwagen und Busse das Chelsea Embankment entlang. Es schien, als wären der Autolärm und der Gestank der Abgase unter einer sommerlichen Hitzeglocke gefangen. Außerdem konnte er spüren, wie der Boden unter seinen Füßen von den vielen dahindonnernden Fahrzeugen vibrierte.

»Ein seltsamer Platz für ein Treffen«, sagte er. Frieda wandte den Kopf und begrüßte ihn mit einem Nicken. Er stellte sich neben sie an die Brüstung. Ein Ausflugsboot tuckerte vorbei. Sie hörten eine blechern klingende Stimme, die über einen Lautsprecher verkündete, dass die Themse ein geschichtsträchtiger Fluss sei. Von hier aus sei Francis Drake aufgebrochen, um den Erdkreis zu umrunden, und hierher sei er mit einem Schiff voller Schätze zurückgekehrt und Sir Francis Drake geworden.

»Ich hasse das Embankment«, bemerkte Frieda.

»So drastisch würde ich es nicht ausdrücken.«

»Früher standen hier Hütten am Ufer. Es gab Bootswerften, Kais und Landungsbrücken. Die hat man dann zerstört und durch diese Straße ersetzt – als wollte London dem Fluss den Rücken zukehren und von da an so tun, als gäbe es ihn gar nicht mehr.«

»Das ist aber schon sehr lange her.«

»Eines Tages werden sie das Embankment wieder abreißen – den ganzen Abschnitt von Chelsea bis Blackfriars –, und wir werden wieder ein Flussufer haben.«

»Das erklärt aber noch nicht, warum du dich ausgerechnet hier mit mir treffen wolltest.«

»Ich wollte am Fluss sein, aber nicht mitten in einem Markt oder in einer Kneipe.«

»Tja«, meinte Karlsson, »für mich klingt Letzteres recht verlockend.«

»Ein andermal.«

»Geht es hier um Sandy?«

Frieda sah Karlsson an.

»Wahrscheinlich werden wir nie genau erfahren, wo er im Wasser gelandet ist«, meinte sie.

»Hat Frank nichts gesagt?«

»Soweit ich weiß, hat er bisher jede Aussage verweigert.«

»Spielt das eine Rolle?«

»Juristisch gesehen wohl nicht, aber für Sasha schon, und bestimmt auch für seine Schwester.«

»Und für dich?«

»Nichts, was Frank sagen könnte, würde es für mich irgendwie besser machen oder weniger schrecklich. Die Vorstellung, dass Sandys Leiche während jener Tage und Nächte im Fluss trieb, ist grauenhaft. Aber noch schmerzhafter finde ich, was er durchmachen musste, als er noch am Leben war.«

»Trotzdem bist du hierhergekommen.«

»Ja. Um irgendwie Abschied zu nehmen – ein weiteres Mal. Seltsam, oder?«

»Was mache dann *ich* hier?«

»Ich wollte mich von Sandy verabschieden und gleichzeitig bei dir entschuldigen.«

»Du brauchst dich nicht zu entschuldigen.«

Karlsson hatte schon sehr lange nicht mehr erlebt, dass Frieda so knapp davor war loszulachen.

»Ach, nein?«, gab sie zurück. »Meinetwegen bist du vom Dienst suspendiert und beinahe gefeuert worden. Und es tut mir auch leid, was mit dem Zimmer von Bella und Mikey passiert ist.«

»Ich glaube nicht, dass ich ihnen jemals erzählen werde, warum es von Grund auf renoviert worden ist. Außerdem schulde ich dir wohl Dank für meine Wiedereinsetzung in den Polizeidienst.«

»Du scheinst darüber nicht übermäßig glücklich zu sein.«

Er schwieg eine Weile. »Als ich die Nachricht erhielt«, sagte er schließlich, »fühlte ich mich, als wäre ich aus einem tiefen Schlaf erwacht – so, wie wenn einem beim Aufstehen alle Muskeln wehtun und man sich fragt, ob man dem Tag überhaupt gewachsen ist.«

»Das klingt, als sollte ich mich gleich noch einmal bei dir entschuldigen.«

»Nein«, entgegnete Karlsson. »Am Ende müssen wir uns dem Tag ja doch stellen. Wir können nicht die ganze Zeit schlafen. Ich habe übrigens versucht, Nachforschungen über deinen Mister Levin anzustellen.«

»Konntest du etwas in Erfahrung bringen?«

»Nein, nicht das Geringste.«

»Was bedeutet das?«

»Das weiß ich auch nicht so genau. Hat dich nie jemand davor gewarnt, Leuten einen Gefallen zu schulden, die du nicht kennst?«

»Doch, bestimmt.«

Sie blickten beide einen Moment schweigend auf den Fluss hinaus.

»Ich würde gern an einem Fluss wohnen«, bemerkte Karlsson nach einer Weile.

»Ich bin mir da nicht so sicher.«

»Warum nicht?«

»Keine Ahnung«, antwortete Frieda. »Ich gehe gerne an

Flüssen entlang. Es macht mir Spaß, ihrem Verlauf zu folgen. Aber wenn ich dauerhaft dort leben müsste, hätte ich das Gefühl, mich ständig am Rand eines dunklen Abgrunds zu befinden. Man müsste sich doch immer fragen, was in der Tiefe verborgen liegt. Wobei ein Fluss sogar noch schlimmer ist als ein Abgrund, weil ein Fluss sich bewegt und ununterbrochen versucht, einen nach unten zu ziehen und fortzuschwemmen.«

Karlsson schüttelte lachend den Kopf.

»Frieda! Es ist doch nur ein Fluss.«

Ein paar Meilen weiter saßen Josef und Marty in einem Pub. Die Kneipe war nicht weit von dem Haus in Belsize Park entfernt, an dem sie so viele Monate gearbeitet hatten, das nun aber fertig war.

»Es war eine gute Baustelle«, erklärte Josef, der bereits sein zweites Bier trank. Verstohlen zog er seine Wodkaflasche aus der Tasche und nahm einen Schluck, ehe er sie Marty anbot. »Eine große Baustelle.«

»Ja«, pflichtete Marty ihm bei. Er genehmigte sich ebenfalls einen Schluck Wodka. Dabei kam einen Moment Bewegung in die Tätowierung, die sich an seinen Unterarmmuskeln entlangzog. »Zumindest haben wir auf diese Weise den Sommer gut hinter uns gebracht.«

»Der Sommer ist noch nicht vorbei«, widersprach Josef. »In der Ukraine ist es jetzt heiß, sehr heiß, und es gibt schlimme Unwetter.«

»In der Ukraine. Da kommst du her, stimmt's?«

»Ja, da ist meine Heimat. In Kiew.«

»Das ist weit weg«, bemerkte Marty vage.

»Da gibt es gerade viele Probleme – Kämpfe und Tote. Aber es ist ein sehr schönes Land, mit vielen Wäldern.«

Eine Weile tranken beide schweigend ihr Bier.

»Ich habe dort Söhne«, sagte Josef schließlich, »zwei Söhne, die ohne mich groß werden.«

»Das ist hart.«

»Hast du auch Söhne?«

»Einen Jungen namens Matt, einen kleinen, rothaarigen Knirps. Aber zurzeit sehe ich ihn nicht.«

»Nein? Das ist auch hart.«

»Ja. Aber es ist besser, frei zu sein.«

»Meinst du? Frei sein heißt allein sein.«

»Das macht mir nichts aus. Dafür kann ich tun, was ich will, hingehen, wohin ich will. Ich brauche nur mein Zeug zu packen und aufzubrechen.«

»Wohin gehst du als Nächstes?«

»Keine Ahnung. Auf jeden Fall weg aus London. Ich habe alles getan, was ich hier tun wollte.«

»Brichst du schon bald auf?«

»Vielleicht sogar schon heute Abend.«

»Einfach so?«

»Einfach so.« Marty schnippte mit den Fingern.

Josef nickte. »Kein Heimweh?«

»Wie kann man Heimweh haben, wenn man kein Zuhause hat?«

»Ich weiß nicht.« Josef runzelte die Stirn. Er wusste, dass das möglich war, aber ihm fehlten die Worte.

Er leerte sein Bier, wischte sich mit dem Handrücken über den Mund und warf dann einen Blick auf die Uhr an der Wand.

»Ich muss los«, sagte er. »Ich treffe mich mit meiner Freundin Frieda.«

»Ach ja, du und deine Frieda. Geht es ihr jetzt wieder gut?«

»Ja. Aber sie ist noch müde, wie ein Soldat nach einer Schlacht.«

Marty nickte. »Ich habe mitbekommen, was ihr passiert ist«, antwortete er. »Es stand ja in allen Zeitungen, und im Fernsehen haben sie es auch gebracht.«

Josef zögerte einen Moment, ehe er fragte: »Möchtest du mich begleiten?«

»Zu deiner Frieda? Nein, Kumpel, ich muss auch los. Ich habe noch ein paar Kleinigkeiten zu erledigen, bevor ich aufbreche. Aber danke für das Angebot.« Er stand auf und streckte die Hand aus. »Mach's gut, Joe«, sagte er. »Pass auf dich auf.«

Josef erhob sich ebenfalls, und die beiden Männer schüttelten sich ein wenig linkisch die Hand.

»Du bist für mich eingesprungen«, sagte Josef.

»Das war doch nicht der Rede wert.« Marty verpasste Josef einen Klaps auf den Rücken und verließ die Kneipe. Erste Regentropfen sprenkelten die staubigen Gehsteige. Die schwüle, drückende Luft verhieß heftige Schauer. Er fuhr mit dem Bus, wobei er einmal umsteigen musste. Das letzte kurze Stück ging er zu Fuß. Während er mit seiner Werkzeugtasche über der Schulter die Seven Sisters Road entlangmarschierte, pfiff er leise vor sich hin. Als er das Taj-Mahal-Hotel erreichte – bei dem Namenszug war das »j« nach unten gerutscht, was ihn von Anfang an gestört hatte –, schob er die Milchglastür auf und lehnte sich am Empfang auf den Klingelknopf, bis von hinten eine sehr kleine Frau auftauchte, die sich an einer fleckigen Schürze die Hände abwischte.

»Was gibt es?«, fragte sie argwöhnisch.

»Ich bin Marty aus Nummer 3B. Ich reise heute Abend ab.«

»Sie reisen ab?«

»Ja. Ich habe bis Ende der Woche bezahlt.«

»Sie bekommen aber nichts raus.«

»Das ist schon in Ordnung.«

Er ging nach oben, wobei er jeweils zwei Stufen auf einmal nahm, und schloss die Tür zu seinem Zimmer auf. Es war klein und spärlich möbliert, aber es gab zumindest eine Mikrowelle, einen Wasserkocher und einen kleinen Kühlschrank. Mehr brauchte er nicht. Er schüttete den Rest der Milch in den Ausguss und zog den Stecker des Wasserkochers. Seine Taschen waren bereits gepackt, er brauchte nur noch den Rest hineinzuschieben.

413

Als Erstes nahm er die Zeitungsausschnitte von der Wand: diejenigen über Frieda Klein, die flüchtige Verdächtige, fast alle mit dem gleichen Foto von ihr, das auch schon in früheren Artikeln verwendet worden war, und dann die Berichte über die beherzte Heldin, die mit ihrem Kinderwagen auf die Gruppe Jugendlicher losgegangen war, um den Obdachlosen zu retten. Das Foto brachte ihn zum Lächeln. Er hatte sofort gewusst, dass sie es war. Außerdem waren da die Artikel über die Verhaftung Frank Mannings als Mordverdächtigem und der Bericht mit dem Foto von Malcolm Karlsson. Er steckte sie alle in das Seitenfach seines Koffers und zog den Reißverschluss zu. Auf dem Nachttisch lagen noch zwei Schlüssel, ein Chubb und ein Yale. Er schob beide in die Innentasche seiner Jacke. Eines Tages war es ihm gelungen, Josefs Tasche zu durchsuchen und ihm die Schlüssel zu stibitzen – nur für eine Stunde oder so, um sie rasch beim Schlüsseldienst nachmachen zu lassen.

Zum Schluss ließ er noch einmal den Blick schweifen, um sich zu vergewissern, dass er nichts übersehen hatte. Dann hängte er sich seine Werkzeugtasche über die eine Schulter, die Reisetasche über die andere und griff nach seinem Koffer.

Pfeifend verließ Dean Reeve den Raum und zog die Tür hinter sich zu.

»Frieda Klein ist klasse!«
KrimiZEIT-Bestenliste

im Winter 2016 erscheint:

NICCI FRENCH

BÖSER SAMSTAG

PSYCHOTHRILLER

Deutsch von
Birgit Moosmüller

Frieda Klein wird wieder in die Polizeiarbeit einbezogen – sie soll noch einmal die Ermittlungen aufrollen, die zur Verurteilung eines Mädchens geführt hatten. Hannah Docherty war als Teenager verurteilt worden, weil sie ihre ganze Familie heimtückisch ermordet haben soll. Jetzt ist Hannah in den Dreißigern, verwirrt von Trauer und Verlust oder vielleicht auch von den Haftbedingungen. Sie ist nicht mehr in der Lage, eine Aussage zu den Ereignissen zu machen, die sie ins Gefängnis gebracht haben. Frieda stößt auf Details, die nicht zusammenpassen wollen und Spuren, die in eine ganz andere Richtung führen. Und wie immer wird Frieda von ihren ganz eigenen Dämonen verfolgt.

Weitere Informationen unter: www.nicci-french.de

C. Bertelsmann